金宗直 詩文學 研究

金永峯 著

以會文化社

▣ 머리말

수백년 전 인물을 제대로 평가한다는 것은 많은 제약과 어려움이 따르게 마련이다. 불과 수십년 전 인물에 대해서도 그 평가가 판이하게 달라지는 것을 우리는 지금도 드물지 않게 볼 수 있다. 점필재 김종직의 경우도 일반적으로는 '儒學淵源', '士林派의 領袖', '道學者'라는 식으로 알려져 있지만, 한편으로는 이에 대해서 부정하는 의견도 만만치 않았다. 그러나 후대로 올수록 부정적인 견해는 거론이 안된 채 推仰 일변도로만 흐르게 되었고, 이에 따라 대부분의 문학사 서술이나 그의 작품에 대한 근래의 연구도 성리학적 성격을 부각시키는 데에 집중되었다. 점필재가 이러한 평가를 받게 된 것은 제자 金馹孫이 史草에 실은 〈弔義帝文〉 때문에 戊午史禍가 발생하여 剖棺斬屍를 당했고, 후대에는 오히려 그 일로 인하여 '節義의 인물'로 추앙된 사실이 가장 결정적인 요인이라고 할 수 있다.

사실 연구자의 입장에서야 다루고자 하는 대상 작가가 어느 면에서나 높은 평가를 받는 인물일수록 면목이 서는 일이다. 그런 점에서, 점필재를 연구하면서 여러 가지 사료들을 들추면 들출수록 기존에 수백년 동안 반복되어온 피상적인 견해들이 상당히 과장되었다는 것을 발견하는 것은 곤혹스러운 일이었다.

그러나 문학 연구도 역사 연구나 마찬가지로 진실을 밝히는 작업이어야 한다. 이 책에서는 그 동안 점필재에 대해서 잘못 알려진 여러 가지 사항들에 대해 많은 수정을 가하였다. 몇 가지만 예를 들면 '儒學 淵源'이라든가 신진 사림의 영수로서 훈구 세력과 대립하였다는 설, 『靑丘風雅』가 『東文選』에 대한 불만 때문에 편찬되었다는 주장 등은 사실과 다르다는 것이다. 물론 모두 객관적인 자료를 바탕으로 검증한 것이다.

이러한 작업이 점필재를 貶下하는 것은 결코 아니다. 책의 본문에서도 강조하였듯이, 그는 기존의 피상적 평가가 지나치게 과장되었을 뿐이지 한 사람의 文臣으로서 충실한 삶을 살다간 인물이었다. 후인들이 실상보다 지나치게 떠받들다 보니까 張維나 許筠 같은 사람들은 오히려 그 반작용으로 심하게 매도하는 폐단까지 생기게 된 것이다.

이 책에서 밝힌 점필재의 인물에 대한 재평가는 대단히 중요하지만, 이는 어디까지나 그의 문학 세계를 살피기 위한 보조 작업이다. 이 책의 주안점은 그의 수준 높은 시세계의 성격을 규명하는 데에 있다.

그는 문학적으로는 異意 없이 조선 초기의 大家로서 높은 평가를 받았다. 그런데 기존의 연구에서는 대부분 그의 문학을 성리학적 성격과 결부시켜 논하는 바람에 진정한 모습을 규명하는데 실패하였다. 이는 후대 문인들의 詩評에서 점필재를 높이 평가한 방향과는 어긋나는 것이다. 이 책에서는 그러한 문제점을 극복하고 그의 시가 높이 평가받은 측면에 주목하여 風格美와 詩意識을 중심으로 시세계의 실상을 파헤쳐 본 것이다.

漢詩는 한문학 중에서도 精華라고 할 수 있다. 일찍이 韓退之가 〈進學解〉에서 『詩經』에 대해 '正而葩'라고 한 것도 이와 무관하지 않을 것이다. 시는 산문보다도 그 사람의 사상과 감정을 훨씬 더 진실하게 드러내면서도 수준 높은 예술성이 요구되기 때문에 '그만큼 문학적 가치가 높은 것이다.

그러나 한시는 그 예술성, 또는 문예미를 갖추기 위해 산문과는 비교할 수 없을 정도로 비유와 상징, 과감한 생략, 用事 등이 빈번하게 구사되기 때문에 쉽게 접근하는 것을 허락하지 않는다. 이런 난해성 때문에 그 동안 시를 공부하면서 長江 大河를 어디로 건너야 할지 몰라 막막해

하던 적이 몇 번이었는지 모른다. 물론 아직도 갈 길은 멀기만 하지만 그래도 길을 잃지 않고 어렴풋하게나마 방향을 잡을 수 있었던 것은 恩師이신 宋寯鎬 선생님 덕분이다. 시를 표면적으로만 이해하는 것에서 한 단계 더 나아가 작자의 내면까지 들여다보면서 조직적인 이해를 하도록 가르침을 받은 것은 귀중한 資産이다.

이 책은 필자의 박사 학위 논문 〈佔畢齋 金宗直의 詩文學 研究〉를 출판한 것이다. 더 가다듬어서 보완한 다음 내어놓는 방법도 생각해 보았으나 학위 논문을 원형대로 소개한다는 의미에서 서너 군데의 문장만 부분적인 손질을 한 채로 그대로 내기로 하였다.

부록으로 붙인 〈『靑丘風雅』 研究〉는 『洌上古典研究』 제11집에 실린 것이다. 이 논문은 원래 학위 논문 중에 포함하여 집필하였던 것인데 『靑丘風雅』가 점필재의 창작물은 아니므로 본 논문에 포함시키기에는 다소 이질적이라는 지적이 있어 『靑丘風雅』에 나타난 詩觀'만 본 논문에 수용하고 별도의 논문으로 독립시켜 발표했었다. 따라서 각 논문의 완결성 때문에 내용 중에 일부분은 다소 중복이 되었다.

논문 심사 과정에서 모교의 宋寯鎬·崔喆·薛盛璟 선생님과 함께 李鍾燦·鄭堯一 선생님께서 먼길을 왕래하시며 심사에 참여하여 보다 충실한 논문이 되도록 지도하여 주셨다. 여기에 다시 그 사실을 밝혀 감사의 마음을 잊지 않고자 한다.

끝으로 독자층도 제한되어 있는 국학 분야의 서적을 전문으로 발행하면서 학계에 큰 기여를 하고 있는 以會文化社에서 기꺼이 이 책의 출판을 맡아 준데 대해 감사드린다.

2000년 5월 일

仁王山 아래 社稷洞 寓居에서

金永峯 적음.

◑ 차 례 ◑

Ⅰ. 서 론 ··· 9
  1. 연구 목적 ··· 9
  2. 선행 연구의 검토 ·· 13
  3. 연구 방법 및 범위 ······································ 18

Ⅱ. 생애와 인물 ·· 23
  1. 기존 평가의 분석 ·· 23
  2. 현실 순응의 삶 ·· 30
  3. 當代人의 김종직 평 ···································· 41

Ⅲ. 문학관의 검토 ·· 47
  1. 道主文從·經文一致의 문학관 ················· 47
  2. 天稟論的 문학관 ·· 54
  3. 『靑丘風雅』에 나타난 詩觀 ····················· 60

Ⅳ. 시 세계의 실상 ·· 77
  1. 風格美의 성격 ·· 77
    (1) 放遠·洪亮嚴重의 雄渾美 / 84
    (2) 爽朗·淸亮의 爽快美 / 98
    (3) 閑適·閑淡의 安穩美 / 112

- viii -

    2. 題材에 나타난 시 의식 ………………………………………… 123
      (1) 폭넓은 親交 활동과 처세관 / 126
      (2) 鄕里에 대한 自負와 愛着 / 141
      (3) 史蹟에 대한 관심 / 151
      (4) 官人으로서의 自覺 / 162
      (5) 二重的인 佛敎 인식 / 176
      (6) 愛民 의식 / 187
      (7) 儒家 德目의 실천 의지 / 195
    3. 표현상의 특질 ……………………………………………………… 206

V. 詩史的 위치 ………………………………………………………… 223

VI. 결 론 ………………………………………………………………… 231

■ 參考文獻 …………………………………………………………… 239

■ Abstract …………………………………………………………… 245

■ 부록☞『靑丘風雅』硏究 ………………………………………… 251

■ 찾아보기 …………………………………………………………… 295

Ⅰ. 서 론

1. 연구 목적

　佔畢齋 金宗直(세종 13년~성종 23년:1431년~1492년)은 우리 文學 史에 있어 조선 전기의 큰 비중을 차지하는 문인 중 한 사람이다. 그는 當代에 이미 뛰어난 문학적 재질로 인정을 받았으며, 後代의 문인들도 그의 詩와 文章을 다 함께 높이 평가하고 조선 전기의 大家로 꼽는데 주저하지 않았다. 여러 詩話・批評書들에 나타나는 후대 評者들의 평이 나 각종 詩選集에 실린 시의 편수로 따지더라도 當代의 저명한 문인들 인 徐居正, 金守溫, 成俔 등보다 오히려 더 높게 평가되어 왔다는 것을 알 수 있다.1)

　그러나 지금까지 김종직이 우리에게 너 알려신 것은 분학적 측면으로 서보다도 성리학적2) 측면으로서의 요소가 강하다. 즉 이른바 '士林派의

---

1) 이 점에 대해서는 본 논문 'Ⅴ. 詩史的 위치'에서 자세히 논하기로 한다.

2) 道學과 性理學은 넓게 보면 유학적 질서 아래 포함되는 동질적 요소가 있지 만, 실제적으로는 그 개념에 있어서 약간의 차이가 있다. 道學은 주로 실천적 節義를 중시하는 義理論이 중추를 이루고 있다. 도학자로서 선비가 살아가는 구체적 행동의 원리는 綱常論의 규범에 철저히 따르는 義理가 존중된다. 반면 에 性理學은 性命과 理氣에 대한 이론적인 학문을 가리킨다. 지금까지의 연구 들에서는 흔히 이에 대한 개념의 구분없이 같은 의미로 쓰여 왔다. 김종직은 <弔義帝文>으로 인하여 절의의 인물로 인식되었기 때문에 道學者의 계보에

領袖'로서 그의 門下에서 많은 신진 士類들이 배출되었다는 것과, 제자인 濯纓 金馹孫이 그의 〈弔義帝文〉을 史草에 실은 것 때문에 戊午史禍(戊午史禍) 때 剖棺斬屍라는 화를 당했고 나중에 伸寃되고 나서는 그로 인해서 節義의 표상으로 받들어져 왔다는 사실, 이것이 결과적으로 절의를 중시하는 성리학의 입장과 맞물려 圃隱 鄭夢周를 鼻祖로 하는 우리 나라 성리학의 맥을 이은 儒學淵源으로 인정되어 왔다는 것이 그를 평가하는 데 우선적으로 등장하는 내용이다.

이처럼 성리학자로서의 평가가 지배적이기 때문에 김종직의 문학을 논하는 입장에 있어서도 그러한 선입관의 영향을 벗어나지 못하여 지금껏 여러 문학사 서술은 물론이고 개별 연구 논문에서도 거의 빠짐없이 성리학적 성향이 강한 문인으로 일컬어져 왔다. 간혹 단편적인 언급에서 관료 문인으로 규정한 경우가 있기는 하나 거의 주목받지 못하고 있는 실정이다.

그러나 김종직의 성리학적 성격이라는 것은 조선 시대에 이미 先賢들에 의해 꾸준히 문제점이 지적되고 비판되어 왔던 것 또한 사실이다. 그를 성리학자로 높이 떠받들고 儒學淵源에까지 들게 하는 追從이 있었던 한편에는 그러한 평가가 잘못된 것이라는 점도 함께 주장되어 온 것이다. 그런데도 후대로 내려올 수록 비판적인 견해보다는 追崇하는 견해가 공론으로 자리잡게 되었다.

이러한 사정의 배경에는 조선 후기로 올수록 주자학적인 질서가 확고하게 자리잡으면서, 주류를 형성하는 士林의 견해에 대해 異見을 내세우

들게 되었는데, 여기서 개념의 혼동 때문에 性理學者라는 인식까지 생기게 된 것이다. 그래서 김종직을 도학자라고도 일컫고 성리학자라고도 일컫고 있다. 기존 연구에서 이처럼 용어를 구분하지 않았기 때문에 그것을 비판할 때는 도학자라는 용어와 성리학자라는 용어를 모두 사용할 수밖에 없는데, 필자는 용어의 일관성을 위해 주로 性理學者라는 말을 쓰기로 한다. 다만 문맥상 꼭 필요할 경우라고 생각될 때는 道學者라는 표현도 사용한다.

는 것이 이단시되고 비난받았던 풍토도 크게 작용하였다. 그래서 지금까지도 그러한 견해가 지배적으로 이어져서, 가장 正論에 부합되는 객관적 사실을 실어야 하는 事典類들에서도 거의 예외없이 김종직을 성리학자로 규정하고 있다.

그러나 오늘날 학문을 하는 입장에서 우리는 과거의 학문 외적인 이해 관계를 배격하고 보다 엄밀하고 객관적인 태도로 작가나 작품에 대한 연구에 임해야 할 것이다. 과거에 '麗末 三隱'이나 '矗石樓 三壯士'의 대상자 규정 문제 등을 놓고 벌어졌던 일련의 논쟁들을 보면 학문에 종사하는 사람들이 오히려 학문 외적인 문제에 집착하여 자신들의 緣故에 따라 불필요한 분쟁을 일으키는 일들이 있었는데 이는 결코 바람직하지 못한 일이다.

김종직의 생애와 문학을 선입관 없이 검토해보면 후대에 追崇되는 것과 같은 철저한 성리학적 입장을 인정하기에는 커다란 괴리가 있다. 그의 생애나 문학을 성리학적 성격과 결부시키는 논의들은 작은 부분을 확대 해석하거나 선입관에 의한 推定을 기정 사실인 양 단정하고 논증한 것들이 대부분이다. 반대로 그러한 견해들에 반증이 되는 구체적인 자료들이 많이 있는데도 이들에 대해서는 소극적으로 평가하거나 도외시해 버리는 경향이 있어 왔다.

김종직의 성리학적인 위상에 대한 부정적 평가는 그 나름대로 충분한 타당성이 있었기 때문에 여러 사람들에 의해서 자주 문제가 제기되었던 것이며, 따라서 그에 대한 追崇은 객관성을 결여하고 있다는 점이 그의 생애를 면밀히 살펴보면 바로 확인된다. 더구나 근래에 들어서 역사·철학 분야의 연구에서는 이미 김종직의 성리학적 위치에 대해 그 과장됨을 지적하는 보고들이 자주 나오고 있다.

일찍이 『嶺南 士林派의 形成』이라는 저서에서 영남 사림의 경제적·학문적 형성 배경에 대해 체계적이고 심도있는 연구를 한 李樹健도 鄭

夢周 - 吉再 - 金宗直 - 金宏弼(鄭汝昌) - 趙光祖 등으로 이어지는 계보는 너무나 획일적이며 당시의 실제와는 거리가 있다고 지적하고, 15세기의 성리학은 결코 사림파의 전유물이 아니라는 시각에서 학문적인 연원과 계보가 새로 정립되어야 함을 역설한 바 있다.3)

이러한 실정에서 문학 쪽에서만 아직도 中宗朝 이후 신진 士林들에 의해 구축되고 반복되어 온 논리를 답습하여 이를 작품 연구에 그대로 반영하는 것은 반성을 요하게 한다. 따라서 그의 문학의 진면모를 이해하기 위해서는 그에 대한 평가부터 공정하고 엄밀하게 내려야 할 필요성이 크다고 하겠다.

성리학적 위상에 대한 상반된 논란과는 달리 그의 문학에 대해서는 역대의 評者들이 한결같이 높이 평가하였는데도 불구하고, 문학에 대한 연구는 아직 깊이 있게 이루어지지 못하고 있다. 그것은 김종직의 시가 난해한 用事 투성이로 비교적 까다롭다는 점에 기인할 수도 있겠지만, 성리학자라는 일반적인 평가와는 달리 그의 문학적 실상이 거기에 부합되지 않는다는 괴리감 때문이기도 할 것이다.

이러한 문제점을 극복하기 위해서 본 논문은 김종직이 성리학자라는 인식에 비판적인 역사·철학계 쪽의 연구 결과에 동의하면서 나름대로의 자료 분석을 통해 그를 관료 문인으로 규정하고, 이를 바탕으로 순수 문학적 측면에서 그가 특히 시인으로서 높이 평가받았던 점에 주목하여 시세계의 특질을 본격적으로 검토함으로써 작품에 대한 이해를 높이고 시인으로서의 위상을 확인하는 것을 연구 목적으로 한다.

---

3) 李樹健, 『嶺南 士林派의 形成』(嶺南大學校出版部, 1984. 초판은 1979), 7면.

2. 선행 연구의 검토

김종직의 문학에 대한 본격적인 연구는 李源周에 의해서 시작이 되었다.4) 이원주는 시의 내용으로 寓意와 諷刺, 現實認識, 救俗의 길, 江海憧憬의 성격을 들고, 시의 특질로는 1. 和·次韻詩, 2. 用事, 3. 點化, 4. 走筆·雜體詩를 들었다. 이 논문은 김종직 문학 연구의 물꼬를 텄다는 의의와 함께, 김종직이 유학연원으로 평가되게 된 배경과 그에 대한 선인들의 비판적 견해를 자세히 제시했다는 성과가 있다.

그러나 연구자 자신은 자료만 제시해 놓고 판단을 유보하였는데, 거기에 대해서는 기존의 견해가 워낙 追崇 일변도여서 드러내놓고 반론을 내기 조심스러워한 태도를 스스로 밝혔다. 결국 작품 분석에 있어서 실제로 작품수가 몇 편 되지 않은 '우의와 풍자'를 가장 먼저 내세운 것은 ⟨弔義帝文⟩으로 대표되는 김종직에 대한 (절의가 높은 인물이라는) 고정관념을 따르고 만 것이다.

시의 특질로 든 것들은 내용적 측면이 아니고 모두 외형적인 것들이다. 화·차운시가 많은 것은 사실인데, 이것은 그의 다양한 交遊와 연관이 되는 점이다. 용사가 많은 점도 잘 지적한 것이다. 그의 시는 특히 용사가 많고 까다로워 외형상 중요한 특질 중의 하나이다.

그러나 점화와 주필·잡체시는 특질로 꼽을 만큼 두드리지게 나타나지는 않다고 본다. 점화를 논하면서 『論語』, 『左傳』, 『詩經』 등의 문구를 따온 시들을 예로 들었는데,5) 이들은 點化보다는 用事에 포함되어야

---

4) 李源周, ⟨佔畢齋 硏究⟩, 韓國學論集, 제6집(계명대, 한국학연구소, 1979).

5) 점화의 예로 든 시구를 보면, ⟨碓樂⟩ 중 '曲肱而寢有至味 梁鴻孟光眞好逑'는 『論語』의 '曲肱而枕之 樂亦在其中'을, ⟨黃昌郎⟩ 중 '敵國爲封豕 荐食我邊疆……功成脫然罷舞去 挾山北海猶可超'는 『左傳』의 '吳爲封豕長蛇 荐食上國'과 『孟子』의 '挾太山而超北海'를 점화하였다는 것이다.

할 성질이다. 점화라고 했을 때는 그 模擬의 대상이 일단 '詩'라는 전제가 있어야 할 것이다.6) 잡체시로는 각 구마다 동물의 이름을 넣어 짓는 演雅體와 두 개의 韻을 교대로 압운하는 進退格이 몇 수 보이고 回文詩가 극소수 보이는데, 특질이라고까지 하기에는 그리 많지 않은 숫자이다.

尹榮玉은 〈東都樂府〉를 집중적으로 다루었다.7) 각 노래의 배경 설화와 관련 기록들을 세밀히 분석하고 해석을 하였으며, 김종직의 작품을 신라의 가요라고 한 『增補文獻備考』의 오류를 지적하였다. 즉 〈鵄述嶺曲〉, 〈怛忉歌〉, 〈碓樂〉 등이 〈東都樂府〉에 처음 나타나는 김종직의 창작품인데 『增補文獻備考』에서는 이를 신라의 樂이라고 하는 바람에 후대의 문학사에서 연구자들이 신라의 失傳 가요로 다루고 말았다는 지적이다. 현재까지의 자료를 근거로 보아서는 타당성이 있는 주장이므로 문학사에 반영이 되어야 할 것이다.

徐敬洙는 시의 성격을 제재별로 살폈는데, 憂國慨世, 經世致用, 江湖歸心, 諷諭節義, 交誼道學으로 나누었다.8) 이는 시의 전반적인 양상과는 거리가 있고 지나치게 도식적이며, 내용은 이원주의 연구 범위를 벗어나지 않았다. 예를 들면 憂國慨世를 그의 시적 특질이라고 할 수는 없으며, 經世致用도 드러낼만한 성향이라고 할 수 없다.

朴善楨은 학위 논문으로 김종직의 시세계 전반을 다루면서 종합적인 고찰을 하였다.9) 그는 우선 김종직의 士林的 사상과 절의관을 강조하고

---

6) 用事와 點化의 개념에 대해서는 鄭堯一, <漢詩批評 用語의 槪念 規定>, 『고전비평용어 연구』(태학사, 1998)에도 설명이 되어 있어 참고가 된다.

7) 尹榮玉, <동도악부의 연구>, 신라가야문화 제12집(영남대, 신라가야문화연구소, 1981).

8) 徐敬洙, <佔畢齋漢詩文學研究>, 복현한문학 제2집(경북대, 복현한문학연구회, 1983).

9) 朴善楨, <佔畢齋 金宗直 研究> (고려대학교 박사논문, 1985). 『佔畢齋 金宗直

이를 작품 분석에도 적용하였다. 문예의식으로는 建安文學的 경향, 隱逸文人 陶淵明 숭상, 蘇·黃 시풍의 영향, 經文一致觀을 들고, 작품 세계를 애민사상, 자주의식, 자기성찰, 遁世의식, 閑情幽趣, 자연미의 발견으로 나누었다. 여기서 가장 큰 특징으로 든 건안문학적 경향이라는 것은, 그 예로 든 작품 〈弘演〉과 〈古風〉 외에 극히 소수에 불과한데, 마치 이러한 경향이 가장 두드러진 것처럼 주장하였다. 이는 〈弔義帝文〉을 의식하면서 김종직을 절의의 인물이라는 기존의 평가에 맞추려고 하다보니 그렇게 되고 만 것이다. 두 작품의 해석에 있어 모두 세조의 왕위 찬탈을 풍자한 것이라고 분석한 데서도10) 그 의도를 읽을 수 있다.

그러나 이 시는 전혀 세조와 무관하고 儒者로서의 기본적인 節義 의식을 詩化한 것이다.11) 그는 이때 이미 세조조에 出仕하여 조정의 官僚로 있었기 때문에 자신이 섬긴 왕을 불의의 인물로 풍자·비판한다는 것은 당시의 세계관에서 있기 어려운 일이다. 뒤에서 다시 살피겠지만 김종직은 오히려 세조를 기리고 찬양하는 작품을 여러 수 남기고 있다. 작품 세계를 다룬 것도 그의 시에 훨씬 두드러지게 나타나는 특질들을 제쳐놓고 성리학자라는 인식에 맞추기 위하여 선별적으로 시를 분석하여 진정한 시 세계의 면모를 알아보기 어렵게 하였다.

鄭錫龍은 선행 연구를 거의 답습하였고, 다만 기존의 詞연구에서 자료로 다루지 않은 4闋의 詞를 찾아서 자료 발굴의 의미를 부각시기려고 하였다.12) 그러나 4闋(憶秦娥, 滿江紅, 一籮金, 水調歌頭) 뿐이라고 단정한 김종직의 詞는 ‘巫山一段雲’에 塡詞한 〈兩宮幸圓覺寺還宮時中宮女妓

───────────

文學硏究』로 改題하여 1988년 이우출판사에서 단행본으로 발행. 앞으로 본 논문에서의 인용 출처 표시는 출판된 단행본을 기준으로 함.

10) 朴善楨, 앞의 책, 96~101면.

11) 이 점에 대해서는 申承勳의 〈金宗直 詩의 儒家的 性格 研究〉(정신문화연구원, 석사논문, 1997)에서도 잘 지적하고 있다. 43~44면.

12) 鄭錫龍, 〈金宗直의 漢詩研究〉(단국대학교 석사논문, 1986).

歌謠〉13)라는 작품이 더 있으며, 公刊되어 널리 유통되고 있는 문집에 실려 있는 작품에 대해 자료 발굴의 의미를 부여할 필요는 없을 것이다.

필자는 석사 논문에서14) 김종직의 성리학적 성격과 유학연원에 대해 비판적 견해를 제시하고, 그의 시가 높게 평가되었던 측면을 중시하여 先人들의 평에 근거하여 실제 작품에서 그 특질을 검증하였다. 제재에 있어서도 성리학자라는 인식을 배제하고 실제 작품에서 의미 있게 드러나는 특질들을 중심으로 살펴보았다. 기본적인 시각은 지금도 그대로이나 풍격의 분류에 있어서 미흡한 점이 있으며, 작품을 세밀히 살피지 못해 미처 주목하지 못한 부분도 있어서 보완이 필요하다.

洪性旭은 그동안의 연구들이 시 위주임을 탈피하여 김종직의 賦를 포함한 산문을 연구 대상으로 하였다.15) 김종직이 시 뿐만 아니라 산문에서도 높은 평가를 받았던 사정을 감안하면 연구 범위의 확대는 바람직한 것이나, 그 역시 시각은 사림파라는 인식하에 산문에서의 士林적 성격을 부각시키고자 하였다. 또한 김종직을 '사림파 문장이었다'16)고 하는 한편 '도학가라기보다 文章家라 말할 수 있다'17)고 하는 등 개념상의 혼동을 일으키고 있는 점도 문제점으로 지적된다. 사림파라고 하면 도학가를 의미하기 때문이다.

이 외에도 몇몇 연구들이 있지만 대부분 선행 연구의 범위를 크게 벗어나지 못하고 반복되는 논의가 이어지고 있으며, 김종직 시의 본질적인 미의식을 탐구하는 데에는 전혀 손길이 미치지 못하고 있다. 특히 성리학자 내지 사림파라는 시각에서 작품을 해석하는 태도를 벗어나지 못하

---

13)『점필재집』권1, 장9.

14) 拙稿, <金宗直 詩 研究>(연세대 석사논문, 1989).

15) 홍성욱, <김종직의 賦 및 散文의 연구>(고려대학교 석사논문, 1992).

16) 앞의 논문, 4면.

17) 앞의 논문, 5면.

고 있는데, 이에 따른 여러 가지 문제점들이 있으나 구체적인 사항들은 논문의 진행 과정에서 비판하기로 하고, 앞에서 거론한 논문 외에 지금까지 진행된 문학 분야의 연구 결과들을 목록으로 제시하는 것으로 대신한다.18)

다음으로는 주로 성리학의 계통 문제를 중심으로 역사·철학 분야의 연구 동향을 살펴보기로 한다.

역사·철학 쪽에서도 일찍부터 김종직을 유학의 도통을 이은 계보로 인정해왔다. 이에 대해서는 일일이 거론할 수 없을 정도이다. 그러나 이는 다분히 명분론에 불과하며 실제와는 거리가 있다는 주장도 꾸준히 제기되어 왔으며 특히 최근의 연구에서 더욱 강조되고 있다. 몇 가지만 들어보면 다음과 같다.

김홍경은 道統이라는 기준을 가지고 15세기 조선의 사상계를 규명하려고 하는 것은 이 시기의 사상계를 해명하는데 적절하지 못하다는 견해를 밝히고 있다. 이러한 방법론의 문제점을 여러 연구자들이 지적하고 있다는 것도 아울러 밝히고 있다.19)

이종태 역시 사림파의 학문적 연원을 고려 말의 절의파에만 한정할

---

18) 유병석, <佔畢齋 詩文學의 寫實性 考察>, 어문학 47집(한국어문학회, 1986).

　　金成圭, <佔畢齋 金宗直의 文學觀과 文風改革>, 성대문학 26집, 1988.

　　──, <佔畢齋의 歷史·風俗詩에 대하여>, 성대문학 27집, 1990.

　　──, <15世紀 後半 士大夫文學의 몇가지 傾向>(성균관대학교 박사논문, 1990).

　　金容珏, <佔畢齋 金宗直의 詩文學攷>(동국대학교 교육대학원 석사논문, 1988).

　　李鍾建, <金宗直 詩文學 考>, 畿甸語文學 제3집(수원대 국문학회, 1989).

　　鄭景柱, <佔畢齋 紀俗詩의 文明意識에 대하여>, 석당논총 16집(동아대학교, 1990).

　　──, 『성종조 신진사류의 문학 세계』(법인문화사, 1993).

　　余鎭鎬, <金宗直의 生涯와 現實認識>, 부산한문학연구 5집, 1990.

　　金聖基, <金宗直論>, 『한국한시작가연구』 3(태학사, 1998).

19) 김홍경, 『조선 초기 관학파의 유학사상』(한길사, 1996), 20~21면.

수 없다고 지적하고, 학통이라는 것이 학문의 수수관계나 업적을 중심으로 볼 때 사실과 다른 점이 있다는 점을 지적하였다. 정도전이나 권근 등이 학통에서 배제된 것은 학문 업적이나 학문 수수 사실 여부와는 무관하다는 것이다.[20]

실제로 15세기 사림파의 계보라는 것은 명분에 입각해 정립된 것이어서 그것을 인정하든 인정하지 않든 견해의 차이라고 할 수는 있겠지만, 개인의 문학을 살피는 데에 있어서는 그런 명분론에 의해 성립된 기준으로 작품을 보아서 안되는 것만은 분명하다. 명분론을 떠나서 그 사람의 실제적인 삶이 어떠했는가를 면밀하게 검증해야 문학적 실체도 올바로 규명될 것이다.

3. 연구 방법 및 범위

이 논문은 김종직의 詩文學을 연구하기 위한 것이다. 이를 위하여 그 동안 논란이 되어 온 그의 생애를 재검토하는 것을 전제로 하였다. 성리학자라는 기존의 관점으로 그의 문학을 보았을 때 드러나는 괴리감을 해결하기 위해서는 인물에 대한 재평가가 필수적으로 요청되기 때문이다.

이와 연관지어서, 그 동안 김종직을 道學派라는 관점에서 보아 온 연구들에서 김종직의 문학관에 대해 그와 대립되는 입장의 詞章派 문인인 서거정, 성현 등의 문학관과 서로 달랐다는 주장이 있어 왔는데, 이에 대해서도 재검토해 보기로 한다. 우선은 김종직을 도학파로 보기가 어려운데다, 도학파나 사장파를 막론하고 조선시대 대부분의 문인들은 문학

---

20) 이종태, <도학적 실천 정신의 착근/전기 사림파>, 『조선 유학의 학파들』(예문서원, 1996), 63~64면.

관에 있어서 크게 차이가 나지 않았다는 점을 주목해야 하는 것이다.

마찬가지의 관점에서 그의 選詩集 『靑丘風雅』에 대해서도 기존의 직·간접적인 연구에서 그 選詩 관점이 유가적 기준에 투철했다고 주장하고 있는데, 이 점도 다시 검증해 보기로 한다. 權應仁이 "『청구풍아』는 서거정의 『동문선』에 불만을 품고 편찬이 되었다'고 하였는데,21) 사실은 『청구풍아』가 『동문선』보다 먼저 편찬이 되었기 때문에22) 이 말은 우선 신빙성이 없다. 권응인 시대만 하더라도 벌써 김종직을 유학연원으로 追崇하는 인식이 지배적이었기 때문에 그 선입관에서 벗어나지 못하고 잘못된 주장을 한 것이다. 따라서 『청구풍아』의 선시 기준에 대한 재검토가 필요하며, 이는 그의 詩觀과 관련해서 빠뜨릴 수 없는 문제이다.

시세계를 살피는 데에 있어서는 우선 그의 시가 높게 평가되었던 주요인을 중심으로 미학적 특질을 검증하기로 한다. 많은 선인들이 그의 시에 대해 높이 평가한 측면은 주로 풍격적 특성에 기인하였던 바, 여러 사람들에게서 나타나는 다양한 평들을 종합하여 범주화하고, 구체적인 시작품을 통하여 그 미적 특질을 확인하고자 한다.

김종직의 시풍에 대해 南龍翼은 『壺谷謾筆』에서 '勁傑(굳세고 빼어나다)'이라는 한마디로 요약했으며, 任璟의 『玄湖瑣談』에서 金錫胄는 '明月撥雲 芙蓉出水(밝은 달이 구름을 헤치고 나오며, 연꽃이 물 위에 솟아오른다)'라고 그의 전체적인 특성을 평하였다. 이에 대해 개별 작품을 대상으로 여러 사람들이 평한 '工緻', '豪壯', '閑適', '精細', '爽朗', '放遠', '洪亮嚴重', '仇高', '典雅', '寒淡', '雅麗', '淸亮', '古朴' 등의 시풍이 어떻게 대응되는지 알아보기로 한다.

---

21) 權應仁, 『松溪漫錄 下』, "佔畢齋先生, 以東文選循私不公, 擇焉而不精, 淘沙揀金, 更拔其尤, 文曰東文粹, 詩曰靑丘風雅, 可謂極精矣."

22) 『청구풍아』는 김종직의 序文으로 보아 成宗 4년(1473년)에 편찬이 완료되었고 (간행은 성종 19년, 1488년) 『동문선』은 5년이나 뒤인 성종 9년(1478년)에 완성이 되었다.

다음으로 김종직의 시인으로서의 시의식을 알아보기 위해 작품의 제재적 측면을 집중적으로 검토의 대상으로 삼는다. 그의 시는 근래에 공개된 『悔堂稿』 소재의 시를 포함해 약 2천수나 되기 때문에 여러 가지의 제재들이 다양하게 나타나지만, 그 중에서 두드러지는 특성이나 기존의 관점을 시정할 수 있는 점들을 중심으로 주요 제재들을 추출해 보기로 한다.

이상의 작업을 바탕으로 우리 나라 漢詩의 흐름에 있어서 조선 전기에 김종직이 차지하는 시인으로서의 위상을 평가하기로 한다.

김종직의 문집은 여러 차례 간행이 되었으며 몇 종의 판본이 있다. 본 논문에서 주요 자료로 삼은 것은 民族文化推進會에서 韓國文集叢刊 제12권으로 영인한 것이다. 그밖에 啓明漢文學硏究會에서 『佔畢齋先生全書』로 영인한 異本들도 보조 자료로 이용하였다. 『佔畢齋先生全書』는 문집총간본과는 다른 두 종의 異本과 기타 김종직 관련 자료들을 모아 놓아서 논문을 작성하는 데 크게 도움이 되었다.

한국문집총간본은 卷首題가 詩集은 『佔畢齋集』, 文集은 『佔畢齋文集』이라고 되어 있어 본 논문에서의 출처 표시도 이를 따랐다. 즉 단순히 『佔畢齋集』이라고 한 것은 詩集을 의미하고, 『佔畢齋文集』이라고 했을 때는 散文이 실린 2권의 文集을 의미한다. 전체를 통칭할 때는 그냥 '문집'이라고 하였다.

또 근래에 김종직의 초기 시(10대 후반~20대 후반)만 모은 『悔堂稿』가 발견되어 그의 작품 세계에 대한 자료의 폭을 넓혔는데, 이 시집의 자료도 검토의 대상으로 삼았다. 『회당고』는 최근까지 그 존재가 알려지지 않았던 시집인데, 李佑成의 노력으로 일본의 宮城縣立圖書館 소장본이 '栖碧外史 海外蒐佚本' 총서 중에 영인됨으로써 근년(1995년)에야 세상에 알려지게 되었다.23) 이 책은 서문이나 발문도 없이 不分卷 70장으로 되어 있으며 每半葉 10행 20자의 목판본인데 총 331수의 시가 실려 있다. 李東歡의 解題에 의하면 忠南大學校에도 한 책이 소장되어 있다고 하였는데,[24] 그 후(1996년)에 계명한문학연구회에서 『佔畢齋先生全書』를 영인하면서 충남대본을 底本으로 하였다.[25] 두 판본은 동일한 것인데 海外蒐佚本은 1장 후면과 2장 전면, 3장 후면과 4장 전면이 낙장인데다 영인 상태가 좋지 않아서 군데군데 글자를 알아보기 어려운 곳이 많으나 충남대본은 缺落이 없고 상태가 깨끗한 善本이다. 본 논문에서 연구 대상으로 삼은 것은 『佔畢齋先生全書』(4권에 편입) 영인본이며 작품의 출처 표시(면수 표시)도 이 책을 따랐다.

---

23) 海外蒐佚本 73, 『眞逸遺稿』에 合編, (아세아문화사, 1995).

24) 李東歡, <悔堂稿 해제>, 海外蒐佚本 『眞逸遺稿』 소재.

25) 『佔畢齋先生全書』 4, (대전 학민문화사, 1996). 해제에서는 따로 底本을 밝히지 않았으나 필자가 개인적으로 문의하여 확인함.

Ⅱ. 생애와 인물

1. 기존 평가의 분석

서론에서 얘기한 것처럼 김종직에 대한 평가는 일정하지 않은데, 그 평가들은 극명하게 반대되는 성격의 것이다. 여기에서는 한 인물을 놓고 이처럼 상반되는 평가가 나오게 된 원인을 분석해 보고 어느 쪽이 진실인지, 혹은 양쪽의 주장에 얼마만큼의 신빙성과 허점이 있는지를 자료를 통해 알아보고자 한다. 우선 김종직을 道統, 즉 유학연원으로 인정하게 된 과정을 살펴보자. 흔히 조선 유학의 도통을 가장 먼저 언급한 사람으로 奇大升(1527~1572)을 들고 있는데,[1] 사실은 그보다 먼저 趙光祖(1482~1519)가 이를 언급하였다. 다음은 조광조가 夕講에서 중종에게 한 말이다.

> 김종직은 처음에 길재에게서 수업하였는데 길재는 곧 정몽주의 문인이니, 종직의 학업을 전해 받은 연원이 참으로 유래가 있습니다. 지금 약간이라도 선을 행할 줄 아는 자들은 그 문하에서 수업한 사람들입니다.(金宗直 初受業 於吉再 再卽鄭夢周之門人也 宗直傳業淵源固有自矣 在今稍知爲善者 受業於其 門者也)[2]

---

1) 김홍경, 『조선 초기 관학파의 유학사상』(한길사, 1996), 19면.
　　이종태, <도학적 실천 정신의 착근>, 『조선 유학의 학파들』(예문서원, 1996), 63면.

이때는 무오사화로 부관참시를 당한 김종직이 이미 伸寃이 된 후의
일이다. 여기서 김종직이 길재에게서 수업하였다고 한 것은 私淑이 아니
고 직접 及門했다는 의미로 쓰였는데 이는 사실과 다르다. 길재의 死後
에 김종직이 태어났기 때문이다. 그후 己卯士禍(1519년)가 일어나고 한
참 후인 中宗 39년(1544년) 成均生員 辛百齡 등이 趙光祖 등 己卯名賢
들의 伸寃을 상소하는 글에 위의 사람들에다 金宏弼과 趙光祖를 포함한
계보를 언급하였다.

> 조광조는 김굉필에게서 배웠고 김굉필은 김종직에게서 배웠고 김종직은
> 前王朝의 신하 길재에게서 배웠고 길재는 정몽주에게서 배웠습니다.(盖光祖
> 得之於金宏弼 宏弼得之於金宗直 宗直得之於前朝臣吉再 吉再得之於鄭夢周)3)

여기서도 여전히 김종직과 길재를 바로 연결시켰는데, 그 사이에 김
종직의 부친 金叔滋를 넣어서 두 사람 사이의 간극을 메운 주장이 뒤
이어서 제기되었다. 위의 상소가 있은 지 바로 1년 후인 仁宗 원년
(1545년)이다.

> 아아, 조광조의 학문의 바름은 그 전한 것이 유래가 있습니다. 어려서부터
> 개연히 도를 구하는 뜻이 있어 김굉필에게서 수업하였는데, 김굉필은 김종직
> 에게서 배웠고 종직의 학문은 그 부친 사예 叔滋에게서 전해 받았고 숙자의
> 학문은 고려의 신하 길재에게서 전해받았고 길재의 학문은 정몽주에게서 전
> 해받았습니다. 몽주의 학문은 실로 우리 동방의 鼻祖이니 그 학문의 연원이
> 이와 같습니다.(嗚呼 光祖之學之正 其所傳者有自來矣 自少慨然有求道之志 受
> 業於金宏弼 宏弼受業於金宗直 宗直之學傳於其父司藝臣叔4)滋 叔滋之學 傳於

---

2) 『中宗實錄』, 13년 4월, 丁酉.

3) 『中宗實錄』, 39년 5월, 丙寅.

4) '叔'자가 실록 원문에는 '淑'으로 되어 있으나 바로잡음. 그 다음 '淑'자도 마
   찬가지.

高麗臣吉再 吉再之學傳於鄭夢周 夢周之學 實爲吾東方之祖 則其學問之淵源類
此)5)

이 글은 마찬가지로 조광조를 伸寃하기 위한 성균관 진사 朴謹 등의
상소이다. 기대승의 다음과 같은 의견이 나온 것은 이후 한참이 지나서
의 일이다.

　　동방의 학문이 서로 전한 차례를 말하자면 정몽주는 동방 성리학의 鼻祖
가 되는데 길재는 정몽주에게서 배웠고 김숙자는 길재에게서 배웠고 김종직
은 김숙자에게서 배웠고 김굉필은 김종직에게서 배웠고 조광조는 김굉필에게
서 배웠으니 스스로 원류가 있습니다.(以東方學問相傳之次言之 則以夢周爲東
方理學之祖 吉再學於夢周 金叔6)滋學於吉再 金宗直學於叔滋 金宏弼學於宗直
趙光祖學於宏弼 自有源流也)7)

이상에서 본 대로 기대승 이전 시대부터 이미 이러한 논의는 반복되
었고 기대승은 전해오는 견해를 이어받은 것이다. 이때는 이미 이와 같
은 견해가 여러 사람들에게 인용되면서 하나의 학통으로 굳어지게 되었
고 김종직은 도학의 계승자로서의 위치를 확고하게 인정받게 된다. 여기
서 보듯이 이러한 학통의 언급은 주로 조광조를 伸寃하기 위해서 그의
학문의 유래를 강조하기 위한 것임을 알 수 있다.

退溪 李滉은 김종직에 대해 원래는 당시에 이미 굳어진 일반론을 따
랐던 것으로 보이며8) 또 〈和陶集飮酒二十首〉9)라는 시에서도 김종직을

---

5)『仁宗實錄』, 원년 3월, 乙亥.

6) '叔'자가 원문에는 '淑'으로 되어 있으나 바로잡음. 그 다음 '叔'자도 마찬가
　지.

7) 奇大升,『高峯集』(韓國文集叢刊 40. 民族文化推進會 영인), <論思錄 下> 장
　55. 이 글은 구체적으로 <論思錄>의 己巳年(1569년) 閏 六月 初七日 조에 실
　려 있다.

8) 李滉, <禮林書院常享祝文>, 佔畢齋先生文集附錄,『佔畢齋先生全書』7권, 182

치켜세우고 그 문하에서 배우지 못한 것을 아쉬워하기까지 하였다. 그러
나 후에는 분명하게 인식의 변화를 가져온다.

> 보내준 편지에서 깨우쳐 준 점필재 선생의 일은 과연 그렇네. 그밖에도 이
> 와 같은 일이 많이 있네. 대개 마음을 오로지 하고 의리를 공경하는 학문에
> 는 깊이 유의하지 않았기 때문에 행동이 변하고 사리가 모호함이 이와 같으
> 니 애석하고도 두려워할 만하네.(來喩佔畢先生事果然 其他亦多有如此之事 大
> 抵於精一敬義之學 不甚留意 故馴致鶻突如此 可惜亦懼也)10)

제자인 李楨(字 剛而)에게 주는 답장인데, 김종직의 평가에 대해서
李楨이 기존의 평과 다른 뭔가를 알려준 것이 있어서 이에 대해 수긍하
는 내용이다. 김종직에 대한 기존의 생각이 바뀌는 것을 볼 수 있다. 다
음과 같은 글은 그 점을 더욱 확실하게 해 준다.

> 묻기를, "선생께서 풍기 군수로 계실 때 방백에게 올리는 글에서 정길과
> 우좨주와 김점필재 여러분을 나란히 평가하였는데 어떻습니까?"하니 대답하
> 기를, "그때는 미처 생각을 못했었다. 지금 생각하니 과연 크게 잘못되었다.
> 점필재는 다만 문장하는 선비였을 뿐이다."고 하셨다.(問 先生在豐基 上方伯
> 書 竝論於鄭吉 · 禹祭酒 · 金佔畢諸公 如何 曰 彼時不曾商量 今而思之 果大謬
> 佔畢亦只是文章之士耳)11)

그리하여 퇴계는 결론적으로 "김점필재는 학문하는 사람이 아니었고

면. "先師文忠公佔畢齋金先生, 伏以稟精奎璧, 生此東土, 學問淵深, 文章高古, 領
袖當時, 山斗後世, 啓佑無窮, 吾道不替."

9) 『退溪先生文集』 권1, 장52, "佔畢文起衰, 求道盈其庭, 有能靑出藍, 金鄭相繼鳴,
莫逮門下役, 撫躬傷幽情."

10) 앞의 책, 권22, 장20, <答李剛而>.

11) 『국역퇴계집』(민족문화추진회, 1978) 부록 원문, 언행록 V, 類編, 596면, <論
人物>.

평생 일삼은 사업이 다만 시문에만 있었으니 그 문집을 보면 알 수 있다.(金佔畢齋非學問底人 終身事業只在詞華上 觀其文集可知)"12)라고 말한다. 퇴계가 원래 신중한 인물이기도 하지만, 거듭되는 같은 의견과 문집을 직접 보고서 確言을 한 점으로 보아 그가 섣부르게 판단한 것은 아님을 알 수 있다.

栗谷 李珥는 조선 학문의 道統이 조광조에게서부터 시작되는 것으로 봄으로써 기존의 도통론 자체를 인정하지 않았다.13) 그는 조광조 이전의 인물들은 진정한 유학자로 인정을 하지 않았는데, 이는 앞에서 보았던 유학연원의 주장들과는 확연히 다른 것이다.

유학연원의 계보가 신빙성 있는 것이 아니라는 점은 尤庵 宋時烈도 주장하였다.14) 尤庵은 栗谷과는 달리 圃隱을 理學의 宗으로 인정하였지만, 그 이후의 인물들은 栗谷과 마찬가지로 연원으로 인정하지 않았다. 다만 조광조가 김굉필에게 수학한 것만 인정이 된다고 하였다. 또 도학의 전수를 반드시 구슬 꿰듯이 사람에게서 사람에게로 직접 전해야만 하는 것이 아니라는 중요한 지적을 하였다.

尤庵의 지적은 시사하는 바가 큰데, 『冶隱集』에서 길재의 行狀을 통해 師承 관계를 보면 鄭夢周 뿐만 아니라 權近과 朴賁도 스승으로 섬겼으며, 사제 관계의 밀도에 있어서 오히려 정몽주에 못지 않게 긴밀했음

---

12) <論人物>, 위와 같음.

13) 李珥, 『栗谷全書』 권30, <語錄 上>, "鄭圃隱號爲理學之祖, 而余觀之, 乃安社稷之臣, 非儒者也, 然則道學自趙靜菴始起, 至退陶先生, 儒者模樣已成矣."

14) 宋時烈, <深谷書院講堂記>, 『靜菴集』 附錄 권4, 장12. 민족문화추진회 영인 韓國文集叢刊 22, "惟太學生康惟善之疏, 是伸寃明道第一文字, 而論先生源派者, 未免有可疑, 其以圃隱爲東方理學之宗者, 蓋圃隱始以程朱之說啓牖東土, 其橫竪說話, 直契無違, 則其謂之理學之宗者, 不亦宜乎, 至其以金司藝叔滋, 爲傳圃隱之學於冶隱, 以授其子畢齋, 以至於金文敬公, 而遂及於先生, 則竊恐不得爲不易之定論也, …中間數君子, 特以發其端而已, 惟受學於文敬公者, 不可誣也, …豈必授受次第, 如貫珠然後, 乃謂道學之傳哉."

을 보여 준다.15) 그러나 권근과 박분에게 더 밀접했더라도 길재가 정몽
주에게서 학문을 전수받은 것 자체는 부정할 수 없지만, 길재에게서 김
숙자에게로 이어지는 과정은 도학의 전수하고 하기에 큰 무리가 따른다.
두 사람의 관계를 알려주는 것은 김종직이 『彝尊錄』에 기록한 것이 원
천적인데,16) 학문의 전수라고 하기에는 너무나 궁색하다.

> 나이 열 두셋이 되어서 鄕先生 길재 公이 일찍이 고려에 벼슬했다고 하여
> 本朝에서 녹봉을 사양하고 여러번 불러도 나아가지 않고서, 금오산 아래에
> 집을 짓고 자제들을 가르쳤는데 아이들이 구름처럼 모였다. 그 가르침은 灑
> 掃應對의 예절에서부터 춤추고 노래하는 것에 이르기까지 단계를 뛰어넘지
> 않게 하였는데, 公(부친 김숙자=필자 註)께서도 역시 가서 학업을 배웠다.
> 나이가 열 대여섯이 되어서 향교에 나아갔는데……이로부터 경전에 독실하게
> 뜻을 두고 성리학의 학문을 찾아서 孔子·孟子의 근원에까지 거슬러 올라갔
> 다.(及年十二三 鄕先生吉公再 以嘗仕高麗 辭祿於本朝 累徵不起 卜築金烏山下
> 敎授子弟 童卝雲集 其敎自灑掃應對之節 以至蹈舞詠歌 不使之躐等 公亦往受業
> 焉 及十五六 隷于鄕校……自是篤志經傳 求濂洛考亭之學 上遡孔孟之源)17)

김숙자가 길재에게 배운 것은 사실이지만 그것은 아동들을 상대로 한
小學 위주의 초보적인 학업을 배운 것임을 알 수 있다. 위의 글을 다시

---

15) 『冶隱集』,「冶隱先生言行拾遺 卷上」, <冶隱 行狀>, "歲庚戌, 就商山司錄朴賁
   甯, 讀論孟等書, 始聞性理之學", "遊牧隱·圃隱·陽村諸先生之門, 始聞至論, 歲
   甲寅, 入國子監, 中生員試二十三名, 癸亥, 中司馬監試第四名, 自是學益就道益明,
   日遊陽村門, 陽村語人曰, 踵余門而承學者有幾, 吉再父其獨步也", "是年春, 聞陽
   村卒, 垂涕泣曰, 古者民生於三, 事之如一, 世有爲君父服喪者, 無服師之喪者, 乃
   行心喪三年", "丁酉春, 朴公賁卒, 行心喪三年". 이와 같은 내용이 年譜에도 나
   온다.

16) 이후의 두 사람의 학문 수수 관계를 말한 것은 모두 『彝尊錄』의 기록을 토대
   로 한 것이다. 『彝尊錄』은 김종직이 부친 김숙자의 행적이 세상에 크게 나타
   나지 못했음을 애석하게 생각하여 손수 世系圖, 年表, 師友錄 등을 적어 놓은
   기록이다.

17) 『彝尊錄 下』, <先公事業> 第四.

보면, 15～16세에 향교에 나아가서 이때부터 경전에 독실하게 뜻을 두었다고 하였음을 보아도 그 점은 분명하다. 또한 김숙자는 여기에서 만족하지 못하여 사방으로 선생을 찾아 다녀, 黃澗에서 尹祥이 현령을 한다는 말을 듣고 찾아가 주역을 배웠으며, 이로 말미암아 그의 역학이 크게 밝아지고 經을 업으로 하게 되었다고 하였다. 학문다운 학문은 길재를 떠나서부터 이루어지고 있는 것이다. 김종직은 길재에 대하여 언급할 때도 이름을 諱하지 않고 直書하고 있다.[18] 김종직의 여러 글을 보아도 權近이나 尹祥에 대해서는 師表로 존중하는 글이 있으나 길재를 師承 관계로 인정하는 글은 발견되지 않는다.

또 한가지 중요한 사실은 부친 김숙자의 나이에 따라 逐次的으로 생애를 기술한 年譜인 〈先公紀年〉에는 길재에게 배웠다는 기록이 전혀 나타나지 않는다. 다만 9살에 처음 글을 읽기 시작했다는 기록이 있은 다음, 16세 때인 永樂 2년 條에 "비로소 향교에 소속되어 학문이 날로 진보하여 이미 동료들이 복종하는 바가 되었다."[19]고만 되어 있다. 앞서의 인용문에서 나이 열 두셋이 되어 鄕先生 길재에게 배웠다는 것은 선친의 생전의 언행들을 종합하여 기록한 〈先公事業〉 중에 나온 내용이다. 연보와의 기록을 비교해보면 길재에게서 배운 것에 별다른 의미를 두지 않은 것이 분명하다.

이러한 여러 정황으로 볼 때 유학연원이라는 것은 戊午史禍와 己卯士禍 이후 피해를 입었던 士林들이 신원되고 복권되는 과정에서, 자신들의 스승을 절의의 표상이며 理學의 宗主로 받들어지는 정몽주에게 연결시

---

18) 『佔畢齋集』 권13, 장4, 〈戲與吉直長仁種〉의 제목 아래 주, "仁種, 司諫再之孫也, 所乘驪馬死, 埋之後園, 人謂乃祖風."
　　앞의 책, 권13, 장12, 〈允了作善山地理圖題十絶其上〉의 自註, "吉再隱居金烏山鳳溪洞, 世言, 再之家婢, 春粟時, 亦以詩詞相杵."
19) 『彛尊錄上』, 〈先公紀年第二〉, "洪武三十年丁丑, 公年九歲, 始讀書", "永樂二年甲申, 公年十六歲, 始屬鄕校, 學問日進, 已爲儕輩所服."

키기 위하여 김숙자라는 연결고리를 찾아 정몽주에게 배운 기록이 나와 있는 길재에게 무리하게 끌어다 맞춘 것이라는 주장이 설득력을 갖는다.

이러한 결정적인 계기는 바로 세조의 왕위 찬탈을 풍자했다는 〈弔義帝文〉 때문에 김종직이 사후에 부관참시를 당하고, 이로 인하여 사육신에 견줄만한 절의 정신에 투철했다는 점이 높이 평가받았다는 점일 것이다. 그러나 이 〈조의제문〉에 대한 문제도 반대로 김종직을 얽어매는 구속으로 작용하기도 한다. 다음 항에서 이에 대해 알아보기로 한다.

2. 현실 순응의 삶

김종직의 생애와 가계에 대해서는 그의 연보와 『彝尊錄』에 자세히 나와 있고 기존의 연구에서도 많이 밝혔으므로 본 논문에서는 반복해서 다루지 않고, 그보다는 문제가 되는 그의 삶의 태도에 분석의 초점을 맞추기로 한다.

기존의 일부 연구에서는 김종직의 생애를 몇 단계의 시기로 나누어 보려는 시도가 있었다.20) 이처럼 한 인물의 생애를 여러 단계로 나누어 보는 것이 의미를 가지려면 그 사람의 생애가 그만큼의 변화와 굴곡이 있었다든가 사상적인 측면이나 인생관에 어느 정도의 변화가 있었다는 전제가 필요하다. 그러나 김종직의 경우는 전 생애를 통하여 시기를 구분할 만한 사상적인 변화도 드러나지 않으며, 관직 생활도 외직과 내직을 번갈아 역임한 것 이외에는 삶에 굴곡을 겪은 것도 아니어서 단순한

---

20) 李源周는 전 생애 중 그의 宦路 기간만을 '入朝期, 外職期, 再入朝期'로 구분하였고 朴善楨은 전 생애를 '修學期, 入朝期, 治人敎育期, 葛藤期'로 구분하였다. 그러나 이원주의 구분은 단순한 사실 나열이고, 박선정의 구분은 '治人敎育期'라는 것이 따로 설정될 수 없는 것이고 '葛藤期'는 실상에 맞지 않는다.

시기 구분은 큰 의미를 가지지 못한다.

그의 생애에서 중요하게 살펴보아야 할 사실은 과연 그가 기존의 평가대로 〈弔義帝文〉을 세조의 왕위 찬탈에 대한 의분을 가지고 지었는가, 또 그러한 생각의 연장에서 세조를 불의의 인물로 여겼는가를 검증하는 일이다. 무오사화 이후 지금까지 수많은 사람들이 이를 하나의 기정 사실로 믿고 반복해서 언급해 왔지만 구체적인 자료를 통해 김종직의 생애를 살펴보면 이는 사실과 많이 다르다는 것을 알 수 있다.

김종직은 〈조의제문〉 때문에 절의의 인물로 평가받고 있지만, 이 때문에 후인들에게 오히려 비난을 받는 계기가 되기도 하였다. 다음의 張維와 許筠의 논설이 가장 대표적이다.

점필재는 세조에게 벼슬을 하였는데 〈조의제문〉을 지어 춘추필법의 임금을 두려워하고 공경해야 하는 대의를 크게 범하였다. 대개 이런 마음(조의제문에 나타난 절의의 마음＝필자 註)이 있었으면 그 조정에 벼슬하지 말았어야 했고, 이미 그 조정에 벼슬했으면 이런 글을 짓지 말았어야 했다. 마음과 실제 일이 모순되고 의리와 분수가 모두 결함이 있으니 이것이 두가지 의심스러운 일이다. 문충공이 문묘에 배향된 이래로 후학들이 감히 다시는 그 잘잘못을 의심하지 않고 무오사화 후로 사람들이 또한 그 일을 논하지 않으니 천년 후에 오히려 무엇이라고 말할지 모르겠다.(佔畢齋委質光廟 以弔義帝文之作 大犯春秋諱尊之義 蓋有是心則不當立其朝 旣立其朝則不當作此文也 心事矛盾 義分俱虧 此二可疑也 自文忠從享文廟 後學不敢復疑其得失 而戊午史禍之後 人亦不論其事 未知千載尙論以爲如何也)[21]

靖亂日을 당하여 김종직은 박팽년·성삼문 무리들처럼 녹을 먹은 것이 있었던 것도 아니었고 김시습처럼 평소에 은택을 입었던 것도 아니었다. 다만 시골의 변변찮은 한 선비여서 옛 임금을 위하여 죽어야 할 의리도 없었으니, 그가 벼슬하기를 달갑게 여기지 않은 것은 원래 위선이었다. 비록 위선이라

---

21) 張維, 『谿谷集』韓國文集叢刊 92(민족문화추진회 영인, 1992), 〈谿谷漫筆〉 권 2, 장 10.

도 이미 뜻을 세웠다면 임금이 비록 다그쳐도 죽기를 맹세하고 가지 않았어
야 옳았다. 그런데 마치 화가 두려워서 억지로 벼슬길에 가는 것처럼 하였
다. 이미 벼슬을 하여서는 귀에다 붓을 끼우고 있다가 임금의 말을 기록했으
며, 책을 끼고 고운 털자리에 엎드리기도 하였다.……尸位素餐이나 하면서
직책상 당연히 해야 할 것도 하지 않다가 문인이 그 점을 지적해 주자 핑계
대는 말로써 대답하였으니 이게 과연 군자라고 할 만한가. 죄는 마땅히 죽임
을 당해야 한다. 그러나 세상에서는 지금까지 계속하여 그 사람을 칭찬하고
있으니 무엇 때문일까. 내가 가만히 그의 사람됨을 살펴보았더니, 家學을 주
워 모으고 문장 공부를 해서 스스로 發身했던 사람에 지나지 않는다.……그
가 〈弔義帝文〉을 짓고 〈述酒詩〉를 썼던 것은 더욱 가소로운 일이다. 이미 벼
슬을 했다면 그 분이 내 임금인데, 그를 꾸짖기에 여력을 다하였으니 그의
죄는 더욱 심하다.……나는 세상 사람들이 그의 형적은 살펴보지 않고 다만
그의 명성만 숭상하여 지금까지 치켜 올려 大儒로 여기는 것을 안타까워한
다. 그 때문에 특별히 나타내어 기록한다.(當靖亂日 宗直非有祿食如彭年三問
輩 非素蒙恩如時習也 特一鄕曲渺然韋帶之士 於舊君無可死之義 其不肯仕 固已
僞矣 雖僞而已立其志 則上縱逼之 矢死不赴可也 乃若怵禍而黽勉赴之者然 旣釋
褐珥筆記言 而挾策伏細旃……尸位素餐 不爲職分之當爲 及其門人言之 則爲遁
辭以答之 是果可爲君子 而罪當誅矣 世之至今稱其人不替何哉 余竊覩其爲人 不
過劚拾家學 爲文墨以自拔者……其作義帝文・述酒詩 尤爲可笑 旣仕則是我君
而乃詆之不遺餘力 其罪尤甚……余憫世之人 不求其形迹 徒崇其名 至今推以爲
大儒 故特表而著之)22)

기존의 평판을 정면으로 반박하는 대단히 신랄한 비판이다. 위 두사
람이 주장하는 근본 취지는 같은 것이다. 세조를 불의하게 여겼으면서
그 조정에 벼슬했다는 것이다. 여기서 문제삼아야 할 것은 〈弔義帝文〉이
세조의 불의를 비판했다는 점이다. 이 〈조의제문〉은 무오사화가 나기 전
에는 아무도 문제삼지 않았던 것이다. 심지어 성종도 그 글을 보았으나
별다른 혐의를 두지 않았으며,23) 누구도 그것이 세조를 비판한 것이라

---

22) 許筠,『惺所覆瓿藁』권11, 文部 8, <金宗直論>.

23)『中宗實錄』2년 6월, 壬午. "藝文館奉敎金欽祖・鄭忠樑, 待敎李希曾・金瑛, 檢
閱李士末・尹仁鏡・鄭熊・尹止衡等, 上疏曰,……金宗直等事, 臣等竊惑焉, 成宗

고 여기지 않았다. 柳子光이 구절 구절 끌어대어서 그 내용을 세조의 왕위 찬탈 과정에 맞춘 것이다.

김종직 자신은 그가 남긴 詩文을 보았을 때 전혀 세조를 불의로 여기지 않았음을 알 수 있다. 자신이 섬기는 임금이라는 인식 아래 臣子의 도리를 다했을 뿐이다. 세조가 피부병을 앓아 온천행을 했다는 것은 잘 알려진 일이다. 그때 왕의 수레가 환궁하자 성균 생원으로서 김종직은 歌謠를 지어 올렸는데, 그 幷序의 내용은 이렇다.

> …마침내 9월 16일에 임금의 수레가 서울로 돌아오자, 도읍의 士女들이 모두 어린애가 부모를 그리워하는 생각을 펴서 기뻐하며 노래부르는 것이 도로에 떠들썩하니 비록 黃帝가 具茨山에 유람한 일이나 神禹가 塗山에서 돌아온 일이라도 여기에 비유하지는 못할 것이다. 신들은 모두 뜻만 크고 실행이 없는 사람들로서 임금의 교화를 흠뻑 입고 있는 터인데 마침 어가가 속히 돌아오심을 보았으니 감히 성대하고 아름다움을 찬양하는 일을 나중에 하겠는가. 삼가 손 마주잡고 머리 조아려 절하고 다음과 같이 訟을 바치는 바이다.(…遂以九月之十有六日 旋軫于京 都人士女 率伸嬰慕之懷 歡愉歌頌 騰於道路 雖黃帝具茨之遊 神禹塗山之返 不足與擬也 臣等俱以狂簡 沐浴皇化 屬覩鑾輅之邂歸 敢後稱揚於盛美 謹拜手稽首而獻訟曰)[24]

이 작품은 혹 성균관 유생으로서 의례적으로 지었다고 할지 모르나, 다른 작품들을 보아도 기본적으로 자기가 섬긴 임금으로서 가식이 아닌 성심껏 받들어 올리는 자세를 갖고 있었음을 알 수 있다.

大王親覽弔義帝文, 尙且不以爲嫌, 則成宗大王非不知之, 而不之罪者, 意必有在也……." 이 글에서는 성종이 <조의제문>의 뜻을 알면서도 틀림없이 다른 뜻이 있어 죄를 묻지 않았다고 하였지만 이는 이미 김종직을 절의의 인물로 옹호하는 사람들의 私見일 뿐이고, 성종이 <조의제문>을 보고서도 아무런 반응이 없었다는 것은 그것이 특별히 세조를 비판한 것이 아니라고 생각했기 때문이라고 보는 것이 더 옳은 생각이다.

24) 金宗直, 『佔畢齋集』 권1, 장18, <大駕自溫陽還宮成均館歌謠幷序>.

그는 예종 때 典校署에 있을 때 선왕인 세조의 訓辭를 印出하여 올리라고 하자 기뻐서 잠을 이루지 못하였다고 감격해 하고 있다. 〈十月初六日 上命本署 印進帝範訓辭 是夜喜而不寐(시월 초육일에 임금이 본서에 명하여 제범과 훈사를 인출하여 올리라고 하자 이날 밤에 기뻐서 잠을 이루지 못하다)〉25)라는 시가 그것이다. 訓辭는 바로 세조가 그의 왕세자에게 훈계하여 내린 말인데, 당태종이 태자에게 내린 帝範과 함께 인쇄하게 한 것이다. 돌아가신 임금의 말씀을 인출해 올리라는 말에 '기뻐서 잠을 이루지 못할' 정도라는 표현에서 그가 세조를 불의로 여기지 않았을 뿐만 아니라 진정한 추모의 정까지 간직하고 있음을 알 수 있다.

또 〈世祖惠莊大王樂章〉26)이라는 작품으로 '巍巍曲' '天命曲' 두 작품을 남겼는데 그 중 〈天命曲〉의 한 구절만 보면 '…肅淸內亂 總攬權綱 陽舒陰慘靖四方(내란을 깨끗이 평정하고 國權을 총괄하여 잡아서, 덕을 펴고 刑罰 써서 사방을 안정시켰네)…'하는 식으로 세조의 집권을 미화하고 적극적으로 찬양하기도 하였다. 세조를 불의로 여겼다는 그간의 인식이 후대인들에 의해 관념화된 하나의 허구라는 사실이 드러난다.

다음 시를 보아도 역시 세조에 대한 자발적인 好意가 드러나 있다.

〈臘日上奉世祖神主 祔于太廟 備法駕還宮 僕以外補未綴舊班 有作呈國華 十二月十六日〉(납일에 임금께서 세조의 신주를 받들어 태묘에 合祀하고 법가를 갖추어 환궁하였는데, 나는 이때 외직에 보임되었기 때문에 그전 반열에 끼지 못하고 시를 지어 國華에게 드린다. 12월 16일이다.)27)

올해의 臘日은 따뜻하기 봄과 같아
도랑 버들, 뜰의 훤초 자태도 새로운데
고요한 종묘에는 온 儀式舞 펼쳐지고

---

25) 같은 책, 권5, 장2.

26) 같은 책, 권6, 장11.

27) 같은 책, 권6, 장17.

평평한 거둥 길엔 일월성신 빛나도다.
은혜로운 조칙 내려 가벼운 죄 용서하고
朝廷의 술 진한 맛에 近臣들이 다 취하니
나홀로 부끄럽네, 깃대 잡고 俗吏되어
조복 입고 임금 수레 뒤따르지 못하다니.

今年臘日暖如春　渠柳庭萱物態新
血血閟宮傳萬舞　平平馳道燦三辰
寬恩渙汗原輕繫　法酒濃薰醉近臣
自愧一麾爲俗吏　朝衣未惹屬車塵

납일에 세조의 신주를 종묘에 합사하고 환궁하는 대열에 끼지 못한 아쉬움을 시로 지어 친구인 崔淑精(字 國華)에게 준 시이다. 작자는 이 때 40세였는데, 노모를 봉양하기 위하여 爲親乞郡하여 외직인 함양 군수를 제수받았기 때문에 조정 대신들만 참여하는 종묘 행차에 참여하지 못한 아쉬움을 표하고 있다. 세조 집권의 일등공신인 韓明澮와 申叔舟 등 훈구 관료들과도 사이가 아주 좋았으며 특히 신숙주에게는 각별한 知遇를 입기도 하였다.28)

김종직이 세조를 불의하게 여겼다고 규정하다 보니 같이 유학연원선상에 놓인 그 부친 김숙자까지 세조에 대해 불의하게 여겼다는 주장이 나오고 있다. 즉 그가 만년에 벼슬을 버리고 고향에 돌아간 것이 세조의 불의에 忠憤을 느껴서였다는 것인데,29) 이 역시 사실과 다르다. 김숙자는 이 때 年老한데다 太學에 있을 때부터 風濕을 앓았었는데 여묘살이 하면서 거친 잠자리에 병이 더쳐서 이 해에 더욱 크게 발병하여 걸음조차 제대로 걷지 못할 정도였다. 그래서 요양차 성주교수관을 제수받았었

---

28) 훈구 관료들과의 친교는 본 논문의 'Ⅳ. 2. 題材에 나타난 詩意識' 항에서 자
　　세히 살펴보기로 한다.

29) 朴善槙, 『佔畢齋 金宗直 文學 硏究』(이우출판사, 1988), 17·78면.
　　申鶴祥, 『金宗直 道學思想』(도서출판 영, 1990), 137·378면.

는데[30] 세조 원년 12월에 사직하고 그 다음해 3월에 세상을 떴으니 순전히 기력이 쇠약해서 그만둔 것이다. 사직 시기가 마침 세조 초년이기 때문에 후대인들이 정황만으로 짐작하여 절의를 지키기 위해 사직했다고 생각한 것이다.

이와 같은 사실을 바탕으로 본다면, 김종직이 벼슬 이후에도 몇몇 작품들에서 역사적 소재를 취하여 절의의 주제를 나타낸 것처럼 〈조의제문〉도 구체적으로 세조를 빗대어 지은 것이 아니라, 역사상의 한 사건을 놓고 유가의 기본적인 절의관에 입각해서 작품화한 것으로 보아야 그의 생애가 모순에 빠지지 않는다.

김종직의 입장으로서는 위의 허균의 논박 중에 나온 말처럼 端宗을 위해서 절의를 지킬 의무가 없는 셈이다. 따라서 이미 왕으로 선 세조에 대해서 臣子로서 충성을 다하는 것은 당연한 것이다. 그는 유학의 덕목을 열심히 실천하고 향촌 사회에 보급하기 위해 나름대로의 노력을 기울이며 자신의 삶을 충실하게 살다 간 사람이다. 그를 둘러싸고 일어난 분분한 논의는 자신의 실제 삶이나 의지와는 아무런 상관이 없이 순전히 후대 사람들의 이해관계에서 비롯되고 그 과정에서 불필요한 오해가 발생하기도 한 것이다.

그렇게 된 배경에는 먼저 유자광이 〈조의제문〉의 내용을 제멋대로 읽어서 세조를 불의하게 여긴 것이라고 주장하고 화를 일으킨데서 비롯되었다. 유자광이 아니었더라면 〈조의제문〉은 그의 다른 節義 주제의 작품들, 예를 들면 〈弘演〉이나 〈古風〉 등과 같이 유가의 보편적인 기본 사상 중 하나로서의 절의관을 드러내는 작품으로 존재했을 것이다. 많은 유학

---

30) 金宗直, 『彝尊錄』 上, <先公紀年>, "景泰五年 甲戌(66세＝필자 註), …月陞奉列大夫, 出爲星州敎授官, 公自居太學時患風濕, 後廬墓三年, 常於苫塊坐臥, 病尤增, 至是年大發, 不能良行, 欲得閑職以養疾, 大臣知之, 故有此除, 十二月陞奉正大夫.", "景泰六年乙亥, 本朝世祖惠莊王元年(67세＝필자 註), 是年六月陞中訓大夫, 十二月辭職, 居于密陽."

자들의 시에서 절의를 나타내는 시들은 흔히 볼 수 있는 것이다.

　일찍이 尤庵도 〈조의제문〉을 무슨 뜻으로 지었는지 잘 모르겠다고 함으로써 그것이 세조를 비판한 것이 아니라는 간접적인 견해를 보인 바 있다.

　　　대개 그 화는 실로 조의제문 한편이 빌미가 된 것인데, 점필재가 이 글을 무슨 의도로 지었으며 선생(김일손＝필자 註)이 이 글을 실을 것은 또 무슨 견해였는지 모르겠다. 모두 후학으로서는 감히 짐작할 바 아니다.(蓋其禍實崇於弔義帝一篇　未知畢齋之作此文何意　先生之錄是文又何見歟　皆非後學所敢窺測)31)

　이 점에 대해서 西厓 유성룡도 "점필재의 작품 〈弔義帝江中文〉은 나 자신 그것이 무슨 뜻인지 모르겠는데, 화를 자초했으니 어찌 남을 허물할 수 있으랴(佔畢齋作品　弔義帝江中文　吾不知其何意　禍自己作　安可咎人)32)라고 하여 같은 관점을 나타낸 바 있다. 西厓나 尤庵의 시대는 이미 김종직이 復權되어 儒學淵源으로 일컬어지고 〈조의제문〉이 세조를 풍자한 작품이라는 인식이 굳어 있을 때인데, 여기에 굳이 '무슨 의도인지 모르겠다'고 이의를 제기한 것은 기존의 인식에 동의하지 않는다는 뜻으로 볼 수밖에 없다.

　김종직은 젊어서부터 적극적인 관직 진출 의사가 있었으며, 파거를 통하여 出仕하고 나서도 관인 의식을 견지하면서 후진을 양성하기도 하고 지방관으로서는 善治로 명망도 쌓으며 나름대로 현실에 충실한 삶을 살았다. 그의 생애를 살펴보면 극히 현실에 순응하는 태도를 보인다. 실록에 기록된 다음과 같은 일화는 그의 현실 순응적 태도를 잘 보여준다.

---

31) 宋時烈, 『濯纓集』, 〈濯纓先生文集序〉.

32) 柳成龍, 『西厓別集』 권4, 〈雜著〉, '佔畢齋' 조.

임금이 정희왕후의 喪中에 있으면서 시를 지어 월산대군에게 내렸으므로 홍문관에서 이것을 간하였는데, 임금이 김종직에게 묻자 김종직이 대답하기를 "韻語는 金石의 종류가 아닌데 지은들 무엇이 해롭겠습니까" 하였으니, 그 임금의 뜻에 순종하여 맞추어 둘러대는 것이 이러하였다. 뒤에 이조참판에 제수되었을 때……그때 윤은로가 4품인 관원이었는데 판서 이숭원이 첫머리에 윤은로의 이름을 써서 注擬하여 들이려 할 때에 김종직이 저지하며 말하기를, "윤은로는 椒房(후비의 궁전)의 가까운 친족으로서, 평소에 명망이 없는데 이제 첫머리로 천거하면 물의가 있을 것입니다." 하였다. 이숭원이 노한 빛을 띠며 손수 지우니 김종직이 자리를 피하며 청하기를 "이미 그 이름을 썼으면 다시 지울 것 없습니다. 영돈녕이 들으면 나를 어떻게 생각하겠습니까." 하였으나 이숭원이 듣지 않았다.……김종직은 먼저 正論을 내고도 뜻이 확고하지 않아 권세에 아부하는 꼴이 되는 것을 면하지 못하였으니 평소의 명망이 어디에 있는가.(上在貞熹王后憂制 作詩以賜月山大君 弘文館諫之 上問 宗直 對曰 韻語非金石之流 作之何妨 其承順上旨 附會如此 後拜吏曹參判…… 時尹殷老爲四品官 判書李崇元首書殷老名 將擬入 宗直止之曰 殷老以椒房至親 素無名望 今若首擧 必有物論 崇元作色 手書勾去之 宗直避席請曰 旣書其名 不 須更抹 領敦寧聞之 其謂我何 崇元不聽……宗直首發正論而意不確 不免爲附勢 之態 素望安在)33)

이러한 그의 현실 순응적 태도는 제자들의 눈에는 너무 현실에 안주하는 듯이 비쳐져 그 때문에 서로간에 사소한 간극이 벌어지기도 하였다. 洪裕孫과 金宏弼과의 사이에서 각각 그런 일화가 남아 있다.

곧바로 영남으로 돌아와 점필재를 알현하고 두시를 배우고……두류산에 들어가 학업을 닦고 있다가 서울에 이르러 선생에게 '時勢의 일을 올바로 건의하지 않고 어찌 헛되이 남의 벼슬, 봉록만 취하고 있습니까.'하고 간하였다. (그래서) 선생이 크게 미워하였다.(卽步歸嶺南 謁佔畢齋 受杜詩……入頭 流山肄業 到京諫先生 不建白時事 何空取人爵祿爲也 先生大惡之)34)

---

33) 『成宗實錄』, 15년 8월 庚申.
34) 南孝溫, 『秋江先生文集』 권7, 장25, <師友名行錄>.

점필재 선생이 이조참판이 되었는데 또한 뚜렷이 時事를 건의하는 태도가 없었다. 大猷(김굉필)가 시를 지어 바쳐 이르기를 '道란 겨울에 가죽 옷 입고 여름에 얼음물 마시는 것과 같은 일에 담겨 있는데, 비 개면 가고 장마 지면 머무르는 것만이 어찌 능사이겠습니까. 난초가 시속을 따라 끝내 변한다면 누가 소는 밭가는 동물이고 말은 등에 타는 동물이라고 믿겠습니까.'하였다. 선생이 같은 韻字로 화답하여 이르기를 '분수 넘치게 벼슬하여 재상의 지위에 이르렀지만 임금을 바르게 보필하고 세상을 구제하는 것을 내가 어찌 할 수 있으랴. 후배로 하여금 졸렬하다고 조롱받으나 구구한 권세 명리는 족히 탈 게 못되네.' 하였으니 대개 그를 미워한 것이다. 이로부터 점필재와 틈이 벌어졌다.(佔畢先生爲吏曹參判 亦無建明事 大猷上詩曰 道在冬裘夏飮氷 霽行潦止豈全能 蘭如從俗終當變 誰信牛耕馬可乘 先生和韻曰 分外官聯到伐氷 匡君救俗我何能 從教後輩嘲迂拙 勢利區區不足乘 蓋惡之也 自是貳於畢齋)35)

홍유손이나 김굉필은 젊은 新進氣銳로서 스승에 대한 기대가 컸겠지만 현실 순응적인 김종직으로서는 제자들의 기대에 부응할만큼 時事에 적극적으로 부딪치기에는 벅찼던 것이다. 김굉필과 김종직간의 이 일화는 많은 사람들에게 관심의 대상이 되어서『중종실록』에서도 史官이 김굉필에 대해 논하면서 이 일을 기록하고 있고36) 退溪도 이 일에 대해 〈答李剛而〉라는 글의 〈別紙〉에서 두 사람의 시에 대한 해석을 하고 김굉필의 입장을 두둔하고 있다.37) 퇴계는 또 다른 글에서 김굉필과 김종직의 지향점이 분명이 달랐다는 것을 재차 지적하면서 김종직이 "항상 문장으로서 첫째의 의의를 삼았고 학문의 실질을 익히고 연구하는 데에 종사한 것은 거의 볼 수 없다."고 그의 문인적 성격을 지적하였다.38)

---

35) 위의 책, 장21.

36)『中宗實錄』13년 4월 丁酉, "史臣曰, 宏弼近世大儒也, 平生處身學問, 一以程朱爲法, 潛心聖學, 所得甚高, 一動一靜, 無或悖違, 周旋中規, 初學於金宗直, 宗直亦一時名儒, 其學頗拘於文章, 宏弼心嫌焉."

37)『退溪先生文集』권22, 장20.

38)『景賢錄』(한훤당선생기념사업회, 1970), <事實>, "佔畢先生, 雖非後學所敢輕議, 然細考其集中詩文之類, 其志常以文章爲第一義, 殊未見有從事於講求學問之

김종직의 이와 같은 현실 순응적 태도와 관련해서 빠뜨릴 수 없는 중요한 일화가 있다. 年譜에 의하면 그는 16세 때 서울에서 과거에 응시하여 〈白龍賦〉를 지었으나 낙방하였는데, 太學士로 있던 金守溫이 낙방한 시험지를 보고서 "이는 훗날 文衡을 맡을 솜씨이다"하고 감탄하였다. 이때 고향으로 돌아가는 길에 한강의 濟川亭에 다음과 같은 시를 남겼다.

> 눈 속에 핀 찬 매화와 비 온 뒤의 산의 모습
> 볼 때에는 쉬워도 그릴 때엔 어려운 법.
> 남들이 몰라 볼 줄 일찍이 알았더면
> 차라리 연지 잡고 모란이나 그릴 것을.

> 雪裏寒梅雨後山　看時容易畫時難
> 早知不入時人眼　寧把臙脂寫牡丹

나중에 金守溫이 濟川亭에 들렀다가 이 시를 보고 "이것은 틀림없이 지난 번에 白龍賦를 지은 솜씨이다."하고 알아보니 과연 그러했다는 것이다.[39)]

이 이야기는 金守溫의 뛰어난 文鑑을 알려주는 일화로 많이 인용되지만, 사실은 김종직의 文才에 대한 자부심과 함께 현실 순응의 잠재 심리를 읽을 수 있는 자료이기도 하다.

눈 속에 핀 고고한 매화는 추위를 이겨내는 꿋꿋한 기상과 절개가 돋보이는 꽃이고, 비 온 뒤의 산은 그 맑고 깨끗한 모습이 사랑스럽다. 그러나 이러한 모습들은 눈으로 보기에는 금방 좋다는 것을 알지만, 막상

　實, 若如寒暄堂, 則雖亦無徵於學問之事, 然其專心致志, 力行古義, 則有不可誣者, 其趣向有如是之不同."

39) 〈佔畢齋先生年譜〉, 正統 11년 丙寅 조. 문집에는 이 사실을 『羣賢記事』란 책에 실려 있는 것을 인용한 것으로 되어 있다.

그림으로 그리려고 하면 어려운 법이다. 그러한 어려움을 넘어서 그 고결하고 담박한 내면적인 세계를 '傳神'해 놓았지만 안목이 없는 時俗 사람들은 그것을 알아보지 못한다는 것이다. 자신이 지은 〈白龍賦〉는 바로 '눈 속의 찬 매화'나 '비온 뒤의 깨끗한 산'과 같은 것인데 남들이 이를 알아보지 못하니 난감하다. 이때 사람이 취할 수 있는 태도는 세상 사람들의 눈을 의식하지 않고 자신만의 세계를 꿋꿋하게 지켜 나갈 것인가, 아니면 세상과 타협하여 그들의 눈높이에 맞추며 살 것인가의 두 가지이다. 김종직은 後者를 지향하였다. '차라리 연지 가지고 모란이나 그릴 것을 그랬다'는 탄식은 세상 사람들의 嗜好에 맞추었으면 낙방하지는 않았으리라는 말이다.

어린 시절일수록 사람들의 마음이 순수에 가깝고 가식이 없다는 것을 전제로 한다면, 김종직의 이 작품도 현실 순응적인 자신의 내면 심리가 은연중에 드러난 것이라고 할 수 있다. 흔히 얘기하는 '詩讖'인 셈이다. 만약 절의 정신이 내면을 철저하게 지배하는 사람이라면 이 시에서 '불' 대신 '雖', '寧' 대신 '豈'를 써서 '雖知不入時人眼 豈把臙脂寫牡丹'이라고 했어야 어울릴 것이다.

3. 當代人의 김종직 평

김종직에 대한 평가는 후대인들에게만 논란의 대상이 된 것이 아니고 그의 死後에 바로 시작이 되었다. 논란의 발단은 諡號 때문이었다. 김종직은 원래의 시호가 文忠이었는데 바로 文簡으로 바뀌게 되고 肅宗때에야 다시 文忠으로 復諡된다. 이 때문에 여러 문헌들에서 두가지가 뒤섞여 나오고, 오랫동안 文簡으로 통해왔었기 때문에 復諡 후의 문헌에도 그냥 文簡으로 통용된 경우가 많다. 그리고 여태까지 改諡하게된 사정을 아무도 모르고 年譜를 비롯해서 심지어 숙종때 復諡를 청하는 후손이나 신하들조차 연산군때 사화를 입을 무렵에 改諡가 되었을 것으로 추정하는 등 그 전말이 알려지지 않았었다.[40] 그러나 실록에 그 과정이 자세히 나와 있는데, 이 과정에서 오고간 논란을 보면 當代의 사람들이 김종직을 어떻게 평가하고 있는지 드러나고 있어 흥미롭다.

성종 23년(1492년) 그가 죽은 뒤 바로 文忠의 시호가 내려졌는데, 같은해 12월 庚戌일에 의정부에서 시호가 실상에 과분하다고 하여 改諡를 청하는데서 논란은 시작되었다.

> 의정부에서 아뢰었다. 지금 종직의 시호를 논의한 것을 보니 마치 聖人과 같이 의논하였고 또 그 글자의 해석에 이르기를 '道德博文'이라고 하였는데, 程子·朱子와 같이 도통을 전수한 자가 아니면 해당할 수 없습니다. 신등은 시호를 정함은 그 才行과 걸맞아야 옳다고 생각합니다. 종직의 시호는 걸맞지 않으니 고치기를 청합니다.(議政府啓曰 今觀宗直諡議 乃如議聖人 且其文字解曰 道德博文 如非程朱之傳道統者 不能當之 臣等謂定諡必與才行相稱乃可 宗直之諡 不相稱 請改之)[41]

당시의 사람들은 김종직이 도통의 전수자라는 생각은 전혀 하지 않았다는 점을 알 수 있다. 이에 성종은 "시호를 이미 정하였는데 바꾸는 것이 옳겠는가"라고 하면서 다시 알아보라고 지시한다. 이후로 여러 번 시호를 고쳐야 한다는 논란이 있었는데, 처음 시호를 정한 奉常寺의 관원들은 주로 신진 사류들로서 김종직의 제자들이 많았고 특히 김종직의 행실을 극찬하여 문충의 시호를 직접 議定한 李黿도 그의 제자였다. 이원은 나중에 무오사화때 이 일로 인하여 귀양을 가게 된다. 반면 의정부

---

40) 이에 대해서는 필자가 석사논문에서 자세히 밝힌 바 있다. 拙稿, <金宗直 詩 研究>(연세대 석사 논문, 1989), 15면, 주 21.

41) 『成宗實錄』 23년 12월, 庚戌.

에서 改諡를 주장한 사람들은 주로 훈구 세력이었다.

시호를 정한 당사자인 이원의 말은 다음과 같다.

> 김종직은 처음으로 마음을 바르게 하는 학문을 제창하여 후진들을 인도하
> 여 도와주어서 바른 마음을 근본으로 삼게 하였습니다. 스스로 斯道를 임무
> 로 하고 斯文을 흥기시키는 것을 자기의 책임으로 삼았으니, 그 공은 공명과
> 사업에 탁월한 사람보다 훌륭함이 있습니다.(宗直始唱正心之學 誘掖後進以正
> 心爲本 身任斯道 興起斯文爲己責 其功反有賢於功名事業之卓然者矣)[42]

이에 대한 의정부의 반론은 이렇다.

> 신들은 김종직이 불초하다고 하는 것은 아닙니다.……또 비로소 마음을 바
> 르게 하는 학문을 제창하였다고 하였는데, 마음을 바르게 하는 학문이 과연
> 김종직에게서 비롯되었습니까. 또 말하기를 후진들을 인도하여서 도와주었다
> 고 하였는데 그가 인도하여 도와준 바는 다만 詩文뿐이었고 도학으로 인도하
> 여 도와준 바는 신들이 알지 못하겠습니다. 그리고 평생 역임한 자취를 상고
> 해 보아도 그르친 바가 있습니다. 이에 앞서 사헌부에서 (김종직에 대해) '말
> 만 하고 행실은 돌아보지 않았다'고 하였는데 이 말이 반드시 헛된 것만도 아
> 닙니다. 시호를 의논하는 것은 큰 일인데 지금 봉상시에서 의논한 것은 장난
> 하는 일 같습니다. 신들은 정실이 있지 않은가 의심이 되니 청컨대 국문하심
> 이 어떠하겠습니까.(臣等非以宗直爲不肖也……又云始唱正心之學 正心之學果
> 始於宗直歟 又云誘掖後進 其所誘掖者特詩文而已 誘掖以道學者臣等未之知也
> 且以平生歷歇之迹攷之 亦有所失 前此憲府啓云言不顧行 此言未必虛矣 議諡大
> 事也 今奉常議之如戲事 臣等疑其有情 請鞫問何如)[43]

몇번의 반복되는 논란을 거친 후 마침내 성종 24년(1493년) 4월 戊
申일에 改諡할 것을 허락하고, 이에 봉상시에서는 다시 文簡, 文孝, 文
貞의 세 안을 올리자 신하들이 文簡이 합당하다고 하여 결국 文簡으로

---

42) 『成宗實錄』 24년 1월, 乙亥.

43) 위와 같은 곳.

결정이 되었다.44) 여기서 보면 후대에 그를 도학파인지 아닌지 논란을 일으킨 것과 유사한 논쟁이 벌어지고 있음을 볼 수 있다. 이와 같은 改諡 논쟁에 대해 지금의 일부 연구자들은 훈구 관료들의 신진 사류들에 대한 적대감 때문에 일어난 일이라고 보고 있다.45) 그러나 改諡를 주장하는 사람들이 반복해서 강조하는 것 역시 봉상시에서 시호를 정한 관리들의 사사로운 이해관계가 개입되었다는 것이다.

여기서 주목할 것은 김종직의 실체적 모습에 대한 정확한 평가는 어느쪽이 가까운가 하는 점이다. 논쟁의 흐름을 보면 아무래도 제자들이 중심이 된 봉상시의 관원들이 자신들의 사적 감정을 개입시켜 지나치게 추켜세웠다고 보는 쪽이 더 타당할 것이다. 시호를 고치는 일은 김종직 생전에도 金國光이란 사람을 두고도 논란이 된 적이 있는데,46) 한번 정해진 시호를 쉽게 고칠 수 있는 것이 아니었다. 따라서 설사 아무리 미워하는 사람일지라도 改諡를 주장하려면 거기에 대한 충분한 이유가 있어야 하는 것은 당연하다.

더구나 김종직 자신은 생전에 훈구 관료들에게 미움을 살 일을 하지도 않았다. 생전에 김종직을 총애했던 성종이 의정부의 의견을 받아들여 결국 改諡를 허락한 것을 보아도 의정부의 견해가 부당하게 김종직을 폄하하려고 나선 것은 아니라는 의미로 해석된다. 숙종때 와서 復諡가 되지만 그때는 김종직이 이미 유학연원으로, 절의의 인물로 추앙되던 때이기 때문에 그의 생전의 본모습과는 상관없이 이루어진 일이다.

---

44) 이때 고쳐진 시호는 숙종 34년 8월 壬戌일에 가서 원래의 시호인 文忠으로 복원된다.

45) 鄭景柱, 『成宗朝 新進士類의 文學世界』(법인문화사, 1993), 64면.

46) 『成宗實錄』 13년, 9월 辛酉 조에 金國光의 아들 김극유가 상소를 하여 자기 아버지의 시호가 부당하다고 더 좋게 고쳐주기를 청한 기사가 나온다. 이후 조정에서 여러번 논란이 되었으며 김종직도 이 논의에 참여하여 고쳐서는 안 된다는 편을 들었다.

지금까지의 일련의 검토를 통하여 우리는 김종직의 원래의 모습에 어느 정도 가까이 다가갔다고 생각된다. 즉 그는 〈조의제문〉 때문에 死後에 화를 입음으로써 절의의 표상으로 추앙되었고, 후대에 제자들이 士禍를 당했다가 伸寃되는 과정에서 자신들의 학통에 명분을 싣기 위해 유학연원이 성립되면서 거기에 편입되었는데, 이는 사실을 기초로 한 것이라기보다는 어디까지나 자신들의 입지를 위한 명분론이라는 것이다. 여러 가지 자료를 검토한 결과 김종직은 세조에 대해 불의로 보지 않았으며 성심껏 군왕으로 받들어 모셨음이 확인된다. 〈조의제문〉은 섣불리 세조를 비판한 작품이라고 단정하기가 어려운 것이다. 儒者로서의 기본적인 절의관을 역사 사실에 기탁하여 읊은 것으로 보아야만 김종직의 평생과 모순이 되지 않는다.

따라서 김종직이 〈조의제문〉 때문에 지나치게 절의의 인물로 추앙된 것도 사실과 다르지만, 그와 마찬가지로 〈조의제문〉 때문에 張維나 許筠에게 비난을 받은 것도 잘못된 인식 때문에 비롯된 것이므로 김종직에게는 부당한 것일 수밖에 없다.

Ⅲ. 문학관의 검토

1. 道主文從・經文一致의 문학관

　조선 전기의 문인들을 문학관의 차이에 따라 道學派와 詞章派로 나눌 때 金宗直은 도학파로 분류되는 것이 지금까지의 일반적인 경향이다. 그 것은 두 가지 점에서 그런 평가가 내려진 것으로 볼 수 있다. 하나는 金 宏弼・鄭汝昌 등 그의 제자들이 도학으로 이름이 높았으며 이후 조선 유학의 맥이 조광조 등 그 再傳 제자들로 이어졌기 때문에 자연히 그도 성리학자로 인정된 것이다. 또 하나는 김종직의 문학론에서 드러나는 道 主文從, 道本文末의 문학관 때문에 그렇게 평가된 측면이 있다.

　그러나 조선 전기 문학관을 도학파와 사장파로 나눔에 있어 그 분파 적 양상이 드러나는 시기를 김종직의 시대에까지 포함시키는 깃은 실상 과는 상당히 거리가 멀다고 봐야 한다. 成宗朝를 전후한 시기까지만 하 더라도 양자가 뚜렷한 이론적 대립을 이룬 것은 아니었으며,1) 최소한 김종직 당대에는 도학파와 사장파로 구분해야 할 근거가 없기 때문이다. 또 "도가 문장의 근본이고 文辭의 藝가 문장에 있어 末에 해당된다는 것 은 선대의 누구도 부인한 사실이 없으며, 그렇다고 해서 선인들이 문학 또는 문예를 부정한 것이 결코 아니다"2)라는 점도 김종직의 문인으로서

---

1) 鄭堯一, <조선 전기의 시학>, 『한국고전시학사』, (기린원, 1988), 137면.

의 성격을 평가하는 데 유의해야 할 사실이다. 즉 지금까지 대부분의 연구자들이 鮮初 김종직과 동시대의 문인들을 도학파와 사장파로 나누는 데 근거로 삼아온 그들의 개별적 문학론은 사실 근본적으로는 서로간에 차이가 없는 것이며 당시 문인들에게서 보편적으로 드러나는 일반론이란 점에 주의해야 한다는 것이다.[3]

그들 개인의 문학적 성격을 밝히기 위해서는 그러한 보편적인 문학론을 떠나서 실제로 그들의 삶과 문학 활동이 어떠했는가를 살펴봄으로써 보다 정확한 평가의 근거가 제시되어야 한다. 실제로 文을 통한 처세, 다시 말해서 문인으로서 어떻게 현실에 대응해 나갔느냐가 그들의 문학적 성격을 파악하는 데 훨씬 타당한 방법이 된다는 말이다.

다음 글은 김종직을 도학파로 규정하는 데 자주 인용되는 〈尹先生祥詩集序〉의 서두이다.

> 경술을 일삼는 사람은 문장에 열등하고 문장하는 사람은 경술에 어둡다고 세상 사람들은 이런 말들을 하는 일이 있으나 내가 보건대 그렇지 않다. 문장이란 것은 경술에서 나오니 경술은 문장의 뿌리이다. 초목에 비유하자면 어찌 뿌리가 없으면서 가지와 잎사귀가 울창하고 꽃과 열매가 풍성하고 빼어날 수가 있겠는가. 시·서·육예는 모두 경술이고 시·서·육예의 글은 곧 그 문장인 것이다.(經術之士 劣於文章 文章之士 闇於經術 世之人有是言也 以余觀之 不然 文章者 出於經術 經術乃文章之根也 譬之草木焉 安有無根 而柯葉之條蘗 華實之穠秀者乎 詩書六藝皆經術也 詩書六藝之文 卽其文章也)[4]

이 글은 김종직의 道本文末的 문학관을 잘 나타내고 있다. 더구나 사

---

2) 鄭堯一, 『漢文學批評論』, (인하대출판부, 1990), 52면.

3) 李家源의 『朝鮮文學史』(1995)에서도 김종직을 '館閣派'로 규정하였으며(447·449면), 徐居正·金宗直을 함께 묶어 "文以載道의 사상을 그대로 따랐으나, 수레는 있었으나 실을 만한 道가 없었다"고 평가하여, 그들이 모두 '文'에 傾倒하였고 서로간에 별개의 유파로 분리될 수 없다는 점을 확인시켜 준다.

4) 金宗直, 『佔畢齋文集』 권1, <尹先生祥詩集序>.

장파로 알려진 성현은 김종직의 이 글에 대한 반론처럼 여겨지는 말을 하여 두 사람의 문학관이 서로 대조된다는 주장의 例證이 되어왔다.

> 정원의 나무에 비유하건대 가지와 꽃과 잎이 울창한 후에 뿌리가 비호되어 나무가 반드시 크고 무성하게 된다. 음식을 요리하는 사람은 마땅히 다섯 가지 맛과 음식물의 연하기가 적당한지를 살핀 다음에 그 조리가 잘된 것을 얻을 수 있다. 지금 가지와 잎을 잘라내고서 나무가 무성하기를 바라며 다섯 가지 맛을 물리치고 음식의 조화를 얻으려고 하니 어찌 이런 이치가 있겠는가.……무릇 시문은 화려해야 할 경우는 화려함을 취하고 淸淡해야 할 경우는 청담을 취하고 簡古해야 할 경우는 간고함을 취하고 雄放해야 할 경우는 웅방함을 취해서 각기 하나의 문체를 이루어 스스로 법도에 이르러야 한다. 어찌 매화와 대나무를 사랑한다고 나머지 여러 꽃들을 모두 없애버릴 것이며 통소와 비파를 좋아한다고 나머지 여러 악기들을 멈추게 할 수가 있겠는가. 이것은 崇善子의 변통을 모르는 고집스런 견해이다. 崇善이 비록 죽었으나 시끄럽게 떠드는 사람들이 그치지 않기 때문에 〈文變〉을 지어서 세상의 글짓는 것을 배우는 사람들을 깨우치는 것이다.(譬如庭樹 枝柯花葉紛鬱 然後得庇本根 而樹必碩茂 調飮食者當審五味瀹瀡之宜 然後乃得其和 今者 削枝葉而望樹之茂 擯五味而得食之和 寧有是理……大抵 詩文華麗則取華麗 淸淡則取淸淡 簡古則取簡古 雄放則取雄放 各成一體而自底於法 豈有愛梅竹而欲盡廢群卉 好竽瑟而欲盡停衆樂乎 此崇善子膠柱固執之見也 崇善雖死而譊譊者猶未已 故作文變而曉世之學爲文者)5)

여기서 崇善子는 김종직을 가리키는 것으로 알려져 있다.(崇善은 김종직의 貫鄕인 善山을 가리키는 말이다.) 그러나 성현은 김종직의 견해를 지나치게 극단화시켜서 이해한 것이다. 김종직의 의견은 本과 末이 모두 갖추어져야 함을 강조하기 위해서 한 말인데, 성현은 마치 김종직이 "가지와 잎사귀를 잘라내고서 나무가 무성해지기를 바란다(削枝葉而望樹之茂)"고 말한 것처럼 확대 해석하고 있는 것이다. 사실은 성현 자

---

5) 成俔, 『虛白堂文集』 권13, 「雜著」, 〈文變〉.

신도 다른 글에서는 김종직의 의견과 유사한, 오히려 더 근본을 중요시
하는 논리를 펴고 있다.

> 나무는 반드시 그 뿌리를 북돋아야 한다. 뿌리가 이미 굳으면 가지와 잎사
> 귀는 자연히 울창하고 무성하여 푸르게 퍼진다. 샘물을 이끄는 사람은 반드
> 시 그 근원을 깊게 파야 한다. 근원이 열리면 지류는 자연히 옆으로 흘러서
> 막힘이 없다. 그렇지 않으면 뿌리가 없는 나무는 반드시 말라 버리고 근원이
> 없는 샘은 반드시 끊어질 것이다.(樹木者 必培其根本 根本旣固則柯葉自然鬱
> 茂而敷翠 導泉者 必浚其淵源 淵源旣開則支流自然旁達而無礙 不然則無根之木
> 必枯而無源之水必絶)6)

이 글은 성현이 가려 뽑은 漢·魏로부터 元末까지의 고시 선집인 『風
騷軌範』의 서문이다. 여기서 뿌리는 經術이고 가지와 잎사귀는 文章을
비유한 것이다. 이 글을 본다면 성현도 결국은 김종직의 견해와 같은 생
각을 가지고 있음이 드러난다. 이런 관점은 항상 성현과 함께 사장파로
일컬어지는 서거정도 마찬가지로 가지고 있었다.7)

이들이 이처럼 경술을 근본으로 해야 한다는 주장을 한 것은 당시에
있어 '載道論'적 문학관이 전통적이고 보편적인 것이었기 때문이다. 그러
나 '道主文從' 또는 '道本文末'이라고 해서 문장을 소홀히 여긴 것은 아니
며, 경술과 문장을 별개의 것으로 나누어 생각하지도 않았다. 바로 '經
文一致'의 문학관을 견지한 것이다. 앞에서 살펴본 김종직의 〈尹先生祥
詩集序〉의 계속되는 논의를 보면 '道主文從'에서 나아가 '經文一致'를 주
장하고 있음을 알 수 있다.

---

6) 성현, 『虛白堂文集』 권6, 장7, <風騷軌範序>.

7) 徐居正, 『四佳文集』 권4, <東文選序>, "文者貫道之器, 六經之文, 非有意於文,
   而自然配乎道, 後世之文, 先有意於文, 而或未純乎道, 今之學者, 誠能心於道, 不
   文於文, 本乎經, 不規規於諸子, 崇雅黜浮, 高明正大, 則其所以羽翼聖經者, 必有
   其道."

무릇 지금의 이른바 경술이라는 것은 구두 떼고 뜻풀이하는 학습에 불과할 뿐이고 지금의 이른바 문장이라는 것은 수식하고 짜 맞추는 재주에 불과할 뿐이다. 구두 떼고 뜻 풀이하는 것으로써 어찌 저 아름답고도 經天緯地하는 글을 의논할 수 있으며 수식하고 짜맞추는 것이 어찌 능히 性理道德의 학문에 참여할 수 있겠는가. 이에 마침내 경술과 문장을 나누어 두 가지 이치로 여기고 서로 소용이 되지 않는다고 의심하니, 아아 그 견해가 역시 얕은 것이다.(夫今之所謂經術者, 不過句讀訓詁〔詁〕之習耳, 今之所謂文章者, 不過雕篆組織之巧耳, 句讀訓詁〔詁〕, 奚以議夫黼黻經緯之文, 雕篆組織, 豈能與乎性理道德之學, 於是乎, 遂岐經術文章, 爲二致, 而疑其不相爲用, 嗚呼, 其見亦淺矣)8)

이 글은 당시의 사람들이 경술과 문장에 있어서 두가지 다 제대로 수행하지 못하고 正道를 벗어난 것을 비판하고 있다. 즉 경술한다는 사람들은 구두 떼고 뜻 풀이하는 데만 열중하고 문장한다는 사람들은 어구를 수식하고 짜맞추는 데만 급급하고 있다는 것인데, 그러면서 경술과 문장을 별개의 것으로 인식하고 있다는 것이다. 김종직은 그러한 현실에 비판을 하면서 經文一致의 관점을 보여주고 있는 것이다.

이와 같은 經文一致觀은 성현도 마찬가지로 보여준다. 그는 『慵齋叢話』 앞부분에서 "경술과 문장은 둘이 아니다. 六經은 모두 성인의 문장이며 그 분들의 일에 베푼 것이다. 지금은 글을 잘 하는 사람들은 경술을 근본으로 할 줄 모르고 경술에 밝은 사람들은 글을 잘 할 줄 모른다. 이는 자신들의 기질과 습관이 한 쪽으로 치우쳐서가 아니라 그것을 하는 사람들이 능력을 다하지 않기 때문이다.(經術文章非二致 六經皆聖人之文章 而措諸事業者也 今也 爲文者不知本經 明經者不知爲文 是則非從氣習之偏 而爲之者不盡力也)"라고 하였다.

여기서 '경술과 문장은 둘이 아니다'는 말은 김종직이 앞의 글에서 '경술과 문장을 나누어 두 가지 이치로 여기고 서로 소용이 되지 않는다고

─────────────────────

8) 김종직, 앞의 글.

의심하니, 아아 그 견해가 역시 얕은 것이다'고 한 말과 일치하고, '六經은 모두 성인의 문장이며'라고 한 말은 김종직이 앞의 글에서 '시·서·육예는 모두 경술이고 시·서·육예의 글은 곧 그 문장인 것이다'라고 한 말과 똑같다. 전체 문맥에서도 드러나듯이 결국은 성현이나 김종직이나 經文一致의 관점을 똑같이 가지고 있음이 확인된다.

  김종직은 이러한 經文一致의 관점하에서 詞章의 가치를 배제하지 않고 서거정이나 성현 못지 않게 다음과 같이 그 효용성을 적극적으로 인정하고 있다.

> 문장은 작은 기예이고 詩賦는 더욱 문장의 보잘 것 없는 것이다. 그러나 성정을 다스리고 풍속의 교화를 창달하여 당세에 울리고 무궁하게 전하는 데에는 詩賦가 실로 의지됨이 있다. 참으로 호걸스러운 재주가 아니면 그 누가 여기에 참여하겠는가.……천년 후에도 누가 감히 작은 기예라고 하여 소홀히 여기겠는가(文章小技也 而詩賦尤文章之靡者也 然而理性情達風敎 鳴于當世而傳之無窮 詩賦實有賴焉 苟非豪傑之才 其孰能與於此……千載之下 孰敢以小技而易之哉)9)

  이와 같은 논리는 서거정도 다음과 같이 주장한 바 있다.

> 시라는 것은 작은 기예이다. 그러나 혹은 세상의 교화에 관계가 있으니 군자가 마땅히 취할 바가 있다.……이 어찌 작은 기예라고 하여 하찮게 여기겠는가(詩者小技 然或有關於世敎 君子宜有取之……是烏可以小技而少之哉)10)

  연구자들 중에는 김종직의 앞 글에서 '문장은 작은 기예이고 詩賦는 더욱 문장의 보잘 것 없는 것이다.(文章小技也 而詩賦尤文章之靡者也)'라는 부분만을 취해서 '문학을 부정하는 논리'라거나 '문학을 餘技로만

---

9) 金宗直,『佔畢齋文集』, 권1, ＜永嘉連魁集序＞.
10)『東人詩話』卷下.

생각했다'는 주장을 펴는 경우가 있는데, 그렇다면 서거정에게도 똑같은 논리가 적용되어야 할 것이다. 이 글을 쓴 목적 자체가 문학의 가치를 논하려고 한 것이지 결코 문학을 부정하려거나 '餘技로만' 생각한 것이 아니다.11)

이처럼 유학적 질서 아래 살았던 당시의 문인들은 누구나 六經을 바탕으로 해야 한다는 載道論的 문학관을 견지하였고 그 바탕 위에서 사장의 현실적 가치를 인정하였던 것이다. 따라서 개인의 문학적 성향에 대한 선입관을 가지고 그들이 펼쳤던 문학론 중 부분적인 측면만을 취하여 도학파다, 사장파다 하는 논의의 자료로 삼아서는 당시의 현실을 제대로 인식하는데 적절한 방법이 될 수 없다.

지금까지 조선 초기의 문인들을 도학파와 사장파로 분류하려는 논의는 경술과 문장 두 가지를 모두 버리지 않은 그들의 문학론 중에서 각각 한 쪽 씩에만 초점을 맞추어 확대해 보았던 것이다. 그들의 문학적 성향을 엄밀하게 평가하기 위해서는 그들이 보편적으로 간직했던 문학론을 통해서보다는 실제로 현실 생활에서 어떻게 문학적 대응을 해나갔으며 실제 문학 작품에서 드러난 성향은 어떠했는가에 의해서 판단되어야 할 것이다.

지금까지 김종직이 서거정이나 성현 등 사장파 문인과는 대립적으로 도학적 문학관을 가졌다는 기존의 평가에 대해서 비판적인 검증을 하여 보았다. 그 결과 그의 문학론에서 나타나는 경술 위주의 문학관은 도학파 문인으로서 견지한 견해가 아니라, 동시대 사장파 문인들로 알려진 서거정·성현 등도 공유하고 있었던 보편적 문학관임을 알 수 있었다. 따라서 그러한 문학관이 김종직을 도학파로 규정짓는 단서가 될 수는 없다. 그렇다면 김종직에 대한 평가는 그의 실제 생애를 중심으로 살펴

---

11) 鄭堯一, 앞의 책, 226∼227면.

야 하며, 아울러 문집에 남긴 작품을 통하여 그 문학적 성격이 규정되어
야 하는 것이다.

김종직은 그의 생애에서 살펴본 대로 관료 생활을 통하여 현실 순응
적인 문인의 태도를 보였으며, 본 논문의 다음 章에서 검증이 되겠지만
그의 문집에 남긴 작품을 통해 보아도 도학자라기보다는 문인의 성격이
더 짙게 드러난다. 그가 남긴 작품을 보면 성리학이 이론적으로 성숙할
수 없었다는 당시의 시대적 분위기를 감안하더라도 그간의 도학자적 명
성에 값할 만한 道學文字가 거의 없을 뿐만 아니라, 그의 시풍에 나타나
는 경향도 도학자라면 마땅히 갖추어야 할 溫柔敦厚하고 平淡淵雅한 것
과는 거리가 먼 것들이 대부분이다.

2. 天稟論的 문학관

杜甫는 일찍이 〈天末懷李白〉이라는 시에서 "문장은 사람의 운명이 현
달함을 미워하고, 魍魅(도깨비의 일종, 요괴)는 사람의 허물을 좋아한다
(文章憎命達 魍魅喜人過)"12)고 읊었다. 두보의 말은 "문장은 운명이 현
달한 사람을 미워하니 그런 사람에게는 가까이 가지 않는다"는 뜻이고,
이는 역으로 말하면 문장을 잘 하는 사람은 운명이 곤궁하게 마련이라
는 것이다. 또 "도깨비나 요괴 같은 나쁜 귀신은 사람이 실수하는 것을
좋아하여 사람들로 하여금 자꾸 잘못을 저지르게 한다"는 것이고, 이는
곧 사람들이 잘못을 저지르는 것은 귀신의 장난이라는 것이다. 두보의
이 시는 이백이 夜郎에 유배되었을 때 그를 위로하기 위해 지은 것이다.
이백처럼 뛰어난 문인이 불행을 당하고 있으니 "문장이 뛰어난 사람은

---

12) 杜甫, 〈天末懷李白〉, "凉風起天末, 君子意如何, 鴻雁幾時到, 江湖秋水多, 文章
憎命達, 魍魅喜人過, 應共冤魂語, 投詩贈汨羅."

운명이 기박할 수밖에 없다"는 말이 위로가 될 수 있기 때문이다. 그런데 두보의 이 말을 구실로 삼아 후대의 사람들이 뒤를 이어 많은 논의를 하였다. 두보 다음으로 이 문제에 대해 언급한 사람으로는 歐陽修를 들 수 있다. 그는 〈梅聖兪詩集序〉에서 두보의 말과는 약간 다른 각도에서 "시는 (시인이) 곤궁해진 다음에야 공교해진다(詩窮而後工)"는 말을 남겼는데13) 구양수의 이 말이 있고 난 다음에 이 문제에 대한 논의가 더욱 활발해지게 되었다.

　두보의 말과 구양수의 말에는 약간 차이가 나는 점이 있는데 그것은 '窮'과 '工'의 선후 관계이다. 두보의 말은 사람이 뛰어난 문장 능력을 가지고 있으면 문장은 현달한 운명을 미워하기 때문에 운명이 기박하게 되어 으레 곤궁하게 마련이라는 것이고, 구양수의 말은 사람이 곤궁하게 된 다음에야 시에 능하게 된다는 것이다. 구양수가 앞의 〈梅聖兪詩集序〉에서 "그러니 시가 능히 사람을 궁하게 하는 것이 아니고 자못 궁한 사람이 된 뒤에야 공교해지는 것이다(然則非詩之能窮人 殆窮者而後工也)라고 한 것은 두보의 관점을 뒤집은 것이다. 즉 두보의 견해는 '工'이 먼저고 '窮'이 나중인데 구양수의 견해는 '窮'이 먼저고 '工'이 나중이다. 이는 다시 말하면 두보는 결과론적 運命論이고 구양수는 후천적 環境論이다. 후인들이 자주 일컫게 된 '詩能窮人'이란 말은 두보의 '文章憎命達'을 달리 표현한 말이다. 후에 '詩能窮人'은 '詩禍', 즉 시로 인한 筆禍를 겪었을 때 종종 擧證되는 명제로 변용되기도 하지만14) 넓은 의미로는 '文

---

13) 歐陽修, 『歐陽文忠全集』 권42, (臺灣中華書局, 1986), <梅聖兪詩集序>, "予聞世謂詩人少達而多窮, 夫豈然哉, 蓋世所傳詩者多出於古窮人之辭也, 凡士之蘊其所有而不得施於世者, 多喜自放於山巓水涯(一有之字=原註)外, 見蟲魚草木風雲鳥獸之狀類, 往往探其奇怪, 內有憂思感憤之鬱積, 其興於怨刺以道羈臣寡婦之所歎, 而寫人情之難言, 蓋愈窮則愈工, 然則非詩之能窮人, 殆窮者而後工也."

14) 예를 들면, 서거정은 『동인시화』(상)에서 "옛 사람이 말하기를 '시는 능히 사람을 궁하게도 하고 또 능히 사람을 현달하게도 한다'고 하였는데, 나는 '시는 능히 사람을 살릴 수도 있고 죽일 수도 있다'고 말하겠다"(古人云, 詩能窮人,

章憎命達'을 달리 표현한 말이다.

'詩能窮人'과 '詩窮而後工'은 '窮'과 '工'의 선후 관계가 상반된다는 점에서는 차이가 나지만 그 둘이 서로 필연적인 영향을 미치는 관계라고 보는 점에서는 유사한 發想이다. 또 두 주장 모두 '窮者의 작품＝工巧', '達者의 작품＝拙劣'이라는 등식이 성립된다는 점에서도 차이가 나지 않는다. 그래서 혹자는 둘 중의 어느 한가지를 주장하면서도 둘의 차이를 굳이 의식하지 않기도 한다. 사실은 '詩能窮人'을 말한 사람들도 '詩窮而後工'을 인정하고서 이를 感性的 차원에서 運命論으로 표현한 것으로 볼 수 있다. 理性的 차원에서 따지자면 아무래도 후자 쪽이 더 논리적이라고 할 수 있다. 그래서 '詩能窮人'을 반박하면서 '詩窮而後工'을 주장한 사람들은 더러 있지만, '詩能窮人'을 주장하는 사람이 자신의 주장을 입증하기 위해서 '詩窮而後工'을 반박하지는 않았다.

대체로 이러한 생각은 과거의 문인들에게 상당히 폭넓게 퍼져 있었다. 그러나 김종직은 이와는 달리 시의 工拙은 시인의 궁달과는 상관이 없고 타고난 天稟에 달려 있다는 주장을 펴서 주목을 끈다.

> 세상에서 말하기를 '문장은 운명과 함께 도모되지 못하므로 종요롭고 오묘한 작품은 산림에 은거한 사람이나 떠돌아다니는 나그네 중에서 많이 나오며, 顯達한 사람은 氣가 다 차버리고 뜻하는 바를 얻어버렸기 때문에 비록 잘 지으려 하여도 그럴 겨를이 없다'고 하는데 나는 그렇지 않다고 생각한다. 곤궁한 사람이 된 후에야 공교함이 더해지는 경우가 진실로 있기는 하지만 公侯貴人으로서 유능한 사람 또한 어찌 적겠는가.
>
> 器局이 크고 천성이 높아서 높은 벼슬자리를 원래부터 가지고 있었던 것처럼 여기는 사람이라면, 말을 하면 鐘·磬이 스스로 어울리고 생각이 촉발하면 바람과 구름이 절로 따라서, 마음 속에 가득찬 仁義가 자연히 시에 쏟아져 나와 막을 수 없게 된다. 그러니 어찌 氣가 차버리고 뜻한 바를 얻어서

亦能達人, 予則曰, 詩能殺人, 亦能活人也)고 하였다. 이때의 '詩能窮人'이 바로
그러한 경우이다.

마치 소인으로서 부귀에 처한 자가 그런 것 같은 일이 있겠는가.……이로써 말하자면 현달한 사람이 시에 공교하지 못한 것이 아니라는 것을 더욱 알게 된다.(世謂文章之與命不相爲謀 故要妙之作 多發於山林羇旅之中 達者則氣滿志得 雖欲工不暇爲也 余則以爲不然 窮者而後加工 雖信有之 然公侯貴人之能者 亦豈少哉 其器宇之宏而天分之高 金章赤紱若固有之者 出言而金石自諧 觸思而風雲自隨 其仁義之弸彍于中者 自然泄之於詩 而不容掩也 又焉有氣滿志得 若細人處富貴者之爲也哉……以是言之 益見達者之未嘗不工於詩也)15)

　'세상에서 말한다'는 것은 세상 사람들이 일반론으로 인정하고 있는 말이라는 뜻이다. 그러나 그는 이를 부정하였다. 그의 주장은 사람의 타고난 기량이나 성품이 훌륭하면 주위 환경 여하에 따라 좌우되지 않고 훌륭한 문장(또는 시)을 이룰 수 있다는 것이다. 이는 말하자면 天稟論을 주장하는 문학관이라고 하겠다.

　세상에서 말하는 일반론은 일종의 후천적 環境論으로, 벼슬하지 못하고 산림에 묻혀 지내거나 일정한 거처를 구하지 못하고 곤궁하게 떠돌아다니는 사람은 자신의 처지를 불만족스럽게 여겨서 항상 분발하는 마음이 생기기 때문에 氣가 계속 계발되어 보다 훌륭한 작품을 쓸 수 있다는 것이다. 이는 사마천이 말한 '發憤著書'16)의 정신과 통하는 말이다. 선인들은 '少年登科'를 오히려 불행한 일로 여기는 경우가 있었는데,17) 이도 결국은 같은 사고방식에서 나온 것으로서 일찍 벼슬길에 나

---

15) 金宗直,『佔畢齋文集』권1, 장30, <亨齋先生詩集序>.

16) 司馬遷,『史記』권130, (臺北, 宏業書局, 1987), 3,300면, <太史公自序>, "夫詩書隱約者, 欲遂其志之思也, 昔西伯拘羑里, 演周易, 孔子戹陳蔡, 作春秋, 屈原放逐, 著離騷, 左丘失明, 厥有國語, 孫子臏脚, 而論兵法, 不韋遷蜀, 世傳呂覽, 韓非囚秦, 說難孤憤, 詩三百篇, 大抵賢聖發憤之所爲作也, 此人皆意有所鬱結不得通其道也, 故述往事, 思來者."

17) 흔히 三不幸이라고 하여 연소하여 大科에 오르는 일, 父兄의 세력으로 좋은 관직을 얻는 일, 재능이 뛰어나 문장을 잘 짓는 일을 일컬었다. 원래는 宋의 程伊川이 한 말에서 유래했다. 程伊川,『伊川文集』, "人有三不幸, 少年登高科, 一不幸, 席父兄之勢力爲美官, 二不幸, 有高才能文章, 三不幸也".『中文大辭典』에

아가면 바로 氣滿志得하여 그 사람의 타고난 능력이 다 계발되지 못할까 염려한 것이다.

그러나 김종직은 이처럼 환경에 따라 좌우되는 사람은 소인들이나 그렇다는 것이고 본래부터 훌륭한 천품을 가지고 태어난 사람은 그의 처지에 관계없이 스스로 훌륭한 문장을 이루게 된다는 것이다. 이를 증명하기 위해 그는 위 예문의 생략된 부분에서 우리 나라 문인들의 구체적인 사례를 들고 있다. 즉 고려 시대의 金文烈公(金富軾)·李文順公(李奎報)·李大諫(李仁老)·金員外(金克己)·益齋(李齊賢)·稼亭(李穀)·牧隱(李穡) 등 여러 사람들은 宰相 아니면 給事라도 했던 사람들이었고, 현달하지 못한 사람으로 문장에 능했던 이는 吳世才·林耆之(林椿) 등 수 명 뿐이었다는 것이다.

이러한 天稟論도 김종직 이후로 '詩窮而後工'이나 '詩能窮人'설 못지 않게 여러 사람들이 주장하는데, 김종직의 천품론과 같은 관점의 이론을 제기하는 사람으로 谿谷 張維를 들 수 있다. 그는 〈月沙集序〉와 〈詩能窮人辯〉 등을 통해 일관되게 '文章有窮而後工'이나 '詩能窮人'을 부정한다. 〈月沙集序〉에서는 김종직의 〈亨齋先生詩集序〉의 주장과 똑같은 말을 하고 있으며18), 〈詩能窮人辯〉에서는 窮達의 개념에 대한 나름대로의 재해석을 통해 일반 사람들이 '시가 능히 사람을 궁하게 한다'고 했을 때의 궁하다는 것은 사람의 관점에서 보았을 때의 궁함이지 하늘의 관점에서 보았을 때는 시를 잘하는 것 자체가 達한 것이라는 논리로 역시 '천품론'을 지지한다.19)

서 재인용.

18) 張維, 『谿谷集』 권7, <月沙集序>, "自歐陽氏論文章有窮而後工之語, 操觚家多稱引爲口實, 夫雕蟲寒苦之徒, 風呻雨喟, 嚄唶飛走, 爭姸醜於一言半辭者, 以是率之猶可也, 乃若鴻公哲匠, 冠冕詞壇, 彰其色而黼黻靑黃, 協其聲而笙簧金石, 以大鳴一世者, 此其人與才, 豈囿於窮達之域而格其工拙哉."

19) 張維, 같은 책, 권3, <詩能窮人辯>, "古人以窮者多工詩, 工詩者多窮, 乃曰, 詩

‘詩窮而後工’이나 ‘文章憎命達’ 또는 ‘詩能窮人’이라는 말은 인간사의 한 단면을 말한 警句일 뿐이다. 따라서 인간의 문학 활동과 관련된 다양한 현상 중에는 그 말에 부합되는 경우도 있고 그렇지 못한 경우도 있다. 흔히들 속담이 인생사의 진리를 담고 있다고 한다. 그러나 그 역시 인생살이의 한 단면에 초점을 맞추어 나타낸 경우가 많기 때문에, 한 속담에 주목해 보면 그 말이 꼭 들어맞는 것 같지만 사실은 그 반대의 경우도 없지 않다. 예를 들어 형제간의 우열을 비교할 때 “형만한 아우 없다”는 말을 잘 쓴다. 아우가 아무리 잘나고 똑똑해도 형을 능가할 수는 없다는 말이다. 그러나 반대로 “나중 난 뿔이 우뚝하다”는 말도 있다. 이는 아우가 형보다 낫다는 말이다. 그래서 똑같은 ‘長江’을 소재로 하여 “장강의 뒷물이 앞물을 넘지 못한다”는 말을 하는가 하면 “장강의 뒷물이 앞물을 밀어낸다”고도 한다. 한 사람이라도 힘을 더 보태야 일이 쉽다는 뜻으로 “白紙張도 맞들면 낫다”는 속담이 있으나, “사공이 많으면 배가 산으로 올라간다”고 하여 불필요한 협조를 거부하기도 한다.

따라서 이러한 경구들은 한 측면에만 초점을 맞추어 보면 옳은 말이라고 할 수 있지만 다른 측면에서 보았을 때는 모순점이 드러나 보일 수도 있는 것이다. 사람은 누구나 자기가 처한 입장, 자신의 이해관계에 따라 보게 마련이어서 자기가 보는 시각에 맞추어 그 말을 택할 뿐이다. 문장과 사람의 운명의 관계도 그와 마찬가지인 것이다.

김종직이 ‘文章憎命達’이나 ‘詩窮而後工’의 설을 부정하고 천품론을 주장한 것도 일차적으로는 서문(〈亨齋先生詩集序〉)을 써준 詩集의 주인공 亨齋 李稷이 開國功臣, 佐命功臣에다 영의정까지 지내는 등 극히 顯達한

能窮人, 余獨以爲不然, 夫天之所以窮達人者, 與人異趣, 達於人者, 未必達於天, 則人之所窮者, 安知非天之所達乎,……盖貴賤豐約之及其身者, 人之妄謂窮達者也, 而名聲芳臭之垂于後者, 乃天之所以眞窮達人者也, 乖於人而合於天, 失其妄而得其眞, 此固吾所謂達者也,……由是以觀, 謂詩能窮人可乎, 能達人可乎.”

사람이었기 때문이지만, 그 자신 또한 궁한 생활과는 거리가 멀고 순탄한 관료 생활을 했기 때문에 은연 중에 자신의 입장을 옹호하고자 하는 심리가 작용했다고 볼 수도 있다. 이러한 점에서도 우리는 김종직의 관료 문인적인 성격의 일단을 엿볼 수가 있는 것이다.

3.『靑丘風雅』에 나타난 詩觀

　『靑丘風雅』[20)]는 김종직이 신라 말부터 조선 초까지의 주요 시작품들을 모아 엮은 시선집이다. 이는 그 자신이 서문에서 밝힌 바와 같이 고려 시대에 이미 金台鉉, 崔瀣, 趙云仡 등이 시선집을 편찬한 경험을 이어 받은 것이다.[21)] 김종직은 그들의 詩選集 이름을 밝히지는 않았지만 김태현의『東國文鑑』, 최해의『東人之文』, 조운흘의『三韓詩龜鑑』을 가리킨다.『청구풍아』에 실린 시들이 어떤 관점으로 선별되었는가를 알아보는 것은 김종직의 詩觀을 이해하는데 중요한 근거가 된다.

　『청구풍아』는 각 권의 卷首題가 〈佔畢齋精選靑丘風雅〉라고 되어 있을 만큼 '精選'에 각별히 유의하였음을 알 수 있으며, 후대 문인들도 예전부터 우리나라 시선집 중 許筠의『國朝詩刪』과 함께 가장 정선된 것으로 평가하고 있다. 또 역대 문인들의 詩話나 여타 문헌에서도 자주 언급되

---

20)『靑丘風雅』는 지금까지 통용된 기존의 자료에 落張이 있고 筆寫에 오류가 많아 자료가 불완전하였다. 필자가 연세대 도서관에서 上冊과 下冊이 별도로 분리되어 소장된 善本을 확인하여『洌上古典研究』제11집(1998)에 拙稿 〈『靑丘風雅』研究〉를 통하여 書誌的인 고찰과 함께 자료의 보완을 하였으니 참고가 된다.

21) 金宗直, 〈靑丘風雅序〉, "近世金快軒·崔猊山·趙石澗三老, 各有選集, 石澗略, 快軒雜, 猊山之編最爲得體, 然而合乎己之權度者, 然後收之, 故多遺焉, ……於是, 姑就三老所撰, 而拔其尤者."

는 것으로 보아 상당히 널리 읽혀졌던 것으로 생각된다. 肅宗 때는 외국 사신이 우리나라의 시를 요구하자 『동문선』과 『청구풍아』에서 선발하여 준 적도 있을 정도로 국가적으로도 인정받고 있었음을 알 수 있다.22)

그러나 지금까지 알려진 시 선발의 기준에 대한 평가에는 큰 의문이 제기된다. 즉 『청구풍아』는 김종직의 성리학자적인 관점이 시 선발의 기준이 된 것으로 알려져 왔으며 이러한 견해는 최근까지도 이어져 "시선집인 청구풍아는 규범을 중시하여 그 美意識이 繁華보다 醞藉쪽이었으며" "이 점은 적어도 그 당시로서는 성리학적 이데올로기에 가장 철저했던 그의 문학관, 특히 〈尹先生祥詩集序〉 등에 나타나는 道本文末的 문학관과도 그 궤도를 같이하는 것"23)이라든가 "유가적 刪詩精神이 이 시선집의 편찬에 깊숙히 작용했다고 해야 할 것"24)이라는 평을 듣고 있다. 이러한 평가는 김종직이 조선 초기 士林派의 領袖로서 대표적인 성리학자인 것처럼 인식된데다가, 崔淑精이 『청구풍아』 跋文에서 그와 같은 내용을 언급한데서 비롯된 것이기도 하다. 최숙정은 『청구풍아』를 "동방의 훌륭한 분들의 시를 채집하였으니 가히 '風雅'와 더불어 함께 전할 만한 것이다"25)고 하였으며, "성정의 바름에서 나오지 않는 것, 善을 느껴 발휘시키고 惡을 징계하게 하는 바가 없는 모든 것들은 또한 취하지 않았나"26)고 하였다. 심지어 이 시선집을 공자의 『詩經』 刪詩에 비유하기도

---

22) 『肅宗實錄』 二十一年 正月 甲戌, "虜使求見東國詩文及筆法, 抄謄東文選·青丘
風雅所載者 與之, 亦擇善寫人, 寫字示之."

23) 〈佔畢齋先生全書 解題〉, 啓明漢文學硏究會 編, 『佔畢齋先生全書』 1권 (대전:
學民文化社, 1996), 11~12면.

24) 黃渭周, 〈朝鮮 前期의 漢詩選集〉, 『정신문화연구』 통권 68호, (한국정신문화
연구원, 1997), 56면.

25) 崔淑精, 〈青丘風雅跋〉, "……吾友季昷(季昷은 金宗直의 字=필자 주), 結髮好
詩, 得三昧之手, 而具金剛之眼, 嘗採東賢之詩, 可與風雅並傳者, 名之日青丘風
雅……"

26) 앞의 글, "……諸不出性情之正, 無所感發而懲創者, 亦無取焉……"

하였다.27)

　또 많은 사람들이 김종직의 이러한 시선집 편찬은 경쟁 관계에 있던 徐居正이 편찬한 『東文選』에 대한 불만에서 비롯되었다고 알고 있고 최근의 논자들까지도 이러한 견해를 수용하고 있는데,28) 이는 앞에 든 최숙정의 跋文과 더불어 일찍이 松溪 權應仁이 『松溪漫錄』에서 "점필재 선생은 『동문선』이 사사로움을 따라서 공정하지 못하고 채택한 것이 정밀하지 못하다고 여겨, 모래를 일어 금을 가려내고 다시 그 중에 더 나은 것을 뽑아 산문은 『東文粹』라고 하고 시는 『靑丘風雅』라고 하였으니 지극히 정밀하다고 말할 수 있다."29)라고 한 말에 그 근거를 두고 있다.

　그러나 김종직 자신이 성리학자라는 평가를 받기에는 문제점을 안고 있고, 아울러 이 『청구풍아』의 선시 기준도 기존의 인식과는 상당히 다른 측면이 있어 올바른 이해를 필요로 한다. 특히 『송계만록』에 있는 권응인의 말은 객관적 사실에서 오류가 있는 것이어서 그 말의 내용에 있어서도 자신의 선입관이나 주관적인 생각이 크게 반영되었다고밖에 볼 수 없으며, 이는 『청구풍아』의 선시 관점을 오해하게 하는데 많은 영향을 끼치고 있다. 따라서 『청구풍아』에 대한 선시 관점은 거기에 실린 작품 자체의 면면을 살펴봄으로써 새롭게 확인해야 할 필요성이 제기된다.

　최숙정은 김종직과 비슷한 연배로(두살 아래) 매우 친분이 두터운 사이였고 그 자신이 『청구풍아』의 選詩 과정에 상당한 도움을 주었다. 그

---

27) 앞의 글, "是編傳於世, 而使今之人若後之人, 知風雅之後復有風雅, 而有所興起焉, 則季昷之用心, 亦亞於刪定之功也歟."

28) 洪性旭, <金宗直의 賦 및 散文의 研究> (고려대학교 국문과 석사 논문, 1993), 1면.
　閔丙秀, 『韓國漢詩史』(태학사, 1996), 13면·225면.
　黃渭周, 앞의 글 중 註 39), 앞의 책, 50면.

29) 權應仁, 『松溪漫錄』 下, "佔畢齋先生, 以東文選循私不公, 擇焉而不精, 淘沙揀金, 更拔其尤, 文曰東文粹, 詩曰靑丘風雅, 可謂極精矣."

러나 발문에서는 자신의 역할을 전혀 언급하지 않고 전적으로 김종직의 공으로만 이야기하면서 刪詩 정신에 투철한 것같이 일방적인 찬사를 늘어놓았다. 이런 유의 의례적 표현은 여타의 序跋에서 흔히 볼 수 있는 것이므로 절대적인 판단의 근거로 삼기에는 신중을 기해야 한다. 오히려 김종직 자신의 서문이 저간의 사정을 상세하게 전하고 있다.

서문을 보면 그는 자신의 前代에 金台鉉, 崔瀣, 趙云仡이 각각 시선집이 있는데 이들이 모두 미흡한 점이 있는데다 충렬왕(고려 25대) 이전의 작품들만 모았기 때문에, 자신이 직접 시선집을 편찬할 생각을 가지게 되었다고 했다. 그래서 울산에 있을 때(35~36세) 앞의 세사람이 편찬한 시선집에서 그 중 나은 것을 고르고 또 충선왕(고려 26대) 이후 자신의 당대까지 남아 있는 원고에서 3백편을 뽑았다. 그 뒤 庚寅年(1470년, 40세)에 史局에 補任되면서 최숙정과 함께 館 안에 있던 옛 상자를 뒤져서 변계량 등이 모아놓기만 하고 완성을 못한 책에서 또 백여 편을 얻었다. 그는 곧바로 함양으로 군수가 되어 내려갔는데, 최숙정이 또 약간 편을 골라 보냈다. 그래서 함양 군수를 하는 여가에 책의 편찬을 완성하게 된 것이다.[30]

이 과정에서 그 자신은 선시의 기준을 전혀 언급하지 않고 있다. 다만 '우선 세 분(심태현, 최해, 조운흘)이 편찬한 것을 내상으로 하어 나은 것을 뽑았다(姑就三老所撰而拔其尤者)'고 한 것이 유일하게 밝혀진 것이다. 편찬 과정을 볼 때도 그가 의도적으로 유가적 선시 기준을 가지

---

30) 金宗直, <青丘風雅序>, "石澗略, 快軒雜, 猊山之編最爲得體, 然而合乎己之權度者, 然後收之, 故多遺焉, 且三老所選, 皆忠烈以前之詩, 厥後諸作無有繼而蒐輯者, 宗直輒不自揆, 欲叢萃一編以便覽閱久矣, 然文稿之傳世者少, 雖有之, 身糜偏方, 得而觀之爲難, 第恐平日所得者亦隨而忘失, 往在鶴城(蔚山=필자 주)戎幕, 轅門寂寥, 可以談風月, 於是姑就三老所撰而拔其尤者, 又採忠宣以下, 至于今日, 遺藁可攷者, 合古律詩三百餘篇, 庚寅歲承乏史局, 與國華(崔淑精=필자 주)檢館中舊篋, 得春亭諸公裒集未成之書, 又錄百餘篇, 及來天嶺(咸陽=필자 주), 國華續採若干篇以寄焉, 荒僻之地, 民事多暇, 因取前後所得而彙編之, 通算五百十七篇."

고 작업을 했다는 흔적은 전혀 보이지 않는다. 다만 김종직이 서문의 전반부에서 다음과 같이 시의 가치를 평가하는 부분이 있기는 하다.

> 오늘날로부터 신라 말까지 소급해 올라가자면 거의 일천년이나 되니 그 시가 성하고 많은 것이 마땅하다. 격률이 비록 세 번 변했지만 그 사이에 풍습의 교화를 기록하거나 善의 찬미와 惡의 풍자를 나타내거나, 열고 닫고 누르고 올려 性情의 바름을 깊이 얻어서, 唐宋의 시에 필적하고 후세에 모범이 될 수 있는 것 또한 적지 않다.(由今日而上溯羅季 盖幾於一千載 宜其詩之盛且多也 格律雖三變 其間 識風敎 形美刺 開闔抑揚 深得性情之正 可以頡頏於唐宋 模範於後世者 亦不少也)[31]

김종직은 『청구풍아』에 선발하고자 했던 시의 성격을 구체적으로 밝히지는 않았지만 性情之正을 얻은 시들을 가치있게 본다는 것을 표방한 셈이다. 그러나 시에 대한 이와같은 관점은, 과거의 유학적 질서 아래에 살았던 문인들이 孔子의 『시경』에 대한 평가 이후 변함없이 반복하여 왔던 효용론적 시관을 벗어나지 않은 것이다. 그래서 과거 시인들의 시집의 서문 등에서 시를 평가하는 글에는 수없이 나타나는 표현이며, 김종직의 특징적인 詩觀이라고 보기는 어렵다. 이러한 인식은 으레 기본적인 전제에 해당하는 것이고, 실제로 작품 활동에 있어서는 단순히 이러한 효용적 측면만을 가지고 시를 평가한 것은 아니다. 특히 시에 있어서 문예미, 즉 예술성을 따지는데는 이러한 효용론은 뒷전에 밀릴 수밖에 없다.

앞에 말한 권응인의 평에 대한 문제점을 살펴보자. 『동문선』은 성종 9년(1478년)에 완성이 되었는데 『청구풍아』는 5년이나 먼저 성종 4년(1473년)에 완성이 되었다.[32] 단지 간행 시기가 나중으로 미루어졌을

---

31) 金宗直, 앞의 글.

32) 黃渭周의 앞의 논문에서도 『靑丘風雅』가 『東文選』보다 앞서 편찬되었다는 것을 지적하였다. 그러면서도 權應仁의 기록을 완전히 배제하지 않고 있는데(동

뿐이다.『청구풍아』는『동문선』을 전혀 의식하지 않았음이 분명하다. 그런데 권응인의 이러한 평이 과거부터 상당한 영향을 끼쳐서 金烋의『海東文獻總錄』에도『청구풍아』의 소개 뒤에 그대로 註釋으로 실려 있을 정도이다.[33]

또『東文粹』는『동문선』보다 나중에 이루어지기는 했지만 거의가『동문선』에 실린 글들이고 10편만 다른 글일 뿐이어서[34] 역시『동문선』에 불만을 가지고 엮었다는 것은 수긍하기 어렵다.『동문수』도 김종직의 독자적인 選이 아니고 申從濩의 발문에 의하면 집현전 학사들이 편찬하여 秘閣(궁중의 서적 보관소)에 간직해두었던 것을 김종직이 약간의 손질을 가하여 만든 것이며,[35] 성현의『용재총화』에 의하면 성삼문이 편찬하여『東人文寶』라고 이름하였는데 완성하지 못하고 죽자 김종직이 이어서 완성하고『東文粹』라고 이름했다는 것이다.[36] 그래서 李圭景은 이를 아예 成三問이 편찬한 것이라고 규정하기도 하였다.[37] 또한 김종직

논문 주39와 주45) 이는 여전히 選詩 기준을 유가적 입장으로 보려는 의도 때문으로 보인다.

33) 金烋,『海東文獻總錄』, <東國詩文撰述>.

34) 李齊賢의 <櫟翁稗說二篇 幷序>·<史贊二篇>, 李存吾의 <上玄陵封事>, 鄭道傳의 <心氣理三篇>, 權近의 <送辛都兵馬使序>·<吉再先生詩卷後序>·<新羅神武王復讎論>, 申叔舟의 <宛陵梅先生詩選序>·<追慕錄序>, 姜希孟의 <畜牧書序>가 그것이다.

35) 申從濩, <東文粹跋>, “往時, 集賢殿諸公, 編東文粹若干卷, 藏在秘閣者久矣, 佔畢齋得而可之, 然於其中不無病焉, 故稍加增削之, 又續以近時之作.”

36) 『연려실기술』에서는 “成三問編東人文, 名曰東人文寶, 未成而死, 金馹孫(季昷＝原註) 踵而成之, 名曰東文粹, 然馹孫專惡文之繁華, 只取醞藉之文, 雖致意於規範, 而萎苶無氣不足觀, 其所撰靑丘風雅, 雖詩不如文, 然詩之稍涉豪放者, 棄而不錄, 是何膠柱之偏’이라고 하고서『용재총화』의 기록을 인용했다고 밝혔으나 김일손은 김종직의 잘못이다. 慵齋叢話에는 金季昷이라고 되어 있고 계온은 김종직의 字인데 李肯翊이『용재총화』를 인용하면서 金馹孫으로 잘못 알고 바꾸었다.

37) 李圭景,「五洲衍文長箋散稿」권59, <文選辨證說>, “我東選文, 則金台鉉東國文

이 『동문수』를 편찬하는 과정에서도 『동문선』을 의식한 흔적은 전혀 찾아볼 수 없다.

서거정이 김종직과 경쟁 의식을 가지고 있어서 文衡을 내놓지 않고 오랫동안 독점했다고 하는 속설이 오래 전부터 전해지고 있고38) 이런

鑑, 崔瀣東人之文, 成三問東文粹十卷, 徐四佳居正東文選, 申用漑續東文選, 正廟御定八子百選, 陸朱約選, 朱書百選, 愚以固陋寡聞, 所嘗見聞者, 惟此而已, 不忍覆瓿, 抄置弊麓[簏], 而俟知者更爲修正焉, ……成三問國朝世祖時人, 編東人之文, 名曰文寶, 被禍后, 金季昷踵成, 名曰東文粹." 이규경은 성삼문이 거의 다 편찬해 놓은 책을 김종직이 뒤이어 완성했으므로 원편자를 따라 성삼문을 편자로 본 것이다. 그러나 신종호의 발문에 따르면 김종직의 의도가 상당히 가미되었다고 보이므로 편자를 성삼문으로 보는 것은 너무 지나치다. 『成宗實錄』의 김종직 卒記에서도 『청구풍아』와 『동문수』를 김종직이 撰集한 것으로 기록하고 있다.

38) 이 속설은 문헌상으로 李睟光(1563~1628)의 『芝峯類說』에서 처음으로 확인된다.
  권4 <官職部, 學士>조에서 '徐四佳居正 秉文衡至二十六年之久 故如金佔畢宗直 姜晉山希孟 李三灘承召 皆不得爲之 當時言者 以公不宜久專文柄 公聞之曰 我遞則誰當爲此任 或言公與金佔畢姜晉山不相悅 恐衣鉢歸於二公 故不遞云 未知信否'라고 하였다.
  여기서 보면 당시에 떠도는 이야기를 기록한 것이며 이수광 자신은 이것을 전적으로 믿지도 않았음을 알 수 있다. 그런데 이런 속설이 점점 퍼져서 李肯翊의 『燃藜室記述』에서는 金時讓의 『涪溪記聞』을 인용하여 실제의 일인 양 기술하였다. 그러나 현전하는 『부계기문』에는 이러한 기록이 보이지 않는다. 근래의 연구자들도 이수광의 기록을 인용하면서 '或曰'과 '未知信否'를 거두절미하고 『지봉유설』의 이 기록을 정설인 양 거론하는데 애초에 이수광의 의도와는 거리가 먼 것이다.
  서거정이 문형을 맡은 기간을 26년이라고 한 것도 사실과 다르다. 『海東雜錄』에는 문형 26년, 『해동잡록』에 인용된 本集(서거정의 문집을 가리키는 듯)에는 대제학 22년, 『연려실기술』에 인용된 『東閣雜記』에는 문형 22년, 『연려실기술』에 인용된 『부계기문』에는 문형 26년으로 되어 있는 등 기록마다 그 기간이 여러 가지로 나타나지만, 예종 원년(1469년)에 문형이 되었고 성종 19년(1488년)에 卒하였으므로 햇수로 20년간 역임한 것이 된다. 正祖는 <日得錄>에서 20년 동안 문형을 맡았다고 했는데 이 말이 정확하다.(『弘齋全書』 권161, <日得錄> 장34).

속설을 기정사실화하여 서거정과 김종직이 문학적으로도 대립했다는 논거로 사용하는데 이도 별다른 근거가 없는 것이어서 액면 그대로 믿기는 곤란하다. 또 일부 야담에 전하기로는 이 이야기 끝에, 그래서 문형이 서거정에게서 洪貴達에게로 넘어갔다고 하는데,39) 서거정 다음에 문형을 맡은 사람은 홍귀달이 아니고 魚世謙이다.40) 따라서 위의 이야기는 순전히 호사가들이 지어낸 말일 가능성이 높다. 이 이야기가 나온 배경에는 서거정의 시기심 많은 성격에 대한 평소의 평판이 작용하였을 수도 있다.『성종실록』에 기록된 서거정의 卒記를 보면 그러한 서거정의 성격을 비판한 부분이 있다.41) 이러한 인식이 과장되어 서거정과 김종직의 사이가 나빴던 것으로 전해지고, 김종직의 시문집 편찬이 서거정의『동문선』에 대한 불만 때문이었던 것처럼 엉뚱한 방향으로 흐르고 만 것이다.

　『청구풍아』의 선시 기준 내지 선시 경향을 알기 위해서는 기존의 선입관에 의한 평가보다는 선집에 실린 실제 시 작품의 성격을 놓고 논의

---

39)『燃藜室記述』에서는 金時讓의『涪溪記聞』을 인용해서 徐居正이 金宗直을 시기해서 대제학이 갈릴 때 洪貴達을 천거했다고 하였다. (李肯翊,『燃藜室記述』 권6, <戊午黨籍>). 金台俊도 이 주장을 그대로 墨守하였으며(金台俊,『朝鮮漢文學史』, 民族文化社 영인, 1991, 128면) 후대의 연구자들도 대부분 이 설을 따르고 있다.

40) 姜斅錫,『典故大方』권2, 장34, <文衡錄>에 역대 文衡을 나열하였다. 그 차례를 보면 '權近-卞季良-尹淮-權踶-鄭麟趾-安止-申叔舟-崔恒-徐居正-魚世謙-洪貴達-成俔…' 순이다. 文衡의 자격 기준을 어떻게 보느냐에 따라 權近을 제외하고 卞季良부터 문형이 시작되는 것으로 보기도 한다.『增補文獻備考』(권221, 職官考 8, 館閣 2, 弘文館)에서는 '太宗十七年 藝文大提學卞季良 始典文衡 國朝文衡 始此'라고 하였고,『芝峯類說』(권4, 官職部, 學士)에 인용된 忍齋 洪暹의 시(『忍齋集』에는 미수록)에도 역대 문형을 나열하면서 "季淮踶趾舟恒正, 魚達成勘漑褒容,…"이라고 하여 權近을 제외하고, 마찬가지로 安止도 제외하였다. 그러나 徐居正 다음에 魚世謙이 문형을 맡았다는 것은 변함이 없다.

41)『成宗實錄』19년 十二月 癸丑, "居正器狹, 無容人之量, 又未嘗獎進後生, 世以此少之."

해야 한다.

　다음과 같은 작품을 보면『청구풍아』가 꼭 유가적인 선시 기준을 가졌다고 보기는 어렵게 한다.

　　　〈題仙女着碁圖〉(선녀가 바둑 두는 그림을 보고 짓다)　　鄭誧

　　　저 선녀는 천년토록 두 볼이 붉건마는
　　　우리 인간 순식간에 귀밑 털만 엉성하네.
　　　바둑 두어 長生 술법 내기하려 하였더니
　　　슬프도다, 다시 보니 그림 속에 있는 것을.

　　　仙女千年兩臉紅　人間俯仰鬢如蓬
　　　奕碁欲睹長生術　惆悵相看是畫中

　그림 속에 바둑 두는 선녀들이 있는데 두 볼이 복숭아 빛으로 발그레 곱기만 하다. 그러나 인간인 내 모습을 보니 짧은 인생 잠시 사이에 어느덧 귀밑 머리가 허옇게 세서 헝클어졌다. 바둑이라면 나도 웬만큼 자신이 있기 때문에 長生術을 알고 있는 저기 선녀들과 내기 바둑을 두어 그 술법을 좀 얻어보자는 것이다. 그러나 문득 감상에 젖은 마음을 다잡고 보니 저들은 그림 속의 존재일 뿐이다. 허망한 마음에 슬프게 그림만 바라본다.

　이런 시는 재치있기는 하지만 시의 소재에서부터 느낄 수 있듯이 문장가의 시이지 유가적인 관점의 시라고는 할 수 없다. 오히려『동문선』에도 실린 吉再의 〈卽事〉, 〈金鼇山大穴寺廣寒樓〉, 〈閑居〉[42]같은 시들이

---

42)『東文選』에 <卽事>라는 제목으로 실린 시(盬水淸泉冷, 臨身茂樹高, 冠童來問字, 聊可與逍遙)는『冶隱集』에 <閑居>로 되어 있으며,『東文選』에 <閑居>로 된 시(臨溪茅屋獨閑居, 月白風淸興有餘, 外客不來山鳥語, 移床竹塢臥看書)는『冶隱集』에 <述志>로 되어 있다.『慵齋叢話』에는 두 시 모두 '閑居詩'라고 소개하였다.

유가적 본령을 지키는 것들인데 이런 시들은 뽑히지 않았다. 〈卽事〉와 〈閑居〉는 김종직과 동시대인인 성현의 『용재총화』에도 실릴 만큼 당시에 이미 알려진 시였으므로 그도 이 시를 모르지는 않았을 것이다. 특히 이들 시는 '작자 자신의 자득적 정신수양의 경지를 읊어내고 있다는 점에서 성리학자들의 모형적인 시체인 濂洛體의 표본이라 할 수 있는'43) 작품이다.

이러한 시가 『청구풍아』에 선정되지 않았다는 것은 기존에 김종직에 대해 피상적으로 이루어져 온 평가에 대해 두가지의 중대한 의문점을 제기하게 한다. 하나는 '『청구풍아』의 편찬에는 유가적 의리 정신이 중요한 선시 기준으로 작용하였다'는 것에 대한 의문이고, 또 하나는 주로 김종직의 학통을 이은 신진 사림들에 의해서 성립된 유교 연원이 설득력이 없다는 것이다. 길재가 김숙자에게 도를 전했고 그것이 김종직 자신에게 전해졌다면 이미 다른 사람들의 저술에서 평가하고 있는 길재의 시를 자신의 『청구풍아』에 싣지 않았을 리가 없다. 더구나 김종직은 자신의 선친인 김숙자의 시 한 편을 『청구풍아』에 실음으로써 후대에 권응인에게 사사로운 감정이 개입되었다고 비판 받기까지 하였다.44) 자신이 스스로 길재의 학통을 이었다는 자각이 있었다면, 또 『청구풍아』가 철저한 유가적 의리 정신을 기준으로 시를 선발했디면 길제의 시를 절대로 빠뜨렸을 리가 없다는 것이 필자의 생각이다.

그밖에도 시의 선발에 있어 문예미를 염두에 둔 흔적들이 많이 발견된다. 蔡璉의 〈簾〉 '半捲書窓曉 新秋霽景澄 風來一陣雨 月暎萬條氷 麗日篩紅暈 遙岑漏碧層 香閨凉夜永 幾處隔銀燈'도 함련과 경련에 대해 '四句

---

43) 宋寯鎬, <麗末 三隱의 詩文 性格 -冶隱을 中心으로->, 『吉冶隱 研究論叢』(瑞文文化社, 1996), 93면.

44) 權應仁, 『松溪漫錄』 下, 『大東野乘』 소재, "佔畢齋先生, 以東文選循私不公, 擇焉而不精, 淘沙揀金, 更拔其尤, 文曰東文粹, 詩曰靑邱[丘]風雅, 可謂極精矣, 然其先大夫之作, 非超群拔華, 而亦在選中, 可謂公無私者乎."

極巧'라는 평을 달고 있듯이 대단히 참신하고 뛰어난 표현으로 예술적 성취도가 높으나 유가적 분위기와는 거리가 멀다. 李崇仁의 〈方同年生女戲呈〉 '門閥多餘慶 郎君篤孝思 居然生女日 錯賦弄璋詩 富貴傳家有 貞嘉不卜知 風塵荷戈戟 何用重男爲'는 비록 유학자의 시이지만 시 자체는 장난기가 넘치는 해학의 시이다.

鄭知常의 〈長源亭〉 '岧嶢雙闕枕江濱 淸夜都無一點塵 風送客帆雲片片 露凝宮瓦玉鱗鱗 綠楊閉戶八九屋 明月捲簾三四人 縹緲蓬萊在何許 夢闌黃鳥囀靑春'은 頸聯의 뒤에 '語壯麗'라는 평을 달고 있는데, 서거정이 『동인시화』에서 金富軾의 〈結綺宮〉 및 〈燈夕〉 시와 대비적으로 평한 구절이기도 하다. 서거정은 "김부식의 시는 말의 뜻이 엄정하고 典雅, 眞實하여 참으로 덕이 있는 자의 말이다"고 한 반면 "정지상의 시는 語韻이 맑고 화려하며 시구의 풍격이 豪逸하여 晩唐의 시법을 깊이 터득하였다"고 하면서 "두사람의 기상이 같지 않다"고 言明하였다.45) 金富軾은 바로 유가적인 기준으로 보았을 때 더 높이 평가받는 시풍이고, 정지상은 순수 문예미의 관점에서 보았을 때 높이 평가되는 시풍임을 말한 것이다. 그런데 『청구풍아』에서는 鄭知常의 시는 실었으면서도 金富軾의 〈結綺宮〉은 싣지 않았다. 〈結綺宮〉은 김종직이 『청구풍아』를 편찬할 때 참고로 한 『三韓詩龜鑑』에 실려 있으므로 이 시를 모르지는 않았다.

『청구풍아』의 주석은 시어나 어구의 의미를 밝히는 것들이 대부분을 차지하지만 가끔씩 풍격에 대한 것들도 섞여 있는데, 그 풍격 비평들은 대부분 문예미를 드러내고 있는 점을 거론한 것이고 유가적 관점에서 높이 평가할 만한 점을 평한 경우는 찾아보기 어렵다. 몇 가지 예를 들

---

45) 徐居正, 『東人詩話』 上, "金文烈富軾, 鄭諫議知常, 以詩齊名一時, 文烈結綺宮詩, 堯階三尺卑, 千載稱其德, 秦城萬里長, 二世失其國, 隋皇何不鑒, 土木竭人力, 燈夕詩, 華蓋正高天北極, 玉爐相對殿中央, 君王恭默踈聲色, 弟子休誇百寶粧, 詞意嚴正典實, 眞有德者之言也, 鄭詩語韻淸華, 句格豪逸, 深得晩唐法, 尤長於拗體, 如(……)等句, 出口驚人, 膾炙當世, 可以一洗空羣矣, 二家氣象不侔."

어보자.

傔長壽의 7언 율시 〈早春書懷〉 중 頷聯인 '平湖春暖烟千里 古岸秋高月一航'에는 '狀春秋景淸麗'라는 평을 달았다. 金仁鏡의 7언 절구 〈內直〉 중 起·承句인 '銀臺承制五更來 月在西南玉漏催'에는 '句淸而麗'라는 평을 달았다. 李奎報의 〈江上月夜望客舟〉 詩 '官人閑捻笛橫吹 蒲席凌風去似飛 天上月輪天下共 自疑私載一船歸'에는 '豪壯'이라는 평을 달았다. 鄭瑎의 〈代書寄李起郎〉 詩 '春光欲入萬株楊 燕市笙歌沸畫堂 爛醉知君送佳節 不應離恨似吾長'에 대해 起·承句 다음에 '語富麗'라고 평을 달았다. 康好文의 7언 절구 〈偶題〉의 첫 구 '風尖月細春猶淺'에는 '纖麗'라고 평을 달았다. 鄭知常의 〈醉後〉 '桃花紅雨鳥喃喃 繞屋靑山間翠嵐 一頂烏紗慵不整 醉眠花塢夢江南'에는 '艶麗太甚'이라고 평을 달았다. 이러한 평들은 『청구풍아』의 선시 기준이 지금까지 피상적으로 반복되어온 주장인 유가적 관점이 아니고, 일반적인 관점에서의 문예미를 우선시하였다는 것을 알게 해 준다.

성현이 『청구풍아』를 비판하면서 "시가 조금이라도 豪放스러움에 관계되면 버리고서 수록하지 않았으니 이 어찌 변통을 모르고 편벽되었는가(詩之稍涉豪放者 棄而不錄 是何膠柱之偏)"라고 하였지만, 실제로 수록 작품을 보면 호방스러운 작품들도 어럿 있으며46) 바로 위에서 이규보의

---

46) 몇 작품만 예로 들기로 한다.

李崇仁, <感興>(제2수), "魯連本齊人, 倜儻有奇節, 歲暮東海濱, 輕擧誰能縶, 功成不受賞, 帝秦非所屑, 遺風凜千載, 聞者髮蕭瑟."

鄭道傳, <嗚呼島弔田橫>, "曉日出海赤, 直照孤島中, 夫子一片心, 正與此日同, 相去曠千載, 嗚呼感余衷, 毛髮竪如竹, 凜凜吹英風."

金克己, <醉時歌>, "釣必連海上之六鼇, 射必落日中之九烏, 六鼇動兮魚龍震蕩, 九烏出兮草木焦枯, 男兒要自立奇節, 弱羽纖鱗安足誅, 紫纓雲孫始墮地, 自謂壯大陳雄圖, 鍊石欲補東南缺, 鑿空將通西北迂, 嗟哉計大未易報, 半世飄零爲腐儒, 不隨馮異西登隴, 不逐孔明南渡瀘, 論詩說賦破屋下, 却把短布包妻孥, 時時壯憤掩不得, 拔劍斫地空長吁, 何時乘風破巨浪, 坐令四海如唐虞, 君不見凌烟閣上圖形容, 半是書生半武夫." (서거정은 이 시의 앞 부분을 『동인시화』에 인용하고 '말이

〈江上月夜望客舟〉의 예에서 보듯이 김종직 스스로 그런 작품에 평을 가하기까지 하였다. 또 김종직 시의 미학적 특질 가운데 두드러진 것 중의 하나가 호방한 시풍이다.47) 성현의 평가 역시 정론이라고 보기는 어렵다.

여기서 논의를 더 진전시켜서, 그렇다면 김종직이 선시의 기준으로 삼은 문예미나 또다른 기준은 구체적으로 무엇이었는가를 알아보는 것이 보다 확실하게 그의 詩觀을 밝히는 작업이 될 것이다. 그러기 위해서는 『靑丘風雅』를 편찬하는데 참고로 한 『東人之文五七』이나 『三韓詩龜鑑』과 비교하여 그 取捨選擇한 작품들의 성격을 분석해 보고, 나아가서는 同時代 및 後代의 시선집인 『東文選』이나 『國朝詩刪』, 『箕雅』 등에 실린 작품들과의 비교 분석까지 곁들이는 것이 필요할 것이다. 그러나 시선집에 실린 작품의 성격을 논하는 것은 과거의 전문적인 문인들도 서로의 의견이 엇갈릴 만큼 쉽지 않은 문제이며48) 시에 대한 고도의 안

매우 豪壯挺傑하다'고 평하였다.)

金克己, <黃山江>, "起餐傳舍曉渡江, 江水渺漫天蒼茫, 黑風四起立白浪, 舟與黃山爭低昂, 津人似我履平地, 一曲漁歌聲短長, 十生九死到前岸, 槐柳陰中村逕荒."

李仁老, <續行路難>, "我欲飇車叩閶闔, 請挽天河洗六合, 狂謀謬筭一不試, 蹄涔幾歲藏鱗甲, 峨洋未入子期聽, 熊虎難逢周后獵, 行路難, 歌正悲, 匣中雙劍蛟龍泣."

鄭道傳, <公州錦江樓>, "君不見賈傅投書湘水流, 翰林醉賦黃鶴樓, 生前轗軻無足憂, 逸氣(三峯集作意)凜凜橫千秋, 又不見病夫三年滯炎州, 歸來又到錦江頭(國朝詩刪作樓), 但見江水去悠悠, 那知歲月亦不留, 此身已與秋雲浮, 功名富貴復何求, 感今思古一長吁, 歌聲激烈風颭颭, 忽有飛來雙白鷗." (허균은 이 시를 『국조시산』에 싣고 '滾滾如翻三峽波濤', '浩蕩可喜', '豪逸○肆 足爲壓卷' 등의 批를 달았다.)

47) 金宗直의 豪放한 시풍에 대해서는 이미 역대의 문인들이 누차 평가한 바이고, 그 구체적인 검증은 본 논문 Ⅳ장에서 자세하게 다루기로 한다.

48) 허균은 『國朝詩刪』의 選詩 기준에 대해 <題詩刪後>에서 애써 "화려한 빛깔은 따지지 않았다(不問其華色)"고 하고 또 "법도에 합치하지 않고서도 올려놓은 것은 없다"고 하였는데, 박태순은 <國朝詩刪叙>에서 허균이 '聲律의 맑음(聲律之淸)'과 '色澤의 아름다움(色澤之絢)'을 위주로 선택했기 때문에 보잘 것

목이 요구되기 때문에 섣불리 언급할 수 없는 難點이 있다. 따라서 여기
서는 우선 『청구풍아』의 주석에 나타난 비평들을 중심으로 편찬자가 시
의 어떤 측면에 관심을 가지고 있었는지를 파악하는 선에서 그 대강의
실상을 알아보고, 보다 심도 있는 분석은 훗날의 연구 과제로 남기기로
한다.

　『청구풍아』의 주석은 대부분이 시의 일차적인 이해에 관계되는 글자
나 詩語·詩句의 풀이, 시의 전체적인 의미 해석 등이 주류를 이루지만,
간혹 시에 대한 비평들도 섞여 있어 편찬자의 시에 대한 기호를 엿볼
수 있게 한다. 이들 비평문들을 조사해 볼 때 몇 가지의 경향성이 발견
된다면 그것은 직·간접적으로 편찬자의 시 선발 기준을 파악하는데 도
움이 될 것이다. 그들 중 주요한 것들을 추출해 보면 다음과 같다.

　'沈雄磊落', '風流跌宕', '淸壯頓挫', '太逼唐人', '點綴巧', '絶類盛唐', '多少二
字妙', '玉一叢語義新', '狀春秋景淸麗', '字妙', '眞有聲之畫', '卽景如畫', '艶麗
太甚', '臥字新', '句淸而麗', '語自恍惚', '豪壯', '語富麗', '棲字巧', '催字老', '此
翻案法甚妙', '形容逼眞', '可以驚逐利之徒', '語甚佳', '寫出老境閑適之味', '有挽
回世道之意', '此詩儼然有扶持世敎之意', '纖麗', '語自可畫'49), '可歌'.

　以上은 『청구풍아』에 나타난 김종지의 評語들 중 시에 대한 관점을
가늠해 볼 수 있는 것들을 위주로 하여 차례대로 모은 것이다. 이들은
다음과 같이 몇 가지 부류로 나눌 수 있다.

없는 시들이 끼여 있다고 하면서 정반대의 견해를 보이고 있다.(第其所取者 多
主於聲律之淸 色澤之絢 故輕靡脆弱之作 或有濫竽 沈深平遠之什 不免遺珠)
　朴守川의 논문(<國朝詩刪의 選詩觀 硏究>, 서울대학교 국문과 석사논문,
1986)에서 허균이 『국조시산』의 작품 선정 척도로써 '聲律之淸'과 '色澤之絢'을
사용하였다고 하고, 이같은 관점을 바탕으로 『국조시산』의 선시가 잘되었다고
논증한 것은 박태순의 서문을 잘못 읽고 오해한 것이다.
49) 필사본(아세아문화사 영인본)에는 '語自可盡'으로 되어 있으나 '盡'은 '畫'의
잘못이다. (善本인 연세대 도서관 소장본에 의거하여 바로잡음.)

① 시의 풍격에 대한 것 : 沈雄磊落, 風流跌宕, 淸壯頓挫, 狀春秋景淸麗, 艶麗太甚, 句淸而麗, 豪壯, 語富麗, 寫出老境閑適之味, 纖麗.

② 표현적 측면에 대한 것 : 點綴巧, 多少二字妙, 玉一叢語義新, 字妙, 眞有聲之畫, 卽景如畫, 臥字新, 語自恍惚, 棲字巧, 催字老, 此翻案法甚妙, 形容逼眞, 語甚佳, 語自可畫, 可歌.

③ 시풍의 경향에 대한 것 : 太逼唐人, 絶類盛唐.

④ 敎化的 측면에 대한 것 : 可以驚逐利之徒, 有挽回世道之意, 此詩儼然有扶持世敎之意.

이렇게 정리한 결과 ①, ②, ③에서는 풍격이나 표현 기교에 대한 관심이 두드러짐을 보여주며 ④에서는 시의 교화적 기능을 염두에 두었음을 알 수 있다. 이에 대해서 좀 더 구체적인 논의를 해보자.

①에서 나타나는 풍격적 요소를 보면 그의 문예미적 취향을 엿볼 수 있다. 沈雄磊落·淸麗·豪壯·富麗·閑適 등은 그 자신의 시에서 드러나는 풍격과 유사한 것들이다. 즉 웅혼하고 활달하면서도 밝은 모습의 시풍이 그것이다.50) 반면 跌宕·艶麗·纖麗 등은 자신의 시풍과는 거리가 있는 것들이지만, 이러한 시풍을 가진 시들도 배제하지 않았다는 것은 그가 시를 선발하는 데 있어서 자신의 기호에만 편중하지는 않았다는 것을 알 수 있게 한다. 김종직은 『청구풍아』의 서문에서 기존의 시선집들에 대한 평을 하면서 "석간 조운흘은 소략하고 쾌헌 김태현은 잡스럽고 예산 최해가 편찬한 것이 가장 體를 얻었다. 그러나 자신의 기준에 부합한 다음이라야 수록했기 때문에 빠뜨린 것이 많다"51)고 하여 최해

---

50) 김종직 시의 풍격에 대해서는 본 논문 'Ⅳ. 1. 風格美의 성격'에서 자세히 논하기로 한다.

51) 金宗直, <靑丘風雅序>, "石澗略, 快軒雜, 猊山之編最爲得體, 然而合乎己之權度者, 然後收之, 故多遺焉." 몇몇 연구에서 이 부분을 '石澗以快軒雜猊山之編, 最爲得體…'라고 하여 '略'자를 '以'자로 보고 글의 주어를 石澗으로 해석한 것은 기존의 자료에 글씨가 알아보기 어려워 판독을 잘못한 결과이다. 글자가 바뀌면 주체가 달라져서 전혀 다른 의미가 된다.(연세대 도서관 소장본에는 글

의 『東人之文』을 긍정적으로 평가하면서도 주관적 시 선정의 결점을 지적한 바 있다. 김종직이 자신의 시 작품에서는 쉽게 찾아 볼 수 없는 시풍의 시들을 『청구풍아』에 싣고 그에 대한 품평까지 곁들인 것은 그러한 약점을 어느 정도 보완했다고 인정할 수 있다.

②에서 보면 그는 특히 시어의 치밀한 조직이나 묘사가 뛰어난 표현을 높이 평가했다는 것을 알 수 있다. 특별히 시구의 표현적 측면에 주목하여 '巧', '妙', '新', '老', '佳' 등의 평을 붙이고 있는데, 이는 그가 교묘하고 참신한 시구를 가치있게 생각했다는 점을 증명하며, 그 자신이 시를 지을 때도 시구의 조직에 큰 관심을 기울인 사실과 일치한다.[52] 또 '眞有聲之畫', '卽景如畫', '形容逼眞', '語自可畫' 등의 평에서 볼 수 있는 바와 같이 시의 繪畫的 측면에 대해서도 상당히 높은 평가를 내리고 있다.

曹伸은 『謏聞鎖錄』에서 김종직의 시 〈訪孫克謙林園〉, 〈宿踏溪驛〉, 〈齊雲樓快晴〉, 〈雪後發高阜向興德〉 등을 들어 '卽景如畫'라고 평하였고,[53] 洪萬宗도 『小華詩評』에서 〈長峴村家〉 시에 대해 '詩中有畫'라고 하였는데,[54] 이로써 본다면 김종직 자신도 시의 회화적 묘사에 상당히 능했다

자가 또렷하다.)

52) 김종직 시의 이러한 경향에 대해서는 본 논문 'Ⅳ. 3. 표현상의 특질' 항에서 자세히 다루기로 한다.

53) 曹伸, 『謏聞鎖錄』, 『詩話叢林』 소재 (아세아문화사 영인, 1991), "金文簡公宗直訪孫克謙林園詩曰, 十室卑湫地, 閑園數畝荒, 松爲一柱觀, 菊作百和香, 小砌蘭承露, 疎籬柿得霜, 主人年八十, 燕坐惜頹光, 此卽村老園林詩, 宿踏溪驛詩曰, 古樹獰颼攬, 荒林片月孤, 官胥來督傳, 郵婦泣供廚, 鼠竄殘殘戶, 星馳急急符, 誰知燈影下, 危坐恨非夫, 此卽殘驛詩, 齊雲樓快晴詩曰, 雨脚看看取次收, 輕雷猶自殷高樓, 雲歸洞穴簾旋暮, 風颼(文集作飆)池塘枕簟秋, 菡萏香中蛙閣閣, 鷺鷉 影裡(文集作外)稻油油, 憑欄更向頭流望, 千丈峯巒湧玉蚪[虯], 此卽城樓雨後登眺詩, 雪後發高阜向興德詩曰, 一夜湖山銀界遙, 瀛州郭外馬蕭蕭, 村家竹盡頭搶地, 野樹禽多趐綴條, 沙浦烟痕蒼海岸, 立岩霞氣赤城標, 臘前已是饒三白, 想聽明年擊壤謠, 此卽雪後行路詩, 皆卽景如畫."

는 것을 알 수 있다.

③에서는 『國朝詩刪』을 편찬한 허균과 마찬가지로 그 역시 唐詩(특히 盛唐의 시)를 가장 높은 경지로 여기고 하나의 모형으로 생각했다는 것을 보여준다. 허균은 김종직의 시작품에 대해 『國朝詩刪』이나 여타의 글에서 뛰어난 唐風을 칭찬하고 있으며 申緯도 〈東人論詩絶句〉에서 '又見駸駸入盛唐'이라고 하였으니,55) 김종직이 唐風의 경지에 상당한 정도로 다가갔음을 알 수 있다.

④는 많은 사람들이 『청구풍아』의 선시 관점에 대해 주장했던 '유가적 選詩 기준'에 부합하는 측면이다. 시가 쇠퇴해가는 '世道'나 '世教'를 되돌리고 붙드는 기능을 하는 점을 중시한 것이다. 『청구풍아』가 전적으로 유가적 선시 기준으로 편찬된 것은 아니지만, 그렇다고 해서 그러한 관점을 전혀 도외시하지도 않았음을 말해주는 근거가 된다. 기존의 평가처럼 철두철미하지는 않지만 전통적인 시의 효용론을 김종직도 기본적으로 견지하고 있음을 보여주는 자료이다.

이상에서 보면 『청구풍아』에 나타난 시 선정 기준의 대략적인 경향을 알 수 있는데, 이는 앞으로 살펴볼 그의 시 작품과도 상당 부분 연관이 된다는 점에서 그의 詩觀을 짐작할 수 있다.

---

54) 洪萬宗, 『小華詩評』, "長峴村家詩曰, 籬外紅桃竹數科, 零零雨脚間飛花, 老翁荷 耒兒騎犢, 子美詩中西崦家, 可謂詩中有畫." 문집에는 제목이 <長峴下人家 在蔚 山西三十餘里>로 되어 있고 '零零'의 '零'자가 '가랑비 삼(霙)'자로 되어 있다.

55) 申緯, <東人論詩絶句> 제8수, "萬竅風生鐵鳳翔 孤撑宇宙格沈蒼 佛天花雨羅時 蓋 又見駸駸入盛唐".

Ⅳ. 시 세계의 실상

1. 風格美의 성격

風格은 한 시인의 시적 특질을 가장 잘 드러내는 요소이다. 역대의 詩話 批評書 등에서 시인들의 시에 대한 평이 무수히 있어 왔지만 그것들은 대부분 풍격을 위주로 한 것이었다. 그만큼 풍격은 시에 있어서 문예미를 검증할 수 있는 유효한 가늠자가 될 수 있다는 말이다. 김종직의 시를 높이 평가하는 사람들도 거의가 풍격의 측면을 가지고 논하고 있다. 풍격을 나타내는 용어는 대부분 印象批評的인 것이기 때문에 때로 추상적이고 모호한 경우도 없지 않다. 그래서 이러한 비평의 방법을 부정적인 짓으로 보는 견해도 나왔다. 다음과 같은 밀이 대표직이다.

예를 들면 앞서 사람들은 툭하면 곧 漢魏의 雄渾이니, 六朝의 綺靡니, 唐人의 婉壯이니 따위 말을 사용하는데, 소위 「雄渾」이니, 「綺靡」니, 「婉壯」이니 하는 말들은 定義하기도 어려울 뿐만 아니라, 아마 한 時代의 作品 전체가 이러한 정의에 합치되기도 어려울 듯하다. 그렇기 때문에 이러한 비평은 없는 것이나 마찬가지이고 말해도 모두 쓸모 없는 말이 된다. 설령 그것을 쓸모없는 말로 보지 않는다고 할지라도, 그것은 곧 뜻을 어지럽게 하는 것이니 어떻게 절충할 도리가 없다."1)

---

1) 王夢鷗, 李章佑 역, 『中國文學의 綜合的 理解』(太陽文化社, 1978), 259면.

그러나 여기서 말한 것은 한 시대(한 왕조를 통틀어 말하는 通時的 개념)의 시들을 종합적으로 묶어서 하나의 용어로 평하는 것에 대한 부적절함을 주로 지적한 것이다. 그와 같은 방법은 물론 무리가 있을 수도 있다. 한 시대에 하나의 시풍만이 유행했다고 보기도 어려운 것이고, 시인이 자기가 속한 시대의 문학적 조류에 상당 부분 영향을 받는 것이 사실이지만 개인의 성향에 따라서는 얼마든지 개성적인 시풍을 구사할 수가 있기 때문이다.

그렇더라도 한 개인에 있어서는 풍격의 탐색에 의한 비평이 매우 유효하다. 개인의 성격도 일정한 유형에 의해서 분류되듯이, 그 사람의 성격이 반영되지 않을 수 없는 시풍도 역시 일정한 경향성을 지니게 마련이기 때문이다. 그 시풍은 물론 크게 보아서는 한가지로 범주화할 수도 있겠지만 수많은 시 작품을 남긴 시인들의 경우 몇 가지의 유형들이 나타나는 것이 상례이다. 許筠이 李達의 시를 평하기를 "그 곱기는 南威(춘추시대 晉의 미인)나 西施가 아름다운 옷을 차려 입고 곱게 화장한 것과 같고, 그 온화하기는 봄 볕이 온갖 초목을 감싸는 것과 같고, 그 맑기는 서리같은 물줄기가 큰 골짜기를 씻는 것과 같고, 그 울림은 먼 하늘에서 피리 부는 신선이 탄 鶴이 오색 구름 밖에 노니는 것과 같다. (其艷也 若南威西子 袨服而明粧 其和也 若春陽之被百卉 其淸也 若霜流之洗巨壑 其響亮也 若九霄笙鶴 彷像乎五雲之表)"2)라고 몇 가지로 유형화한 것도 그러한 사정을 말해준다.

또 "印象的 評定들은 평하는 사람이 작품을 객체화, 대상화하여 일정 거리에 놓고 知的, 觀照的으로 파악, 수용함으로써 얻어진 결과라는 점에서 아주 적합한 문학적 평가 행위라고 할 수 있기 때문"3)에 일정한

---

2) 許筠, <蓀谷集序>, 『惺所覆瓿藁』 권5, 文部2.

3) 宋寯鎬, <蓀谷 李達 詩 硏究(1)>, 『東方學志』 64 (연세대 국학연구원, 1989), 77면.

안목을 갖춘 사람들의 평은 우리가 작품을 이해하고 감상하는데 매우 긴요한 길잡이가 된다.

風格이란 원래 風度나 品格 등과 같은 말로 쓰여서 사람의 됨됨이를 나타내는 데 쓰인 용어이지만, 문예적인 의미로 쓰이면서 '작가 혹은 예술가의 창작 성과 중에 표현해 낸 格調의 특색'이란 뜻으로 정의되고 있다.4) 특히 시에 있어서의 풍격은 내적인 의미와 그것의 외적인 표현 양식이 어우러져 빚어내는 조화로부터의 느낌의 유형들을 말한다.

이 말이 특히 문학적인 용어로 쓰이기 시작한 것은 남북조 시대 梁나라 劉勰(465~521)의 『文心雕龍』에서 "陸機의 論斷에 이르러서는 역시 필봉의 날카로움이 있으나 쓸데없이 늘어진 말을 잘라버리지 않아서 글의 골격에 자못 누가 된다. 그러나 또한 각자의 훌륭한 점이 있고 '風格'이 간직되어 있다."5)라는 말에서부터 확인이 된다. 劉勰은 이어서 章을 달리하여 〈體性〉 편에서 풍격에 대한 본격적인 논의를 하고 있다. 다음의 글은 劉勰이 풍격을 논하기 위해 전제로 한 말이다.

　　무릇 감정이 움직여서 말로 표현되고 이성이 발휘되어 글로 나타난다. 이것은 대개 숨어 있는 것을 따라서 드러나는 데에 이르게 되고 내부의 것을 인하여서 외부의 것에 합치되는 것이다. 그러나 재능에는 용렬함과 뛰어남이 있고 기질에는 강함과 부드러움이 있고 배움에는 얕음과 깊음이 있고 습성에는 高雅함과 卑俗함이 있으니 모두 情性에 의해 무르녹고 感化에 의해서 응결된 것이다. 이 때문에 문학의 세계는 구름처럼 변화무쌍하고 물결처럼 제멋대로 변하는 것이다. 그러므로 辭理의 용렬함과 뛰어남은 그 재능을 뒤집어서 나타낼 수 없으며, 風趣의 강함과 부드러움은 어찌 혹시라도 그 기질을

---

4) 『漢語大詞典』, 〈風格〉 ❹번 조항, "指作家或藝術家, 在創作成果中, 所表現出的格調特色."

5) 劉勰, 『文心雕龍』 권5, 〈議對〉 제24, "及陸機斷議, 亦有鋒穎, 而腴('諛'로 된 판본도 있으나 上海 涵芬樓影印 明嘉靖刊本을 따름)辭弗翦, 頗累文骨, 亦各有美, 風格存焉."

고쳐서 나타낼 수 있을 것이며, 문장 내용의 얕고 깊음은 그 배움의 정도에 어긋나는 것을 아직 듣지 못했으며, 體式의 高雅함과 卑俗함은 그 습성에 반하는 경우가 거의 없다. 각자 주관적인 마음을 본받는 것이니 그것이 서로 다른 것은 사람마다 얼굴이 각각 다른 것과 마찬가지다.(夫情動而言形 理發而文見 蓋沿隱以至顯 因內而符外者也 然才有庸儁 氣有剛柔 學有淺深 習有雅鄭 並情性所鑠 陶染所凝 是以筆區雲譎 文苑波詭者矣 故辭理庸儁 莫能翻其才 風趣剛柔 寧或改其氣 事義淺深 未聞乖其學 體式雅鄭 鮮有反其習 各師成心 其異如面)6)

이는 문학 작품의 풍격이 그 사람의 선천적인 재능과 기질, 후천적인 배움과 습성에 밀접하게 연관되어 있다는 것을 말해준다. 유협은 이 말에 바로 뒤 이어서 여덟 가지의 풍격적 요소를 제시하였다. 그것은 첫째 典雅, 둘째 遠奧, 셋째 精約, 넷째 顯附, 다섯째 繁縟, 여섯째 壯麗, 일곱째 新奇, 여덟째 輕靡이다. 앞서 풍격 용어에 대해서 인상비평적이어서 모호한 점이 있으며 혹자는 그런 용어를 정의하기도 어렵다는 불만을 제기한 경우를 보았는데, 그러한 점을 염두에 두어 유협은 이 여덟가지 용어에 대해서 나름대로 구체적 정의를 내리려 애쓰고 있다.7)

『文心雕龍』이후로 주로 당나라 때에 皎然의 『詩式』,8) 張爲의 『詩人主客圖』,9) 齊己의 『風騷旨格』,10) 등 여러 가지 詩格書들이 나왔으나 체제가 정연하지 않고 내용도 그다지 요령을 얻은 것으로는 보이지 않는다.11) 그 중 가장 정연하게 풍격에 대해 논의한 것으로는 司空圖

---

6) 劉勰, 앞의 책, <體性> 제27.

7) 劉勰, 같은 글, "典雅者, 鎔式經誥, 方軌儒門者也, 遠奧者, 馥采典文, 經理玄宗者也, 精約者, 覈字省句, 剖析毫, 釐者也, 顯附者, 辭直義暢, 切理厭心者也, 繁縟者, 博喻釀采, 煒燁枝派者也, 壯麗者, 高論宏裁, 卓爍異采者也, 新奇者, 擯古競今, 危側趣詭者也, 輕靡者, 浮文弱植, 縹緲附俗者也."

8) 何文煥 編訂, 『歷代詩話』(臺北, 藝文印書館, 1991)에 편입.

9) 丁仲祜 編訂, 『續歷代詩話』(臺北, 藝文印書館, 1983)에 편입.

10) 위와 같음.

(837~908)의 『二十四詩品』이 꼽힌다.12) 司空圖는 다음과 같은 24개의 풍격을 제시하고 각각의 풍격에 대해 4言 12句의 시로써 그 의미를 풀이하였다.

   (1) 雄渾   (2) 沖淡   (3) 纖穠   (4) 沈著   (5) 高古   (6) 典雅
   (7) 洗煉   (8) 勁健   (9) 綺麗 (10) 自然 (11) 含蓄 (12) 豪放
  (13) 精神 (14) 縝密 (15) 疎野 (16) 淸奇 (17) 委曲 (18) 實境
  (19) 悲慨 (20) 形容 (21) 超詣 (22) 飄逸 (23) 曠達 (24) 流動

  劉勰이 자신의 용어를 풀이한 것은 비교적 구체성을 띠고 있음에 반해 司空圖가 시도한 4언시의 풀이는 오히려 더 추상적이고 비유와 상징으로 일관되어 있어 다분히 司空圖 자신의 주관적 풀이라고 할 수 있는데,13) 위에 열거한 각각의 評語 들도 모두가 일관성 있는 기준으로 선정된 것만은 아니다. 예를 들어 '自然'을 비롯해서 '精神', '實境', '形容' 등은 다른 평어들과 논의의 기준이 달라야 할 것들이다.

  이런 약간의 미흡함이 있음에도 불구하고 이 '二十四詩品'의 용어는 이후로 시의 풍격을 논하는데 있어 하나의 典範이 되어 왔으며, 여기에 나온 대부분의 용어들은 그대로 활용되거나 꼭 이와 일치하지는 않더라도 비슷한 類의 용어들이 파생되어 활용되었다. 우리 나라 시인들이 사용한 풍격 용어도 이보다 훨씬 더 다양하게 나타나지만 기본적인 성격은 이것의 틀을 크게 벗어나지 않는다.

  각종 詩話 批評書들에 나타난 김종직의 시에 대한 풍격 비평을 살펴

---

11) 이들 詩格書들에 대한 자세한 설명은 李炳漢의 『增補漢詩批評의 體例研究』 (通文館, 1985) 159~165면에 나와 있다.

12) 何文煥 編訂, 앞의 책에 편입.

13) 實例로 '雄渾'에 대한 풀이를 보면 다음과 같다. "大用外腓, 眞體內充, 反虛入渾, 積健爲雄, 具備萬物, 橫絶太空, 荒荒油雲, 寥寥長風。超以象外, 得其環中, 持之非强, 來之無窮."

82 金宗直 詩文學 研究

보기로 한다.

　許筠(1569~1618)은 〈蓀谷集序〉에서 '雄'을 범박하나마 하나의 풍격적 특성으로 지적하였고14) 南龍翼(1628~1692)은 『壺谷謾筆』에서 '勁傑(군세고 뛰어나다)'이라는 한마디로 요약했으며.15) 任璟의 『玄湖瑣談』에는 息庵 金錫胄(1634~1684)가 4언 雙句로 역대 시인들을 평하는 말이 소개되어 있는데 김종직에 대해 '明月撥雲 芙蓉出水(밝은 달이 구름을 헤치고 나오며, 연꽃이 물 위에 솟아오른다)'라고 하였다.16) 이들은 김종직의 시문학 전반을 대상으로 한 평이다.

　개별 작품을 대상으로 평한 말들은 몇 가지로 다양하게 나타난다. 曹伸(1454~1529)은 『諛聞鎖錄』에서 '工緻', '豪壯', '閑適'에 해당하는 詩句들을 예로 들었다.17) 象村 申欽(1523~1597)은 『晴窓軟談』에서 '精細', '爽朗', '放遠'한 시들에 대해 탄복을 금할 수 없다고 하였다.18) 許筠은 〈惺叟詩話〉에서 '洪亮嚴重', '亢高'한 시풍을 들었으며19) 洪萬宗(1643~1725)은 『小華詩評』에서 '典雅', '寒淡', '雅麗', '淸亮', '古朴' 등을 거론하였다.20) 허균의 〈惺叟詩話〉에 의하면 許篈도 '閑澹(寒澹)'21)

---

14) 許筠, 『惺所覆瓿藁』 권5, 文部2, 序. 〈蓀谷集序〉, "昌大하고 莽莽하고 蘊蓄이 풍부하고 재료가 廣博하여 한 시대의 대방가가 된 이로는 사가 서거정, 점필 김종직, 허백 성현 같은 무리들이 있으니 그 웅대함을 치달렸다(昌大莽莽 富蓄博材 爲一代大方家者 如四佳・佔畢・虛白輩 騁其雄)"라고 하였다.

15) 南龍翼, 『壺谷漫筆』(이 중 시화만 별도로 『壺谷詩話』라 칭함), 洪萬宗, 『詩話叢林』 권4, (아세아문화사 영인본, 1991), 387~388면, "余以臆見妄論勝國與本朝之詩曰……金佔畢宗直之勁傑……".

16) 任璟, 『玄湖瑣談』, 洪萬宗, 앞의 책 소재, 466~467면, "息菴金相公錫胄, 嘗取東方詩人, 自羅麗至我朝, 各有品題, 其評曰……佔畢齋金宗直, 明月撥雲芙蓉出水……."

17) 曹伸, 『諛聞鎖錄』, 洪萬宗, 앞의 책 소재, 99~101면.

18) 申欽, 『晴窓軟談』, 洪萬宗, 앞의 책 소재. 231면.

19) 許筠, 〈惺叟詩話〉, 『惺所覆瓿藁』 권25.

20) 洪萬宗, 『小華詩評』, 安大會 譯注本 부록 원문, 51・84・85면.

을 지적한 바 있다.

이들 풍격은 두말할 필요 없이 評者 자신이 특히 뛰어나다고 생각되는 시들을 대상으로 평한 것이기 때문에 어느 정도 김종직 시의 특질을 잘 대변한다고 할 수 있을 것이다. 본 논문에서는 이상의 여러 풍격들 중에서 비교적 비중이 높은 것들을 위주로 유사한 성질들끼리 묶어서 ① 放遠・洪亮嚴重의 雄渾美 ② 爽朗・淸亮의 爽快美 ③ 閑適・閑淡의 安穩美로 범주화하여 살펴보기로 한다. 이렇게 분류한 것은 여러 사람들의 평들을 기준으로 김종직의 시풍을 검토한 결과 가장 특징적으로 지적할 수 있는 요소들인 것으로 판단되었기 때문이다.

이렇게 여러 사람이 평한 풍격을 범주화하는 데는 부분적인 한계가 있음을 인정하지 않을 수 없다. 우선은 풍격 용어 자체에 대해 평자들의 이해가 일치하지 않는 경우가 있기 때문이다. 예를 들어 曺伸은『謏聞鎖錄』에서 '雲歸洞穴簾旋暮 風颭池塘枕簟秋', '十年世事孤吟裏 八月秋容亂樹間', '名園已梅子 綉陌盡楊花' 등의 구절을 '豪壯'하다고 평하였는데, 洪萬宗은『小華詩評』에서 '豪壯'의 例詩로 冲庵 金淨의 〈寒碧樓〉중 '風生萬古穴 江撼五更樓'를 들었다.22) 허균은 이 시구에 대해 '豪放自恣'라고 평을 달았다. 용어의 字句上 의미와 시의 분위기를 보았을 때는 홍만종과 허균의 경우가 더 적절하다.23) 조신이 '豪壯'이라고 한 '十年世事孤吟裏 八月秋容亂樹間'에 신흠과 홍만종은 다같이 '爽朗'이라는 평어를 적용시

---

21) 許筠, 앞의 글. 규장각본에는 '閑澹'으로, 국립도서관본에는 '寒澹'으로 되어 있다. 본 논문에서는 두가지를 같은 범주로 보기로 한다.

22) 이 시의 原題는 〈淸風寒碧樓〉이다. 安大會 역주,『소화시평』(국학자료원, 1993), 217면 참조.

23) 宋의 魏慶之는 '豪壯'의 예시로 杜甫의 "山河扶繡戶, 日月近雕梁", "吳楚東南坼, 乾坤日夜浮", 李白의 "黃山四千仞, 三十二蓮峰" 등을 들고 있다. 魏慶之,『詩人玉屑』(臺灣商務印書館, 1980), 권3, 〈唐人句法〉, 54면. 이는 역시 조신의 관점과는 氣象에서 크게 차이가 나며 洪萬宗・許筠의 관점과는 거의 일치한다.

켰는데, 조신의 나머지 例詩들도 '爽朗'이라는 평어에 훨씬 가깝다. 이 점을 보아도 조신의 '豪壯'에 대한 개념의 이해에 남들과는 다른 점이 있다는 것을 알 수 있다.

따라서 본 논문에서 위와 같이 분류한 것 역시 각 범주 간에 명쾌하게 성격이 구분되기 어려운 부분이 있을 수도 있다는 우려를 하게 된다. 그러나 그런 우려에도 불구하고 김종직의 시풍을 크게 나누었을 때 위와 같은 분류가 가능하다고 본다. 여기에는 풍격 用語 자체의 의미도 당연히 고려의 대상이 되었지만, 품평의 대상이 된 실제 작품들의 성격을 위주로 비교하여 그 중 서로 가까운 것들끼리 큰 범주로 분류를 해 본 것이다.

이러한 評語들은 대부분 한 구절(주로 한 聯)을 대상으로 한 것이 많기 때문에 한편의 시 전체를 놓고 보았을 때는 그 평이 일치할 수도 있고 때로는 (다른 聯의) 다른 시풍과 복합적으로 나타날 수도 있다. 복합적인 풍격이 나타난다고 해도 각기 나름대로의 풍격미는 유지되겠지만, 좀 더 분명하게 풍격적 특질을 살피기 위해 기존의 평자들이 예로 든 시구들 외에는 가능하면 시 전체에서 해당 풍격이 드러난 시들을 선정해 보았다.

(1) 放遠·洪亮嚴重의 雄渾美

'放遠'은 굳이 풀어서 말한다면 '시상이 마구 내달리면서 멀리까지 뻗어간 시풍'을 말한다. '洪亮嚴重'은 '크고 밝게 울리면서도 엄숙하고 무거운 시풍'을 말하는데, 특히 여기서의 '亮'에는 '소리'의 측면이 강하게 내재되어 있다.

앞에서도 언급한대로 김종직의 전체적인 시풍에 대해 許筠은 〈蓀谷集序〉에서 '雄'이라는 특질을 지적하였고 南龍翼은 『壺谷謾筆』에서 '勁傑'이라고 평하였는데, 바로 放遠·洪亮嚴重한 시풍과 연관이 있는 말이다.
이는 김종직의 시에서 가장 특징적으로 두드러지는 시풍이기도 하다.

　　　　〈仙槎寺〉(선사사에서)24)

　　　우연히 선사사에 이르고 보니
　　　휑한 바위, 솔숲에는 가을 깊었네.
　　　학은 신라 寶蓋25)에서 활개를 치고
　　　용은 또 부처 하늘 여의주 차네.
　　　부슬비 속 스님은 가사를 깁고
　　　찬 강에서 나그네는 배를 젓는데
　　　孤雲 선생 글 읽던 곳 書帶草26)들은
　　　하늘대며 연못 가에 가득 덮였네.

　　　偶到仙槎寺　巖空松桂秋
　　　鶴翻羅代盖　龍蹴佛天毬
　　　細雨僧縫衲　寒江客棹舟
　　　孤雲書帶草　獵獵滿池頭

---

24)『佔畢齋集』에는 이 시가 실려 있지 않고『悔堂稿』와『續東文選』,『國朝詩刪』,
　『箕雅』,『大東詩選』 등에 실려 있다.『悔堂稿』에는 제목 아래 작은 글씨로 '절
　에는 최치원이 독서하던 바위가 있고 벼루를 씻던 연못이 바위 아래 있다(寺
　有崔致遠讀書岩 洗硯池 在岩下)'라는 註가 있다. 末句의 '池頭'가『회당고』에는
　'地頭'로 되어 있으나 註로 보아 '池頭'가 맞다. 申欽의『晴窓軟談』을 비롯하여
　여러 詩話 등에 頷聯이 '風飄羅代蓋 雨蹴佛天花'로 변형되어 인용되고 있는데,
　口傳하는 과정에서 와전된 듯하다. 仙槎寺는 大邱都護府의 馬川山에 있던 절.
　『新增東國輿地勝覽』에는 仙槎菴이라고 하였다.

25) 寶蓋는 탑의 꼭대기 相輪部에 있는 구조물의 명칭이다. 이 句는 신라 시대
　때부터 있어 온 탑의 寶蓋에서 학이 날개를 퍼덕인다는 뜻으로 본다.

26) 書帶草:풀 이름. 풀잎이 질겨서 책을 묶는데 사용했기 때문에 붙인 이름. 後
　漢의 鄭康成(鄭玄)이 글을 읽던 곳에 이 풀이 많아 '康成書帶草'라고도 불렀다.
　선사사에는 최치원이 글 읽던 讀書岩이 있으므로 비유하여 '孤雲書帶草'라고
　한 것이다.

仙槎寺에 들러서 절 주변의 풍광들을 읊은 시이다. 어느 가을날 우연히 선사사에 들르고 보니 낙엽이 다 지고 바위는 휑하게 드러나 보이는데 숲 속 길은 벌써 가을 기운이 완연하다. 신라 때부터 있어온 탑 꼭대기의 寶蓋에서는 학이 날개를 퍼덕이고, 벽화의 용은 여의주를 희롱하고 있다.27) 학은 주로 소나무와 어울려 고요하고 靜的인 소재로 사용되는 것인데 그 위치를 탑 위에 올려 놓고 '翻'자를 사용하여 동적이고 활기찬 느낌을 주고 있으며, 발톱으로 여의주를 쥐고 있는 용의 모습을 '찬다(蹴)'고 표현함으로써 역시 참신하면서도 역동적인 효과를 얻고 있다.

허균은 『국조시산』에서 이 頷聯를 '기이하다(奇)'고 평하였는데 2자로 부연하자면 '奇古'라고 해도 좋을 것이다. 申欽은 『청창연담』에서 '風飄羅代蓋 雨蹴佛天花'라고 인용하고 '그 방달하고 원대함에 탄복하지 않은 적이 없다(未嘗不服其放遠)'고 하였다. 신흠은 글자를 몇 자 바꾸어 잘못 인용하였지만 전체적인 풍격은 마찬가지이다. 대부분 절을 소재로 한 시들은 고요하고 한적한 분위기를 지향함에 반해 이 시는 전혀 다른 표현을 하고 있다. 김종직은 이처럼 절에서 읊은 시들에서 역동적이고 웅혼한 시구들이 많은 것이 특색이다.

頸聯은 위의 頷聯과는 분위기가 크게 달라져 閑澹한 시풍을 드러내는데, 허균은 〈惺叟詩話〉에서 그의 仲兄(許篈)이 '매우 閑澹하여 맛이 있다(深閑澹有味)'고 한 말을 소개하고 거기에 동의하고 있다. 따라서 이 시는 두 가지의 풍격이 뒤섞여 있는 셈인데, 전체적인 분위기는 한담 쪽이 더 가까운 것으로 보인다.28) 이 시의 閑淡한 시풍에 대해서는 뒤의

___

27) 여기서의 용이 벽화에 있는 것인지 확증하기는 어렵다. 그러나 절의 벽화에 용이 등장하는 경우가 있고 처마 밑 栱枓 부분에 용머리를 장식하며, 탑이나 비석의 상단부에도 螭首를 새겨 넣는 등 용과 불교는 밀접한 관계가 있다. 불교에서의 용은 善龍과 惡龍이 있는데 善龍은 불법의 수호자로 인식된다. '如意珠'라는 말도 불교에서 온 용어이다. 여기서는 작자가 이와 같은 불교 세계의 용을 想像上으로 읊었다고 할 수도 있겠으나 우선 벽화의 용으로 보고자 한다.

(3)번 조항에서 다시 논의하기로 한다.

〈西泣嶺 在寧海府北三十餘里〉
(서읍령에서. 영해부 북쪽 삼십여 리에 있다.)29)

한 해에 다섯 번씩 서읍령을 넘노라니
절정에 설 때마다 정신이 훨훨 나네.
솔 삼나무 원숭이 학 모두 서로 알게 됐고
바람은 쏴쏴 불어 내 옷자락 펄럭인다.
滄海를 기울여서 금 술잔을 꽉 채우고
太白 등 여러 산을 안주거리 삼았으면.
하인 놈은 말 끄는 게 어찌 그리 은근한가.30)
아마 내가 뛰어 올라 별 따려나 여긴게지.

一年五踰西泣嶺　每凌絶頂神飛揚
松杉猿鶴盡相識　天籟嘈嘈披我裳
要傾滄海崇金罇　太白諸山爲飣飯
僕夫控馬何勤渠　疑余騰趠攬星宿

　작자는 어찌하다 일년에 다섯 번씩이나 서읍령을 넘게 되었는데 그때마다 정신이 날아 오를 것만 같은 상쾌함을 느낀다. 자주 왕래하다 보니 그곳의 나무며 동물들과도 친숙해져서 모두 아는 사이가 된 느낌이다. 바람은 또 휘몰아쳐 옷자락을 마구 펄럭거리게 한다. 동쪽에 보이는 바닷물을 기울여서 금 술잔에 가득 채우고 북쪽에 보이는 태백산 등 여러 산들을 수북한 안주거리로 삼았으면 좋겠다. 그런데 하인은 말 모는 것이 유달리 정성스럽다. 아마도 이 높은 곳에 오른 김에 더 높이 뛰어 올

---

28) 申欽은 『晴窓軟談』에서 이 시구에 대해 '精細'라고 평했는데, 이는 수사를 중심으로 한 표현이다.

29) 『점필재집』 권4, 장3.

30) 원문의 '勤渠'는 '殷勤'과 같은 뜻.

라 별이라도 따려고 하는 줄로 의심해서일 것이다.

　이 시는 8구로 되어 律詩의 외형을 갖추었으나 陽韻(揚, 裳)에서 宥韻(飯, 宿)으로 換韻하였고 3·4구, 5·6구도 散句로 되어 고시임을 쉽게 알 수 있다. 내용이 放逸하면서도 해학스런 여유마저 느낄 수 있다.

　西泣嶺이 있는 영해도호부는 경상도 북동쪽에 위치해 있어 동쪽으로 해안까지 7리, 북쪽으로 강원도 평해군(平海郡)까지 30리밖에 되지 않으며31) 도내에서 가장 높은 지역이다. 이 시는 높은 산 고개에 올라서 느끼는 장쾌한 기분을 대단히 호방한 기상으로 표출하고 있다. 제2구에서 벌써 그러한 맛이 감지되기 시작하는데 5·6구에서 굉장한 과장법과 함께 한껏 호방함을 드러내고 있다. 망망한 동해 바다를 기껏 한동이 술통으로 여기고 태백 준령의 여러 산들을 수북이 쌓인 안줏감으로 생각하는 것은 武人的인 기상이 느껴질 정도로 대담하다. 물론 여기서는 서읍령이 그만큼 높이 위치해 있다는 것을 암시하고 있다.

　7·8구에서는 하인을 대상으로 하여 엉뚱한 딴청을 피우고 있다. 하인이야 높은 고개에 올랐으니까 길이 험하여 조심스럽게 말을 모는 것이겠지만, 마치 자신이 높은 데 오른 것을 계기로 하늘로 뛰어 올라 별이라도 따려는 줄 걱정하는 것으로 능청스럽게 바꾸어 표현하였다. 이는 역시 서읍령이 그만큼 높다는 속뜻을 함축하고 있다.

　　　　〈登金剛看日出〉(금강산에 올라 해돋이를 보고)32)

　　　　금강산 높은 모습 하늘을 찌를 듯해
　　　　하얀 바위 우뚝 우뚝 가을 뼈를 드러내고
　　　　동해의 먼 바다 빛 가만히 끌어와서
　　　　우뚝한 일관봉과 드높음을 함께 했네.

---

31) 『신증동국여지승람』 권24, 〈寧海都護府〉.
32) 『점필재집』 권2, 장3.

내 어제 奇景 찾아 꼭대기에 오르면서
구름 관문 제쳐 열고 석실도 두드리니
푸른 바다 눈 아래에 술잔처럼 조그맣고
사방에서 바람 불어 정신 마구 내달았네.
함께 왔던 늙은 중이 벽에 기대 자더니만
한밤중에 나를 깨워 해돋이를 기다리니,
북방의 밤 이슬은 淸酒처럼 마알갛고
하늘 밖에 닭 울음이 들려오는 듯하구나.
이 때에 해 돋는 곳 명암이 반반이라
누운 소며 수레 일산 다투어 점철한 듯.
반짝이던 長庚星이 빛살을 거두렬 제
불 바퀴 홀연 솟아 파도가 출렁이고
붉은 빛이 수십 길을 뛰쳐 올라 일어나니
만리에 물고기 굴 놀라서 흔들리네.
세상 사람 아직도 우레처럼 코 골지만
산꼭대기 오른 나는 머리카락 햇볕 쬐네.
평생에 장한 구경 이로 이미 만족하니
태산의 유람인들 어찌 서로 견줄소냐.
崦嵫山 찾아 가서 해 지는 곳 볼 것 없네,
목 타 죽은 과보를 지금껏 비웃으니.

① 金剛之山高挿天　白石亭亭露秋骨
② 搏桑遠影暗句引　日觀孤標共崷崒
③ 我昔討奇凌絶頂　手闢雲關敲石室
④ 滄溟眼底小如杯　八極風來神橫逸
⑤ 同遊老僧倚壁睡　夜半蹴客候初日
⑥ 北方沆瀣澄似酒　天外鷄鳴聞彷彿
⑦ 是時暘谷半明暗　臥牛車蓋爭點綴
⑧ 長庚睒睒欲收芒　火輪忽輾波濤出
⑨ 紅光騰起數十丈　萬里驚盪魚龍窟
⑩ 人寰鼻息尙雷鳴　輒向峯頭晞我髮
⑪ 平生偉觀此已足　岱宗之遊豈相埒
⑫ 不須崦嵫看入處　至今冷笑夸父渴

김종직 시의 기상을 느낄 수 있는 대표적인 시 중의 하나이다. 금강산의 해돋이 모습을 거침없는 필치로 묘사한 장쾌한 기행시이다.

첫 4구는 가을을 맞은 금강산의 드높은 모습과 아스라히 펼쳐진 동해의 물빛을 대하고 선 日觀峯의 우뚝한 자태가 그려졌다. 특히 제②련의 '搏桑遠影暗勾引 日觀孤標共嵲峷'에서는 遠近의 감각을 살려 저멀리 동해의 수평선과 금강산의 일관봉을 서로 연결시켰는가 하면 제④연의 前句(滄溟眼底小如杯)에서는 高低의 감각을 동원하여 저 아래 까마득히 낮은 바다를 술잔처럼 조그맣게 표현함으로써 상대적으로 금강산의 높은 모습을 느끼게 한다. 앞의 〈西泣嶺〉 시에서 '要傾滄海崇金罇'이라고 한 것과 유사한 발상의 표현이다.

⑥련에서는 신화적인 요소를 끌어와서 '曠遠'한 분위기를 연출하였다. '沆瀣'는 신선들이 마신다는 북방의 이슬 기운이다. '天外鷄鳴聞彷彿'은 『述異記』에 나오는 '天鷄'의 설화를 따왔다.[33] 이 시의 ⑤, ⑥련은 朴趾源의 7언 장편 〈叢石亭觀日出〉의 서두 부분과 유사하여 흥미롭다.

〈叢石亭觀日出〉(총석정에서 해돋이를 보고)[34]

나그네 길 한 밤중에 서로 불러 깨웠더니
먼데 닭이 울었는데 따라 우는 닭이 없네.
먼 데 닭이 울었지만 그곳이 어디인가.
맘 속에만 남은 소리 작기가 파리 같네.
　(후략)

行旅夜半相叫譍　遠鷄其鳴鳴未應

---

33) 『述異記』에 다음과 같은 기록이 나온다. 동남쪽에 桃都山이라고 하는 산이 있고 그 산 위에는 桃都라고 하는 큰 나무가 있는데 가지가 삼천리나 된다. 나무 위에 天鷄가 있는데 해가 처음 떠서 이 나무를 비추면 천계가 울고 이에 세상의 모든 닭들이 따라 운다고 한다.

34) 『燕巖集』 권4, 장1.(계명문화사 영인본, 1986).

　　遠鷄先鳴是何處　只在意中微如蠅
　　　（후략）

　　다만, 김종직은 실제로 닭울음 소리가 나지 않았으나 시간적 배경상 상상 속으로 들은 듯하다고 한 반면, 박지원은 닭이 울기는 하였으되 호응하여 우는 닭도 없고 어디서 우는지도 모르게 멀리서 들린데다가 작기도 파리 소리 같아 생각 속에만 존재한다고 하였다.

　　제⑦련은 해가 막 돋기 직전의 상황이다. 해가 돋는다는 暘谷이 아직 어두컴컴하여 사물의 식별이 분명하지 않은 상태에서 멀리 아래에 펼쳐져 있는 광경을 보니 밋밋하게 이어진 산줄기는 마치 소가 누워 있는 등줄기 같기도 하고 우뚝 우뚝 솟은 連峯들은 수레 일산이 연이어 늘어선 것 같기도 하다.

　　⑧연부터 바야흐로 해가 솟아오르는 장면이다. 하늘이 환해지면서 계명성(샛별)이 막 빛살을 거두려고 하는데 갑자기 불바퀴 같은 해가 파도 위로 구르듯이 솟아 오른다. 붉은 빛이 수십 길이나 뛰어 오르고 만 리나 멀리에 있는 魚龍(바닷속 魚族의 總稱)들의 굴을 놀라게 뒤흔드는 것만 같다. 저 아래 인간 세상에서는 아직 새벽이라 사람들이 코 골며 자고 있겠지만 나는 이렇게 높은 봉우리에 올라와서 밤 이슬에 젖은 머리카락을 막 떠오르는 해에 말리고 있다. 남들보다 색다른 경험을 하고 있다는 뿌듯하고 유쾌한 자족감의 표현이다. 그같은 자족감은 杜甫가 절실히 원했던 岱宗(泰山)의 登頂도 부럽지 않게 한다. 두보는 〈望嶽〉에서 '조화가 신기하고 빼어남을 다 모았다(造化鍾神秀)'고 찬탄하고 '꼭 한번 정상에 올라가 나머지 여러 산들이 작은 모습을 보겠다(會當凌絶頂 一覽衆山小)'고 별렀다지만35) 이곳 금강산의 일출 장관은 그에 비교할 수 없이 더 뛰어나다는 것이다.

---

35) 杜甫, 〈望嶽〉, "岱宗夫何如, 齊魯靑未了, 造化鍾神秀, 陰陽割昏曉, 盪胸生曾雲, 決眥入歸鳥, 會當凌絶頂, 一覽衆山小."

마지막 연은 神話를 끌어다 마무리하였다. 과보라는 거인은 엄자산의
해지는 모습을 보려고 해를 쫓아가다가 도중에 목이 말라서 죽었는데[36]
그처럼 부질없는 죽음을 사람들은 비웃고 있다. 더구나 일출의 장관을
충분히 만끽했으니 일몰이야 무어 그리 대단한 볼 거리가 되겠느냐는
뜻을 담고 있다.

　古來로 수많은 시인들이 금강산을 노래했지만 이처럼 放遠·豪快한
시풍을 보여주는 시는 많지 않다. 앞에 든 燕巖의 〈叢石亭觀日出〉도 부
분적으로는 호방함을 드러내지만 비유와 수사에 치중하느라 전체적으로
는 김종직 시의 豪放함에 못미치며, 權近의 〈金剛山〉[37] 시가 유명하나
두보의 〈望嶽〉을 그대로 흉내낸 模擬作이다. 똑같은 금강산의 일출 광경
을 노래한 시로 栗谷의 작품이 있어 참고로 비교해 보기로 한다.

〈楓嶽登九井看日出〉(풍악산에서 구정봉에 올라 일출을 보며)[38]

우뚝 높은 하얀 山峯 수 천길 아스라해
鳥道로 사람 가니 흰 구름 바깥일세.
청려장 때각때각 돌길을 가노라니
두 눈 시야 차츰차츰 동쪽 언덕 막아서네.
밤이 되자 승방 들어 새벽까지 앉았자니
하늘에서 울려오는 피리 소리 때로 듣네.
금닭이 한 번 울자 꼭대기에 올라가니
온 세상은 희미하고 하늘 아직 어둡구나.
잠깐 사이 火光이 천지에 가득 차니
푸른 물결 새벽 노을 분간키 어렵도다.

---

36) 『列子』, <湯問>, "夸父不量力, 欲追日影, 逐之於隅谷之際, 渴欲得飮, 赴飮河
　　渭, 河渭不足, 將走北飮大澤, 未至, 道渴而死, 棄其杖, 尸膏肉所浸, 生橙林, 橙林
　　彌廣數千里焉."

37) 權近, <金剛山>, "雪立亭亭千萬峯, 海雲開出玉芙蓉, 神光蕩瀁滄溟近, 淑氣蜿
　　蜒造化鍾, 突兀岡巒臨鳥道, 淸幽洞壑秘仙蹤, 東還便欲凌高頂, 俯視鴻濛一盪胸."

38) 『栗谷全書』 권1, 장22~23.

붉은 바퀴 빙글 돌아 몇길 높이 올라오니
한 떨기 채색 구름 일산처럼 펼쳐진다.
청색 홍색 점점 나눠 물과 하늘 갈라지니
한껏 보며 이제서야 동해 큼을 알았도다.
扶桑이며 暘谷이며 아득한 곳 어디메뇨
出處를 보려 하나 어찌할 도리 없네.
진시황과 과보는 어린애와 같았으니
천 년 두고 사람들의 탄식만 일으킨다.

嵯峩雪峯幾千仞　鳥道人行白雲外
靑藜戛上犖确中　兩眼漸覺東丘隘
夜投禪室徹曉坐　時聽笙蕭來上界
金雞一鳴登絶頂　萬境熹微天尙昧
須臾火光漲天地　不辨滄波與曉靄
朱輪轉上數竿高　一朶彩雲如傘蓋
靑紅漸分水與天　極目始知東海大
扶桑暘谷渺何處　欲看出處知無奈
秦皇夸父等小兒　千載令人起一喟

　같은 광경을 보고, 더구나 '天鷄(金鷄)', '搏桑(扶桑)', '暘谷', '火輪(赤輪)' 등 똑같은 詩語를 사용하면서 쓴 시이면서도 서로의 기상이 크게 다르다. 김종직의 시가 역동적인데 반해 율곡의 시는 훨씬 穩健한 데에 가깝다는 것을 알 수 있다.

　　〈夜泊報恩寺下　贈住持牛師　寺舊名神勒　或云甓寺　睿宗朝改創　極宏麗　賜今額〉(밤에 보은사 아래에 배를 대고 주지 牛師에게 주다. 절의 옛 이름은 신륵이고 또는 벽사라고도 한다. 예종 때 고쳐 지었는데 지극히 웅장하고 아름다우며 지금의 편액을 下賜받았다.)39)

　보은사 절 아래에 해는 지금 저무는데

---

39)『점필재집』권12, 장6.

닻줄 매고 스님 찾아 달빛 밟고 들어가니
절 규모는 이미 새로 불법 세계 이루었고
강 풍경은 오히려 옛적 詩心 뒤흔드네.
上方에서 종 울리니 강 속 용이 춤을 출 듯
온갖 구멍40) 바람 이니 철봉황이 날 듯하다.
고맙게도 스님 또한 인사를 차리느라
때마침 채소 갖고 뱃길을 방문하네.

報恩寺下日曛黃　繫纜尋僧踏月光
棟宇已成新法界　江湖猶攬舊詩膓
上方鍾動驪龍舞　萬竅風生鐵鳳翔
珍重旻公亦人事　時將菜把問舟航

작자는 46세(성종7년 : 1476년) 때 老母를 봉양하고자 외직을 지망하여 선산 부사를 제수받았는데, 이 시는 그때 부임하는 길에 驪州를 지나다 報恩寺(=神勒寺)에 들러 지은 것이다.

보은사 아래에서 날이 저물어 닻줄을 매 놓고 달빛을 밟으며 스님을 찾아 절에 들어 섰다. 절은 이미 새로운 佛法의 세계를 이루었는데 주위의 자연 경물은 묵은 시심을 일깨워 뒤흔들기에 족하다. 절이 새로운 불법 세계를 이루었다는 것은 바로 前王인 예종 때 새로 改創한 사실을 미화한 것이고, 옛 시심이라는 것은 작자가 이미 이곳을 왕래하면서 시를 지은 적이 있기 때문에 한 말이다. 불법이 충만한 절과 바로 곁에 있는 강물의 유장한 분위기에 젖어 詩心이 발동하는 모습이다.

역동적이고 웅혼한 시상은 頸聯에서 나타난다. 산사에 종이 울리니 검은 용이 춤을 출 듯하고 온갖 구멍에 바람이 일어나니 철로 된 봉황

---

40) 萬竅는 大地상의 크고 작은 온갖 구멍. 『莊子』에서는 여기서 바람이 나오는 것으로 인식하였다. 『莊子』 <齊物論>, "夫大塊噫氣, 其名爲風, 是唯無作, 作則萬竅怒呺(무릇 대지가 기운을 내쉬는데 그것을 바람이라고 한다. 이게 일지 않으면 그만이지만 일었다 하면 온갖 구멍이 사납게 울부짖는다)".

이 날아 오를 것 같다고 하였다. 절 아래 흐르는 강이 남한강 줄기인 驪江인데 驪龍(검은 용)이 살았다는 전설이 있고, 절이 위치한 산의 이름이 鳳尾山이다.[41] 시야를 크게 넓혀서 대비적인 강과 산의 소재를 절묘하게 끌어다가 절의 종소리와 부는 바람에 결부시켜 활달한 기상을 표현하였는데 김종직의 시풍을 대표하는 구절이다. 意境의 묘사가 최대한으로 확장되어 巨視的 구도를 보여주는 것도 시풍과 서로 잘 어울린다.

旻公은 大詩人 두보와 친했던 스님의 이름이다.[42] 보은사의 주지 牛師를 旻公이라고 지칭함으로써 자신도 은연중에 두보와 비기고 있다. 주지 스님이 또한 인사를 차리느라고 채소 다발을 들고서 일부러 뱃길을 방문해주기까지 하니 고맙다는 뜻을 표한 것이다.[43]

허균은 『성수시화』에서 이 시의 頸聯에 대해 "크게 울리고 아주 무거워 참으로 우주를 떠받치는 구절이다(洪亮嚴重 此眞撑柱宇宙句也)"라고 극찬하였고 홍만종도 『소화시평』에서 허균의 평을 받아서 "아주 무겁고 크게 울려서 천상의 음악이 창공을 크게 울리는 것과 같다(嚴重洪亮 如勻天廣樂轟輵寥廓)"고 평하였다. 서두에서 '洪亮'의 '亮'은 소리의 측면이 있다고 하였는데, '上方鍾動驪龍舞 萬竅風生鐵鳳翔'의 음이 전체 14자

---

41) 여기서의 鐵鳳은 또한 실제로 지붕의 용마루에 있는 철제의 봉황 장식물을 가리키기도 하는 重義語로 보기로 한다. 鐵鳳의 아래에 움직이게 된 축이 있어서 바람에 따라 움직인다. 杜甫의 시 <大雲寺贊公房四首> 중 제3수에 "玉繩迥(一作迴)斷絶, 鐵鳳森翶翔"이라는 표현이 있다.

42) 杜甫의 <因許八奉寄江寧旻上人> 시에 "不見旻公三十年, 封書寄與淚潺湲……"라는 구절이 있고, 仇兆鰲의 『杜詩詳注』에 "黃生曰旻善吟善奕, 而喜與文士遊, 其好事可知……"라고 하였다.

43) 같은 작자의 시에 <水多寺僧學誼送六種菜(수다사의 중 학의가 여섯 종류의 채소를 보내주다)>(『점필재집』 권15, 장13)라는 시가 있고, 農巖 金昌協의 <次季愚韻>(『農巖集』 권5, 장4)이란 시에도 "還山無日不閒行, 白石淸泉到處明, 野人詩筒非俗事, 鄰僧菜把見人情, 魚迎穀雨鱗鱗上, 鳥醉花晨滑滑鳴, 頗怪陶潛稱達道, 却將時物感吾生"이라는 구절이 있는 것으로 보아 당시에 중들이 다른 사람에게 채소를 선물하는 것이 하나의 인사였던 것으로 보인다.

중 9자나 받침에 'ㅇ'음이 들어가서 크게 울리는 소리를 내는데서 그 효
과를 내고 있다. 우리말은 자음 중 울림소리(有聲音)가 네 개(ㄴ, ㄹ,
ㅁ, ㅇ)인데 그중에서도 'ㅇ'은 가장 크게 울리는 音價를 가진다. 後句의
'萬'과 '鐵'의 받침 'ㄴ', 'ㄹ'도 'ㅇ'보다는 미약하지만 역시 유성음이므로
'洪亮'한 효과를 도와준다. 즉 이 구절은 글자의 소리에서 오는 '洪亮'함
과 시어의 뜻에서 오는 '嚴重'함이 절묘하게 배합되어 雄渾한 시풍을 유
감없이 드러내고 있는 것이다.44) 韻으로 쓰인 '陽韻' 역시 그러한 역할
에 일조를 하고 있다.45)

> 〈次李節度使赴鎭韻 ― 即前濟州牧使李公約東也 後爲慶尙左道水軍節度使 鎭
> 蔚山開雲浦〉(李 절도사의 '鎭에 부임하며'라는 시에 차운하다--곧 전 제주목

---

44) 우리 나라 시인들의 시에서 音價의 효과를 염두에 두고 지은 작품은 일부 작
가를 제외하고는 극히 드물다. 하나의 예를 들면, 金笠의 경우 〈嘲僧儒〉(朴午
陽 편, 『金笠詩集』, 文苑社, 1978)라는 작품에서 "……聲令銅鈴零銅鼎 目若黑椒
落白粥(목소리는 구리 방울을 구리 솥에 떨어지게 한 듯, 눈알은 검은 호초가
흰 죽에 떨어진 듯)"이라고 한 표현이 있는데, 이는 前句는 'ㅇ' 받침 음을, 後
句는 'ㄱ' 받침 음을 가지고 장난한 것이다. 後句의 椒자만 규칙에서 벗어났는
데 이는 金笠으로서도 어쩔수 없었던 것 같다. 이 시는 워낙 戱作이기 때문에
더 논할 것은 못되고, 다음과 같은 朴趾源의 시는 확실히 음운의 효과를 노리
고 지은 것으로 보인다.
　〈極寒〉 "北岳高戍削, 南山松黑色, 隼過林木肅, 鶴鳴昊天碧(북악산은 높은 戍
樓처럼 깎아질렀고, 남산의 소나무는 검은 빛일세. 새매 지나간 숲은 으쓱 숙
연하고, 학 우는 저 하늘은 푸르르기만.)" (『연암집』 권4, 〈映帶亭雜咏〉).
　이 시는 겨울의 혹독한 강추위를 직접적으로 '추위'라는 말을 사용하지 않으
면서도 배경 묘사만으로 아주 절실하게 표현한 뛰어난 작품인데, 詩語의 의미
가 주는 느낌 말고도 각 구의 끝에 쓰인 '削, 色, 肅, 碧' 字들이 모두 入聲字
인 'ㄱ' 받침으로 되어 있어 더욱 추위의 느낌을 강하게 전달해 준다. 겨울은
만물이 활동을 멈추고 휴식을 취하는 閉塞의 계절인데(『禮記』 〈月令〉:"孟冬之
月……天地不通 閉塞以成冬") 폐쇄음인 'ㄱ' 받침을 每句 끝에 사용하여 겨울
의 閉塞 기운을 글자의 소리에서도 더욱 느끼게 한 것이다.

45) 陽韻의 음운적 효과에 대해서는 뒤의 (2)항 중 〈和晉州權楊口淸風亭韻〉 주)
에서 구체적으로 논의하기로 한다.

사 李公 約束인데 후에 경상좌도 수군 절도사가 되어 울산의 개운포에 진을
두었다.)46) (제3수)

> 자라 등 위 누대는 기대 눕기 딱 알맞고
> 큰 파도 만리에는 거울 빛이 맑았구나.
> 하인은 틈이 많아 능히 말을 길들이고
> 陣中 사람 일이 없어 매 사냥만 즐긴다네.
> 수천 쇠뇌 울려대니 상어·악어 놀랄테고
> 鷺鶿 새는 한가하게 戰船47) 위에 서 있도다.
> 太平 때라 병법 책략 시험하지 못하고서
> 꿩 사냥 후 대숲 절의 스님이나 방문하네.
> (演雅體로 지었는데 우습다.)

> 鼇背樓臺可俯憑　鯨波萬里鏡光澄
> 奚奴有暇能調馬　幕客無營但臂鷹
> 鮫鱷暗驚千弩響　鷺鶿閑立五牙層
> 太平未試龍韜策　射雉因過竹院僧
> 　演雅可笑

　이 시는 節度使 陣中의 경물과 한가한 일상을 읊은 시이다. 자라 등
위의 누대라는 것은 자라 등 같은 반석 위에 누대가 있다는 의미도 되
지만 은연중에 삼신산을 떠받치고 있다는 자라를 연상시켜 누대의 위치
를 미화시키고 있다. 절도사의 진이 울산에 있으므로 鯨波萬里라는 시어
를 끌어다 위치를 부각시켰다.

　頷聯은 고을이 잘 다스려져 한가하게 여가를 활용하는 여유를 말하였
다. 頸聯에서 김종직 특유의 중후한 시풍이 드러나는데 특히 前句에서
그것을 발견할 수 있다. 이 聯은 특별히 한 연 안에서 前句와 後句의 분

---

46)『점필재집』권12, 장9.

47) 五牙는 戰船을 말한다. 隋나라 楊素가 큰 戰艦을 만들고 五牙라고 이름 붙였
　　으며 그 위에 五層의 누각을 설치하였다.『漢語大詞典』.

위기가 대조적으로 변한다. 전구는 중후함에 반해 후구는 훨씬 밝고 고요하다. 尾聯은 頷聯과 호응하여 다시 진중의 한가하고 여유로움을 나타낸다.

이 시는 작자가 끝에도 주를 달았지만 '演雅'체로 지은 것이다. 演雅체는 每句마다 동물을 뜻하는 글자를 넣어서 짓는 시를 말한다. 이런 글자의 제약 때문에 詩想이 제약될 수도 있는데 그러한 제약을 극복하고 장중한 분위기를 살려내었다. 작자 자신은 '연아체로 지었는데 우습다(演雅可笑)'고 겸손을 보였지만 허균은 『국조시산』에서 "鴻麗嚴重하여 演雅의 형식에 얽매이는 것을 깨닫지 못하겠다(鴻麗嚴重 不覺爲演雅所軥)"라고 높이 평가하였다.

이 시의 嚴重함은 '鼇·鯨·鷹·鮫·鼉·龍' 등 演雅體를 성립시키기 위해 동원한 동물들의 이미지에서 받는 영향이 크다. 그러나 자칫 이런 동물들의 이미지에서 받을 수도 있는 둔중한 느낌을 '可俯憑', '鏡光澄', '有暇', '無營', '閑立' 등의 표현으로 보완하여 무겁게 가라앉지 않고 밝은 쪽으로 유도하고 있다. 이 점이 허균의 평에서 '鴻麗'라는 말을 덧붙이게 한 요인이라고 할 수 있다. 이처럼 장중하면서도 밝음을 잃지 않는 것이 김종직 시의 한 특징이기도 하다.

(2) 爽朗·淸亮의 爽快美

김종직 시의 풍격 중 또 하나 뚜렷하게 드러나는 것이 밝고 상쾌한 氣像이다. 앞서 金錫胄가 김종직의 시풍을 '明月撥雲 芙蓉出水'(밝은 달이 구름을 헤치고 나오며, 연꽃이 물 위에 솟아오른다)라고 평했다는 사실을 들었는데, 이는 바로 爽朗·淸亮한 측면에 주목을 하여 평가한 말로 보인다. '芙蓉出水'라는 표현은 원래 湯惠休가 謝靈運의 시를 평한 말인데[48] 사령운은 山水 詩人이라고 일컬어질만큼 자연을 노래한 작품을

많이 남겼다. 山水는 우리에게 우선적으로 즐거움과 반가움의 대상으로
다가오는 것이기 때문에 시풍 역시 맑고 상쾌한 경향을 띠는 것이 일반
적이다. 김종직의 이러한 시풍도 거의가 산수 자연을 읊은 시에서 나타
나는 것은 물론이다.

〈病後將赴善山 舟過驪州 步屨登淸心樓 不與主人遇 徑還舟中 忽忽次稼亭韻〉
(앓고 난 다음에 장차 善山으로 부임하다가 배로 驪州에 들러 걸어서 청심루
에 올라갔는데, 주인과는 만나지 못하고 곧바로 배로 돌아와 총총히 稼亭의
詩에 次韻하다)49)

초가집 가시 울에 타고 온 배 잡아 매니
물고기 새 어찌 일찍 내 얼굴을 알겠냐만,
앓은 뒤나 그래도 지팡이와 신발 갖춰
外地에 와 이제 겨우 강산 구경 하게 됐네.
십년간의 세상 일은 홀로이 시 읊는 속,
팔월 맞은 가을 모습 어지러운 숲 사인데,
잠시 동안 난간 기대 북쪽 향해 보려 하니
사공이 어서 타라 한가한 틈 안 주누나.

維舟茅舍棘籬端　魚鳥何曾識我顔
病後猶能撰杖屨　謫來纔得賞江山
十年世事孤吟裏　八月秋容亂樹間
一霎倚欄仍北望　篙師催載不教閒

이 시는 앞에 소개한 〈夜泊報恩寺下 贈住持牛師……〉라는 시와 같이
46세 때 선산 부사를 제수받고 歸鄕 길에 여주를 지나면서 쓴 시이다.
제2구에서 물고기며 새들이 어찌 일찍이 나의 얼굴을 알겠느냐고 한

---

48) 鍾嶸, 『詩品』卷中, <宋光祿大夫顔延之>, "湯惠休曰, 謝詩如芙蓉出水, 顔如錯
　　彩鏤金, 顔終身病之."
49) 『점필재집』 권12, 장6.

것은 작자가 그동안 자연을 가까이 하지 못했다는 뜻의 간접 표현이다. 또 4구의 謫來는 外職으로 나간다는 뜻이다. 작자는 현재 노모를 봉양하기 위하여 자청하여 外職으로 나가는 중인데 '謫'자를 쓴 것은 자기 겸손이다.

많은 사람들이 이 시의 頸聯을 높이 평가하였고 신흠과 홍만종은 특히 이를 '爽朗'하다고 하였다. 작자는 서울 생활에서 놓여나서 고향의 군수가 되어 내려가는 길이다. 그것도 노모를 모시기 위해 자청해서 가는 길이기 때문에 즐거운 마음을 금할 수 없다. 그래서 지난 여러 해의 세상 일들을 여유 속에 혼자서 시를 읊으며 되돌아 볼 수 있다. 또 颯爽한 가을의 모습을 어지러이 서 있는 나무들에서 느낄 수 있는데, '亂樹'란 인공이 가해지지 않고 제멋대로 자연스럽게 자란 나무들이다.

이 구절은 또 시구의 조직면에서도 탁월한 솜씨를 발휘하고 있는데, 직접적인 서술어를 생략하고 작자가 느끼는 분위기를 함축적으로 제시하는, 수사가 뛰어난 표현이다. 이는 표현적인 면에서 崔致遠의 〈登潤州慈和寺上房〉[50]에 나오는 '畫角聲中朝暮浪 靑山影裏古今人'의 句法을 닮았다.

曺伸은 『諛聞瑣錄』에서 이 시를 쓴 당시의 일을 기록하였는데, 후에 이 시를 본 任元濬이 頸聯에 대해 '이런 말들은 지금 사람으로서는 결코 능히 말할 수 없는 것이다(任西河見之曰此等語決非今人所能道).'고 말했다고 하였다. 이 구절은 名句로서 人口에 膾炙되었던 듯 후대 시인들의 작품에 자주 點化되어 나온다. 특히 李達의 〈湖南客中〉[51]에 '千里客情燈影裏 一年花事雨聲中'은 措語法은 물론이고 詩想까지 거의 유사하다.

---

50) 崔致遠, <登潤州慈和寺上房>, "登臨暫隔路歧塵, 吟想興亡恨益新, 畫角聲中朝暮浪, 靑山影裏古今人, 霜摧玉樹花無主, 風暖金陵草自春, 賴有謝家餘景在, 長教詩客爽精神."

51) 李達, 『蓀谷詩集』 권4, 장1.

尾聯은 노모를 봉양하러 떠나야 하는 마음과 임금을 곁에서 모시지 못하는 아쉬움이 서로 엇갈리는 순간이다. 난간에 기대어 북쪽을 바라보는 것은 북쪽에 있는 임금을 그리워하는 행동인 것이다. 이렇듯 어느 순간이고 임금에 대한 생각을 잊지 않은 것이 당시의 세계관에서는 儒者로서 당연히 견지해야 하는 바람직한 자세이지만, 결국은 스스로 官人 의식에 철저한 태도의 일단을 내비치고 있다.

〈和晉州權楊口淸風亭韻 楊口之婿 柳通贊承湜 請賦〉(진주 權楊口의 청풍정 시에 화운하다. 楊口의 사위인 통찬 柳承湜이 짓기를 청하였다.)52)

청풍정의 군자께선 참으로 좋겠구나,
동산 숲엔 꽃이 가득, 연못에는 물 가득해,
먼 데 산은 마치도 푸른 기운 통했는 듯,
뙤약볕이 붉은 빛을 내려 쬐건 상관 않고,
구름 보며 대숲 보며 지팡이를 끌다가는,
달을 맞고 친구 맞아 술잔 들고 취할테니.
속세 티끌 한 점도 날아들지 않는 이곳
長康53) 시켜 그림으로 그리게 해야겠네.

淸風君子政陽陽　花滿園林水滿塘
恰有遠山通縹氣　任敎畏日爍朱光
看雲看竹拖節杖　邀月邀朋醉羽觴
一片俗塵飛不到　丹靑須倩顧長康

作詩의 배경은 제목에서 자세히 말하였다.
首聯의 前句는 『詩經』의 ‘君子陽陽’54) 구절을 인용하여 청풍정 주인의

---

52) 『점필재집』 권1, 장1.

53) 長康은 중국 東晉 시대의 유명한 화가인 顧愷之의 字.

54) 『詩經』, 「王風」, <君子陽陽>, “君子陽陽, 左執簧, 右招我由房, 其樂只且.”

自得 自若한 모습을 찬양하였다. 청풍정의 주인인 權楊口를 '君子'라고 직접 지칭하며 높여주고 있는데, 그 주인이 '陽陽'할 수 있는 외부적 자연 조건은 그 아래 제6구까지 이어진다. 後句는 꽃이 만발한 정원과 물이 가득 넘실대는 연못을 통하여 운치 있으면서도 넉넉하고 충만한 느낌을 전해준다. 이는 물론 정자 주인의 高雅한 취향과 寬厚한 성품을 간접적으로 암시한다.

이 首聯은 또한 '소리'의 측면에서 아주 뛰어난 효과를 노리고 있다. 받침 글자가 모두 유성음으로만 되어 있어 소리의 유려함을 확보하였고, '陽陽'이란 첩어와 '花滿', '水滿'의 '滿'자의 반복으로 인한 리듬감으로 인하여 읊으면 절로 흥취가 일어나게 되어 있다. 특히 前句는 앞에서 살펴본 시 〈夜泊報恩寺下 贈住持牛師……〉의 '上方鍾動驪龍舞 萬籟風生鐵鳳翔'에서처럼 'ㅇ'받침이 주가 되어 유성음의 효과를 극대화하고 있다.

頷聯은 '빛깔'의 대비적 효과를 보여준다. 먼 산의 푸른 기운[縹氣＝靑氣]과 이글거리는 뙤약볕의 붉은 색[朱光]을 대조시키면서 색채감을 살려내고 있는 것이다. 色調 역시 밝은 색으로 시의 분위기를 살리고 있다. 또 한 여름 뙤약볕도 아랑곳하지 않는 여유가 넘치는데, 그것은 먼데 산의 푸른 기운이 이곳 청풍정과 통하여 더위를 덜 느끼는 탓도 있지만, 역시 그 정도 더위쯤은 충분히 감내해 내는 청풍정 주인의 自若한 풍모가 더욱 엿보이는 구절이다.

頸聯은 다시 '看雲看竹'과 '邀月邀朋'으로 首聯에 이어 對句와 반복법의 효과로 인한 리듬감을 되살리고 있다. 前句는 낮 동안의 일을 말하고 後句는 밤의 일을 말하였다. 낮이면 낮대로 밤이면 밤대로 幽興의 분위기가 충족되는 모습이다.

'看雲看竹'이나 '邀月邀朋'이나 모두 작위적인 행동은 일체 개입되어 있지 않다. 마음 내키는대로 구름을 보기도 하고 대숲을 보기도 하며 산책을 하는데, 지팡이는 꼭 몸을 지탱하기 위해서라기보다는 무료함을 달래는 하나의 장식물이다. 그래서 ‘拖’자에서는 더욱 얽매임이 없는 여유가 느껴진다. 달은 때마침 분위기에 맞게 동산에 떠오르는데 역시 미리 예견하고 있었던 것은 아니다. 친구를 맞이하는 것도 약속이 되어 있었던 것이 아니고, 그저 흥을 타서〔乘興〕불현듯 찾아온 사람일 것이다. ‘邀月邀朋醉羽觴’은 李白의 〈春夜宴桃李園序〉에서 ‘飛羽觴而醉月’을 연상시키는 표현이다. 이백의 글은 봄 밤의 흥겨운 놀이를 쓴 것이니 비슷한 분위기의 글에서 일종의 ‘點化’를 하였다.

尾聯은 청풍정을 속세와 絕緣된 깨끗한 장소로 묘사하고서, 전설적인 화가인 고개지에게 그림으로 그리게 해야겠다고 함으로써 그 가치를 더욱 높이고 있다.

이 시의 韻도 ‘陽韻’을 써서 즐겁고 밝고 명랑한 정서를 표출하는데 보조적인 역할을 하고 있다.55) 이 시는 결국 ‘소리’와 ‘興’의 시이다.

---

55) 押韻字의 음운 효과에 대해서는 臺灣 학자 黃永武의 『中國詩學』 〈設計篇〉 (臺北, 巨流圖書公司, 1980)에서 정리된 적이 있다. 이 책에 의하면 蕭滌非는 ‘東, 冬, 江, 陽’ 등의 운은 “비교적 기쁘고 즐겁고 명랑한 정서를 표출하기에 적합하다(較適合於表達歡樂開朗的情緖)”고 했고, 劉師培는 ‘陽類 東類’의 글자는 “대부분 ‘高明美大’한 뜻을 가진다(多有高明美大的意義)”고 하였다. (위의 책, 157~158면 참조). 이렇게 각 韻統마다 그것이 주는 音感이 있기 때문에 先代의 시인들이 거기에 맞게 押韻을 한 일정한 경향성이 있는 것이 사실이다. (宋寯鎬, 『柳得恭의 詩文學 硏究』, 太學社, 1985, 65면). 김종직의 이 시에서도 이와같은 효과가 잘 활용되었다.

　그러나 이같은 주장은 제한된 범위에서는 일리가 있는 것이지만 절대적인 것은 아니다. 특히 黃永武의 위 책에는 훈고학자들이 ‘같은 운의 글자는 대부분 뜻이 같다’고 한 주장을 소개하고 있는데, 이것은 대단히 소박한 생각에 불과하다. 예를 들면 앞에 언급한 ‘陽韻’만 하더라도 ‘瘍·伴·牂·僵·槍·謗·迋·狂·亡·妄·娼·瘡……’ 등 전혀 이질적인 글자들이 얼마든지 있기 때문이다. 현대 언어학에서는 記標(시니피앙)와 記意(시니피에) 사이에 필연적인 연관성이 없다는 것이 정설이다. 漢字語만 여기서 예외가 될 수는 없을 것이다. 또 어떤 운의 글자들이 일정한 방향의 뜻을 가졌다고 해도 그 글자들에 다른 수식어들을 사용하여 그와 다른 정서를 얼마든지 표출할 수 있기 때문에 韻字의 음운적 효과를 절대시하기에는 문제가 있다.

〈初五日 鹿巖山獲猪 飮于江磧上 品官及僧戒勤 亦持酒至〉(초5일에 녹암산
에서 멧돼지를 잡아 강가 자갈밭에서 술을 마시는데 品官과 중 계근이 또 술
을 가지고 왔다.)56)

녹암산 어귀에다 배를 대놓고
모두 함께 멧돼지를 뒤쫓노라니
산꽃들은 말에 스쳐 막 떨어지고
골짝 풀은 옷에 스며 향기 풍기네.
절 마구간 불난 것은 원망을 말고
오직 중이57) 안 상했나 물어봐야지.
강가에서 손뼉치며 한껏 취하니
어부 노래 달빛 속에 들려오누나.

艤船鹿巖口　共逐烏將軍
山花拂馬落　澗草侵衣薰
不用怨回祿　還須問德雲
江頭抃一醉　漁唱月中聞

이 시는 멧돼지를 사냥하여 강가에 모여서 술을 마시며 노는 즐거움
을 노래한 것이다. 산 꽃들이 말에 스쳐서 마구 떨어진다는 표현에서는
멧돼지를 잡으러 산 속을 치달리는 모습이 경쾌한 속도감을 전해 준다.
골짜기의 풀들이 옷에 스며서 향기를 풍긴다는 표현에서는 여유있는 운
치를 느끼게 한다. 대개 사냥하는 모습을 표현하자면 으레 팽팽한 긴장

다만 작자가 특정한 효과를 노리고 의식적으로 韻字를 골라 쓰는 경우에 한
해서 그 운자가 音韻上의 기능을 하여 시에서 표현하고자 하는 의도와 相乘
작용을 하게 되는 것은 부인할 수 없다. 여기서 예로 든 김종직의 시와 앞에
서 언급한 박지원의 〈極寒〉 같은 시가 그런 경우에 해당한다.

56)『점필재집』권4, 장7.

57) 德雲은『華嚴經』〈入法界品〉에 나오는 比丘로서 善財童子가 求道하러 찾아
다닌 五十三 善知識의 하나인데, 여기서는 ‘스님’이란 일반적인 뜻으로 사용한
말이다.

감을 나타내는 것이 常例이지만, 여기서는 사냥의 긴장감은 조금도 보이지 않고 밝은 분위기로 일관하고 있다.

頸聯은 잠시 揷話를 곁들였다. 작자의 原註에 의하면 이때 인근 靑龍寺의 마구간에서 불이 났다고 하였는데,58) 논어의 구절을 활용하여 이를 위로한 것이다. 공자는 마구간에 불이 났는데 朝會에서 돌아오자 "사람이 상했느냐?"고만 묻고 말에 대해서는 묻지 않았다.59) 그래서 작자도 그것을 본받아서 불난 것 자체는 원망할 필요가 없고 청룡사의 중들이 다치지 않았나를 물어보아야 한다는 것이다.

尾聯은 왁자하게 떠들고 손뼉치면서 술판을 벌이는 모습을 그리고 있다. 이 때문에 자칫 방종으로 흐르기 쉬운 분위기를 '어부의 노랫소리가 달빛 속에 들린다'는 표현으로 보완하여 끝까지 맑은 풍격을 잃지 않고 있다. 역시 소리 가락과 興의 시이다.

〈遊鄭通贊池亭 是日急雨〉(鄭통찬의 못가 정자에서 노는데 이날 소나기가 왔다.)60)

주인이 숨은 名所 발견해 내어
울 두르고 滄浪亭을 지어 놨는데
한 채 성자 마지노 물오리같이
나를 싣고 물 가운데 떠 있는 듯해.
맑은 바람 두건을 흔들어대고
푸른 산 빛 술잔에 물들겠구나.
물고기는 처마 아래 헤엄치다가

---

58) 原註 : "時靑龍寺馬廐火, 以品官奴僕所爲, 社主來, 亂擊從者, 奪馬六匹而去, 戒勤使人叱還之(이때 청룡사의 마구에 불이 났다. 품관의 노복이 한 짓이라고 하여 社主가 와서 종자를 마구 때리고 말 여섯 필을 빼앗아 갔는데, 계근이 사람을 시켜 꾸짖고 돌려주게 했다.)"

59) 『論語』, 〈鄕黨〉, "廐焚, 子退朝曰, 傷人乎, 不問馬."

60) 『점필재집』 권5, 장10.

미끼 향기 맡고서 팔닥거리고
흰 거위는 날개 깃을 추스르고서
물가에서 울다가 날기도 하며,
연한 버들 솜꽃을 날려 보내고
해당화는 자주색 꽃 흔들거리네.
동쪽의 두렁 길과 서쪽 평지가
가로로 통하여서 놀기 좋으니
괜히 다퉈 수레 마차 길로 하여금
이 좋은 水雲鄕을 알릴 것 있나!
에오라지 싫도록 遊興 즐기고
한 번 웃어 이 경치에 답하면 되지.
억수같은 수많은 장대 빗줄기
기세 좋게 商羊61)을 내몰아 오니,
수면에는 어지러이 파문 생기고
마름풀들 서로가 엉겨 붙더니,
잠깐 사이 또 다시 쾌청해지니
초목들은 석양 빛에 반짝거리고,
남은 바람 잔 물결을 춤추게 하며
시 읊는 나의 소리 날려 보내네.
부러워라, 그대는 幽興에 젖어
슬프거나 쓸쓸한 일 일체 모르니.

① 主人發天秘　籬落成滄浪
② 孤亭如梟鷟　載我浮中央
③ 淸颸動巾幘　山翠溜壺觴
④ 魚遊簷影下　撥剌聞餌香
⑤ 白鵝刷其羽　曲渚號且翔
⑥ 飛絮罷嫩柳　紫綿搖海棠
⑦ 東阡與西蕩　橫縮供周章
⑧ 爭敎車馬途　辨此水雲鄕
⑨ 聊將倦遊悰　一笑酬年光

---

61) 전설상의 새 이름. 발은 하나에 붉은 부리, 아름다운 날개를 가졌는데 이 새
가 날아 다니면 큰 비가 온다고 한다.

⑩ 森森萬銀竹　颯沓驅商羊
⑪ 鏡面生亂渦　藻荇相扶將
⑫ 須臾付一快　草木耿斜陽
⑬ 餘風舞漣漪　送我吟聲颺
⑭ 羨君熟幽興　萬事不悲涼

　　鄭通贊의 연못 가운데 있는 정자에서 놀며 눈에 스치는 주변 경물들을 밝은 색조의 수채화처럼 그려낸 시이다. 하늘이 몰래 만들어 놓은 비밀스런 장소를 주인은 용케도 발견해 내어 그곳에 울타리를 두르고 정자를 만들었다. 정자가 아무도 모르는 그으윽한 곳에 있음을 말하면서 그런 명당을 찾아 낸 주인의 높은 안목을 칭찬한 것이다. 또 그 정자를 중국의 유서 깊은 ‘滄浪亭’이라고 부름으로써 한껏 격을 높여 주었다. 정자에 앉아서 물을 내려다 보면 마치 물 위에 뜬 오리같아 그 안에 있는 사람은 오리를 타고서 물 위에 떠 있는 듯한 착각이 든다.

　　③련의 ‘淸飇’나 ‘山翠’ 등은 이 시의 맑고 깨끗한 분위기를 돋우는 시어들이다. ④연과 ⑤연은 이른바 ‘鳶飛戾天　魚躍于淵’[62]을 염두에 두고 한 표현이다. 즉 물고기가 처마 그늘 아래 물 속에서 헤엄치다 뛰어 오르고 거위가 물굽이에서 날개 깃을 가다듬다가 날아오르는 모습은 만물이 천지 자연의 化育을 입어 자신들의 천연스런 自得의 삶을 즐기는 모습이다. 김종직은 〈觀魚臺賦〉라는 글에서도 ‘劃長嘯以俯窺兮　群魚撥剌以悅志……並鳶飛以取譬兮　孰聽瑩於至理(휘익 길게 휘파람 불며 내려다

─────────────────────

62) 『시경』〈大雅, 旱麓之篇〉에 나오는 말. 『中庸』(제12장)에서는 “詩云, 鳶飛戾天, 魚躍于淵, 言其上下察也(시경에 이르기를 ‘솔개는 날아 하늘에 이르고, 물고기는 연못에서 뛰논다’고 하였는데, 上下에 이치가 밝게 드러남을 말한 것이다)”라고 하였고 朱熹는 이를 註하여 “子思引此詩, 以明化育流行, 上下昭著, 莫非此理之用……(자사께서는 이 시를 인용하여 화육이 유행하여 상하에 밝게 드러남이 이 이치의 用 아님이 없음을 밝히셨다……)”고 하였다. 이는 “천지 자연이 만물을 자라게 하는 것이 위로 하늘의 솔개에서부터 아래로 연못의 물고기에 이르기까지 두루 미치지 않음이 없다”는 의미로 쓰이고 있다.

보니, 뭇 물고기들 발랄하게 즐거워하도다……솔개가 나는 것과 함께 비유를 취했으니, 누가 이 지극한 이치를 듣고도 이해하지 못하리요)'라고 하여 같은 뜻을 읊은 바 있다.

⑥련의 '飛絮' '嫩柳' '紫綿' '海棠' 등도 모두 이 시의 밝고 경쾌한 분위기를 직접적으로 살리는 시어들이다. ⑨연까지는 밝으면서도 비교적 조용한 분위기였지만 ⑩연부터는 갑자기 동적이며 활발한 분위기로 바뀐다. '森森'이나 '颯沓' '驅' 등의 시어들이 동적인 이미지를 살리고 있다. 빗줄기를 '銀竹'이라고 한 것은 예전부터 용례가 있기는 하지만63) '은빛'의 시각적 효과가 살아 있는 참신한 비유이다. ⑪연도 소나기가 쏟아져 어지러이 파문이 생기는 水面의 광경과 마름풀들이 그 파문에 이리저리 쏠려 서로 엉키는 모습을 생생하게 잘 포착하여 묘사하였다.

⑫연에서는 다시 쾌청하고 밝은 분위기를 회복하였다. 한차례 수선스런 소나기가 지나간 뒤에 갠 날씨라 상쾌한 기운이 더한 느낌을 받는다. 이 시는 전체적으로 맑은 분위기를 유지하면서도 ⑩, ⑪연에 이르러 한껏 高揚되었다가 다시 평정을 되찾는 굴곡의 묘미가 있다. 이런 점이 이 시의 爽朗함을 더 부각시켜 준다고 할 수 있다. 이 시 역시 韻은 陽韻(一韻到底)을 사용하였다.

〈齊雲樓快晴六月十六日〉(제운루에 날이 활짝 개다. 6월 16일)64)

빗줄기는 어느덧 차츰차츰 걷히는데
작은 뇌성 아직도 높은 누각 울려대네.
바위 굴에 구름 드니 주렴에는 날 저물고

---

63) 李白의 〈宿鰕湖〉에 "白雨映寒山, 森森似銀竹"이라는 표현이 보이며(王琦 輯注『李太白全集』, 臺北 華正書局, 1991, 1026면), 高麗 시대 陳澕의 〈中秋雨後〉에도 "銀竹已隨雲脚捲, 玉盤還共露華淸"이라고 하였다(『東文選』 권14).

64)『점필재집』 권10, 장16.

연못에 물결 이니 枕席도 서늘하다.
연꽃 향기 감도는 속 개구리는 개굴 개굴,
해오라기 그림자 밖 벼들은 야드르르.
난간 기대 다시금 두류산을 바라보니
천길 높은 산봉우리 玉龍이 솟았구나.

雨脚看看取次收　輕雷猶自殷高樓
雲歸洞穴簾旌暮　風颸池塘枕簟秋
菡萏香中蛙閣閣　鷺鷀影外稻油油
憑欄更向頭流望　千丈峯巒湧玉虯65)

　날이 갠 齊雲樓의 淸明한 주변 경물들을 읊은 시이다. 제운루는 경상
도 咸陽郡에 있는 누각이며 이 시는 문집의 편차 순으로 보아 작자가
함양 군수로 있을 때 지은 것이다.

　首聯은 한차례 소낙비가 쏟아지고 나서 차츰 개는 모습으로서, '齊雲
樓快晴'이라는 제목에 대해 破題가 적절하게 잘 되었다. 가벼운 뇌성이
아직도 남아 있는 것으로 보아 천둥 번개를 동반한 꽤 큰 소나기였음을
알 수 있다.

　頷聯은 이 시의 시간적 배경이 드러나 있다. '簾旌暮'라는 말에서 하루
중의 석양임을 알 수 있고 '枕簟秋'라는 말에서 가을이 가까워 온나는 것
을 알 수 있다. 구체적으로는 제목의 기록(음력 6월 16일)으로 보아 한
더위가 물러가고 가을 기운이 시작하려는 늦여름이다. 옛 사람들, 특히
시인들의 생각에는 구름은 산 동굴에서 피어나는 것으로 여겨졌으며, 그
래서 저녁이 되면 새들도 보금자리로 돌아가듯 다시 굴 속으로 들어가
게 마련이다. '雲歸洞穴'은 따라서 '簾旌暮'의 원인이 되는 작용을 하고
있다. 對句에서도 '風颸池塘'은 '枕簟秋'의 원인이 된다. 연못에 잔물결을
일으키는 서늘한 바람이 부니 자리에도 어느덧 가을의 서늘한 기미를

---

65) 문집 원문에는 '虯'로 되어 있으나 바로잡음.

느낄 수 있는 것이다. 특히 봄비가 온 뒤에는 날이 더 따뜻해지고 가을비 뒤에는 날이 더 차가워지듯이, 비 온 뒤의 바람이기 때문에 더욱 서늘한 기운을 불러 온다. 曺伸은 『謏聞鎖錄』에서 이 頷聯에 대해 '豪壯'하다는 평을 하였으나 앞에서 살펴본대로 조신의 '豪壯' 개념은 '爽朗'에 가까운 것이었다.

이 시는 頷聯보다도 頸聯이 훨씬 더 밝고 상쾌하며 뛰어난 구절로 보인다. 그것은 시어가 표현하는 의미에서도 그렇지만 시어의 운율면에서도 '閣閣'과 '油油'라는, 첩어로 쓰인 의성어와 의태어가 리듬감을 살려주는 데서도 기인한다. 또 '菡萏香中'은 모두 유성음의 받침을 가지며 '菡'과 '香'에서는 맑은 소리인 'ㅎ' 초성이 반복됨으로써 역시 음향 효과를 가져온다. 의미의 측면에서는 비 온 뒤의 상쾌하고도 한가한 정경이 '연꽃', '개구리 울음', '해오라기', '넘실대는 벼' 등의 시어들을 통해 묘사됨으로써 여유와 풍요를 느끼게 해준다.

尾聯에서는 갠 날씨 속에 우뚝한 자태를 뽐내는 두류산을 배치시킴으로써 이 시의 氣像을 高揚시켜 주고 있다.

〈佛國寺與世蕃話〉(불국사에서 世蕃과 이야기하며)[66]

산 속 절의 경내를 찾아들자니
솔 숲 사이 짙푸른 빛 우거졌구나.
푸른 산 반쪽에는 비가 내리고
저물녘 上方에선 종이 울린다.
스님과의 이야기는 정겨움 돌고
옛 정 따라 술잔은 무르익다가
평상 위에 내킨대로 쓰러져 누워
마주보니 귀밑 털만 헝클어졌네.

---

66) 『점필재집』 권3, 장11. 壬辰本 『佔畢齋先生詩集』(권2, 장1)에는 제목이 〈佛國寺與金 季昌世蕃話〉로 되어 있다. 金世蕃은 인적사항 미상.

爲訪招提境　松間紫翠重
靑山半邊雨　落日上方鐘
語與居僧軟　杯隨古意濃
頹然一榻上　相對鬢鬖鬆

　金世蕃이라는 友人과 함께 불국사를 방문하고서 지은 시이다.

　오랜만에 절의 경내를 찾아갔더니 소나무 사이에는 푸른 산기운이 짙푸르게 깔려 있다. 푸른 산 절반 쯤에는 비가 내리는데 해질 무렵 산사에서는 종소리가 은은히 울려 퍼진다. 산의 한편에만 비가 내리는 것은 실제로 여름날 시골에서 가끔 볼 수 있는 현상이지만 시에서 이렇게 표현되는 것은 참신한 느낌을 준다. 이 頷聯은 비 온 뒤의 깨끗함과 저물녘의 고요함을 함께 느끼게 한다. 홍만종은 『소화시평』에서 이 聯에 대해 '맑고 밝음에 감탄한다(嗟其淸亮)'고 평하였다.67) 이 聯도 聲韻的인 측면에서 유성음인 'ㄴ, ㄹ, ㅇ'이 각 구 다섯 자 중 네 자씩이나 들어 있어 맑게 울리는 음향적 효과를 내고 있다. 홍만종은 이와같은 소리의 요소를 놓치지 않고 '亮'이란 평을 덧붙인 것으로 보인다.

　頸聯은 특히 표현면에서 대단히 뛰어나다. 절에 거주하는 스님과 이야기를 나누는데 서로 誼가 맞아서 대화에는 정겨움이 돌고, 벗과 나누는 술잔은 오랜 정을 따라 술맛이 더욱 짙기만 하다. 무생물로서 객체적 대상물인 '語'와 '杯'를 주어로 내세운 것도 대단한 솜씨이지만, 특히 '軟'자와 '濃'자는 시어의 뉘앙스를 훌륭하게 살려 쓴 절묘한 표현이다. 이 두 글자는 각 句의 '詩眼字'가 된다.

　尾聯은 소탈함과 인생에 대한 달관의 자세가 엿보인다. 대부분의 시에서 '하얗게 센 귀밑머리'를 끌어올 때는 인생무상을 얘기하게 마련이다. 그러나 여기서는 '頹然'이란 말에서 잠시 선비로서의 꼿꼿한 자세를

---

67) 『小華詩評』에는 이 시의 제목을 <乘槎>라고 잘못 기록하였다. <仙槎寺> 시와 혼동한 것으로 본다. 安大會 譯註, 『小華詩評』, 216~217면 참조.

풀고 허물없는 분위기에서 마음 내키는대로 평상 위에 픽 쓰러져 누운 소탈함이 보이고, 그러한 분위기이기 때문에 귀밑머리 헝클어진 것을 보고도 인생무상이나 허무함을 드러내는 것과는 달리 달관의 느낌을 전해준다. 희끗희끗 센 서로의 귀밑머리를 보고서 마치 거울 속의 자신의 모습을 대하는 듯한 느낌을 받았을 것이다.

(3) 閑適·閑淡의 安穩美

김종직의 시풍은 앞의 두가지가 가장 특징적이라고 할 수 있는데, 그에 못지 않게 평자들은 '閑適'이나 '閑淡(寒淡)'한 시풍의 작품들을 지적하고 있다. 이 시풍은 한가하고 여유가 있으며 차분한 분위기의 시들이다. 앞서 두 시풍은 動的이고 興이 있는 것이 가장 큰 특징이라면 '閑適'이나 '閑淡'은 靜的인 것이라는 데에 차이가 난다.

허균의 〈惺所覆瓿藁〉에 따르면 許筠은 '細雨僧縫衲 寒江客棹舟'이라는 시구에 대해 '閑澹(寒澹)'하다고 평하였는데 이는 앞의 (1)항에서 보았던 〈仙槎寺〉 시의 한 구절이다. 따라서 이 시는 동적인 호방함과 정적인 한담함이 어우러진 시라고 하겠는데, 앞에서도 말했듯이 전체적인 분위기는 閑淡한 쪽이라고 할 수 있다.

〈仙槎寺〉(선사사에서)

우연히 선사사에 이르고 보니
횅한 바위, 솔·계수엔 가을 깊었네.
학은 신라 寶蓋에서 활개를 치고
용은 또 부처 하늘 여의주 차네.
가랑비 속 스님은 가사를 깁고
찬 강에서 나그네는 배를 젓는데
孤雲 선생 글 읽던 곳 書帶草들은

하늘대며 연못 가에 가득 덮였네.

偶到仙楂寺　巖空松桂秋
鶴翻羅代盖　龍蹴佛天毯
細雨僧縫衲　寒江客棹舟
孤雲書帶草　獵獵滿池頭

논의의 초점이 되는 頸聯을 보기로 하자. 가랑비가 내려서 방안에 들어 앉아 있을 수밖에 없는 절의 승려는 한가하게 가사를 깁고 있는데 절을 찾아오는 나그네는 차가운 강에서 노를 저어 온다. 이미 가을이 들었기 때문에 '寒江'이다. '細雨'와 '寒江'이 이 시의 閑淡(寒淡)한 맛을 보여주는 시어들이다. 허균은 특별히 '細雨僧縫衲'이란 句에 '지극히 당풍에 가깝다(逼唐)'고 평을 달았다.

이 연은 절 안의 정경과 절 밖의 풍경을 대조적으로 포착한 묘사가 뛰어나다. 나그네의 노 젖는 것도 결코 서두르지 않고 여유가 있으리라는 것을 짐작할 수 있다. '寒江客棹舟'는 '細雨僧縫衲'에 비하면 動的인 心象이지만 앞 연의 '鶴翻羅代盖 龍蹴佛天毯'에 비하면 靜的인 心象이다. 음양의 원리에서 陰 속에 陽이 있고 陽 속에 陰이 있는 격이다. 하루 중 오후는 오전에 비하면 음이지만 밤에 비하면 양이 되는 이치와 같다. 바로 少陰이나 少陽이 존재하는 원리이다.

이곳 선사사에는 孤雲 崔致遠이 독서하던 바위가 있고 그 아래에는 벼루를 씻던 연못이 있다. 옛날 중국의 대학자인 鄭康成(鄭玄)이 공부하던 곳에 많이 나 있었다는 풀인 '康成書帶草'가 이곳 연못 가에도 많이 자라고 있다. 그래서 최치원과 결부시켜 '孤雲書帶草'라고 부르며 그를 추모하는 정을 부쳤다. 작자는 최치원을 그리는 시를 많이 남기고 있는데, 그가 '東國의 文宗'으로 추앙받는 데다가 특히 자신이 군수를 지낸 咸陽은 옛날 최치원이 태수를 지내던 곳(신라 때의 명칭은 天嶺郡)이고 유적지도 많이 남아 있어서 유달리 친근감을 느낀 것 같다.

〈梁山澄心軒下泛舟呈士廉〉(양산의 징심헌 아래에서 배를 띄우고 놀면서
士廉에게 드리다)68) (제2수)

幽賞일랑 물에 가서 해야 되겠네,
高樓에선 마신 술이 깨지 않으니.
버들 곁에 놀이 배를 저어 가는데
대숲 아랜 바둑판을 울리는구나.
뭇 아전들 물새들과 뒤섞여 놀고
먼 등불은 달 별 대신 반짝 거리네.
노에 맡겨 더욱 깊이 들어가자니
두건·신에 이슬이 맑기도 해라.

幽賞須臨水　高樓未析醒
柳邊撑畫艇　竹下響紋枰
群吏參鷗鷺　遙燈替月星
更深仍信棹　巾屨露華淸

　　양산의 징심헌에서 뱃놀이 하면서 幽興을 읊은 시이다. 징심헌은 양
산 客館 서쪽에 있는 黃山江 가의 누대이다.
　　그윽한 경치의 감상은 모름지기 물에 나아가서 해야 제 맛이 나는 법
이다. 그래서 높다란 누각에서 마신 술이 아직 덜 깼는데 강으로 내려가
서 놀이 배를 저어 버드나무가 서 있는 곁으로 지나간다. 그때 뭍에 있
는 대나무 숲 아래에서는 다른 무리들이 한가하게 바둑 두느라 바둑 돌
을 판 위에 땅, 땅 놓는 소리가 들린다. 이 頷聯에 대해 曺伸은『謏聞鎖
錄』에서 '閑適'하다고 평하였는데, 그 밖에도 '幽賞', '參鷗鷺', '遙燈', '信
棹' 등이 이 시의 한적한 분위기를 살리고 있는 시어들이다.

___

68)『점필재집』 권8, 장12.

자신들을 수행해 온 아전들이 갈매기며 해오라기 등 물새들과 어울려 논다고 함으로써 그들의 機心 없는 天眞을 인정하였으며, 멀리서 반짝거리는 등불들은 달빛이나 별빛인 양 미화하였다. 노 젖는대로 내맡겨 둔 채 나아가는 모습에서는 집착하지 않는 작자의 여유를 볼 수 있고, 두건과 신에 맺히는 맑은 이슬은 또한 작자의 마음 상태를 상징하는 시어이다.

작자는 이 시와 같은 장소에서 지은 〈梁山澄心軒夜坐記所見〉이라는 5언 고시도 있는데,69) 이 시도 지극히 맑고 고요한 밤의 정경을 읊은 시이다.

다음의 시는 작자가 57세 때 '전라도 관찰사 겸 순찰사 전주부윤(全羅道觀察使兼巡察使全州府尹)'이 되어 여러 읍을 巡行할 때 지은 것이다.

> 〈登綾城鳳棲樓 倥傯中 月上東峯 始悟今日爲中秋 與李都事承福 崔同年哲錫 小飮〉(능성의 봉서루에 올랐는데 바쁜 일정 중에 동쪽 봉우리에 달이 떠오르니 비로소 오늘이 중추임을 알았다. 都事 이승복, 同年 최석철과 함께 술을 약간 마셨다.)70)

> 연주산 저 위에는 둥근 달 쟁반같고
> 풀 숲에는 바람 없고 이슬 기운 서늘한데
> 수많은 고운 구름 온통 다 걷힐테니
> 한 무더기 공문서야 볼 필요 없으렸다.
> 풍광이야 中秋 맞아 새삼 좋음 깨닫건만
> 나그네 맘 이 밤 따라 푸근함을 누가 알랴.
> 행차 깃발 또다시 서해 따라 갈 것이니
> 손 끝으로 둥그런 게 딱지를 따게 됐네.

---

69) 『점필재집』 권3, 장15, "風聲碎竹塢, 月影晃蘭皐, 客子少秋睡, 開窓披緼袍, 昏花落遙野, 灝氣如波濤, 魚跳乍撥刺, 鸛鷬鳴聲豪, 星河蘸澄碧, 橫泛一雙舠, 循除瞰樓閣, 岑寂撓天高, 朝來敲榜地, 只有絡緯繰, 忽覺夜氣勝, 散髮情陶陶, 還恐鷄早叫, 冠帶走塵勞."

70) 『점필재집』 권21, 장3.

連珠山上月如盤　草樹無風露氣寒
千陣瑞雲渾欲盡　一堆鈴牒不須看
年華更覺中秋勝　客況誰知此夜寬
旌旆又遵西海轉　指尖將擘蟹臍團

　순행의 旅程 중에 和順의 능성현 봉서루에 올라 느낀 감회를 읊은 시이다.

　작자는 바쁜 일정 중에 중추를 맞아 둥근 보름달처럼 원만하고 여유 있는 시간을 가져보고 있다. 밝은 달밤의 경치가 좋으니 잠시 골치 아픈 공문서 더미를 밀어 놓고 볼 필요가 없다고 한 것에서 그러한 여유를 느낄 수 있게 한다. 바로 頸聯에서 말하는 '寬'의 태도이다. '寬'자는 이 밤의 정경이 둥그런 보름달만큼이나 원만하고 넉넉하다는 뜻이면서 동시에 작자 자신의 마음도 거기에 따라 푸근하고 너그러움을 느낀다는 뜻으로 글자의 운용이 매우 뛰어난 표현이다. 바로 이 句의 詩眼字이면서 전체 시의 詩眼字이기도 하다.

　이처럼 넉넉해진 마음이 되었으니 앞으로의 일정에 대해서도 부담으로 느껴지는 것이 아니고 한결 긍정적인 마음으로 생각하게 되었다. 이제 행차는 서해 쪽으로 갈 것인데 그곳에 가면 가을에 제맛을 내는 별미인 게가 풍성할 것이다. 그것을 술안주 삼아 즐길 수 있게 되었다는 기대감에 즐거워하는 것이다.

　　〈孫鳳山用前韻作演雅以寄復和〉(손봉산이 지난 번의 운을 사용하여 演雅體로 지어서 부쳐왔기에 다시 화운하다)71)

　　번잡한 맘 마구 일어 억제하기 어려워서
　　벌 나비 훨훨 따라 바닷가에 이르르니
　　제비 옛 집 찾아 드니 진흙 처음 녹았겠고

---

71)『점필재집』권6, 장4.

고긴 새 蓮 건드렸나 이슬 방울 떨어지네.
서울에선 오랫동안 朝官 틈에 끼였으나
시골에선 생각느니 사슴들과 자는 것 뿐.
凝川에는 작은 집에 한 몸 부쳐 살만하니
누에 기를 뽕도 있고 나다닐 땐 배도 있네.

意馬飄揚莫譋牽　亂隨蜂蝶到海邊
燕尋舊壘泥初暖　魚觸新荷露未圓
輦轂久叨鵁鷺列　林泉思與鹿麚眠
凝川堪着蝸牛舍　桑可供蠶步有船

　所謂 演雅體로서 각 句마다 동물 이름이 들어가게 지은 시이다. 작자
는 이와 같이 일종의 기교가 필요한 연아체나 두 개의 韻을 교대로 押
韻하는 進退格 등으로 지은 시들을 드물지 않게 지어 그의 문인으로서
의 기질을 엿보게 한다.

　이 시는 번잡한 일상을 벗어나 시골 고향에서 자연 속에 묻혀 진실하
고 소박하게 살고 싶은 마음을 읊은 작품이다. 작중의 凝川은 密陽인데
그의 외가가 있는 곳이며, 어려서부터 자주 왕래하며 살았기 때문에 제
2의 고향이나 마찬가지인 곳이다. 이 시의 作詩 배경을 보면 작자가 孫
鳳山과 吳教授에게 시를 지어 주니 그들이 다시 화운하여 보내자 재차
화운하기를 몇 차례에 걸쳐서 하였는데, 그 시초가 된 작품의 제목에서
작자는 이때 村莊에 있었고 咳嗽를 앓았다고 하였다. 그렇다면 그 村莊
은 이곳 密陽에 있는 것으로 보아도 될 것이다.

　작자는 意馬心猿으로 일어나는 세상의 번잡한 생각을 억제하기 어려
워 훨훨 나는 벌 나비 따라 바닷가로 나서 보았다. 거기에는 봄을 맞아
다시 날아온 제비들이 예전에 살던 집을 수리하느라고 진흙을 물어다
붙인 모습이 보이고, 물고기들은 새로 피어난 연잎을 건드려서 연잎에
맺힌 이슬 방울이 흔들려 둥그런 모양이 기울어진다. 하나하나의 자연

경물들이 예사롭지 않게 정감으로 다가오는 모습이다. 이 頷聯은 자연의 기미를 잘 포착한 뛰어난 표현으로서 작자의 섬세한 관찰력이 돋보이는 구절이다. 이러한 섬세함은 그의 시 전편을 놓고 보았을 때 매우 드물게 나타나는 것이다.

頸聯은 서울의 관직 생활과 시골의 자연 속의 생활을 대비시켰다. 조정에서 주제넘게 대신들 반열에 오랫동안 끼여 있었지만 자연 속에서는 오직 사슴들과 어울려 놀다가 졸리면 함께 자는 생활을 하고 싶은 생각뿐이다. 사슴들과 어울려 잠을 잔다는 것은 일체의 機心을 잊고 자연과 동화된 사람만이 누릴 수 있는 경지이다. 시골에는 그래도 달팽이 껍데기 같은 작은 집이지만 이 한 몸 부칠 수 있는 집이 있고, 뽕나무는 누에치기에 부족함이 없고 또 나들이하기에는 타고 다닐 배가 있으니 이만하면 守拙하고 살기에는 충분하다는 것이다.

사람은 건강할 때보다 앓고 있을 때 더욱 겸손해지고 진실해진다. 작자도 이때 해소를 앓았다고 하였으므로 세속의 營利를 벗어나 오직 건강한 몸으로 시골에서의 소박하고 한적한 삶을 그리워한 것 같다.

〈寒食村家〉(한식날 村家에서)72)

때는 바로 한식이라 봄 일도 하 많은데
봄 풍경 속 챙길 것들 농가에 있겠구나.
산비둘기 꾹꾹 우니 아가위 잎 피어나고
나비들은 너울 너울 장다리에 꽃 피는데,
밭두둑엔 땔감 지고 검은 소 돌아오고
울 가에는 나물 캐는 계집아이 노래하리.
田園 두고 못가는 건 닷말 쌀을 탐내서니
도연명이 비웃은들 장차 내야 어쩌겠나.

---

72) 『점필재집』 권19, 장4.

禁火之辰春事多　芳菲點檢在農家
鳩鳴穀穀棣棠葉　蝶飛款款蕪菁花
帶樵壟上烏犍返　挑菜籬邊叉髻歌
有田不歸戀五斗　元亮笑人將奈何

　관직 생활 중에 어느 시골 집에 들러 봄의 경물을 보고 고향의 봄을 그리워하는 시이다.

　한식날이 되었으니 한창 봄 일이 많을 때이다. 작자는 그런 중에 봄 구경하러 시골 농가에 나와 있다. '芳菲'는 '향기로운 꽃이나 풀'이지만 여기서는 의미가 넓게 '봄 풍경'을 가리킨다고 본다. 산비둘기가 울어대니 이때 쯤이면 산에는 틀림없이 아가위 잎이 필 것이고, 나비는 제 철을 만나 장다리에 핀 꽃 위를 훨훨 날아다닐 것이다. 홍만종은 『소화시평』에서 특히 이 頷聯에 대해 '雅麗'하다고 평하였다.

　頷聯이 자연 그 자체의 소재라면 頸聯은 인공적인 소재이다. 그러나 전혀 인위적이지 않은 질박하고 천진한 것이어서 자연의 소재와 어울려도 전혀 이질감이 없다. 소의 이미지는 인간이 가까이 접하는 동물 중에서 가장 성실하고 가식이 없는 것이다. 일반적으로 인간 중에서는 어른보다는 어린아이가, 남자보다는 여자가 더 순수하고 소박한 이미지로 평가된다.73) 따라서 어린 여자아이는 더욱 순수하고 티없이 맑은 존재이다. 頷聯과 頸聯은 고향에서 봄이면 보았던 事象들을 지금 이곳 타향의 시골 田家에서 연상하여 그려보는 것이다.

　이 시는 杜甫의 律詩에서 자주 구사되었고 최치원의 율시에서도 즐겨

---

73) 李德懋는 『青莊館全書』 권3, 「嬰處文稿一」, ＜嬰處文稿自序＞에서 "夫嬰兒之娛弄, 藹然天也, 處女之羞藏, 純然眞也, 玆豈勉强而爲之哉(무릇 어린 아이가 장난하고 노는 것은 완연히 타고난 그대로이고, 처녀가 부끄러워하고 몸을 감추는 것은 순전히 진정인 것이니, 이것이 어찌 억지로 힘써서 하는 것이겠는가)"라고 한 바 있다. 이덕무가 자신의 文稿를 「嬰處文稿」라고 한 것도 이러한 뜻을 취한 것이다.

활용되었던 '二開七闔'의 詩想 구조74)를 따르고 있다. 제2구에서 '芳菲點檢'이라고 하여 시상을 열었고〔開〕 그 구체적인 事象들이 함련과 경련에 나열된 것들이다. 제7구는 시상을 닫아서〔闔〕 마무리로 이끄는 작용을 한다.

작자는 고향에 이와 같은 좋은 전원이 있는데 몇 말 안되는 봉급에 얽매어 돌아가지 못하고 고향의 정겨운 풍경을 즐기지 못하고 있다. 그 옛날 도연명은 비위에 맞지 않는 벼슬살이를 헌신짝처럼 내던지며 五斗米에 연연해하지 않겠다고 했다. 그런 도연명이 이 못난 모습을 보면 틀림없이 비웃을 것이니, 도연명의 초연함을 따르지 못하는 자신은 그런 비웃음을 당해도 어쩔 수 없는 일이라는 것이다. 그러나 그 한탄은 정말로 절실하게 歸去來의 심정을 가지고 한 것이 아니고 관인으로서 여유 속에서 느끼는 정신적 보상 심리이다.

〈題夏景山水屛二疊 崔生員世明請賦〉(여름날의 山水를 그린 병풍 두 폭에 시를 쓰다. 생원 최세명이 짓기를 청하였다.)75)

여름 기운 왕성하여 하루 해가 길고 긴데
호수와 산 원근에는 풍광도 좋을시고.
茅亭에는 나그네가 한가하게 마주하여
앞 마을에 강 거슬러 배가 와도 상관 않네.

朱夏恢台日抵年　湖山遠近好風烟
茅亭有客閑相對　不管前村上水船

산수화 병풍 그림을 보고 지은 題畫詩이므로 소재부터가 한적한 시풍을 유도하는 것이다. 하루 해가 일년같이 느껴질 정도로 무덥고 긴 여름

---

74) 宋寯鎬, 〈崔孤雲 詩의 位相〉, 『東方學志』 제36·37합집(1983), 341면.
75) 『점필재집』 권23, 장5.

날이지만 그림 속의 경물을 통하여 한가하고 여유 있는 마음을 가져보는 시이다.

起句는 그림을 근거로 하여 작자가 마음 속에서 느껴보는 心象이다. 承句부터가 그림 속의 풍광을 시로 재구성한 것이다. 그림은 강과 산이 원근 배합에 의해 펼쳐진 전형적인 산수화임을 알 수 있다. 가까이는 강물이 흐르고 멀리에 산이 배치되어 있는데 산 자락에는 안개가 낀 구도이다. 강 가에는 띠풀 지붕을 한 정자가 한 채 있는데 그 안에는 나그네가 한가하게 마주하고 있다. 거기에 강 건너 앞 마을에서는 배 한척이 강물을 거슬러 올라오고 있다. 그러나 정자 안에 있는 사람은 배가 오는 것에는 전혀 관계치 않고 있다. 다가오는 사람이 아는 사람이어도 상관 없고 모르는 사람이어도 상관 없다. 物外閑人의 자세인 것이다.

이상으로 김종직 시의 두드러진 풍격적 특성을 살펴보았다.

그 가장 큰 특성은 웅혼하고 호방한 역동성이라고 할 수 있다. 허균은 일찍이 김종직의 시에 대해 ‘오로지 소동파·황산곡에게서 나왔다(佔畢齋……其詩專出蘇黃)’76)고 하였는데, 이는 그들의 詩語에서 직접적인 영향을 받았다는 의미보다는 주로 풍격적인 측면과 풍부한 용사를 활용한 시어의 치밀한 조직성을 두고 한 말로 보인다. 김종직의 시에서는 소동파의 시에서 직접 표현을 따온 듯한 흔적이 더러 발견되기는 하지만77) 그보다는 오히려 풍격면에서 훨씬 더 닮은 것이다. 소동파는 이미

---

76) 許筠,『惺所覆瓿藁』 권25, <惺叟詩話>.

77) 예를 들면 김종직의 <題能如寺與金文叔兄弟崔子濬同賦> 중 “巖回古徑轉脩蟒, 風定寒潭潛毒龍”은 소동파의 <中隱堂> 중 “徑轉如脩蟒, 坡垂似伏鼇”에서, 김종직의 같은 작품 중 “勝遊幸得兼支許, 每向溪邊策短筇”은 소동파의 <贈蒲澗信長老> 중 “勝遊自古兼支許, 爲採松肪寄一車”에서, 김종직의 <送專上人遊金剛山> 중 “機鋒擾處躡玄蹤, 了了知師不落空”은 소동파의 <次韻答元素> 중 “蘧蘧未必都非夢, 了了方知不落空”에서 따온 흔적이 보인다. 또 김종직의 <喜雨>(水調歌頭로 지은 詞) 중 “五日十日不雨, 無麥無禾可懼”는 소동파의 散文인

그 호방한 시풍으로 이름이 높다. 崔滋의 『補閑集』에 "근세에 동파를 숭상하고 있는데 대체로 그 氣韻이 호매하고 뜻이 깊고 말이 풍부하며 용사가 해박함을 좋아하여 거의 그 문체를 흉내낸 것 같다.(近世尙東坡 蓋愛其氣韻豪邁 意深言富 用事該博 庶其效得其體也)",78) "문순공(이규보＝필자 주)의 시를 보면 4, 5자도 동파 시의 말을 빼앗아 온 것이 없으나 그 호매한 기상과 부섬한 문체는 바로 동파와 더불어 꼭 들어 맞는다.(觀文順公詩 無四五字奪東坡詩 其豪邁之氣 富贍之體 直與東坡吻合)"79) 라고 한 말은 바로 소동파의 시풍이 豪邁하고 富贍하며 용사가 많음을 잘 알려 준다.

김종직의 시풍은 이처럼 호방한 것이 가장 특징적으로 지적되지만 그에 못지 않게 활달하고 밝으며 상쾌한 기상을 느끼게 하는 시풍도 많이 나타난 것을 확인하였다. 이는 金錫胄가 평한 '明月撥雲 芙蓉出水'라는 평에 가까운 것이다. 웅혼하고 호방한 시풍에 비하면 호방한 기상은 약간 유지되면서 중량감은 훨씬 가벼워지고 상쾌한 느낌이 드는 풍격이다.

이상의 두 가지 시풍은 김종직의 선천적으로 타고난 성격적 기질을 그대로 반영한 것이라고 생각된다. 즉 외향적이고 활달하면서, 내면적으로는 흥을 간직한 성격에서 유발된 시풍인 것이다.

여기서 호방한 기상은 거의 배제되고 밝은 기운이 그대로 유지되면서 한적하고 고요하며 여유가 흐르는 시풍이 마지막으로 검토해 본 安穩美의 풍격이다. 이것은 작자의 생애가 파란이나 굴곡이 없는 여유있는 관직 생활로 일관한 데서 오는 심리적 안정감의 발로인 것으로 보인다. 이 점은 그가 근본적으로 내면의 수양을 전제로 하는 유학자인데다 일생을

<喜雨亭記>의 "五日不雨可乎, 曰, 五日不雨無麥, 十日不雨可乎, 曰, 十日不雨無禾, 無麥無禾, 歲且荐饑……"에서 따온 것이다.

78) 崔滋, 『補閑集』(亞細亞文化社 영인, 1983),

79) 崔滋, 앞의 책, 106면.

순탄하게 지내온 외부적 요인 때문에 생긴 후천적 기질인 것으로 판단된다.

이상의 시풍을 전체적으로 살펴볼 때 그의 문예미적 가치 의식은 역시 유가적인 엄숙주의보다는 순수 문학적인 측면에서 다분히 문인적인 기질이 넘치는 발랄한 기상 쪽에 더 비중을 두었다는 것을 알 수 있다.

그의 시는 약 2천수에 이르기 때문에 이처럼 많은 작품에 나타나는 풍격은 물론 훨씬 다양한 것이 사실이다. 그러나 역대의 평자들에 의해 평가되고 인정된 풍격들을 하나의 기준으로 삼아서, 그의 전체 작품에 두드러지게 나타나는 것들을 이상의 세 가지로 크게 나누어 검증해 본 것이다.

상대적으로 그의 시에서는 劉勰이 말한 '遠奧'나 '繁縟'이나 '輕靡', 司空圖가 말한 '纖穠'이나 '綺麗'나 '委曲'이나 '悲慨' 등의 시풍은 아주 드물거나 거의 나타나지 않는다. 우리나라 시인으로 李達이나 白光勳 등에게서 보이는 섬세하고 여성적인 면, 李安訥 등에게서 보이는 沈鬱한 면은 거의 나타나지 않으며 굵고 힘차며 활달한 남성적인 시풍이 주조를 이룬다.

그의 시풍은 '陰柔美'보다는 '陽剛美' 쪽이며, '恨'보다는 '興'이 주조이며, '沈鬱'보다는 '明朗'을 위주로 한다고 결론 내릴 수 있다.

2. 題材에 나타난 시 의식

문학 활동이 작가의 사상, 감정 등 내면 의식을 문자 언어로 표출해 내는 행위라고 하였을 때, 그 내면 의식을 탐구하기 위해서는 제재의 분석을 통하여 접근하는 것이 필수적이다. 시에 있어서 시인의 思想이란 '무엇'이기 때문에 읊게 된 생각이며, 그것은 또 그 생각 때문에 '무엇'을 취택하기도 하므로 시에 있어서 제재와 사상은 시인에 의하여 제시된 일체 양면의 것80)이기 때문이다. 또 제재는 그것 자체가 작가의 일상 생활과 감정 등 생애의 면모를 보여 주는 것이기 때문에81) 한 시인의 작품 세계를 살피는 데 있어서 반드시 다루어야 할 요소이다.

그러나 과거 문인들의 경우 詩作이 하나의 생활화가 되어서 날마다 생각하고 부딪치고 하는 거의 모든 소재들을 시로 읊어내어 일상사의 다방면에 걸친 사항들이 제재로 등장하기 때문에 대부분은 시인들에게 서 공통적으로 드러나는 제재들이 많다. 예를 들면 친구들과의 交遊, 儒者로서의 자기 수양 정신, 산수 유람의 흥취, 정든 사람과의 만남과 이별, 주변 사물의 관찰(詠物), 역사적 사건에 대한 회고(詠史) 등등이 보편적으로 나타나는 제재들이다. 따라서 한 작가의 시의식이나 사상을 시에서 추출하기 위해서는 이처럼 보편적이고 다양하게 나타나는 제재 중에서도 작가가 무엇에 특별한 관심을 가지고 시화했는가, 또는 같은 제재라도 다른 작가와 변별되는 개성적 측면이 있는가 하는 것이 분석의 대상이 되어야 할 것이다. 예를 들어 산수 유람에 대한 시는 거의 모든 시인들에게서 아주 흔하게 나타나는 제재인데, 한 시인에 대해 이를 근거로 그 시인이 평소에 놀러 다니는 것을 즐겼다는 증거로 삼으면 안된다는 것이다.

김종직의 시를 논하면서 지금까지 기존의 연구에서는 거의 예외없이 유가적 성격을 위주로 하여 제재의 검토를 하여 왔다. 물론 김종직의 시에서 유가적 성격이 드러나지 않는 것은 아니나, 문제는 전반적인 시의 특성이 마치 철저하게 유가적이거나 또는 도학적인 성격인 것처럼 논의 되는 점에 있다. 이는 역시 앞에서 여러 번 살펴본 대로 그를 性理學者이며 道學派(士林派)라는 잘못된 선입견을 바탕으로 작품을 분석하는

---

80) 宋寯鎬, 『유득공의 시문학 연구』 (태학사, 1985), 49면.
81) 宋寯鎬, 앞의 책, 73면.

데서 빚어진 결과이다. 유가적인 성격은 조선조 대부분의 문인들에게서 다소의 차이는 있을지라도 기본적으로 전제되어 있는 것이다. 그것은 그들의 세계관의 바탕이 유학 사상이기 때문에 당연한 결과이다. 따라서 대부분의 문인들에게서 다수의 유가적 성격의 작품을 찾는 것은 그다지 어렵지 않다.

예를 들어 항상 김종직과는 對蹠的인 입장에서 詞章家로 논의되고 있는 徐居正이나 成俔 등의 시에서도 유가적 성격은 얼마든지 찾을 수 있는 것이다.82) 그렇기 때문에 한 작가에게서 유가적 사상이 논의될 수 있는 것은 그가 다른 사람보다 얼마나 더 철저하게 유학적 삶의 태도를 작품에 반영시키기 위해 애썼는가 하는 측면이지, 단순히 '그의 작품에 이러이러한 유가적 성격이 있다'고 논증하는 것은 의미가 없다는 말이다.

---

82) 각자의 문집 앞부분에서만도 다음과 같은 작품들을 쉽게 찾을 수 있다.
  * 徐居正
    <讀書法泉寺用康子武韻錄似權正卿擎>, "立志堂堂少壯年,　男兒出處摠關天, 南陽忠義出師表, 北斗文章原道篇, 自古聖謀明似日, 至今正道直於絃, 此心耿耿憑誰語, 俯仰乾坤氣浩然."『四佳集』「詩集」권2, 장1.
    <次韻朴仁叟學士早春見寄三首彭年>, "園林風日好絪氳, 捫蝨靑山爲掩門, 香縷縈簾脩竹靜, 中庸一部道心存." 앞의 책, 권2, 장5.
    <梅竹軒>, "孤竹聖之淸, 梅也仙之骨, 瀟洒伯仲間, 天地一淸白, 貞虛以爲心, 馨香以爲德, 高人有雅致, 獨乃愛之酷, 豈無春風姿, 妍妍悅吾目, 淡薄性所嗜, 富貴非所欲, 皎皎霜雪顔, 洗洗烟雨質, 相對座之隅, 倐然兩不俗, 坐觀一氣流, 泰宇浩大極, 高軒此中趣, 只有天君識." 앞의 책, 권4, 장1.
  * 成俔
    <南池蓮>, "六月南塘風日美, 藕花開時淨如洗, 萬柄亭亭翠傾蓋, 繁英灼灼紅初膩, 凌波仙襪步羣仙, 浥露淸香聞十里, 西山倦客日往來, 時時映馬垂楊裏, 非將穠艶比西施, 最愛淸標似君子, 舂陵千載無極翁, 我欲希之希則是."『虛白堂集』「詩集」권2, 장7.
    <謁永平府文廟贈敎官祈盤>, "黌堂深翼翼, 學士摠神仙, 絳帳開還掩, 靑襟後忽先, 庭留夫子檜, 官冷廣文氈, 願效摳衣禮, 朝朝對榻前." 앞의 책, 권3, 장5.
    <七歌> 중 제5수, "有書有書在茅屋, 排廂貯篋多所蓄, 雖無惠子五車幅, 亦有鄴侯三萬軸, 朝搜夕閱尋簡牘, 糠粃猶能潤枯腹, 如今棄置無人曝, 野馬來遊鼠相逐, 嗚呼五歌兮歌已拍, 苦吟半歇頭上幘." 앞의 책, 권4, 장1.

'문학 행위'로서 시라는 대상물을 창작하는 행위에 있어서는 전적으로 유가적 사상만을 위주로 하여 이루어질 수는 없는 것이며 바람직하지도 않다. 그래서 바로 유가적   문학적 결정체라고 할 수 있는 소위 '濂洛風의 시'에 대해서만 하더라도, 비록 그것에 대해 긍정적으로 보는 관점도 없지는 않지만, 그것을 순수 문예적 측면에서는 폄하하는 관점이 훨씬 더 강하다는 것이 이러한 실정을 말해주는 점이다.

김종직이 문인으로서 높이 평가 받고 특히 뛰어난 시인으로 인정되는 것은 앞서 풍격의 탐구에서도 살펴 보았듯이 결코 유가적 특성 때문이 아니고 예술적 측면에서 뛰어난 작품을 남겼기 때문이다. 김종직의 시에서 유가적 성격을 강조하는 것은 많은 사람들이 그의 시를 높이 평가해 온 것에 대한 의의를 무색하게 하는 결과를 낳을 우려가 있다. 또 그의 작품 전체를 놓고 보았을 때 유가적 성격이 다른 요소들을 압도할 정도로 비중있게 부각되는 것도 아니다.

이 항에서는 기존의 선입관을 배제하고 김종직의 세계관을 잘 드러내 주는 작품들을 위주로 특징적으로 드러나는 시의 제재를 검토해 보기로 하겠다.

(1) 폭넓은 親交 활동과 처세관

다른 사람들과의 交遊 활동을 시적 제재로 하여 作詩하는 것은 모든 시인들에게서 빠지지 않고 나타나는 현상이기는 하다. 이것은 전통적으로 인정되어 온 시의 당연한 기능 중의 하나이기 때문이다.[83] 따라서 이러한 요소가 제재로서 검토의 대상이 되기 위해서는 그런 작품에 작

---

83) 친교에 대한 시의 기능은 孔子가 『詩經』의 효용을 말한 데에서부터 인식이 되어 왔다. 『論語』 <陽貨>, "子曰……詩可以興, 可以觀, 可以群, 可以怨." 여기서 '可以群'을 茶山은 '손님이나 친구의 좋은 관계를 인도해 주므로 어울릴 수 있다.'고 해석하였다. 金都鍊, 『朱註今釋論語』(玄音社, 1990), 534면.

자의 사상이나 생애를 평가하는데 도움이 되는 남다른 특성이 있어야
한다.

　김종직의 경우 친교 활동을 詩化한 작품이 그 절대적 양에 있어 대단
히 큰 비중을 차지하는 데다, 특히 그가 교유한 인물들의 성격과 시의
내용이 기존의 잘못된 선입관을 시정하는데 중요한 자료가 되기 때문에
비중 있게 검토 대상이 되어야 할 사항이다.

　기존의 연구들에서 강조되어 온 것 중의 하나가 김종직이 신진 사림
으로서 세조의 왕위 찬탈에 대해 절의의 정신을 표방하였고 훈구 세력
과 대립하였다는 것이다. 그러나 앞서 '생애와 인물'에서 살펴보았듯이
그것은 후대의 士林들에 의해 명분론상으로 규정지어진 것에 불과하며,
실제의 삶에서는 그 자신 관료 조직에 편입되어 기존의 훈구 세력들과 아
무런 대립 없이 친교를 유지하였음이 시를 통하여서도 여실히 드러난다.

　우선 癸酉靖難과 세조의 왕위 登極에 일등 공신이며 뜻 있는 선비들
로부터는 當代부터 唾棄의 대상이었던 韓明澮에 대해 김종직은 그에게
국가의 勳臣 元老로서 경의와 찬양을 표하고 있다. 그는 韓明澮의 狎鷗
亭에 題한 시들을 여러 수 남기고 있는데, 한명회 자신이야 문집도 남아
있지 않고 글을 잘한 것 같지도 않으므로 직접 시를 주고 받은 것은 보
이지 않으나, 그가 김종직에게 시를 청한 예는 찾아 볼 수 있다.

　　〈狎鷗亭上黨府院君請賦〉(압구정을 읊다. 상당부원군이 짓기를 청했다)[84]

　　　상공께선 雲鶴같은 자태 지니고
　　　요동 하늘 유유하게 노닐으셔서
　　　모래톱의 기러기도 상대 않는데
　　　南海 炎洲 물총새야 어찌 짝할까.
　　　　　(중략)

---

84)『점필재집』권6, 장15.

갈매기는 신통하게 公을 알아봐
아침 저녁 다투어서 와서 모이고
끼룩 끼룩 맑은 소리 울음을 울며
새하얀 눈빛 날개 퍼덕거리네.
뜨락에서 公의 기침 들릴 때마다
떼지어서 서로 날아 아양부리면
상공께선 빙그레 웃기만 할 뿐
어찌 일찍 外物과 나 차별을 하랴.
믿음이 오래부터 익숙해져서
날새들도 역시나 피하지 않네.
은거하고 싶은 마음 비록 많아도
明君께서 나라 정치 함께 하자네.
　　　(중략)
朝廷이나 江湖나 어디 있든지
근심하는 마음이야 다르지 않아
갈매기와 친한 마음 미루어 가면
우리 백성 그 은혜를 잘 받으리라.
　　　(후략)

相公雲鶴姿　　　遼天穩遊戲
不侶遼渚鴻　　　況偶炎洲翠
　　　(중략)
海鷗[85]聖得知　　日夕爭來萃
關關吐商音　　　皎皎翻雪翅
庭除譬[86]欻落　　群擧自相媚
相公莞爾笑　　　何曾物我視
中孚久已熟　　　禽鳥亦不避
縱饒滄洲趣　　　明主共圖治
　　　(중략)
廊廟與江湖　　　所憂無二致

---

85) 원문에는 ‘漚’로 되어 있으나 바로 잡음.
86) 원문에는 ‘驚’으로 되어 있으나 바로 잡음.

苟推狎鷗心　　吾民其受賜
　　　　(후략)

　장편의 고시인데 靖難功臣에 佐翼功臣을 겸한 당대의 勳臣 한명회에 대해 최대한의 찬사를 바치고 있다. 시 자체로는 '狎鷗亭'이라는 題名의 풀이를 아주 적절하게 해낸 뛰어난 표현이다. 한명회는 자신의 격에 맞지 않게 '狎鷗亭'이라는 정자 이름을 얻었는데,87) 실제로는 晩年에까지 벼슬살이 하느라고 자연과 벗할 수가 없었다. 그런 사정을 작자는 '縱饒 滄洲趣 明主共圖治'라고 그럴 듯하게 변명해주고 있다.

　김종직은 또 다음과 같은 시도 남겨 한명회를 찬양하고 있다.

　　　〈上黨府院君詩卷〉(상당부원군의 詩卷에 쓰다)88)

　　　　　　(전략)
　몰랐었네, 세상 일이 하루 아침 변하여서
　요기가 가득차고 연기마저 자욱할 줄.
　상공께서 옷을 떨쳐 東山에서 일어나서
　서쪽으로 지는 해를 손으로 되돌리고
　임금 보필 백성 구제 여력이 없었으니
　鼎彝에도 그 공훈을 다 새기긴 부족하리.
　영웅의 사업이란 헤아리기 참 어려워
　보통 사람 평지에서 먼 기러기 쳐다 본 꼴.
　하물며 두 조정의 임금 장인 높으신 몸,
　기쁨 슬픔 어찌하여 딴 신하와 같이 하랴.
　　　　　　(후략)

---

87) 이 이름은 韓明澮 자신이 지은 것이 아니고 明나라 學士 倪謙이 扁額을 해 준 것이다. 이는 北宋의 名臣인 魏國公 韓琦가 그의 정자를 '狎鷗亭'이라고 지은 것을 모방한 것이다. 倪謙은 두 사람의 姓이 같은 韓氏였기 때문에 거기에 착안한 듯하다.

88) 『점필재집』 권6, 장16.

(전략)

豈知時事一朝改　妖氣滿國煙濛濛
相公奮衣起東山　手轉日轂咸池紅
經綸開濟靡餘力　鼎彝不足鐫勳庸
英雄事業信難料　萬人平地看冥鴻
何況兩朝元舅尊　休戚肯與諸公同

(후략)

　이 시는 작자가 제목 밑에 附記를 하여 시를 지은 동기를 말한 것이
있다. 한명회가 젊었을 때 뜻을 얻지 못하고 사방을 돌아다니다가 徐居
正과 康孝文이 北原의 法泉寺에서 柳方善에게 공부를 배우고 있다는 말
을 듣고 權擥과 함께 찾아갔다. 거기서 헤어질 때 서거정이 古風 한 편
을 써서 주었는데, 뒤에 한명회가 귀하게 되자 서거정의 시를 기록하여
한 詩軸을 만들고 여러 사람들에게 그 시에 화답하게 하였다. 김종직이
장차 함양에 군수로 부임하게 되자 앞서의 압구정 시와 함께 지어주기
를 요청한 것이다.

　이 시를 보면 세조를 도와 金宗瑞를 제거하고 端宗에게서 왕위를 빼
앗은 일들을 한껏 미화하고 있다. 김종직이 〈弔義帝文〉을 지었다고 해서
節義와 忠憤의 인물로 추앙받는 것이 실제의 사실과는 거리가 있음을
말해주는 내용이다.

　김종직의 문집 중 조선 말기에 간행한 己巳本(1869년 刊) 및 기사본
과 같은 체제인 壬辰本(1892년 刊)에는 狎鷗亭 관련 시를 단 한 수도
남기지 않아 주목된다. 이 판본은 그 전에 나온 庚辰本이나 己丑本에 비
해 시를 많이 줄인 것이다. 그 과정에서 압구정 관련 시를 모조리 빼버
렸는데 이는 결코 우연으로 보이지는 않는다.

　조선 후기에는 이미 김종직이 세조의 불의에 대해 절의를 나타냈다는
인식이 공식화된 지 오래이기 때문이다. 만약 의도적으로 압구정 시를

뺐다면 이는 〈조의제문〉으로 세조의 불의를 풍자했다고 하여 그 절의가
추앙되었던 김종직의 이미지와 맞지 않았다고 판단해서였을 것이다.

　대표적인 훈구 세력 중의 한 명인 申叔舟와도 상당히 친밀했다는 점
을 알려주는 작품들이 보인다. 김종직이 노모의 봉양을 위하여 爲親乞郡
하여 함양의 군수가 되어 내려갔을 때 신숙주는 시를 지어 격려하였고
김종직은 이에 대해 화답하였다. 먼저 신숙주의 시를 보기로 하자.

　　　〈寄咸陽守金宗直〉(함양 군수 김종직에게 부침)89)

　　　모친 위해 小邑으로 물러 나가서
　　　닭 잡는데 소 잡는 칼 사용이라니.
　　　외진 지방 일도 많지 않을 것이니
　　　두류산은 드높이도 눈에 들겠지.

　　　爲親屈小邑　鷄肋試牛刀
　　　地僻無多事　頭流入眼高

　『논어』의 구절을 인용하여 서울의 조정에서 나라를 위해 일할 수 있
는 큰 경륜을 가지고도 조그만 시골 소읍에 내려가 있는데 대한 아쉬움
을 표하고 아울러 위로를 곁들이고 있는 시이다.

　공자는 제자인 子游가 한 나라를 다스릴 만한 재주를 가지고도 조그
만 武城의 邑宰가 되어 자신의 최선을 다하여 道를 펼쳐 다스리는 것을
보고 기특하게 생각하여 "닭 잡는데 어찌 소 잡는 칼을 쓰리요"라고 농
담을 하였다.90) 김종직의 경우도 그와 마찬가지로 작은 고을에 내려가

---

89)『保閑齋集』권3, 장7. 이 시는 김종직의 答詩 제목에 그대로 인용이 되어 있
　　다. 다만 본문 중 '頭流'가『保閑齋集』에는 '頭留'로 되어 있으나 김종직의 시
　　제목에 인용된 것을 따른다.

90)『論語』, 〈陽貨〉, "子之武城, 聞弦歌之聲, 父子莞爾而笑曰, 割鷄焉用牛刀, 子游
　　對曰, 昔者, 偃也聞諸夫子, 曰君子學道則愛人, 小人學道則易使也, 子曰, 二三者,

서도 道를 펼쳐 잘 다스리고 있다는 칭찬이다. 일이 많지 않다는 것은 고을이 작기 때문이기도 하지만 또한 郡政을 잘 다스려 訟事 등이 없을 것이란 말이고, 그러니 잠시 한가하게 드높은 두류산 모습을 감상할 수 있겠다는 위로의 뜻이다.

다음은 이 시에 대한 김종직의 答詩이다.

〈奉和高靈申相公 相公詩……〉(高靈 申相公께서 지으신 시에 받들어 화운하다. 相公의 시는……)91)

부끄럽게 글귀나 다듬던 몸이
四學에서 무딘 솜씨 놀렸었는데,
이젠 밤낮 높은 하늘 쳐다보면서
북두성 높은줄만 알 뿐입니다.

深慙雕篆手　學製把鉛刀
日夜瞻霄漢　唯知北斗高

예전에 서울에 있을 때를 회고하면서 현재 시골에 내려와 있는 심정을 읊은 시이다. 서울에 있을 때는 겨우 문장 구절이나 수식하고 다듬던 솜씨로 四學에서 실시하던 시험에서 무딘 솜씨를 놀려댔었다. 그때는 그것이 제법 대단한 일인 양 여겼었는데 지금 와서 생각하니 사소하고 부끄럽기까지 한 일이다. 그보다 더 중요한 것은 임금과 국가의 존귀함을 인식하는 일이라는 것이다.

北斗는 바로 임금의 상징이다. 오직 서울의 임금이 높으신 줄을 알고 우러러본다는 뜻이다. 조정의 훈구 대신인 신숙주에게 임금에 대한 자신의 충의를 내보이는 시이다.

偃之言是也, 前言戲之耳."
91)『점필재집』 권8, 장13.

이처럼 김종직은 신숙주에게서 知遇를 입고 친밀하게 지냈으며, 나중
에 신숙주의 문집에 서문도 쓰게 된다. 문집 서문에서 그는 다음과 같이
신숙주의 知遇를 회고한다..

> 나 종직은 궁벽한 시골의 後進으로서 처음 承文院에서 과분하게 공의 알
> 아줌을 입었다. 공께서 『兵將說』을 주석하실 때 외람되게 그 밑에 속관으로
> 있었는데, 하루는 내가 문 밖에서 명을 받들고 있을 때 공께서는 바야흐로
> 손님들과 술을 마시면서 한 마디 말로써 온 좌중에 칭찬을 해주셨으니, 나를
> 개발시키고 성취시켜 주신 은혜를 어찌 잊을 수 있으리요.(宗直 窮鄕晩進 始
> 自槐阮 辱公之知 公之註兵將說也 叨濫屬官 一日 承稟於門屏 公方與客飮 一言
> 延譽于四座 所以開發成就之恩. 何敢忘諸)92)

姜希孟과는 특히 자주 시를 화답하였다. 지방에 군수로 내려가 있으
면서도 서울에 있는 강희맹과 자주 시를 왕래하였는데, 한번에 세 수의
시를 각각 '蹄·啼·西', '芒·堂·荒', '津·身·人'의 운자를 사용하여
네 번씩이나 왕복 和韻한 시가 있고,93) '沃韻' 一韻到底로94) 30韻 60句
의 장편 오언고시를 재차 화운하기도 하였다.95) 후에 강희맹의 만사를
지으면서 그 중 한 수에서는 다음과 같이 그때의 일을 회고한다.

〈晋山君挽詞五章〉(진산군 강희맹을 추도하는 시 5장)96) (제5장)

> 함양에서 그 옛날에 신하 노릇 힘 쓸 적에
> 시골까지 詩稿 통을 주고 받기 자주 했지.
> 십년 흘러 지금까지 적은 녹봉 쫓으면서

---

92) 『점필재문집』 권1, 장45.

93) 『점필재집』 권10, 장4~5.

94) 그 중 '谷'과 '僕'만 屋韻으로 通韻하였다.

95) 『점필재집』 권10, 장6~7.

96) 『점필재집』 권17, 장45.

갑자기 銘旌 보니 눈물 더욱 흐른다오.

速含昔日勉爲臣　野外詩筒遞亦頻
十載至今追薄祿　忽看飛旐倍沾巾

옛날 속함(함양)에서 군수 노릇하고 있을 때 먼 시골까지 자주 시를
주고 받던 情理를 회고하고, 갑자기 公의 喪을 당하여 그때 생각에 더욱
슬픔을 이기지 못한다는 말이다. 자신은 아직도 그대로 변함없이 관직에
있건만 상대방은 홀연 떠나버렸다는 아쉬운 마음의 표현이다. 그와 주고
받은 시 중에 한 수를 보기로 한다.

〈奉次晋山君京洛所寄〉(진산군이 서울에서 부친 시에 받들어 차운하다)[97]

일찍이 용문 올라 매양 취해 돌아올 제,
맑은 술과 음성 소리 아직도 삼삼하네.
성남의 별장에는 수레 탄 이 많겠지만
그래도 花長山의 판자 사립 그리겠죠.

曾上龍門每醉歸　淸罇謦欬尙依俙
城南別墅多冠蓋　猶憶花長白板扉

옛날 강희맹과 交遊하던 일을 회고하면서 한나라 李膺의 고사를 인용
하였다. 이응의 인정을 받으면 그 사람은 출세 길이 트였던 것처럼 자신
도 강희맹의 인정을 받아서 그 밑에서 놀았었다는 비유이다. 지금 서울
의 성남에 있는 진산군(강희맹)의 별장에는 수레 탄 인사들이 많이들
찾아오겠지만, 그래도 예전에 작자와 함께 놀았던 이곳 花長山의 흰 판
자 문짝을 한 고향의 별장을 그리워할 것이라는 말이다. 화장산은 강희

---

97)『점필재집』권10, 장13.

맹의 고향인 함양에 있는 별장이 있는 곳인데 함양군의 남쪽 20리에 있다고 주를 달고 있다.

김종직은 함양 군수를 지내던 44세 때 연달아 자식을 잃고 슬픔을 못이겨 감사에게 사표를 내고 金山(妻家가 있는 곳임)의 村舍로 물러났었는데, 이때 강희맹이 편지로 留任을 권하여 사퇴를 철회한 적도 있다.98) 그는 이때 강희맹에게 글을 올려 다음과 같이 자신의 심정을 전달하였다.

> 상공의 편지를 받고나서 비로소 제가 과연 거취에 경솔했다는 것을 깨달아서 마치 꿈에서 깬듯이 황홀하였습니다. 또 감사의 승낙도 얻지 못하여서 곧바로 治所로 돌아왔습니다. 아, 상공이 아니었다면 저 종직은 거의 자식 사랑이라는 천륜의 정에 가리어서 세상 사람들에게 스스로 변명을 하지 못하였을 것입니다.(自得相公書 始悟吾之果輕於去就也 怳然如夢之得醒 又不得監司之命 而徑還治所 噫 微相公 宗直幾爲慈之天所蔽 而不能自明於流俗矣)99)

김종직이 이처럼 능동적으로 훈구 관료들과의 친분을 유지한 것은 그의 가문 중흥 의식과도 통하는 것이다. 그는 자신의 가문이 역대로 한미했던 것에 대해 상당히 안타까워하며 그 심정을 『彝尊錄』에서 다음과 같이 토로하고 있다.

> 아, 우리 김씨가 고려 시대부터 평범한 백성의 대열로 떨어진 것이 오래되었다. 양온공께서 떨쳐 일어난 이후로 지금 5세에 이르렀는데 족보에 든 사람이 드물기가 새벽별과 같으며, 또 科擧로 출세한 사람이 겨우 우리 집의 몇 명 뿐이고 아직 크게 현달한 데에 이르지 못하였으니 아마도 일정한 때를 기다림이 있어서인가. 어찌 하늘이 인색하기가 이와 같은가.(嗚呼 我金氏 自

---

98) <佔畢齋先生年譜>, 成化 19년 조. 이 때 姜希孟이 留任을 청한 글은 『私淑齋集』 권7, 장1에 <請留咸陽守金君宗直書>란 제목으로 실려 있다.

99) 『점필재문집』 권1, 장17.

高麗時 淪於民伍者甚久 良醞公振起以後 逮今五葉矣 而入譜圖者 落落如晨星
且以科第出身者 纔吾家數人而已 尙未至於碩大顯隆 其有待也歟 何天之慳嗇若
是也)100)

　　김종직이『彝尊錄』을 지은 동기도 바로 이러한 가문 의식이 크게 작
용한 것이다. 또 이처럼 과거로 가문을 빛내야 한다는 생각을 집안의 長
孫인 조카 緻에게도 강조하면서 자신에게 와서 열심히 공부할 것을 권
유하기도 했다.101) 緻는 죽은 큰형님 金宗碩의 長子인데 형님이 돌아가
셨기 때문에 자신이 그 교육의 책임을 맡았던 것이다.

　　선배 훈구 관료 외에 김종직이 평생을 두고 가장 친한 知己로 여겼던
사람은 洪貴達과 金孟性이다. 交遊를 드러내는 시 중에도 이 두 사람과
관계된 작품이 가장 많은 비중을 차지하는데, 그 중에서도 홍귀달과 관
계되는 작품이 더욱 압도적이다. 다음 시는 홍귀달과의 친분의 정도를
잘 보여 주는 작품이다.

　　〈士諤新自義州來 以宣川石硯將贈兼善 予奪得之 詩以謝兼善 兼善 承文博士
洪貴達〉(士諤이 새로 의주로부터 왔는데 장차 선천석 벼루를 겸선에게 주려
고 하기에 내가 그것을 빼앗아 갖고 시로써 겸선에게 사죄한다. 겸선은 승문
원 박사 홍귀달이다.)102)

　　　　宣川의 자주 벼루 동방에서 귀한 거니
　　　　바람 물결 머금은 綠石보다 훨씬 낫지.

---

100)『彝尊錄』上, <先公譜圖> 第一, 장14.

101)『점필재문집』권1, 장19, <答緻書>. 金宗碩은 부친 김숙자에게는 셋째 아들
　　이지만 실질적으로 집안의 長男이다. 金叔滋에게 전처 韓氏 소생의 金宗輔와
　　金宗翼이 있으나 일찍이 한씨를 不德하다고 내쳤기 때문에 후처 소생의 장자
　　인 宗碩을 宗子로 삼았다. 이는 김숙자의 先君(김종직의 조부)의 遺命이었다.
　　(『彝尊錄』下, 장24).

102)『점필재집』권1, 장6.

문방에서 하루라도 없어서는 안되나니
玉의 덕과 金의 소리 스승으로 삼는 바네.
허군이 이를 얻어 소중하게 싸 가져 와
그대에게 주려는데 그대는 몰랐었지.
내가 어제 바둑 두려 그 집을 방문하여
이 좋은 벗 흘낏 보고 정신이 황홀하여
웃으면서 농담하며 품 안에다 슬쩍 넣자
허군 화나 욕하지만 어찌할 도리 있나.
집에 와서 붓걸이 옆 가만히 놓아두니
紫色 못에 마치도 검은 구름 드리운 듯.
문 닫고 들어 앉아 저술하기 딱 좋으니
깨진 벽돌 기와 조각 곁에도 오지 말라.
燕石 벼루 보내어서 사죄를 때우리니
뒷날의 벌주 몇 잔 어찌 감히 사양하리.

宣城紫硯東方奇　大勝綠石含風漪
文房不可一日無　玉德金聲我所師
許君得之十襲來　持欲贈君君不知
我昨剝啄叩其門　眄此益友神忽怡
輒因笑謔入懷抱　許君詬怒胡恤之
還家靜置筆格傍　紫潭疑有玄雲垂
正當閉戶註蟲魚　斷塼片瓦休相隨
爲投燕石代肉袒　他日罰籌安敢辭

　당시 문인들의 생활상의 한 단면을 엿볼 수 있는 風俗圖와 같은 시이
다. 홍귀달은 김종직의 사후 神道碑銘을 쓸 정도로 친한 사이였다. 許士
謂이라는 사람이 홍귀달에게 주려고 귀하다는 선천석 벼루를 의주에서
가져왔는데, 김종직이 우연히 그 집에 들렀다가 하도 탐이 나서 농담하
는 척하며 슬쩍 품에 넣었다. 집에 가져와서 책상 위에 놓고 보니 명품
의 면모에 흐뭇하기 그지없다. 그렇지만 원래의 주인이 되어야 할 홍귀
달에게는 못내 미안한 마음이 없지 않다. 그래서 평범한 燕石 벼루라도

하나 보내주어 사죄를 대신하고, 후에 벌주를 마시게 된다면 몇 잔이라
도 사양하지 않겠다는 것이다. 원래 선비라면 남의 물건에 탐을 내서는
절대 안되지만 여기서 나타나는 작자의 행위는 미워보이기보다는 장난
기가 엿보이며, 또 홍귀달과는 이런 정도의 행위가 흉허물이 되지 않을
정도로 서로의 친밀함을 믿고 있는 것이다.

　친구간이라 뺏기만 한 것이 아니라 주는 것도 있었다.

　　　〈兎毛寄兼善〉(토끼 털을 겸선에게 보내주다)103)

　　　中山 속의 털옷 입은 토끼를 잡아다가
　　　眞醇한 董江都께 정성스레 부치노라.
　　　春坊에도 蒙恬같이 붓 잘 매는 사람 있어
　　　뾰족 머리 노복처럼 부리기에 합당하리.

　　　縛得中山衣褐夫　殷勤寄與董江都
　　　春坊知有蒙恬手　也合尖頭喚作奴

　붓을 맬 수 있는 토끼 털을 보내주며 함께 부친 시이다. 가치를 따지
자면 앞서의 宣川石 벼루에 비할 바가 못되지만, 그래도 좋은 붓을 맬
수 있는 털을 보내주며 시를 지어 부치는 것에서 文友의 정을 느끼게
한다. 붓 역시 문방에서 하루라도 없어서는 안되는 것이다.

　이 시의 전체적인 발상은 韓愈의 〈毛穎傳〉에서 많이 빌려 왔다. 董江
都는 한나라 때 훌륭한 학자인 董仲舒를 말한다. 홍귀달을 그 동중서에
비유함으로써 상대방을 높여주고 있다. 原註에서 '眞醇董江都'라는 표현
을 빌렸다고 하였다. 春坊은 이때 홍귀달이 世子侍講院設書로 있었기 때
문에 한 말이다. 홍귀달은 김종직에 비해 7살 연하이지만 평생을 知己
로서 지냈다.

---

103)『점필재집』 권2, 장16.

홍귀달 다음으로 시에서 많이 등장하는 사람은 金孟性(字는 善源)이
다. 김맹성은 김종직의 〈門人錄〉에 올라 있으나 문인이라고 할 수는 없
다. 강희맹을 문인록에 잘못 올린 것처럼 김맹성을 올린 것도 착오로 보
인다. 김맹성은 김종직보다 7살 연하인데 홍귀달과 마찬가지로 친구 사
이로 지냈다. 김맹성이 죽었을 때 김종직이 哀辭를 지었는데 제목이 〈亡
友金善源甫哀辭〉이며, 그 글의 첫머리도 '선원은 나의 오랜 친구인데 나
보다 7살이 적다(善源 余之久要也 少余七年)'104)라고 시작한다.

두 사람은 서로 고향이 같으며 젊어서부터 能如寺에서 같이 공부하기
도 하였고, 나중에는 김종직의 둘째 아들 緄이 김맹성의 딸과 결혼하여
사돈간이 되기도 한다.105) 이처럼 젊었을 때부터의 친구 사이기 때문에
그의 초기 시집인 『悔堂稿』에서도 그와의 친교를 알려주는 시가 나타난
다.

<blockquote>

〈訪金善源〉(김선원을 방문하다)106)

낙엽은 시골 길을 온통 뒤덮고
지는 해는 갈가마귀 등에 빛날 때
멀리에서 少游의 말을 타고서
우연히 衛賓 집에 도착하여서
자리를 재촉해서 가을 비 듣고
새벽 은하 질 때까지 등불 밝히네.
진중한 그대 정을 흠뻑 입으니
나도 몰래 막 읊은 시 많아졌구려.

落葉埋村路　殘陽耿夕鴉
遙騎少游馬　偶到衛賓家

</blockquote>

---

104) 『점필재문집』 권1, 장10.

105) 『彛尊錄 上』, 〈先公譜圖〉, "緄娶弘文館修撰海平金孟性之女."

106) 『회당고』, 807면.

促席聽秋雨　添燈沒曉河
蒙君珍重意　不覺野吟多

　가을 저녁에 김맹성의 집을 방문하여서 새벽까지 정담을 나누며 시를 酬唱하는 우의를 나타낸 시이다. 김맹성은 김종직보다 年下이지만 먼저 죽었기 때문에 김종직이 위의 〈哀辭〉 뿐만 아니라 挽詞를 짓기도 하였는데, 그 만사에서도 서로의 교분을 회고하고 있다.

　　〈金善源挽詞〉(김선원의 만사)107) (제1수)

　　　　聖賢 원해 好學한 이 이 사람이 있었으니
　　　　義分으론 수년래에 나와 가장 친하였지.
　　　　師道같은 백편의 시 典重하다 칭찬받고
　　　　仲舒같은 三策의 글 순정하다 말들 했네.
　　　　나이 겨우 오십이니 누가 늙다 말을 하랴,
　　　　銓曹 벼슬 두 번 해도 가난을 근심했네.
　　　　倻川竹枝 그 곡조를 다신 唱和 못하리니
　　　　물굽이서 부질없이 큰 키 모습 상상하네.

　　　　希賢好學有斯人　義分年來莫我親
　　　　師道百篇稱典重　仲舒三策說眞醇
　　　　年才知命誰云老　官再參銓苦患貧
　　　　倻水竹枝無復唱　灣碕空想照長身

　首聯은 김맹성이 훌륭한 선비로서 자신과 여러 해 동안 교분이 깊었음을 말하였다. 頷聯은 김맹성의 시와 문장이 陳師道나 董仲舒처럼 훌륭했다는 말이다. 頸聯은 겨우 오십 나이에 일찍 죽어서 안타깝다는 것과 銓曹 벼슬을 두 번씩이나 하고도 가난을 걱정할 만큼 청렴했다는 것이다.

------

107) 『점필재집』 권20, 장11.

尾聯의 前句는 작자의 原註가 있는데, 자신이 일찍이 〈凝川竹枝曲〉을 지었는데 김맹성이 여기에 화답하여 〈倻川竹枝曲〉을 지었다고 하였다. 시에서 '倻川竹枝'의 '川'을 '水'로 바꾸어 '倻水竹枝'라고 한 것은 이 자리에 仄聲이 놓여야 하는데 川이 平聲이라서 같은 뜻이면서 측성자인 水로 바꾼 것이다. 이제는 자신이 어떤 노래를 지어도 다시는 창화할 수 없다는 말로 그가 죽고 없는 아쉬운 마음을 표시하였다. 〈凝川竹枝曲〉이나 〈倻川竹枝曲〉이나 제목으로 보아서 물가에서 물놀이하며 지었을 것이다. 그때는 김맹성의 커다란 키가 물에 비쳤었다. 지금은 죽고 없는 그 사람을 물굽이에 서서 부질없이 그때 물에 비쳤던 모습을 상상해 본다는 말이다.

김종직은 이밖에도 승려들과의 交遊도 많아서 그들에게 지어준 시들도 많이 남아 있으며,108) 제자들을 많이 길렀던 만큼 그들과 주고 받은 시들도 많이 있다. 지금의 연구자들이 분류하는 것처럼 사장파인 兪好仁, 表沿沫, 曹偉같은 사람이나 도학파인 金宏弼, 鄭汝昌 등 개인의 성향에 관계없이 그의 문하에서는 많은 제자들이 배출되었는데,109) 이로써 보더라도 김종직은 특정한 사상적 편향을 가지고 살았던 것이 아니고 보편적인 儒者로서 현실 순응적인 관인의 삶을 살았던 것으로 평가되고, 실제 작품에서 그런 성향을 확인할 수 있다.

(2) 鄕里에 대한 自負와 愛着

영남 지방은 통일 신라 이후부터 우리나라 역사에 있어서 정치상으로나 학문상으로 중요한 지역적 의미를 띠었다. 고려 시대에는 개성을 중

---

108) 승려들과의 교유를 보여주는 시들은 그의 불교 인식과 관련하여 뒤에서 별도로 살피기로 한다.

109) 朴善楨, 『佔畢齋 金宗直 文學研究』(이우출판사, 1988), 204면.

142　金宗直 詩文學 硏究

심으로 한 중부 지방이 역사의 주요 무대가 되었지만 조선 왕조가 들어
선 14세기 이후 영남 출신이 대거 중앙 정계에 진출하면서 다시 영남
지역이 부각되었다. 조선 시대에 이처럼 영남 지역에서 많은 인물들이
배출되자 한때는 인재의 府庫라고 불리기도 하였으며 이와 같은 사정을
李睟光은『芝峯類說』에서 다음과 같이 말하기도 하였다.

> 우리나라 先代 유학자로서 문묘에 從祀된 사람은 최치원 설총 안향 정몽
> 주 김굉필 정여창 조광조 이언적 이황 등 무릇 아홉 분인데 조광조를 제외하
> 고는 모두 영남인이니 가히 융성하다고 할 수 있다. 세상에서 영남을 인재의
> 府庫라고 하는 것이 믿을만하다.(我東先儒之從祀文廟者 崔文昌 薛弘儒 安文
> 成 鄭圃隱 金寒暄 鄭一蠹 趙靜菴 李晦齋 李退溪 凡九人 而靜菴外 皆嶺南人
> 可謂盛矣 世稱嶺南爲人材府庫者 信矣.)110)

李重煥도『擇里志』에서 같은 견해를 피력한 바 있다.111) 그만큼 조선
시대에 영남 지방은 유달리 인물이 많이 배출되어 '朝鮮人材 半在嶺南'이
라고 일컬어질 정도로 성가가 높았는데, 그 중에서 김종직의 고향인 善
山(一善)은 더욱 인물이 많이 나왔다고 하여 '嶺南人材 半在一善'이라는
말까지 나오게 되었다.112) 이러한 현상은 조선 초기부터 인식되었던 것
으로 보이며, 따라서 김종직도 자연히 그러한 지역적 자부심을 가지고
있었으며, 이를 자주 시로 나타내기도 하였다.

〈書黃著作璘榮親詩卷〉(著作 황린의 榮親 詩卷에 쓰다)113)

一善에는 옛날부터 선비가 많아

---

110) 李睟光,『芝峯類說』.

111) 李重煥,『擇里志』, "上下數千年間, 一道之內, 多出將相公卿文章德行之士, 與夫
　　樹勳立節之人, 仙釋道流, 號爲人材府庫."

112) 李樹健,『嶺南士林派의 形成』(영남대학교 출판부, 1984), 머리말.

113)『점필재집』권14, 장11.

영남 절반 차지한다 일컬어 왔네.
삼년마다 수재 선발 논할 때에는
특출난 자 우리 고을 빛을 내었고
조정에서 높은 재능 펼친 사람도
한 두 명에 그친 것이 아니었다네.
　　　(후략)

一善古多士　　號居嶺南半
三年論秀時　　翹楚光里閈
雲衢展驥足　　非惟一二算
　　　　（후략）

　　장편의 고시인데, 著作(정8품 벼슬)인 황린이라는 사람이 과거에 급
제하여 고향에 돌아온 것을 축하하면서 지어준 시이다. 바로 '嶺南人材
半在一善'이라는 말을 그도 분명히 인식하고 있다는 사실이 1~2구의 표
현에 잘 나타나 있다. 삼년마다 있는 정규 과거인 式年試에서 수재를 선
발할 때마다 특별히 뛰어난 인물들이 합격을 하여 마을의 명예를 빛냈
다는 것이다. 그 인재라는 것은 주로 과거를 통하여 중앙 관계에 진출한
사람들을 염두에 두고 한 말이라는 것도 알 수 있다.

　　〈送梁都事 舜卿 壬寅七月 自戸曹佐郎 爲慶尙都事〉(양도사를 전송하며 양순경이
임인년 7월에 호조좌랑에서 경상도사가 되었다.)114)

영남은 산수 경치 좋은 곳인데
어느 곳이 가장 맑고 뛰어나겠나.
경치로는 내 고향이 더 빼어나서
묘사하긴 그대 조부 능하셨지만,

---

114) 『점필재집』 권16, 장9.

그래도 江淹의 글115) 받아 본다면
마음 속에 고운 詩心 이내 생기리.
그대는 父祖 家業 뒤이었으니116)
좋은 風采 여전히 볼 수 있구려.
(都事의 조부인 正郞 梁汝恭이 詩名이 있었다. 밀양 영남루 시를 지었는데 그 詩板
이 아직도 벽에 걸려 있다.)

嶺南山水窟　　何地最淸雄
景物吾鄕勝　　形容乃祖工
也應江筆牘　　仍想錦心胸
君繼箕裘業　　風儀在眼中
都事祖正郞梁汝恭 有詩名 賦密陽嶺南樓詩 板猶在壁

　경상 도사가 되어 고향에 내려가는 양순경이라는 사람에게 지어준 시
이다. 전체 시의 주제는 물론 양도사를 기리는 내용이지만 그 중에 자신
의 고향인 영남과 선산의 자랑을 빠뜨리지 않았다. 아울러서 고향의 훌
륭한 경치를 〈嶺南樓詩〉로 잘 형용해 낸 양도사의 조부를 추모하면서
간접적으로도 양도사를 찬양하고 있다.

　김종직은 특히 선산 부사를 지냈기 때문에 고향에 대한 감정은 더욱
남다를 수밖에 없었다. 그는 선산 부사 재직시에 允了라는 사람에게 '善

---

115) '江筆'은 南朝 시대 梁나라의 문장가인 江淹의 붓을 뜻하는데, 뛰어난 文才
　　또는 文才가 뛰어난 사람을 일컫는다. 강엄이 꿈 속에서 郭璞의 五色筆을 되
　　돌려 주고 나서부터 文才가 사라져버렸다는 전설에서 유래한 말. 鍾嶸, 『詩
　　品』, 〈齊光祿江淹〉, "初淹罷宣城郡, 遂宿冶亭, 夢一美丈夫, 自稱郭璞, 謂淹曰,
　　我有筆, 在卿處多年矣, 可以見還, 淹探懷中, 得五色筆以授之, 爾後爲詩不復成
　　語, 故世傳江淹才盡."

116) 본문의 '箕裘'는 '弓師의 아들은 먼저 연한 버드나무 가지로써 키를 만드는
　　것을 배우고, 대장장이의 아들은 먼저 보드라운 짐승 가죽으로써 갖옷 만드
　　는 일을 배워, 차츰 어려운 본업에 숙달한다'는 뜻으로, '父祖의 家業을 이어
　　받음'을 비유하여 이르는 말. 『禮記』, 〈學記〉, "良冶之子, 必學爲裘, 良弓之
　　子, 必學爲箕."

山地理圖'를 그리게 하고,117) 그 중에서 유명한 곳 10군데를 선정하여 이른바 〈十絶歌〉를 짓는다.118) 尤了는 그림에 뛰어났던 듯 그 이전에도 '鍾子期聽伯牙琴圖'와 '咸陽郡地圖'를 그렸었고 역시 김종직이 그 그림에 부쳐 시를 지었었다.119) 〈十絶歌〉는 모두 자랑할만한 뛰어난 장소만을 시로 읊은 것은 아니고 '桃李寺'나 '竹杖寺' 등 자신이 배척하는 불교의 유적지도 있고 '寶泉灘'처럼 商船이나 漕運船이 들락거리는 단순한 지명을 취한 것도 있다. 그 중에 향리에 대한 자긍심이 드러나는 작품들을 보기로 한다.

　　〈尤了作善山地理圖題十絶其上〉(윤료가 선산 지리도를 그렸으므로 그 위에 절구 열 수를 쓰다)120) (제6수)

　　金烏山 鳳溪洞을 마음껏 거닐자니
　　冶隱의 맑은 풍모 더욱 길어 즐겁도다.
　　밥짓는 여종조차 시 읊으며 절구질해
　　지금까지 사람들은 鄭公鄕에 비유하네.

　　烏山鳳水恣倘佯　　冶隱淸風說更長
　　爨婢亦能詩相杵　　至今人比鄭公鄕

　야은 길재의 옛 집터를 읊은 시이다. 시 아래의 原註에는 '吉再가 금오산 봉계동에 은거하였는데, 세상에서 말하기를 길재의 집 여종들은 곡

---

117) 이때의 사정은 〈善山地圖誌〉에서 따로 밝히고 있다.『점필재문집』권2, 장 37.

118) 원 제목은 〈尤了作善山地理圖題十絶其上〉이나『續東文選』에 〈十絶歌〉란 제목으로 실려서 일반적으로 그렇게 불린다.

119)『점필재집』권8, 장14, 〈尤了作鍾子期聽伯牙琴圖題其上〉. 같은 곳, 〈尤了作咸陽郡 地圖題其上九絶〉.

120)『점필재집』권13, 장12.

식을 찧을 때 또한 시를 읊으며 절구질하였다고 한다(吉再隱居金烏山鳳
溪洞 世言再之家婢　春粟時亦以詩詞相杵)'라고 하였다. 이 시는 길재의
옛 집터를 읊으면서 길재의 節義와 學德을 추모하고 있다. 그 학덕을 높
이기 위해서 옛날 한나라의 유명한 학자 鄭玄의 고사를 끌어다 비유하
였다. 정현은 워낙 공부를 좋아하여 그 영향으로 집안의 노비들도 책을
보았다. 한번은 여종 하나가 말을 안들어 벌을 받았는데, 다른 여종이
시경의 문구로 이유를 물으니 그 여종 또한 시경의 문구로 대답을 하였
다는 것이다.121) 작자는 길재에 대해서 세상에서 전해지는 말을 끌어오
기는 하였지만, 역시 길재의 학문을 정현과 비김으로써 그에 대한 追崇
의 뜻을 나타낸 것이다.

(제7수)
향리 사람 옛날부터 학교를 중히 여겨
뛰어난 이 해마다 조정에다 바쳤으니
성 서쪽에 자리잡은 조그마한 迎鳳里를
儒生들은 아직까지 장원골로 부른다네.

鄕人從古重膠庠　翹楚年年貢舜廊
一片城西迎鳳里　靑衿猶說壯元坊

　原註에 의하면 迎鳳里는 서문 밖에 있는데 田可植・鄭之澹・河緯地가
장원한 마을이다. 그래서 지금까지도 장원골이라고 부르며 자랑스러워하
는 마음을 담았다. 그런데 이처럼 해마다 훌륭한 인물들이 배출되고 여
러 명의 장원이 나오는 것은 단순히 '人傑地靈'이라는 속설에 의한 것이

---

121) 劉義慶,『世說新語』, <文學>, "鄭玄家奴婢皆讀書, 嘗使一婢, 不稱旨, 將撻之,
　　方自陳說, 玄怒, 使人曳著泥中, 須臾, 復有一婢來, 問曰, 胡爲乎泥中, 答曰, 薄
　　言往愬, 逢彼之怒." 여기서 '胡爲乎泥中'은『詩經』「邶風」, <式微> 장의 구절
　　이고 '薄言往愬 逢彼之怒'는「邶風」, <柏舟> 장의 구절이다.

아니라 고을의 사람들이 옛날부터 교육을 중요시하여 그만큼 인재 양성에 노력한 결과라는 사실을 전제로 하였다.

    (제8수)
    푸른 바다 아득히 자색 鳳새 날아가니
    팔년 동안 생활에는 孤燈만을 벗하였네.
    돌아와서 시험삼아 거울 들고 비춰보니
    뺨 위에 붉은 놀 빛 반나마 엉기었네.

    滄海茫茫紫鳳騰　　八年生理只孤燈
    歸來試把菱花照　　臉上丹霞一半凝

  열녀 藥加에 대해 읊은 시이다. 原註에 의하면 鳳溪에 열녀 藥加가 있었는데 그 남편이 왜인에게 잡혀가서 8년 동안이나 돌아오지 않았다. 약가는 고기도 먹지 않고 옷도 벗지 않은채 잠을 자며 8년을 기다렸는데, 마침내 남편이 돌아와서 다시 부부의 정을 누렸다는 것이다.

  起句는 남편이 바다 건너 일본으로 잡혀간 것을 말한다. '鳳'은 수컷이므로 남편을 가리키면서 또 지명이 鳳溪인 점에도 착안하였다. 承句는 藥加의 고독한 수절 생활을 말하였고 轉·結句는 마침내 남편이 돌아와 기쁜 나머지 얼굴에 홍조를 띠는 약가의 수줍은 모습을 읊은 것이다. 절개는 당시 여성들에게 요구되던 중요한 덕목의 하나였다. 그러한 덕목을 잘 지킨 同鄕의 자랑스런 여인상을 시로 표현한 것이다.

  앞의 시에서 김종직이 고향의 인재들이 과거에 급제하고 조정에 진출하는 것에 대해 자랑스러워하는 것을 살펴보았는데, 그 자신 역시 그런 사람들 중에 한 명이었으며 더 나아가 스스로 향리의 인재들을 교육시켜 그들의 진출을 북돋아주기도 하였다. 다음 시는 그러한 실정을 잘 보여 준다.

〈李生員承彦・元參奉榘・李生員鐵均・郭進士承華・周秀才允昌・金秀才宏弼 會府之鄕校 討論墳典 時與病夫問辨數月矣 聞八月中 主上將視學取士 治任告辭 送之以詩〉(생원 이승언, 참봉 원개, 생원 이철균, 진사 곽승화, 수재 주윤창, 수재 김굉필이 부의 향교에 모여서 경전을 토론하였는데 이때 병든 나와 더불어 여러 달 동안 묻고 변론하고 하였다. 그런데 들으니 팔월 중에 주상께서 장차 太學을 시찰하고 선비를 선발할 것이라고 하므로 그들이 행장을 꾸리고 하직을 고하기에 시로써 전송한다.)122)

넓은 띠 품 큰 옷에 행실 바른 우리 벗들
월파정 서쪽에서 발짝 소리 반가웠지.
팔랑 팔랑 호박잎은 닭국보다 맛있었고
자잘한 홰나무 꽃 말굽따라 흩날렸지.
들자니 太學으로 임금께서 납신다니
빛나는 붓 가지고서 무지개를 토해 내리.
우리 고을 뛰어난 이 많다는 것 자랑이니
엷은 먹물 급제 명단 눈을 씻고 곧 보리라.

博帶褒衣正匹儕　登音喜聽月波西
幡幡匏葉勝鷄膔　細細槐花逐馬蹄
聞道賢關動奎璧　應將彩筆吐虹蜺
自多吾黨多奇士　洗眼行看淡墨題

　제목에 열거된 사람들은 모두 〈門人錄〉에 등재된 제자들인데, 그가 선산 부사로 있을 때 成宗이 친히 太學에 거둥하여 선비를 뽑는다는 소식을 듣고 제자들이 응시하러 가게 되자 격려하는 시이다. 그동안 열심히 공부했던 일에 대한 회상과 어느덧 과거 시기가 다가왔음을 말하고, 인재들이 많이 배출된 고장의 전통을 이어서 이번에도 많은 급제자들이 방에 붙을 것이라는 말로 기대감을 나타내고 있다.
　그의 기대대로 제자들은 다수가 조정에 진출하게 되고 나중에 영남사

---

122) 『점필재집』 권13, 장8.

림파라는 하나의 흐름을 형성하는 계기가 되었다. 김종직이 선산 부사를 마치고 다시 내직으로 들어갔을 때는 이들이 이미 하나의 인맥을 형성하게 되었던 것 같다. 당시의 사정을 실록에서는 다음과 같이 기록하고 있다.

사신은 말한다. 종직은 경상도 사람이다. 글에 넓게 통하고 詞章에 능하였으며 가르치기를 좋아하여 前後로 수업한 자들이 많이 과거에 급제하였다. 이 때문에 경상도의 선비들로 조정에 벼슬한 자들이 종직을 떠받들어 스승은 그 제자를 칭찬하고 제자는 그 스승을 칭찬하여 실정보다 지나쳤다. 조정의 다른 신진 젊은이들도 역시 그 잘못을 깨닫지 못하고 대부분 따라서 붙좇으니 당시 사람들이 기롱하여 '慶尙道先輩黨'이라고 하였다.(史臣曰 宗直慶尙道人也 博文工詞章 樂於訓誨 前後受業者多登第 以故 慶尙之儒 仕于朝者 推尊宗直 師譽其第 第譽其師 過其實 朝中新進之輩 亦莫覺其非 多有從而附者 時人譏之曰 慶尙道先輩黨)[123]

『성종실록』은 김종직이 '무오사화'로 화를 당한 후인 연산군때 편찬되었기 때문에 김종직에게 호의적이지 않다는 의견도 있으나, 어떤 사실에 대한 평가는 왜곡할 수 있을지 몰라도 존재했던 사실 자체는 왜곡할 수 없는 것이다. 위의 기록은 하나의 사실 나열이기 때문에 어느 정도 당시의 실정을 잘 보여준다고 하겠다.

이처럼 향리에 대한 자부심과 애착은 그의 초기 시집인 『회당고』에서는 별로 드러나지 않는 성향이다. 젊었을 때는 고향에 묻혀 있었기 때문에 상대적으로 고향의 소중함을 의식하지 못했기 때문으로 보인다. 중앙 정계에 진출하고 나서는 그러한 의식이 더 두드러져 보이는데, 따라서 서울에 있을 때나 다른 지방에 나가 있을 때 고향에 대한 그리움을 자주 드러낸다.

---

123) 『성종실록』 15년 8월 庚申.

〈八月初一日早發靈岩過月出山〉(8월 초하룻날 아침 일찍 영암을 출발하여
월출산을 지나가다)124)

등불 켜고 이른 식사, 허둥지둥 나섰더니
월출산 머리에서 아침 햇살 빛이 나네.
뒤엉겼던 들 구름은 동굴 속에 걷혀 들고
써늘한 가을 산봉 먼 하늘에 솟아 있네.
덧없는 生 반 넘도록 명성 오래 들었지만
저 정상에 못 오르고 풍속 묻기 바쁘구나.
가야산과 비슷하여 정말로 기쁠만 해
공연스레 말 위에서 내 고향을 생각하네.

呼燈蓐食苦栖遑   月出山頭日出光
淰淰野雲收洞穴   稜稜秋骨倚穹蒼
浮生强半聞名久   絶頂難攀問俗忙
仿佛伽倻眞足喜   無端馬上憶吾鄉

　이 시는 작자가 57세 때 '전라도 관찰사 겸 순찰사 전주부윤(全羅道
觀察使兼巡察使全州府尹)'이 되어 여러 읍을 巡行할 때 영암 월출산을
지나면서 지은 작품이다. 바쁜 일정 때문에 아침 일찍 서둘러 떠나면서
월출산의 광경을 보고, 반평생 넘도록 그 유명한 이름을 들었지만 곁으
로 지나가고도 '觀風察俗'해야 하는 자신의 임무 때문에 꼭대기에 올라가
보지 못하는 아쉬움을 표했다. 아울러 가야산과 비슷한 모습에 마음 속
에 반가움을 느끼면서 자연히 가야산이 있는 고향을 생각하게 되는 심
정을 토로하였다. 보통의 기행시 같으면 월출산의 壯觀이나 아름다움에
대한 묘사에 치중할 것인데 시의 결말을 고향 생각으로 귀결시키고 있
어 작자의 고향에 대한 애착심을 잘 보여주고 있다.
　김종직은 지방의 중소 지주 출신 士族으로서 그의 성장 배경인 鄕村

---

124) 『점필재집』 권21, 장3.

은 경제적 터전일 뿐만 아니라 정신적인 안식처이기도 하였다. 그래서 그의 시에서는 고향에 대한 언급이 자주 등장하며, 인재의 요람이라는 자부심과 함께 특별한 애착을 드러내고 있는 것이다.

(3) 史蹟에 대한 관심

김종직의 고향에 대한 애착은 고향인 선산을 중심으로 하여 경주를 비롯한 인근 지역에까지 미치며 과거에 여기에 도읍하였던 신라에 대해서까지 깊은 관심을 보여준다. 그리하여 신라의 역사와 유형 무형의 遺風, 遺物에 특히 관심을 가지고 詩化했으며, 그 대표적인 것으로 〈東都樂府〉를 남기고 있는데 이는 신라에 대한 관심이 결집된 것이다.

이 〈東都樂府〉는 제목에서 드러나듯 慶州를 중심으로 한 신라의 역사적 사실이나 설화들을 소재로 하여 작품화한 것으로, 각 작품의 제목 아래에는 역사서 등에 나타나는 관련 기록들을 자세하게 싣고 있다. 그런데 그 기록들은 대부분 『삼국사기』의 관련 기록을 거의 그대로 轉載한 것들이 많아 『삼국사기』에 대한 그의 관심도를 반영한다. 현재 7수가 전히고 있지만 문집에는 〈怛忉歌〉 다음에 '天官寺云云'이라고 제목만 전하는 작품이 있는 것으로 보아 원래 8수, 또는 그 이상이 있었던 것으로 생각된다.

<blockquote>

≪東都樂府≫(동도악부) 〈怛忉歌〉(달도가)125)

걱정 걱정 거기에 또 근심 근심
왕실을 거의 보전 못할 뻔했네.
오색 술 장막 안에 玄鶴琴이 자빠지니
얼굴 예쁜 왕비는 해로하기 어려웠네.

</blockquote>

---

125) 『점필재집』 권3, 장5.

　　걱정 걱정 근심 근심
　　神物이 알려주지 않았다면 어쨌을까.
　　신물이 알려줘서 나라 기반 튼튼했네.

　　怛怛復忉忉
　　大家幾不保
　　流蘇帳裏玄鶴倒　揚且之晳難偕老
　　忉怛忉怛
　　神物不告知奈何　神物告兮基圖大

　　『삼국유사』의 〈射琴匣〉조에 실려 전하는 설화를 詩化한 것이다. 왕비
의 부정으로 나라가 위기에 처할 뻔했던 사실과 神物의 도움으로 국가
를 보전하게 된 것을 다행스러워하는 내용이다. 炤知王[126] 10년에 왕
이 놀러 나갔을 때 어떤 노인이 연못 속에서 나와 글을 바쳤는데 그 글
에는 '거문고 상자를 쏘아라〔射琴匣〕'고 되어 있었다. 궁중으로 돌아와서
금갑을 쏘고 보니 그 안에는 왕비와 간통을 한 중이 화살을 맞고 죽어
있었다. 왕비와 짜고 왕을 시해하려고 꾀하고 있었던 것이다. 그 후로
매년 정월의 上辰・上亥・上子・上午日을 怛忉日이라고 하였다. 또 16
일을 烏忌日로 삼아 찰밥으로 제사를 지냈다.

　　'怛怛'과 '忉忉', 또는 '忉怛' 등을 반복하여 사용함으로써 당시의 긴박
했던 위기 순간을 느끼게 해 준다. 형식은 長短句를 섞어서 전체 7구의
짧은 양식으로 설화의 내용을 요약하여 전하고 있다.

　　제4구는 특히 『詩經』의 말을 인용하여 얼굴만 예뻤지 불륜으로 군주
와 해로하지 못한 왕비를 비판하였다. '揚且之晳'은 이마가 넓고 피부가
희다는 뜻으로 어여쁜 미인을 뜻하기도 하는데, 여기서는 왕비를 가리킨

---

126) 문집 원문에는 照知王이라고 하였는데 別稱이다.『三國遺事』원문에는 毗處
　　王이라고 하였는데 역시 別稱이며,『삼국유사』에는 '一作炤智王'이라고 주석
　　을 붙였다.『校勘 三國遺事』(民族文化推進會, 1982), 73면.

다.『시경』〈鄘風, 君子偕老〉편에 '玉之瑱也 象之揥也 揚且之皙也(옥으로 만든 귀막이에 상아로 만든 머리빗이며 훤칠한 이마로소니)'라는 구절이 있는데 衛나라 宣公의 부인 宣姜이 음란해서 남편을 바르게 모시지 못하고 불륜을 저지른 것을 풍자한 것이다. 그래서 여기서도 왕비가 불륜을 저지른 것을 비난하기 위해 인용한 것이다. 마지막 두 구는 神物이 왕실의 편에 서서 국가의 기반을 튼튼히 할 수 있었던 사실을 다행스러워하는 말로 마무리지었다.

　이 怛忉歌 고사와 연관된 시는 후대의 다른 시인들도 가끔씩 읊은 것이 있는데 특히 柳得恭은 〈二十一都懷古詩〉에서 '料峭風中過上元 忉忉怛怛踏歌喧 年年糯飯無人祭 一陣寒鴉噪別村(쌀쌀한 바람 속에 정월 보름 보내는데 '걱정되라, 걱정되라' 떠들썩 노래하네. 해마다 찰밥 지어 제지내는 사람 없고 한 무리 까마귀만 외딴 마을 지저귀네.)'라고 하여 '宮中의 淫風도 막지 못한 소지왕의 失德을 은근히 풍자하는' 시각을 보여주고 있다.127) 김종직이 유득공과 달리 풍자의 대상을 왕비에게만 한정시키고 있으며 오히려 나라가 안전했다는 데에 중점을 두고 있는 것은 그의 신라에 대한 우호적 태도를 보여준다.

　　　≪東都樂府≫(동도악부)　〈陽山歌〉(양산가)128)

　　　적국이 커다란 돼지가 되어
　　　우리나라 변경을 침략해오니
　　　씩씩하고 용맹스런 화랑도들이
　　　나라 은혜 갚을 맘에 딴 겨를 없어
　　　창을 메고 처자와 작별을 하고
　　　샘물을 들이켜고 말린 밥 먹네.

---

127) 宋寯鎬,『柳得恭의 詩文學 硏究』(太學社, 1985), 155면.
128)『점필재집』권5, 장6.

　　　　도적들이 밤을 틈타 城壘를 치니
　　　　굳센 혼이 칼 끝에 날아갔구나.
　　　　머리 돌려 陽山의 구름을 보니
　　　　높이 솟은 무지개가 빛을 발하네.
　　　　슬프도다, 네 사람의 장부들이여
　　　　끝내 바로 북방의 강한 자로서
　　　　천년토록 귀신의 영웅이 되어
　　　　더불어서 산초 술을 歆饗하시네.

　　　敵國爲封豕　荐食我邊疆[129]
　　　趦趄花郎徒　報國心靡遑
　　　荷戈訣妻子　嗽泉啖糗粮
　　　賊人夜劘壘　毅魂飛劍鋩
　　　回首陽山雲　矗矗虹蜺光
　　　哀哉四丈夫　終是北方强
　　　千秋爲鬼雄　相與歆椒漿

　　신라 화랑 金歆運과 그의 동료 군사들이 백제군과 싸우다 전사한 사
실을 찬양한 시이다. 김흠운은 奈勿王의 8세손인데 太宗 武烈王 때 陽
山에 진을 치고 백제군과 싸우다 大監 穢破, 少監 狀得과 함께 장렬하게
전사하였다. 이 모습을 본 步騎幢主 寶用那도 적에게 달려가 싸우다 전
사하니 당시 사람들이 양산가를 지어 그들을 슬퍼하였다.

　　김흠운을 비롯한 신라의 화랑도들이 백제군의 침입을 물리치기 위해
결연히 출전하는 모습과 야전에서 고생하는 그들의 상황을 잘 나타내고
있다. 또 그들이 죽음을 마다하지 않고 전사한 용맹을 『中庸』의 문구를
빌려서 표현하였다. 즉 『중용』에서 '무기와 갑옷을 깔고 죽어도 싫어하
지 않음은 북방의 강함이다(衽金革 死而不厭 北方之强也)'[130]라고 하였

---

129) 원문에는 '彊'으로 되어 있으나 바로잡는다.
130) 『中庸』 제10장. 『중용』에서의 원래 뜻은 '너그럽고 유순히 하여 가르쳐주고

는데, 이 네 사람의 용사들도 그와 마찬가지의 용맹을 발휘하였다는 것이다. 네 장부의 전사 과정과 그들의 기개, 그들에 대한 추모의 정을 고시 형식의 악부체로 읊었다.

〈동도악부〉에 대해서는 기존의 몇몇 연구에서 자주 언급이 되어 왔는데, 주로 배경 설화에 대한 연구와 조선 후기에 많이 나타나는 해동악부체의 선구적인 의미라는 측면에서 조명이 되어 왔다. 신승훈에 의해서 그것의 의식적인 측면에 대한 고찰이 이루어졌는데, 이를 '移風易俗의 希求'라는 관점으로 보아 논의의 심화를 가져왔다.131)

이들 일련의 작품들은 유가적인 비판 의식에 바탕하여 신라 역사에 나타난 여러 사실들을 제재로 삼아 역사 비판 의식을 그린 시들로 볼 수 있다.

본 논문에서 다루지 않은 작품들을 일별하면, 첫 작품인 〈會蘇曲〉의 경우 그 노래의 소재가 된 가배 놀이를 결코 긍정적인 것으로는 보지 않고 있다. 그것이 길쌈을 장려하는 것이라는 점은 인정하지만 아녀자들이 술 마시고 왁자지껄 떠드는 것은 그리 달갑게 여기지 않고 있다. 이는 조선 시대 儒學者의 눈으로 보았을 때 분명 규중의 법도나 예의에 벗어나는 것이기 때문이다.

〈憂息曲〉은 눌지왕이 박제상의 도움으로 고구려와 일본에 볼모로 가 있던 두 아우를 만나게 된 기쁨을 노래하였다. '忠'과 '友愛'가 주제라고 할 수 있다.

〈鵄述嶺〉은 朴堤上의 아내가 일본으로 떠난 남편을 전송하고 기다리다가 돌로 변했다는 전설을 시화한 것인데 이는 '忠'과 '烈'을 강조한 작

無道함에 보복하지 않는(寬柔以教 不報無道) 南方의 强'과 대비적으로 쓰인 말이지만, 여기서는 '斷章取義'하여 그 문구의 자체적인 의미만을 취했다.

131) 申承勳, <金宗直 詩의 儒家的 性格 研究> (정신문화연구원 석사논문, 1997), 54면.

품이다.

〈碓樂〉은 백결선생이 가난한 아내를 위하여 거문고로 방아소리를 내어 위로하였다는 설화를 노래한 것으로 安貧樂道를 추구한 백결선생을 추모하였다.

〈黃昌郞〉은 신라 소년이 검무를 잘 추어 백제 궁전에 불려 들어가서 임금 앞에서 검무를 추다가 백제 왕을 찔러 죽인 이야기를 노래했다. 역시 '忠'을 강조한 작품이다.

이상에서 보면 〈東都樂府〉의 작품들은 주로 유가적인 가치를 추구하는 내용들을 그 대상으로 詩化하였다는 것을 알 수 있다.

〈瞻星臺〉(첨성대)132)

반월성 둘레에서 안개 기운 개고 나니
우뚝 솟은 돌탑 하나 사람을 맞이하네.
신라의 옛 것으론 산만 있나 했더니만
뜻밖에도 또다시 첨성대가 있었구나.
璣衡으로 정치함은 舜·禹 임금 일이거늘
근거없이 제작한 것 어찌 쓸 수 있었으리.
신령스런 이 기구를 여자에게 맡겼으니
천고에 진평왕이 禍의 씨앗 되었도다.

半月城邊嵐霧開　亭亭石塔迎人來
新羅舊物山獨在　不意更有瞻星臺
璣衡齊政舜禹事　制作無稽安用哉
敢將神器付晨牝　千古眞平爲禍胎

천문 관측 기구인 첨성대를 놓고 읊었는데, 작자의 시각이 독특하다. 첨성대를 善德女王 때 만들었다고 해서 첨성대 자체까지 부정적으로 보

---

132) 『점필재집』 권2, 장9.

고 있는 것이다. 이는 작자가 살던 당시의 관점에서 男尊女卑 사상에 바탕한 것으로서 여자가 왕이었다는 데에 대한 거부감의 표출이다. 천체 관측 기구인 璿璣玉衡으로 정치를 다스리는 것은 순임금이나 우임금같이 훌륭한 聖君들이 하는 일이지[133] 일개 아녀자가 할 일은 아니라는 것이다. 그래서 그 제작한 것도 황당무계하여 결국 쓸모 있는 도구가 되지 못했다는 폄하이다. 나아가서 작자는 신라 멸망의 한 요인을 여왕이 나라를 맡았기 때문으로 본 것 같다. 그래서 아들을 낳지 못하고 여왕을 세우게 한 先王인 眞平王에게까지 화살을 돌리고 있다. 애초에 진평왕이 아들을 낳지 못하여 여왕을 세우게 된 것부터가 화의 씨앗이 되었다는 것이다. 이같은 시각은 역시 유교적 사고 방식에 입각한 『三國史記』의 저자 김부식의 선덕왕에 대한 다음과 같은 논평과 상통하고 있다.

> 논하여 말한다.……天道로써 말하자면 陽은 강하고 음은 부드러우며, 人道로써 말하자면 남자는 높고 여자는 낮다. 어찌 가히 여편네에게 규방을 나와서 나라의 정사를 결단하는 것을 容許하겠는가. 신라가 여자를 붙들어 세워 왕위에 앉혔으니 참으로 난세의 일이요, 나라가 망하지 않은 것은 요행이다. 書經에 이르기를 '암탉이 운다'고 하였고 易經에 이르기를 '여윈 돼지가 껑충거린다'고 하였으니 어찌 경계하지 않을 수 있겠는가.(論曰……以天言之 則陽剛而陰柔 以人言之 則男尊而女卑 豈可許姥嫗出閨房 斷國家之政事乎 新羅扶起女子 處之王位 誠亂世之事 國之不亡幸也 書云牝鷄之晨 易云羸豕孚蹢躅 其可不爲之戒哉)[134]

김종직의 우리나라에 대한 역사 지식이 대부분 삼국사기, 고려사 등을 바탕으로 하고 있는 바[135] 이 첨성대에 대한 선입관도 이미 김부식

---

133) 『書經』 <舜典>, "在璿璣玉衡, 以齊七政."

134) 金富軾, 『三國史記』 권5, 「新羅本紀」 제5, <善德王 眞德王 太宗王>.

135) 『점필재집』에는 여러 군데서 『삼국사기』를 典據로 들고 있으며, 다음과 같은 기록을 보면 『고려사』도 소장하고 있었던 것으로 보아 익히 읽었을 것이

의 이 기록을 보고서 배태하였을 것으로 보인다. 善德女王은 역사적으로
는 金庾信, 金春秋 등의 보필을 받아 비교적 善政을 펼친 왕으로 평가받
는데 이처럼 혹평을 한 것은 공정한 史觀이라고는 할 수 없겠다. 첨성대
를 소재로 하여 시를 읊은 사람들이 많이 있는데, 대부분 懷古의 감정은
읊었을지라도 이처럼 부정적인 시각에서 쓴 작품은 찾아보기 어렵다. 梅
溪 曺偉의 작품과 비교해 보기로 한다.

〈瞻星臺〉(첨성대)136)

무성한 벼와 기장 밭둑 길은 어두운데
그 가운데 우뚝한 대 높기가 백척이니
뿌리는 黃孁 이어 땅속 깊이 박혀 있고
그림자는 청산 대해 구름 밖에 솟았구나.
임금 정할 그 당시는 민심이 순후하고
羲氏 和氏 역법도 차례대로 펼쳐져서
圭表 세워 관측하고 해와 달을 관찰하고
대에 올라 구름 보고 하늘의 별 점을 치니
天文은 순조롭고 三台星도 평온하고
狼星 彗星 안 나타나 하늘도 맑았다네.
비와 맑음 어김없어 백성들도 우환 없고
풍년 든 온 들판엔 풍년가 노래 소리.
세상 천지 萬古토록 골짝 속에 배 감춘들
금사발도 끝끝내는 온전한 것 못봤지만,
어지러운 인간 세상 몇 번이나 먼지 일어
찬란했던 대궐들도 가시밭이 다 됐는데
劫火에도 타지 않고 그만 홀로 남아 있어
포갠 돌이 우뚝이도 비바람을 견디었네.

다.『佔畢齋集』권13, 장5, <戱呈鄭開寧蘭元>의 序文, "鄭借余麗史而讀, 卷背
有䴏墨處, 以書謝云, 吾家小娘子所爲, 勿訝".

136)『梅溪集』권3, 장20.

魯나라의 觀象臺야 지금은 있나 없나,
신라 때의 제작품이 감탄 한번 할 만하네.

離離禾黍暗阡陌　中有崇臺高百尺
根連黃壚地中深　影對靑山雲外矗
齒餅當年民物醇　羲和曆象次第陳
立圭測影觀日月　登臺望雲占星辰
乾文順度泰階平　狼蠡不現天宇淸
雨暘不愆民不瘥　豐登四野謳謠聲
乾坤萬古舟藏壑　不見金甌終安帖
紛紛人世幾番塵　金碧觚稜盡荊棘
劫火不燒渠獨在　累石巋然風雨外
魯中觀臺今有無　羅時制作堪一噫

김종직은 첨성대의 기능을 인정하지 않았으나 조위는 그 기능이 잘 활용되어 백성들에게 혜택이 미쳤다는 것을 인정하고 있다. 그리고 다른 많은 건축물들은 전쟁이나 화재 등으로 다 없어져 버리고 말았지만 첨성대만이 지금까지 우뚝하게 남아 있는 모습에 감탄하고 있다. 김종직의 시각과는 많은 차이를 보이고 있음을 알 수 있다. 兪好仁도 〈瞻星臺〉시를 남겨 曺偉와 같은 시각에서, 오히려 더 적극적으로 첨성대를 긍정적으로 읊고 있는데,137) 기존의 연구에서 유호인이 첨성대를 찬양한 점을 두고 성종조 신진 사류들의 도학적 지향 의식에서 발로된 것이라고 보는 것은,138) 김종직의 시와 비교하였을 때 지나친 해석이라는 것을 알

---

137) 兪好仁, 『濱溪集』 권4, <瞻星臺>, "辰韓舊物山獨在, 金鰲蒼翠空崔巍, 興亡百變等蟻蠓, 豈意復有瞻星臺, 當時太史齊七政, 推步敬授弭天災, 君王垂拱坐法宮, 九功攸敍阜民財, 太平日月一千祀, 滿地笙歌轟如雷."

138) 정경주, 『성종조 신진사류의 문학세계』(법인문화사), 96면 이하. 앞의 주에 있는 유호인의 시를 보면 제1구 '辰韓舊物山獨在'는 김종직의 '新羅舊物山獨在'를, 제4구 '豈意復有瞻星臺'는 김종직의 '不意更有瞻星臺'를 그대로 따왔음을 알 수 있다. 유호인은 김종직의 제자이기 때문에 그의 시를 보았을 가능

수 있다.

  김종직의 선덕여왕에 대한 부정적인 시각은 다음 시에서도 드러난다.

  〈過玉門谷 一名女根山 事在三國史〉(옥문곡을 지나며. 일명 여근산인데 사실이
  삼국사기에 실려 있다)139)

    얕은 골짝 어찌 능히 적병들이 숨었겠나,
    옥문곡이 천년토록 부질없는 명성이지.
    주민들은 다투어서 幾微 안 일 말들 하여
    공연히 將帥들이 길 돌아서 가게 하네.

    淺谷何能伏敵兵　玉門千載謾爲名
    居民爭說知幾事　空使元戎枉道行

  女根谷 이야기는 선덕여왕의 총명함을 알려주는 '知幾三事' 중의 하나
이다. 일연은 이를 훌륭하게 여겨『三國遺事』에서 특별히 제목을 내세워
기록하였으며140)『三國史記』에도 실린 것이다. 그러나 김종직은 이에
대해서 근거가 없는 일이라고 부정하고, 옛날 이야기를 믿고서 절도사들
이 그 길을 피해서 다니는 풍습도 부질없는 일로 여기고 있다. 작자의
原註에 의하면 백제의 장수가 죽은 곳이라고 하여 훗날 장수들이 부임
할 때에 모두 꺼려하여 이 길을 경유하지 않았다고 한다(爲百濟主將死
後將帥上任皆忌之 不由此路). 이 시 역시 선덕여왕에 대한 부정적 인식
의 연장으로 보인다.

  김종직의 역사에 대한 관심은 신라가 중심이 되기는 하지만 꼭 신라

  성이 높다. 그러면서도 이처럼 시의 내용이 서로 다른 것은 이 시가 각자의
  개성에 따라 지은 것임을 알 수 있게 한다. 여기에 사림파적 성격을 부여할
  수는 없는 것이다.
139)『점필재집』권2, 장11.
140) 一然,『三國遺事』, 〈紀異〉 第一, 〈善德王 知幾三事〉.

에만 국한되지는 않는다. 그의 생활 무대가 주로 선산과 밀양을 중심으로 한 옛 신라 지역이었기 때문에 신라에 집중되는 것은 당연하지만 다른 지역을 지나다가도 역사적으로 의미가 있는 유적지를 지날 때면 거기에 대한 관심을 詩化하였다.

〈高山炭峴有懷成忠〉(고산의 탄현에서 성충을 그리며)141)

대둔산 아래 쪽에 세 겹으로 고개 있고
탄현이 중간에서 對敵 요충 이뤘는데,
五萬의 신라 군사 용이하게 통과하니
부여의 왕업일랑 이내 헛것 돼버렸네.

大芚山下三重嶺　炭峴中蟠作敵衝
五萬東兵容易過　扶餘王業旋成空

龍溪는 오열하고 수풀은 무성한데
옛 진터는 아직도 탄현 서쪽 남아 있네.
이곳에서 황산까지 삼십리 거리인데
成忠의 옥중 글만 가련하게 되었구나.

龍溪嗚咽樹扶踈　故壘猶存炭峴西
此去黃山三十里　可憐成子獄中書

成忠은 백제 말의 충신이다. 의자왕이 주색에 빠져 정사를 돌보지 않자 國運을 염려하여 極諫하다가 왕의 노여움을 사서 투옥되었다. 옥중에서 외적의 침입을 예언하고 陸路로는 炭峴에서, 水路로는 伎伐浦(=白馬江)에서 적을 막으라는 유서를 남기고 죽었다.
　첫 수는 탄현의 지세를 설명하고 나서 성충의 간언이 받아들여지지

---

141) 『점필재집』 권21, 장6.

않아 신라 군대로 하여금 무사히 탄현을 통과하게 만들어 백제가 망하고 말았다는 역사 사실을 서술하였다. 세 겹의 고개는 동쪽에서부터 차례로 梨嶺과 炭峴, 加峴을 말한다. 둘째 수에서는 옛 싸움터를 회고하고 아울러 계백 장군의 유명한 황산벌 싸움까지 연상하였다. 여기서 삼십리 거리밖에 안 떨어져 있는 황산벌에서 백제의 마지막 희망이었던 계백 장군의 오천 결사대가 장렬하게 최후를 마쳤으니 성충의 옥중 上書가 부질없이 되고 말았다는 것이다.

이 시에서는 또 성충의 옥중 상서를 수용하지 못한 의자왕의 군주적 자질을 비판하고 있다. 첫 수의 結句에 '부여의 왕업이 이내 헛것이 되어버렸다'는 표현에서 言外에 드러나 있는 비판 정신을 읽을 수 있다. 임금의 자리에 있으면 어떻게든지 왕업을 계승하여 후대에 물려줄 의무가 있는데 의자왕은 이 가장 중요한 임무를 저버린 것이다. 둘째 수의 結句에서도 성충의 옥중 상서가 가련하게 되어버렸다는 것은, 결국 그렇게 만든 주체가 의자왕이기 때문에 그가 군주로서의 제 역할을 다 하지 못하고 성충의 노력만 허사로 만들었다는 풍자인 것이다.

文面에 구체적으로 드러나지는 않았지만 역시 그의 우리나라 역사에 대한 정확한 지식이 바탕이 되었다는 것을 느낄 수 있는 시이다. 과거의 문인들이 대체로 중국 역사에는 밝으면서 우리나라의 역사는 소홀히 하여 어두웠던데 반해 김종직은 우리 역사책도 관심있게 읽었던 것으로 보이며, 그 점은 그의 시에 붙인 自註에서도 삼국사기의 이야기가 여러 번 나와 충분히 알 수 있는 일이다.

(4) 官人으로서의 自覺

기존의 연구에서는 김종직에 대해 사림파라는 선입관에 의해 그가 결코 원하지 않는 벼슬살이를 했으며 벼슬살이하는 중에도 끊임없이 속세를 등지려는 생각을 가지고 遁世意識에서 작품을 쓴 것이 많다고 하였다.142) 이와 같은 관점에서 자주 인용되는 시가 〈二月三十日入京〉이라는 작품이다.143) 주로 이 시와 몇몇 작품들을 근거로 하여 김종직이 마치 자신의 의지와 상관 없이 벼슬살이를 억지로 하였으며 遁世 의식이 강했던 것처럼 논의가 된다. 심지어는 科擧를 통해 관직에 나아가는 것을 마땅치 않게 생각하고144) 處士的 삶을 지향했다고 주장하기도 한다. 그러한 생각은 그를 사림파라는 고정 관념으로 평가하려는 데서 나오는 견해이다. 사실은 벼슬살이를 한 사람들일수록 그것을 마지못해 하는 것처럼 여기고 자연에 대한 동경이나 歸去來의 소망을 드러낸다. 과거에 벼슬 자리에 오래 있은 문인들치고 귀거래의 소망을 읊지 않은 사람은 거의 없을 정도이다.

　전통적 유학 사상에서는 세상에 道가 있으면 나아가 자신의 경륜을 펼쳐 治人에 힘을 쓰는 '兼善'을 목표로 하고, 세상에 도가 없으면 초야에 숨어서 자기 一身의 덕을 기르는 '獨善'을 지향하였다.145) 그래서 학

---

142) 朴善楨,『佔畢齋 金宗直 文學硏究』(이우출판사, 1988), 154~178면.
　　金成圭, 〈15世紀 後半 士大夫 文學의 몇가지 傾向〉(성균관대학교 박사논문, 1990), 69~79면.

143)『佔畢齋集』권1, 장6, 〈二月三十日入京〉, "强爲妻孥計, 虛抛故國春, 明朝將禁火, 遠客欲沾巾, 花事看看晩, 農功處處新, 羞將湖海眼, 還眯市街塵(억지로 처자식들 생계를 위해 허망히도 고향의 봄 버리는구나. 내일이면 이제 장차 한식일인데 먼 길 과객 눈물이 수건 적실 듯. 봄 풍경은 차츰 차츰 저물어 가고 농사일은 곳곳마다 새로워지네. 부끄럽다, 자연 속의 눈을 가지고, 도리어 市井 티끌 끼게 했으니.)"

144) 정경주,『성종조 신진사류의 문학세계』(법인문화사, 1993), 36~37면.

145) 孔子는 "邦有道, 貧且賤焉, 恥也, 邦無道, 富且貴焉, 恥也(나라에 도가 있는데도 가난하고 천한 것은 부끄러운 일이고, 나라에 도가 없는데도 부유하고 귀한 것은 부끄러운 일이다)"라고 하였는데(『論語』〈泰伯〉), 이 말은 나라에 도가 행해질 때는 그처럼 도를 행하는 임금에게 나아가 벼슬을 하여 大道를 받들어야 하는데 그렇지 못하여 낮은 신분에 있는 것은 오히려 부끄러운 일이며, 반대로 나라에 도가 없는데도 그런 무도한 임금 밑에서 벼슬하여 부귀

문을 하는 궁극적인 목표로 '修己治人'이라는 가치관을 형성하게 되었
다.146) '獨善'은 '修己'이고 '兼善'은 '治人'이다. 따라서 어느 쪽을 택하든
그 조건에만 맞으면·충분한 명분이 있는 일이다. 그러나 대부분 현실적
으로는 科擧를 통하여 立身하는 것을 목표로 하면서도 정신적으로는 산
림에 숨어 處士的 삶을 사는 것을 더 높이 평가하는 풍조가 지배하였던
것이 또한 사실이다. 그래서 벼슬 자리에 있는 사람들일수록 이루지 못
한 다른 길에 대한 동경을 문학 작품에 토로하는 경우가 많았다. 일종의
정신적 보상 심리라고 할 수 있을 것이다.

　김종직도 그러한 생각을 더러 시로 나타냈지만 그것은 이미 벼슬살이
에 들어선 이후의 시들이며, 앞서 언급한대로 여러 문인들에게서 보편적
으로 드러나는 성향으로 보아야지 절실한 심정에서 우러나온 것이라고
보기는 어렵다. 그리고 벼슬살이 이후의 시에서도 오히려 관인 의식을
드러내는 시들이 많이 있어 그가 결코 遁世 의식이 투철했다고 볼 수는
없다. 그는 젊은 시절부터 입신양명으로 가문을 빛내고 효도를 다하려는
처세관을 바탕으로 적극적인 관직 진출 의사를 가지고 있던 사람이었

　　를 누리는 것은 부끄러운 일이라는 말이다.
　　또 맹자는 "古之人, 得志, 澤加於民, 不得志, 修身見於世, 窮則獨善其身, 達則
兼善天下(옛 사람들은 뜻을 얻으면 은택이 백성에게 가해지고 뜻을 얻지 못
하면 자신의 몸을 닦아 세상에 드러나니, 궁하면 그 자신을 홀로 선하게 하
고 영달하면 천하 사람들을 아울러서 선하게 한다)"라고 하였다(『孟子』 <盡心章
句上>).

146) '修己治人'은 『論語』의 <憲問>편에서 그 유래를 찾을 수 있다. "子路問君子,
子曰, 修己以敬, 曰如斯而已乎, 曰修己以安人, 曰如斯而已乎, 曰修己以安百姓,
修己以安百姓, 堯舜其猶病諸(자로가 군자에 대해서 묻자 공자께서 대답하였
다. '敬으로써 자신의 몸을 수양하는 것이다.' 자로가 '이와 같을 뿐입니까'
하자 공자는 '자신의 몸을 수양하여 다른 사람을 편안하게 하는 것이다.'고
하였다. 다시 '이와 같을 뿐입니까' 하자 '자신을 수양하여 백성을 편안하게
하는 것이니, 자신을 수양하여 백성을 편안하게 하는 것은 요임금 순임금도
오히려 부족하게 여기셨다'고 하였다.)" 여기서 '安人'이나 '安百姓'은 '治人'
에 해당한다.

다.147) 벼슬길에 들어서기 이전의 시들인 『회당고』에서는 그러한 出仕
에의 志向을 자주 나타내고 있어 김종직의 의식 세계를 살피는데 중요
한 단서가 된다.

　　　〈內眞村〉(내진촌에서)148)

　　　　종놈과 느릿느릿 함께 걷자니
　　　　쓸쓸한 村 날이 곧 황혼이 됐네.
　　　　노루 숲에 돌아가니 집 있나 본데
　　　　오리 나는 물에서는 물결이 이네.
　　　　대장간 불 대숲 깊이 비치어 들고
　　　　樵童 노래 반나마 구름에 있네.
　　　　鹿門山의 은거 노인 만날 듯한데
　　　　세상 나와 훌륭한 王 돕지 않겠소.

　　　　款段與奚奴　　荒村日正曛
　　　　竈歸林有籍　　鳧起水生紋
　　　　鍛火深穿竹　　樵歌半在雲
　　　　疑逢鹿門叟　　盍出佐明君

　　자연 속에 파묻힌 고적한 산촌의 모습을 그린 시이다. 頷聯은 內眞村
의 자연 배경이다. 노루며 오리는 이 마을이 야생 동물들이 가까이에 살
정도로 세속에서 멀리 있음을 나타낸다.
　　頸聯의 鍛火와 樵歌는 이 마을의 인공적 배경이지만 소박한 인정을
느낄 수 있게 하는 소재들이다. 이러한 깊숙하고 古朴한 산촌이니 아마
도 鹿門山에 은거했다는 高士인 龐德公이라도 만날 듯싶다. 그렇게 가상

---

147) 이 점에 대해서는 余鎭鎬의 논문 〈金宗直의 生涯와 現實認識〉(『부산한문학
　　연구』 제5집, 1990)에서도 잘 지적하고 있다. 위 논문 13~14면.
148) 『회당고』, 800면.

으로 설정한 대상인 龐德公에게 작자는 혼자만 고상하게 숨어살며 '獨善'을 즐기지 말고 세상에 나와서 훌륭한 임금을 도와 '兼善'을 하는 게 어떠냐고 권유하고 있다. 그것은 김종직 자신이 산림에 은거하는 것보다는 현실에 참여하여 明君을 보좌하는 것에 더 큰 가치를 두고 있다는 것을 말한다.

〈海上記所見〉(바닷가에서 본대로 쓰다)149)

(전략)
해 오르자 신기루는 외딴 섬 위 나타나고
날 개자 큰 泡沫은 하늘 높이 닿겠구나.
몇 년 후에 입신 맹세 이루고 난 다음에는
기이한 절경 찾아 먼 곳도 안 아끼리.

(전략)
日出蜃樓浮別島　天晴鯨沫接重霄
他年題柱功成後　探勝搜奇不惜遙

7언 율시인데 생략한 앞 4구는 바닷가에 대한 卽景 묘사라서 논의의 편의상 줄였다. 즉경묘사는 頸聯(위에 인용한 부분의 앞 두 句)까지 이어진다. 尾聯에서 작자의 심정이 투영되었는데, 그 중 前句에서 立身에 대한 잠재된 욕망이 분명하게 드러난다. '題柱'는 司馬相如의 고사에 나오는 말로 立身 顯達에의 의지를 말한다. 사마상여가 처음 長安에 들어가면서 成都의 북쪽에 있는 昇仙橋라는 다리 기둥에 "(출세하여) 駟馬가 끄는 붉은 수레를 타지 않고서는 너의 밑으로 지나가지 않겠다"고 다짐했던 일에서 유래했다.150) 작자는 이곳 바닷가에 와서 훌륭한 경관을

____

149) 『회당고』, 835면.
150) 『華陽國志』 <蜀志>, "城北十里有昇仙橋, 有送客觀, 司馬相如, 初入長安, 題

보았지만 사실은 미진한 느낌이 들었다. 그 주위에 있는 좀 더 많은 景勝들을 보고 싶지만 시간이 허락하지 않는다. 자신은 아직 과거 공부에 시간이 아쉬운 처지라 한가하게 더 유람을 할 수가 없는 것이다. 그래서 몇 년 후에 과거에 합격하여 청운의 뜻을 이룬 후에는 아무리 멀리 있는 명승이라도 아끼지 않고 찾아보겠다는 것이다.

　이 시에서도 분명하게 드러났지만, 그 밖에도 김종직은 科擧에 대해 부정적이거나 소극적이지 않고 오히려 적극적으로 登科에 관심을 가졌음이 그의 연보나 부친의 행적에 대한 기록인 『彝尊錄』 등에 나타난다. 또 『점필재집』에 실린 시에서도 다른 사람들이 과거에 급제한 것을 자랑스럽게 생각하거나 登科를 격려하는 작품들이 적지 않게 발견되며151) 다음의 글에서도 科擧에 대한 그의 인식을 잘 볼 수 있다.

　　사군자가 어버이를 기쁘게 하는 데에 그 방법이 한두 가지가 아니지만 그 중에서도 과거 급제가 가장 으뜸가는 것이다. 당나라나 송나라 이래로 뛰어난 재능과 큰 덕을 지닌 사람들이 시골 구석에서 떨쳐 일어나 조정에 의표가 되고 공명과 사업이 당시에 떨쳐 빛나서 후세에까지 전해진 사람들이 대부분 이 길을 말미암았다.(士君子之悅親 不一其道 而科第其尤也 自唐宋以來 閎材碩德之人 奮起鄉曲 表儀朝著 功名事業 震耀當時 垂于後世者 率由是途焉)152)

　市門曰, 不乘赤車駟馬, 不過汝下也.” 『中國典故大辭典』(北京燕山出版社, 1991)에서 再引.

151) <倻川望善源村居>(『점필재집』 권4, 장6), <寄賀金壯元訴>(『점필재집』 권7, 장4), <康生伯珍得第　來榮吾萱闈及其父母于崇善……>(『점필재집』 권13, 장5), <李生員承彦・元參奉榘・李生員鐵均・郭進士承華・周秀才允昌・金秀才宏弼 會府之鄉校……>(『점필재집』 권13, 장8), <允了作善山地理圖題十絶其上> 중 제7수(『점필재집』 권13, 장12. 『속동문선』에 <十絶歌> 중 <迎鳳里>라고 제목 붙임), <送尹壯元達莘榮親歸鄉次四佳齋三首>『점필재집』 권21, 장9) 등을 들 수 있다.

152) 『佔畢齋文集』 권1, 장33, <送金直長駿孫驥孫兄弟榮親淸道序>.

제자들인 金駿孫・驥孫 兄弟에게 주는 글이지만, 자신이 젊었을 때부터 스스로 자각하고 입신에의 의지를 다지던 내용이다. 다음 시는 부친의 상황을 통하여 자신의 의식을 드러내는 작품이다.

〈途中四首　甲戌九月嚴君自成均同藝出爲星州敎授官予與仲兄侍行〉(여행　중에 지은 네수 갑술년 9월에 부친께서 성균사예로부터 외직에 나가 성주 교수관이 되셨다. 나는 둘째 형님과 함께 모시고 갔다.)153)

첫째 수
한 떨기 華山 위의 구름 덩어리
갑자기 다섯 가지 색깔 됐건만,
훌륭하신 임금님을 못 모시고서
도리어 진채액을 당하시다니.

其一
一朶華嶽雲　倏忽成五色
未得奉明君　反遭陳蔡厄

부친이 成均同藝로 있다가 星州敎授官이 되어 지방으로 내려가는 것을 모시고 따라 가면서 도중에 지은 시이다. 부친 김숙자는 66세 되던 이 해에 평소에 앓던 風濕이 악화되어 걸음조차 걷기 힘들게 되었는데, 한직에 물러나 요양하고자 원하여 지방으로 轉職이 되었다.154)

起・承句에서는 서울 궁궐에 대한 그리움을 표현하였다. 오색의 구름은 상서로움을 나타낸다. 대궐 뒤에 있는 華山의 구름이 오색으로 변한다는 것은 훌륭한 임금이 그 대궐에 있어 정치가 잘 행해진다는 상징이

---

153)『회당고』, 841면.

154)『彝尊錄』<先公紀年>, ‘景泰五年甲戌’ 조, “先公居太學時, 患風濕, 後廬墓三年, 常於苫塊坐臥, 病尤增, 至是年大發, 不能良行, 欲得閑職以養疾, 大臣知之, 故有此除.”

다. 그러한 明君을 곁에서 보좌하며 경륜을 펼쳐야 하는데 그렇지 못하
니 애석한 것이다. 실제로는 부친이 宿病을 요양하기 위하여 떠난 길이
지만, 孔子가 陳·蔡間에서 곤액 당했던 일에 결부시켜 여행 중의 어려
움 뿐만 아니라 임금 곁을 떠나게 된 아쉬움을 상징적으로 나타내었다.

　　넷째 수
　　늦은 가을 기나긴 나그네 길에
　　서리·이슬 나날이 쌀쌀해지네.
　　서울 도성 차츰차츰 멀어지나니
　　나의 마음 괜히 절로 지치는구나.

　　其四
　　杪秋久行役　霜露日凄其
　　皇居寖以遠　我心徒自疲

　　제목의 註에서 시를 지은 시기를 9월이라고 하였으니 늦가을 서리가
내릴 때이다. 연로하고 편찮으신 부친을 모시고 더디게 가는 나그네 길
인데 날씨마저 쌀쌀하니 그 처량한 심사를 알 만하다. 그런데 작자는 그
러한 마음을 다시 都城에서 멀어지는 안타까움에다 결부시켰다. 임금 계
시는 서울이 차츰 멀어질수록 자신의 마음은 공연히 더 지치고 피곤해
진다는 것이다. 다분히 서울을 향한 그리움의 표현이다. 앞의 〈二月三十
日入京〉 시와는 완전히 상반되는 심사를 드러내고 있다.
　　그러면 관직 생활 중에 드러나는 그의 관인 의식의 편린들을 살펴보
자.

　　〈七月賜承政院酒連三日　翌日又賜詩及酒　詩曰……在座者皆和進　余時在秘閣
　　擬和二首〉(7월에 연달아 3일이나 승정원에 술을 하사하고 다음날 또 시와 술
　　을 하사하였다. 시는…… 자리에 있던 사람들이 모두 화답해 올렸는데, 나는

이때 비각에 있었으므로 두 수를 흉내내어 화운한다)155)

　　龍顔이 지척간도 안 떨어져서
　　近臣에게 은총을 내려주셨네.
　　德에 취해 '鳧鷖'편을 노래하노니
　　번거롭게 金石 악기 반주하리요.

　　天顔不違尺　密勿龍光錫
　　飽德歌鳧鷖　何煩協金石

　　납언 직책 夔龍에게 부끄러운데
　　외람되게 궁중 음식 하사받았네.
　　은혜 보답 晩年까지 기약하오니
　　내 마음 안 변할 것 스스로 믿네.

　　納言愧夔龍　猥荷天廚錫
　　報效期桑楡　自信心匪石

　첫 수의 起·承句는 임금을 가까이 모신 덕에 임금이 술과 음식을 하사한 은혜를 입었다는 것을 말하였다. 다음의 轉·結句는 '태평 시대의 임금이 능히 守成을 하여 天神, 地神, 祖上神들이 편안히 여기고 즐거워

---

155) 『佔畢齋集』 권5, 장15. 생략한 成宗의 下賜 시는 "三日雖旣困, 莫辭予所錫, 此意非他心, 宗圖永盤石(삼일 동안 비록 이미 괴롭겠지만 내가 주는 이 술을 사양치 말라. 이렇게 하는 것은 딴 뜻이 없고 宗社가 영원하길 바랄 뿐이라)" 이다.
　朴善梒의 앞의 책에서는 김종직의 年譜를 인용하여 성종의 이 시를 "김종직이 右副承旨로 재직시에 稱病辭職에도 불구하고 조정을 반석에 올려놓으라고 연 3일 御酒下賜하면서 賜詩한 것"이라고 하였는데, 이는 연보를 잘못 해석한 것이다. 연보의 기록 중 稱病辭職한 것과 성종이 술을 하사한 것은 별개의 일이다. 또 술을 승정원에 내린 것이지 김종직에게 내린 것이 아니다. 李丙疇 외 『韓國漢文學史』(반도출판사, 1991)에서도 박선정의 이 주장을 그대로 따랐으나 역시 잘못된 것이다.(284면)

한다'는 뜻의 『詩經』〈鳬鷖〉편을 노래하니 그 자체로만으로도 충분히 즐거움이 넘치므로 굳이 金石 따위의 악기를 반주할 필요가 없다고 하였다. 〈鳬鷖〉편의 내용 역시 맛있는 술을 마시며 잔치하는 모습을 담은 것이다. 임금의 近臣으로서 남다른 은총을 입을 수 있는 처지에 있는 것을 보람되게 생각하는 마음이 잘 나타나 있다.

둘째 수는 舜임금의 훌륭한 신하였던 蘷와 龍에 비하면 부끄러울 정도로 신하로서 본분을 능히 다하지도 못하는데, 외람되게 궁중의 음식을 하사받아서 그 은혜를 죽을 때까지 잊지 않고 갚겠다는 다짐이다. 그 기약을 구르는 돌처럼 쉽게 변하지 않겠다고 스스로 믿고 맹세하는 것이다. 자신이 蘷와 龍보다 못하다고 비유한 것은 물론 謙辭이지만, 그러나 순임금의 훌륭했던 신하들에게 자신을 비유해보는 것 또한 자신이 그만한 위치에서 그만한 역할을 해야 한다는 관인 의식의 발로이다. 그러한 의식이 晩年까지 은혜에 보답하기를 기약하는 마음으로 나타난 것이다.

제목에서 보듯이 이때 성종은 승정원에 사흘간이나 연이어 술을 하사하고 나서 다시 나흘째 술과 시를 하사하였다. 승정원 관리들은 너나 없이 임금의 시에 화운하였지만 김종직은 이때 秘閣(궁중 서적 보관소)에 있었기 때문에 마지막 술과 시를 하사할 때는 같이 참여하지 못했다. 그래서 이렇게 자발적으로 模擬해서 화운한 것이다.

〈臘日 上奉世祖神主 祔于太廟 備法駕還宮 僕以外補未綴舊班 有作呈國華 十二月十六日〉(납일에 임금께서 세조의 신주를 받들어 태묘에 合祀하고 법가를 갖추어 환궁하였는데, 나는 이때 외직에 보임되었기 때문에 그전 반열에 끼지 못하고 시를 지어 國華에게 드린다. 12월 16일이다.)156)

올해의 臘日은 따뜻하기 봄과 같아
도랑 버들 뜰의 훤초 자태도 새로운데

---

156) 『점필재집』 권6, 장17.

고요한 종묘에는 온 儀式舞 펼쳐지고
평평한 거둥길엔 일월성신 빛나도다.
은혜로운 조칙 내려 가벼운 죄 용서하고
朝廷의 술 진한 맛에 근신들이 다 취하니
나홀로 부끄럽네, 깃대 잡고 俗吏되어
조복 입고 임금 수레 뒤따르지 못하다니.

今年臘日暖如春　渠柳庭萱物態新
血血閟宮傳萬舞　平平馳道燦三辰
寬恩渙汗原輕繫　法酒濃薰醉近臣
自愧一麾爲俗吏　朝衣未惹屬車塵

　납일에 세조의 신주를 종묘에 합사하고 환궁하는 대열에 끼지 못한
아쉬움을 시로 지어 친구인 崔淑精(字 國華)에게 준 시이다. 납일은 동
지 후 셋째 未日인데 조정에서는 이날 종묘와 사직에 제사를 드리는 의
식을 행하였다. 최숙정은 자신보다 2살 아래지만 친한 사이였으며 김종
직이 편찬한 시선집 『靑丘風雅』의 발문을 쓰기도 하였다.

　작자는 이때 40세 되던 해인데 71세 된 노모를 봉양하기 위하여 爲
親乞郡하여 함양 군수를 제수 받은 상태였다. 그래서 조정 신하들에게만
주어지는 그 영광스러운 행차 대열에 끼지 못하여 못내 아쉬운 마음을
시로 나타내고 있다. 이 행차는 다름 아닌 세조의 신주를 종묘에 合祀하
는 행사였다. 역시 관인으로서의 의식이 배어 있다는 것을 알 수 있으며
또한 세조에 대한 거부감도 전혀 없다는 것을 알 수 있다.

　〈又次望京樓〉(또 망경루에 차운하다)157)

저녁 놀과 따오기의 마을 경치 바라보니
한 폭 흰 천 맑은 강물 정녕 땅을 씻어내네.

---

157) 『점필재집』 권16, 장9.

내일이면 돛단 배는 어디로 떠날 건가.
꿈 속 혼은 이미 먼저 궁궐 문에 들어가네.

落霞孤鶩望中村　一練澄江正抹坤
明日風帆何處發　夢魂先已入修門

충주 목사의 부탁으로 지은 시인데, 충주의 拱辰樓, 南風樓, 望京樓에 각각 차운한 시 중의 한 편이다. 시의 전반부에서는 망경루 주변의 아름다운 경물을 노래하고 후반부에서는 서울을 향한 그리움을 나타내었다. 시 제목부터가 서울을 그리워하는 내용을 유도하게 되어 있지만, 어쨌든 궁궐을 향한 마음을 드러내고 있는 것은 바로 관료 의식의 소산이라고 할 수 있다.

〈書義禁府會飲圖〉(의금부의 회음도에 쓰다)158)

밝은 세상 벼슬하여 집금오가 되었으니
못난이란 남들 조롱 아마 거의 면하겠지.
날마다 官府에 가 밝은 재판 참여하고
임금 수레 뒤따르며 길 앞잡이 경계하네.
친구간엔 품계 따위 높고 낮음 상관 없고
나랏일엔 녹봉 有無 어찌하여 따지리요.
다행히도 여가 틈 타 談笑할 수 있게 되니
술병 들고 서호에서 취한다고 해가 되랴.

清時仕宦執金吾　庶免人嘲賤丈夫
日向虎頭參淑問　行隨豹尾戒前驅
朋情不管資高下　王事寧論俸有無
幸托餘閑供笑語　何妨携酒醉西湖

---

158) 『점필재집』 권19, 장3.

벼슬살이 중의 생활을 의미있게 묘사함으로써 관직에 있는 것을 일면 자랑스럽게 생각하는 점을 엿볼 수 있는 시이다. 국가 행정에 적극적으로 참여하는 것을 당연한 것으로 여기고 있는 것이다. 首聯에서는 바로 孔子가 말한대로 '나라에 도가 있는데도 가난하고 천한 것은 부끄러운 일'159)이기 때문에, 지금은 도가 행해지는 밝은 세상인지라 의금부에서 벼슬하는 것은 부끄럽지 않은 자연스런 일이라고 벼슬살이하는 것을 합리화하고 있다. 孔子의 언명대로 유가적인 관점에서 벼슬살이 하는 것이 사대부로서 전혀 거리낄게 없는 것이며, 이것은 김종직 자신의 생각이기도 하였다.

〈用大虛韻呈士孝〉(대허의 운을 써서 사효에게 드리다)160)

해마다 御駕161) 모셔 방울 소리 들었으니
임금 풍채 대면함이 一端에만 그쳤으랴.
오늘은 진남루에 올라서 바라보니
오색 구름 이는 곳 어디 쯤이 서울인가.

年年法從聽鳴鑾　　晋接龍光豈一端
今日鎭南樓上望　　五雲何處是長安

이 시는 작자가 57세 때 '全羅道觀察使兼巡察使全州府尹'이 되어 임지에 가는 도중에 지은 작품이다. 여러 해 동안 서울에 있으면서 임금을 扈從하였던 기억을 살려 임금에 대한 그리움을 노래하였다.

해마다 임금의 수레를 모시면서 수레의 방울 소리를 친숙하게 들었으

---

159)『論語』<泰伯>, "邦有道, 貧且賤焉, 恥也."
160)『점필재집』권21, 장1. 大虛는 처남인 梅溪 曹偉의 字이고 士孝는 金齊閔의 字이다.
161) 원문의 法從은 法駕, 즉 임금이 거둥할 때 쓰던 수레.

니 임금의 풍채를 직접 뵌 것이 한 번 뿐이 아니다. 그런데 이제는 지방의 관찰사가 되어 이곳 진남루에 올라 북쪽을 바라보니 오색 구름 일어나는 저 멀리 어디 쯤에 서울이 있는지 아득하기만 하다.(鎭南樓는 전국 여러 곳에 있으나 문집의 편차 순으로 볼 때 전라북도의 태인에 있는 것으로 판단된다.) 오색 구름은 상서로운 조짐을 나타내는 상징이며 임금이 계신 장안을 미화하기 위한 수사이다. 지방관으로 나아가서도 임금을 그리워하는 마음을 잊지 않는 관인 의식이 자연스럽게 流露되어 있다.

이밖에도 왕실에 관계된 수많은 시들과, 절도사 등 여러 관직에 임명된 사람들에게 지어준 작품들에서 직접 간접으로 김종직의 관료적인 성향이 드러나고 있다.

김종직의 시에서 자연의 아름다움을 노래하고 자연에 歸依하고 싶어하는 시들이 드물지 않게 나타나는 것을 사실이다. 그러나 그들 시를 기준으로 하여 그의 處士的 성격을 논하거나 江湖 歸依의 정신을 말하는 것은 섣부른 판단이다. 개별 작가들에게서 나타나는 양상은 각각 다를 수 있지만, 김종지의 경우 이미 官路가 열린 상태에서 자연 동경의 심정을 읊은 것은 절실한 감정에서 우러나온 것이라기보다는 앞서 말한 대로 일종의 정신적 보상 심리에서 나왔다고 보는 것이 더 타당할 것이다.

고려 시대의 대표적 관료 문인이라고 할 수 있는 金富軾 같은 이도 시에서는 벼슬 살이를 부끄러워하고 자연의 아름다움을 동경하는 시를 남겼으며,162) 김종직과 동시대인으로 대표적 훈구 관료라고 지목되어온

---

162) 김부식의 다음 시들을 예로 들 수 있다.
 <甘露寺次惠遠韻>, "俗客不到處, 登臨意思淸, 山形秋更好, 江色夜猶明, 白鳥高飛盡, 孤帆獨去輕, 自慚蝸角上, 半世覓功名." 『東文選』 권9.
 <觀瀾寺樓>, "六月人間暑氣融, 江樓終日足淸風, 山容水色無今古, 俗態人情有異同, 舴艋獨行明鏡裏, 鷺鷥雙去畵圖中, 堪嗟世事如銜勒, 不放衰遲一禿翁." 『東文選』 권12.

서거정이나 강희맹 같은 이도 강호 동경의 시를 다수 남기고 있는 점을 보아도,163) 그런 시적 주제를 가지고 김종직의 사림적 사상이나 처사적 성격을 推斷하는 것은 옳지 않은 것이다.

(5) 二重的인 佛敎 인식

김종직의 시에는 승려들과 교유하는 작품이 많이 있으며 절을 제재로 하여 지은 시들도 많다. 그러나 그는 개인으로서의 승려와 儒學에서 이단시하는 사상 체계로서의 불교를 대하는 관점에 분명한 구분을 두는 태도를 보이고 있다. 조선 시대 대부분의 儒者들이 이론적으로는 불교를

<宋明州湖心寺次書狀官韻>, "郡城南畔水無窮, 曲徑浮橋闊復通, 安得此身謝拘檢, 扁舟容颺一江風."『東文選』권19.

163) 각각 다음 시들을 예로 들 수 있다.
  * 徐居正
  <憶村家>, "梅迎今日雨, 麥送故園秋, 最識還家好, 那堪作宦愁, 江山雙蠟屐, 天地一漁舟, 歸去知何日, 吾能昨夢遊."『續東文選』권6.
  <秋懷>, "流光冉冉不曾留, 烏帽西風怯白頭, 出處由來難自斷, 閑忙自古不相謀, 陶潛歸去欣瞻宇, 杜甫行藏獨倚樓, 我亦歸田曾有賦, 欲將身世老扁舟."『續東文選』권7.
  <思歸>, "故園無日不思歸, 心事依違歲月飛, 二字功名百憂集, 一生出處三徑非, 茅簷低小山當戶, 江路磐回水半扉, 昨日村僮來報導, 南溪花浪鱖兒肥."『四佳集』「詩集」, 권28, 장8.
  * 姜希孟
  <閑吟二首> 중 제1수, "閑吟不是藝能多, 壯志其如老去何, 廿載功名添鬢雪, 五更風雨落燈花, 阻隨鵷路趨文陛, 甘與沙鷗點碧波, 到得晚來棲息定, 楊花江水鏡新磨."『私淑齋集』권2, 장15.
  <次仁齋韻寄一菴> 중 제1수, "貧病無心慕綺羅, 幾年辛苦逐奔波, 衿陽一片菟裘地, 秋入園林樂事多."『私淑齋集』권1, 장21.
  특히 강희맹은 江湖憧憬과 歸去來 의식이 반영된 시가 많은데, <申參議末舟歸來亭首尾吟十首>(『私淑齋集』권2, 장2)나 <剛中用歸去來辭字次東坡十韻以示用其字步韻答之>(『私淑齋集』권2, 장4) 등에 그러한 내용이 잘 반영되어 있다.

배척하고 실제로는 정도의 차이는 있을지라도 승려들과 친분을 유지했던 것이 일반적인 현상이지만,164) 시에서 구체적으로 불교를 비판하는 내용을 찾아보기가 쉬운 것은 아니다. 그러나 김종직의 경우는 특히 젊은 시절의 시인『회당고』의 작품들을 중심으로 배불적인 내용을 詩化하는데 주저하지 않고 있다. 이는 그가 사상적으로는 철저하게 배불론자라는 것을 알려주는데, 당시의 사회적 분위기가 배불적이었기 때문이기도 하고 부친인 김숙자의 영향 때문이기도 하였다. 그는『이준록』에서 다음과 같이 자신의 배불적 입장을 밝히고 있다.

> 선친께서는 평생 불교를 옳지 않게 여겨 그를 물리치는 것을 자신의 책임으로 삼으셨다.……前後의 上書에서도 반드시 불교를 물리치는 것으로써 인심을 바로잡는 큰 단서로 삼으셨다. 그래서 우리 남겨진 아들들도 이에 힘입은 바가 있어 거기에 미혹되지 않았다.(先公平生不是佛 以闢距爲己任……前後上書 必以斥黜釋道爲正人心之大端 此孤等亦有所賴以不惑者也)165)

또 『靑丘風雅』에서 李穡의 〈讀書〉 시에 주석을 달기를, "公은 大道가 가려지는 것을 탄식했는데, 도리어 만년에 佛典에 정신없이 빠져서 (大道를 가리는)가시나무 심는 것을 도운 것은 어찌된 것인가?(公嘆大道之翳 而晚年洁於釋典 助植荊棘何也)"라고 하여, 이색이 시에서는 儒道의 쇠퇴를 걱정했으면서도 만년에 불교에 傾倒되었다고 비판하기도 하였다. 이러한 배불적 입장이 시에서 어떻게 형상화되는지 보기로 한다.

---

164) 李鍾燦,『韓國佛家詩文學史論』(불광출판부, 1993)에 승려들과 유학자들간의 친교를 알 수 있게 하는 내용들이 많이 소개되어 있다. 그 중에서 특히 月沙 李廷龜와 그 아들들인 明漢, 昭漢 父子의 親僧이 두드러진다. 李廷龜 역시 자신이 불교를 좋아하지 않았다는 것을 분명히 밝히고 있어, 불교 자체를 용인해서 승려를 사귄 것은 아니고 마음으로 통하는 사람끼리의 交遊였음을 밝히고 있다. 위의 책, 352면.

165)『彝尊錄』下, <先公事業>, 장16.

〈安水寺觀齋佛〉(안수사에서 부처에게 재 올리는 것을 보고)166)

> 웅성웅성 떠드는 四部大衆을
> 불러 모아 無遮會167)라 일컫는다네.
> 겹친 북은 해괴 망측 소리를 내고
> 나무에는 구슬 꽃을 매달아 놓고,
>   (중략)
> 覺皇이야 그 입이 탐욕 없지만
> 그 도당은 점점 더 사특하도다.
> 잔 물줄기 미연에 막지 않으면
> 끝에 가서 큰 물결을 누가 막으랴.
> 금전으로 아무리 아첨한대도
> 天道야 어찌 설마 편파적이리.
> 墨胡子가 처음으로 偶像 만들어
> 동해 쪽이 온갖 마귀 시끄럽도다.

> 喁喁四部衆　招聚稱無遮
> 疊鼓駭奇音　佳樹結珠葩
>   (중략)
> 覺皇口不饞　其徒滋奇衰
> 涓涓未隄障　誰息末流波
> 金錢縱諂佞　天道那偏頗
> 墨胡始作俑　東海喧衆魔

절에서 齋를 올리는 것을 보고 대단히 못마땅해하고 있다. 四部 대중이 모여 있는 것을 소란스럽게 웅성대는 것으로 묘사하고 겹으로 설치해 놓고 울려대는 북소리도 해괴하다고 하였다. 그래도 부처에 대해서는 직접적인 비난을 피하고 있지만, 그 宗徒들에 대해서는 갈수록 사특한

---

166) 『佔堂稿』, 768면.

167) 無遮會는 無遮大會와 같은 말. 貴賤·僧俗·智愚·善惡 등을 구분하지 않고 일체 평등으로 財施와 法施를 행하는 대법회.

무리라고 몰아붙였다. 그래서 그 시초에 잘 막지 않으면 말폐를 누가 그치게 할 것인가 걱정하고 있다. 또 금전을 많이 쌓아 놓고 기원한다고 해서 하늘이 편파적으로 그들에 대해 복을 더 내리거나 하지는 않을 것이라고 하여 시줏돈을 바치고 절하는 풍습에 대해서도 비판적인 시각을 보이고 있다.

　결국은 신라에 처음으로 불교를 전래한 묵호자에게 화살을 돌렸다. 묵호자가 처음으로 佛像을 들여와서 불교가 전파되었고, 그 결과 지금이 동해 쪽 고을이 여러 마귀들로 시끄럽게 되었다고 하였다. '作俑'이라는 것은 사람 형상을 인위적으로 만드는 것을 말하니 여기서는 불상을 가리킨다. 作俑은 공자가 대단히 미워한 일이다.168) 묵호자는 유가에서 미워하는 짓을 한 셈이니 그야말로 비난의 대상이다.169)

---

168) 『孟子』, <梁惠王章句 上>, "仲尼曰, 始作俑者, 其無後乎."

169) 묵호자가 처음 불교를 들여온 곳이 바로 김종직의 고향인 一善(善山)이고 그 때 머물렀던 곳이 毛禮의 집이다. 김종직은 후에 선산 군수가 되었을 때 <允了作善山地理圖題十絶其上>이라는 시를 지으면서 이 일을 읊었다(『점필재집』 권13, 장12). 그 시는 '桃李山前桃李開 墨胡已去道師來 誰知烌烌新羅業 終是毛郎窖裏灰'이다. 시의 끝에는 다시 주를 자세하게 붙여 그 배경을 설명하였다.
　이 시에서는 앞의 시(<安水寺觀齋佛>)처럼 불교를 직접 비판하지는 않았고, 다만 불교 문화를 바탕으로 했던 신라의 옛 영화가 사라져 없어진 데 대한 허망함을 나타내었다. 金成圭의 논문에서 이 시에 대해 "천여 년 역사적 전통을 지닌 불교의 聖地 桃李寺가 善山에 있음을 자랑스러워 했음을 알 수 있다"(<佔畢齋의 歷史・風俗詩에 대하여>, 『成大文學』 27집, 1990)고 한 것은 적절한 해석이라고 하기 어렵다. 앞의 <安水寺觀齋佛> 시에서 그토록 비난을 하고서 다시 그 유적을 자랑스러워한다는 것은 모순이며 시의 내용도 결코 자랑스러워하는 것은 아니다. 다만 그 역사적 의의를 인정해서 <十絶歌>에 편입했을 뿐이다. <十絶歌>는 善山의 자랑스러운 일들만 소재로 택한 것이 아니고 <寶泉灘>처럼 관리들의 수탈 장소도 시적 소재가 되었다.

〈書能如寺門扉〉(능여사의 문짝에 쓰다)170)

　　　　(전략)
본래 聖賢 배웠지 불법은 모른 바니
醍醐가 무슨 수로 달게 취함 깨우리요.
서생의 고질 버릇 원래가 난폭하니
술 안먹고 고기 끊고 내 어찌 견딜손가.
만약 長壽 원한다면 오히려 방법 있어
柱下史의 五千言을 외워대면 가능하지.171)
이 역시 이단이라 배우지 못하리니
하물며 윤리 없는 불교를 또 탐할손가.
산에 놀고 사랑하지 너를 사랑 안하노니
내 꾸지람 네 당해도 달갑게 받아야지.
속인은 절로 속인, 중은 절로 중이리니
중이여 이 말로써 부끄러움 털어내게.

　　　　(전략)
本學聖賢不學佛　　醍醐焉得醒沈酣
書生習氣元麤狂　　斷酒絶肉吾何堪
若要長生尙有道　　吐言五千柱下聃
此亦異端不足學　　亂倫況復空門耽
遊山愛山非愛尒　　尒逢我誚固所甘
俗人自俗僧自僧　　僧以此語攄其慙

　　작자는 22세 때 黃嶽의 能如寺에서 공부를 하고 있었는데 그때 능여
사 문짝에다 쓴 시이다. 자신은 본래 유가의 성현을 배웠지 불법은 안
배웠기 때문에 불교에서 말하는 제호의 맛〔佛性〕은 모르니까 달게 술에
취한 것을 제호가 깨울 수 없다는 것이다. '醍醐'는 우유를 정제하여 만

---

170)『회당고』, 771면.

171) 五千은 노자 도덕경이 五千言이라서 지칭한 것이고 柱下聃은 老子(老聃)가
　　柱下史 벼슬을 하였기 때문에 이르는 말이다.

든 乳製品 중 마지막으로 산출되는 최상급의 음식인데, 불가에서는 이를 '최상의 지극한 正法' 또는 '佛性'에 비유한다.172) 그리고 자신은 원래 몸에 가지고 있는 습관이 거칠고 난폭하여 술을 끊고 고기를 금하는 것을 견딜 수 없다는 것이다. '習氣'는 '습관의 기운으로 남아 있는 것'으로서, 번뇌를 수행으로 없애고자 해도 습관적으로 사라지지 않고 남아 있는 기운을 말한다.173) 다분히 젊은 혈기로 불교 문자를 사용하여 거부감을 드러내었다.

오래 살고자 한다면 노자 도덕경을 외우면 되겠지만 이 역시 이단의 학문이라 배우지 못할 것인데, 하물며 부모를 떠나고 핏줄의 대를 잇지 않는 불교는 윤리를 어지럽히는 더 큰 이단이니 관심조차 기울일 필요 없다. 지금 능여사에 와 있지만 그것은 산에 노닐고 산을 사랑하기 때문이지 결코 불교나 중을 사랑해서가 아니다. 그러니 그대들 중이 나의 꾸짖음을 당한들 달게 여기라는 것이다. 그 스스로 불교에 대한 비난이 너무 심했다고 생각했는지 마지막에는 약간의 변호를 해주고 있다. 속인은 속인이고 중은 중이라 서로의 세계관이 다를 뿐이니 너무 부끄러워하지 말라는 것이다. 그러나 역시 스스로 불교보다 우위의 입장에서 해주는 말이다.

이처럼 불교에 대한 비판적 성향은 『회당고』보다 최소한 5배나 더 많은 시가 실린 본 문집 『佔畢齋集』에서는 훨씬 보기 힘든 현상이다. 『점필재집』에서도 불교를 비판하는 시들이 전혀 없는 것은 아니지만 그 강도는 위에서 살펴본 시들에 비하면 그렇게 노골적이지는 않다.174) 〈十

---

172) 『大般涅槃經』 <聖行品>, "譬如從牛出乳, 從乳出酪, 從酪出生酥, 從生酥出熟酥, 從熟酥出醍醐, 醍醐最上." "從佛出生十二部經, 從十二部經出修多羅, 從修多羅出方等經, 從方等經出般若波羅蜜, 從般若波羅蜜出大涅槃, 猶如醍醐, 言醍醐者, 喩於佛性."『漢語大詞典』에서 再引.

173) 『漢語大詞典』 및 耘虛龍夏, 『佛敎辭典』(東國譯經院, 1989) 참조.

174) 『佔畢齋集』 중에서도 다음의 시는 특별히 배불 의식이 가장 강하게 나타난

絶歌〉에서 볼 수 있는 것처럼 똑같은 대상을 놓고도 그 好惡의 감정이
확연히 차이가 난다. 아마도 『회당고』의 시들은 젊은 시절 혈기 방장할
때라 사물에 대한 주관이 날카로웠기 때문이 아닌가 한다. 장년기 이후
의 시인 『점필재집』에서는 사고방식이 좀더 유연해지고 현실에 조화를
이루는 태도를 견지했기 때문에 모난 언행은 없어지지 않았나 생각된다.
젊은 시절이라도 개인으로서의 스님들을 대하는 태도는 排佛的인 태도
와는 확연히 다르다. 『회당고』에서 나타나는 승려들과의 交遊를 보자.

〈贈入定僧炯根〉(禪定에 든 형근 스님에게 주다)175)

스님께선 으뜸가게 精進 잘하여
장삼 한 벌 몇 계절을 지내왔던가.
오랜 벽엔 등잔불이 무리를 지고
깊은 佛堂 부처님은 白毫 빛나네.
비쩍 말라 외모 비록 약은 듯해도
불성을 깨닫는 일 막지 못하리.
밤마다 서쪽 산에 달이 질 때면
향 한가닥 자주 집어 피워 올리네.

上人最精進　一衲幾炎凉
古壁燈生暈　深齋佛放光
槁形雖似點　見性亦無防
夜夜西山月　頻拈一篆香

작품이다. 권15, 장11, 〈盧秀才琇請僧智照詩卷〉, "佛教入中國, 由漢顯節陵, 當
時隨使者, 竺蘭與摩騰, 佛教至東土, 作俑羅法興, 墨胡及阿道, 鬼幻烏足憑, 五車
初汗牛, 千函代以增, 末世态演譯, 假託莫能徵, 精微或一道, 僞贗尤可憎, 未聞太
極中, 何者爲佛僧, 未聞五常內, 何者爲三乘, 向壁妄見性, 敢擬傳心燈, 悠悠百代
底, 壞汚幾黎烝, 渠今學其道, 沈迷實哀矜, 計出下愚下, 智照眞虛稱, 豈無劃雲
刀, 光芒凜若氷, 未得抉汝眼, 惜哉吾無能."
175) 『회당고』, 806면.

禪定에 든 炯根이란 스님에게 지어준 시이다. 장삼 한 벌로 몇 계절을 지내왔다는 것은 검소하게 무소유의 삶을 사는 스님의 청빈한 모습을 말한다. 炎凉은 더위와 추위의 계절을 말하기도 하지만 炎凉世態를 뜻하기도 하는 重義法이다. 많은 세월 苦海의 세파를 초연하게 해쳐 온 스님의 삶을 함축적으로 표현하고 있다.

頷聯은 정진하는 道場의 고요하고도 엄숙한 분위기를 묘사하였다. 스님이 참선하는 방의 낡은 벽에는 등잔불만 가물거린 채 등잔불 주위에 무리가 지고 법당에 깊이 모셔진 부처의 이마에서는 白毫가 빛을 내쏜다고 하였다.

頸聯의 前句로 보아 스님의 용모는 비쩍 말라 볼품이 없었던 듯하다. 그러나 眞性을 깨닫는데는 외모가 아무런 상관이 없음을 말하였다.

尾聯의 ‘西山의 달’은 서방 淨土를 향하는 염원의 상징이다. 향가인 〈願往生歌〉에서 ‘둘하 이뎨 西方ᄭᆞ장 가샤리고……’176)라고 한 것과 마찬가지의 발상이다. 〈願往生歌〉는 ‘미타불의 四十八大願을 중심으로 西天을 넘어가는 달에 부쳐 불려진 淨土文學’으로 평가된다.177) 스님은 서쪽으로 향해 가는 달을 보고서 자신도 서방 정토에 왕생하고자 하는 염원을 발하느라 더욱 자주 향을 집어서 연기를 피워 올리는 것이다.

〈贈信清上人〉(신청 스님에게 드림)178)

십년이나 藜牀에다 옆구리도 대지 않고
아침 저녁 오로지 彌陀佛만 외우시네.
손님 와서 합장하고 오랫동안 애기하니
마당 앞에 우담발화(優曇鉢華)179) 남김없이 피었구려.

---

176) 梁柱東 풀이.

177) 최철, 『향가의 문학적 해석』(연세대학교 출판부, 1990), 259면.

178) 『회당고』, 865면.

　　　十載藜牀脅不加　晨昏唯課念彌陀
　　　客來合掌移時話　開盡庭前優鉢花

　　藜牀은 명아주 줄기를 엮어서 만든 평상으로 누추한 탁자를 말한다.
起句는 '脅(＝脇)不沾席'의 불교 고사를 用事하였다. '옆구리를 자리에
갖다 대지 않는다'는 뜻으로, 불교도가 勤苦하며 수행하는 것을 형용한
말이다.180) 承句까지는 信淸 스님이 長坐不臥하면서 열심히 佛道를 닦
는 모습을 찬양했다.

　　轉句는 자신이 절을 찾아와 스님과 오래도록 대화를 나누는 모습이다.
이때 늦은 가을인데도 마당에 꽃이 아직 지지 않고 있었는데, 結句에서
이를 3천년에 한번씩 핀다는 상상속의 상서로운 꽃인 우발화(우담발화)
라고 비유함으로써 스님과 자신과의 만남을 최고조로 미화하고 있다.

　　이 시에는 後記가 붙어 있는데, 자신이 靈山 향교에 있을 때 신청 스
님이 普林寺 상방에 있어서 자주 방문했다고 하였다. 한번은 10월인데
도 마당 앞의 꽃 몇 떨기가 붉은 빛을 뿜으며 아직 지지 않고 있어서
이 시를 써 주었다고 하였다.181) 이로 보면 그가 평상시 신청 상인과
친하게 지냈음을 알 수 있다.

　　　〈贈正上人 上人不識經〉(正상인에게 드리다. 스님은 불경을 몰랐다)182)

　　　깨달음에 어찌하여 불경 문자183) 탐하리요,

---

179) 優鉢花는 優曇華, 優曇鉢華 등 여러가지 異稱이 있는데, 불교에서 말하는 3
　　천년에 한번 씩 꽃이 핀다는 상상속의 식물이다.

180) 唐玄奘, 『大唐西域記』, 〈健馱邏國〉, "波栗濕縛尊者(脇尊者)勤修苦行, 終不以
　　脇至席的故事". 『漢語大詞典』에서 再引.

181) 『회당고』, 865면, "余在靈山鄉校, 淸時居普林寺上房, 余屢訪焉, 時值十月, 庭
　　前有花數朵, 尙殷紅未萎, 余贈以是詩, 拈出佛家花以美之……."

182) 『회당고』, 870면.

속세간의 흙 먼지야 전혀 듣지 않는다네.
가을 되니 지팡이는 어느 곳을 향하려오.
웃으면서 서쪽 산의 조각 구름 가리키네.

心悟奚耽貝葉文 世間塵土了無聞
秋來錫杖飛何處 笑指西山一片雲

　불경을 알지 못하는 正상인에게 지어준 시이다. 승려가 되어서 불경을 모르는 것이 세속적인 관점에서는 흠이 될 수도 있으나 이를 오히려 옹호해주고 있다. 禪宗에서도 '不立文字'라고 하였으니 그 말대로 하자면 수많은 불경들은 사실 불필요하다. 진정한 깨달음은 마음 속에서 일어나는 작용이니 불경 문자는 탐할 필요가 없다는 것이다. 그러한 경지를 지키는 스님은 속세간의 五慾七情 등에 관계되는 먼지같이 하찮은 일들은 아예 듣지를 않는다.

　스님은 아마도 夏安居를 마친 듯하다. 그래서 가을이 되니 이제 다른 곳으로 駐錫處를 옮겨야 하는데 어디로 향할 것인지 물으니 웃으면서 다만 서산의 한 조각 구름만 가리킬 뿐이다. 역시 말없는 중에 以心傳心이다. 구름은 自在 無碍한 존재이니 저 구름과 같이 얽매이지 않고 雲水衲子의 유유자적한 行脚을 하겠다는 것이다. 김종직은 이처럼 평소에도 승려들과 친하게 교유하였고 불도에 정진하는 승려들에 대해서는 찬양을 아끼지 않았다.

　『점필재집』에 나타나는 승려들과의 交遊 시는 무척 많아서 그가 배불론자라는 의식이 들지 않을 정도이다. 대표적으로 한 수만 들어본다.

---

183) 원문의 貝葉은 貝多羅葉의 준말. 패다라엽은 옛날에 인도에서 鐵筆로 經文을 새기던 多羅樹의 잎.

186　金宗直 詩文學 硏究

〈送專上人遊金剛山　進退格〉(專上人이 금강산에 놀러가는 것을 전송하며.
進退格으로 짓다.)184)

기틀의 날 요란한 곳 묘한 발길 오르면서
스님께서 헛걸음을 않을 것이 분명하니
일찍이 동서남북 유랑하던 나그네가
일만 이천 봉우리를 요긴하게 구경하리.
으슥한 골짜기에 신선 사는 동네하며
광대한 푸른 바다 海神 사는 궁궐까지,
기이한 것 다 보거든 빨리 돌아 오시구려.
지팡이 함께 짚고 호계에서 놀고 싶소.

機鋒擾處躐玄蹤　　　了了知師不落空
曾是東西南北客　　　要看一萬二千峯
陰陰洞壑仙185)都府　　納納滄溟海若宮
觀盡瑰奇早回錫　　　虎溪思欲共搥節

　금강산 유람 가는 스님을 전송하는 시이다. 首聯은 창끝처럼 뾰족뾰
족한 봉우리들이 어지러이 솟아 있는 금강산의 모습을 상상하면서 스님
의 이번 遊覽이 틀림없이 보람이 있을 것이라고 격려해 주고 있다.
　스님과의 友誼를 잘 드러낸 곳은 尾聯이다. 단순히 금강산 유람의 격
려에 그치지 않고 그곳의 명승 구경도 좋지만 빨리 돌아와 虎溪에서 함
께 놀자고 권유하고 있다. 儒·佛·道 三敎의 친교의 상징으로 쓰이는
'虎溪三笑'의 고사를 끌어다 스님과의 友誼를 드러낸 것이다. '虎溪三笑'
는 남북조 시대 晉나라의 慧遠法師가 놀러온 陶淵明과 陸修靜 두 사람
을 전송하면서 이야기에 팔려 자신도 모르게 虎溪를 건너고서, 범 우는

---

184)『점필재집』 권1, 장12. 이 시는 제목에서 밝힌대로 이른바 '進退格'인데, 두
　개의 韻統을 교대로 압운하는 방법이다. 韻字로 쓰인 蹤, 空, 峯, 宮, 節은 '冬
　韻'(蹤, 峯, 節)과 '東韻'(空, 宮)을 번갈아 압운한 것이다.
185) 원문에는 '山'으로 되어 있으나 의미상 '仙'으로 고침.

소리를 듣고서야 평생 내를 건너지 않겠다고 다짐한 스스로의 금기를 깨뜨린 것을 알고 함께 웃었다는 것이다. '親僧'의 능동적인 의지를 읽을 수 있는 시라고 하겠다.

이처럼 排佛的인 사상을 기본적으로 가지고 있으면서도 승려들과의 교유를 전혀 꺼리지 않은 것은 한편으로 보면 모순인 것 같기도 하지만, 인간 생활에서 고금을 막론하고 한 집단을 보는 관점과 그 집단에 속하는 한 개인을 대하는 관점이 서로 다를 수 있다는 것 또한 흔히 볼 수 있는 사실이다. 더구나 조선 시대에 儒學者들이 사귄 승려들은 대부분 일정한 學德을 갖춘 이들로서 外典에도 밝았기 때문에 서로 학문의 벗이 될 수 있었으며, 그들의 청정한 수행의 태도는 儒者들이 지향하는 삶의 가치 기준과도 상통하는 면이 있었기 때문에 사상적으로 이단이라는 한계를 충분히 극복하고 친교가 유지될 수 있었던 것이다. 또 여기에는 스님들이 산속의 수도 생활에만 안주하지 않고, 유자들에게 종교적인 논리로 맞서기보다는 詩文의 수창을 통하여 친분을 유지함으로써 불교에 대한 비판을 완화시키는 효과를 보려는 적극적인 태도도 한몫을 했다고 할 수 있다.186)

(6) 愛民 의식

애민 의식의 시적 형상화도 사실은 많은 시인들에게서 공통적으로 드러나는 제재 중의 하나이다. 그러나 친교 활동이나, 이별의 정이나, 산수 유람의 흥취 등 흔히 나타날 수 있는 여타의 공통적인 제재에 있어서도 마찬가지겠지만, 그 양상이 제법 비중있게 나타날 때는 한 작자의 시 의식을 살피는데 있어서 고려의 대상으로 삼을 필요가 있다. 김종직에게 있어서도 애민 의식은 상당한 정도의 비중을 차지하기 때문에, 이

---

186) 李鍾燦, 『韓國佛家詩文學史論』(불광출판부, 1993), 494면.

를 詩化한 것에 대해 그 의식의 근저를 탐구하는 것이 필요하다. 기존의
연구자들은 이 애민 의식을 다른 요소들보다 앞서는 것으로 파악하였지
만,187) 이는 연구자의 연구 방향에 따라 달리할 수 있는 관점의 차이이
다.

그의 작품 중에 백성들에 대한 애민 의식이 잘 형상화된 시로는 흔히
〈可興站〉188) 〈洛東謠〉189) 〈築城行〉190) 등이 거론되지만 그밖에도 많
은 작품들을 찾아볼 수 있으며, 20대 때의 시를 모은 『회당고』에서도
자주 보인다. 이 애민 의식의 시적 형상화는 대부분의 연구자들간에 거
의 같은 작품들을 공통적으로 다루고 있기 때문에 본 논문에서는 중복
을 피하기 위해 『점필재집』에서 나타나는 작품들을 예로 드는 것은 생
략하고, 젊은 시절부터 그러한 애민 의식이 싹텄음을 보여주는 『회당고』
의 작품들을 예로 들어보기로 한다.

선행 연구에서는 김종직의 愛民 의식이 크게 일어난 것이 그가 35세
때 영남 병마평사가 되어 각 지방을 돌며 백성들의 실제 생활을 살핀
시기였다고 하였는데,191) 『회당고』를 보면 이미 이른 시기부터 그러한
의식을 기본적으로 가지고 있었음을 알 수 있다. 『회당고』에는 유독 가
뭄이나 홍수와 같은 기상 재해에 따른 백성들의 困苦한 삶에 대해 많은
관심을 가지고 詩化했으며, 또한 같은 의식 선상에서 제때에 알맞게 비

---

187) 朴善槙, 앞의 책, 제4장의 3.작품세계 중 ①愛民思想.
　　鄭錫龍, 〈金宗直의 漢詩研究〉(단국대학교 석사논문, 1986), V.愛民意識의
　詩的 具顯.
　　金容珏, 〈佔畢齋 金宗直의 詩文學考〉(동국대 교육대학원 석사논문, 1989),
　Ⅲ.김종직의 시 세계 중 2)親民意識 등등.
188) 『점필재집』 권4, 장6.
189) 『점필재집』 권5, 장8.
190) 『점필재집』 권13, 장11.
191) 朴善槙, 앞의 책, 128~129면.

가 오는 것을 기뻐한 '喜雨' 시들도 많이 보인다. 이것은 김종직이 특히 젊어서부터 백성들의 삶에 대해서 관심을 가지고 그들의 어려움에 대해 마음 아파했음을 증명하는 점이라고 하겠다.

〈聞密陽等處水災 戊辰年〉(밀양 등지에 수재가 난 소식을 듣고. 무진년에)192)

어떤 한 나그네가 남쪽에서 와
밀양에서 출발했다 말을 하기에
옆 자리에 앉아서 소식 물으니
말하려다 도리어 흐느껴 우네.
김매기 이제 겨우 끝마쳤으니
시절 순서 팔월이 시작될 무렵
온갖 곡식 아직도 밭에 자라고
농민들은 모두 집에 들어갔는데
광풍이 하룻밤에 마구 일어나
천지를 진동하고 나무도 꺾고
큰 비가 바다에서 휘몰아치니
은하수가 정녕코 방죽 터졌나.
큰 소리로 산꼭대기 허물어지고
세차게 모든 강물 범람했다네.
     (중략)
驛의 관리 급한 공문 전달하여서
丁男 中男193) 아울러 징발해내어
몰아다가 시냇가의 보를 쌓으니
어느 겨를 도토리 밤 줍기나 하랴.
길가에서 모두들 하늘 탓하나
원통해도 누가 다시 해결해주랴.

---

192) 『회당고』, 750면.

193) 丁男은 壯丁을 말하고 中男은 15～20미만의 남자로 모두 戶役을 담당할 연령을 이른다.

이에 내가 이런 말을 듣고 나서는
고개 숙여 마음만 찢어지는 듯.
작은 창문 사이를 휘둘러 보고
自問하며 무력함을 맘 아파하네.
저 사람의 애닯은 말 기록하여서
시 지으니 유난히도 격렬하도다.
누가 능히 이 가사를 채록하여다
임금 계신 궁궐에다 아뢸 것인가.

有人從南來　云自密城發
側席問消息　欲喜還嗚咽
耘耔纔斷手　時序標酉月
百穀尙棲畝　農人各入室
顚風一夕起　震蕩林木折
大雨卷海底　天河正橫缺
礧砢冢崒崩　洶湧百川溢
　　　(중략)
郵吏遞急符　丁中並調閱
驅之築邊堡　奚暇拾芋栗
道路咸指天　怨傷誰復決
而我聞此言　低首心欲裂
俯仰小窓間　撫躬傷薄劣
記彼哀苦言　裁詩偏激烈
誰能採此詞　敷奏九重闕

　홍수로 인한 백성들의 참상을 듣고 마음 아파하는 시이다. 이 시는
作詩 연도가 확인되는 시로서는 가장 이른 시기(戊辰年 : 18세)의 작품
이다. 연보에 의하면 작자는 이 해에 서울에 있었던 것으로 확인된다.
밀양에서 온 사람이 홍수가 난 고향 소식을 전하는 것을 곁에서 듣고
마음이 몹시 아파서 그 情狀을 시로 읊은 것이다.
　전반부에서는 홍수의 참상을 묘사하였고, 이어 피해 복구에 동원되느

라 생계 수단으로 마련할 도토리나 밤을 주울 겨를도 없는 고달픈 백성들의 생활을 아픈 마음으로 표현하였다. 그리고 자신은 아직 어리고 능력이 없어 그들을 도와줄 힘이 없음을 아쉬워하였다.

　자신이 할 수 있는 일이란 이런 실정을 시로써 토로할 수밖에 없는 것인데, 이렇게 홍수의 實情을 절절이 나타낸 시를 누군가 가져다 임금에게 아뢰면 고달픈 백성들을 임금이 구제해 줄 거라는 소박한 소망을 言外로 전하고 있다.

　　　〈春旱〉(봄 가뭄)194)

　　　　절지 새가 祥瑞 표해 농사일 한창인데
　　　　봄 구름은 어찌하여 가랑비도 안 내리나.
　　　　바야흐로 벼 잎 끝이 수면 위로 솟을 땐데
　　　　흙덩이만 이리저리 논 고랑에 가득하네.
　　　　남쪽 사람 일찍이 두레박 틀 못 만들고
　　　　밧줄 내려 퍼 올리나 물은 계속 나지 않네.
　　　　힘은 비록 많이 써도 얻은 효과 별로 없어
　　　　종일 해야 가까스로 몇 이랑만 물을 대네.
　　　　　　　(후략)

　　　竊脂紀瑞農務殷　春雲曷不雨霢霖
　　・正當稍針刺水時　宿塊狼藉盈畎谷
　　　南人未曾作桔槹　垂綆引槽水不屬
　　　用力雖多得效少　終日纔看數畝沃
　　　　　　(후략)

　가뭄이 들어 농민들이 고생하는 모습을 읊은 시이다. 농사철이 되면 나타나는 철새인 竊脂 새가 보였으니 바야흐로 농사일이 한창일 때이다.

---

194) 『회당고』, 788면.

농민들에게는 농사 짓는 것 자체가 신성한 천직이므로 그 때를 알리는 새가 나타난 것을 보고 '상서로움을 나타낸다〔紀瑞〕'고 하였다. 그러나 막상 농사를 지으려면 당연히 물이 많이 있어야 하는데 하늘에서는 가랑비조차도 내리지 않는다. 지금은 원래 어린 벼가 막 자라나서 논 가득한 물 위로 뾰족뾰족하게 잎 끝을 내밀고 있어야 할 때이다. 그런데도 논 고랑에는 묵은 흙덩이들이 가득한 채로 있으니 얼마나 가뭄이 심한지 알 수 있다. 모내기는 고사하고 아직 써레질조차도 하지 못한 상태인 것이다.

남쪽 사람들은 진작에 물을 쉽게 풀 수 있는 도구인 두레박 틀도 만들지 못해서 일일이 밧줄을 늘어뜨려 물을 퍼 올리지만 그나마 금방 바닥이 나버려 계속 퍼 올리지도 못한다. 그래서 힘은 비록 많이 들이지만 성과는 보잘 것 없어 종일토록 애써 봐야 겨우 몇 이랑만 물을 댈 수 있을 뿐이다. 당시에는 灌漑 사업이 발달하지 못하여서 대부분의 논농사가 하늘에 의지하던 때인지라 가뭄에 대한 관심은 지대하였다. 그것은 직접 농사 짓는 농민들만의 문제가 아니라 그들의 삶을 지켜보며 그들과 더불어 살아가는 작자 자신에게도 중요한 관심사였을 것이다.

〈催糴吏 丙子八月大水後 道宿加利縣野人家作〉(還子 독촉하는 아전. 병자년 팔월 큰물 진 뒤 길을 가다가 가리현 농부의 집에서 자며 지었다.)195)

(전략)
還子 독촉 아전들이 화난 눈을 부라리고
채찍 들고 당돌하게 한밤중에 집에 오니,
대답 조금 늦어도 아전 욕은 더 심하여
노인 내외 그 앞으로 기어가서 아뢰기를
작년 봄에 기근 겪어 官倉에 가 덕 봤으니
피와 살점 어느 것이 관가 은혜 아니리요.

195) 『회당고』, 776면.

금년 가을 갚고 나면 봄에 다시 꾸게 되니
분명코 이것 죄다 끼니거리 전부라오.
정말 수확 있다면야 어찌 차마 아끼리요,
등·볼기에 참으로 구더기가 슬게하네.
하늘 역시 두 눈 있어 오히려 보겠지만
싸라기나 어찌 있어 동이를 채우겠소.
올해는 流浪 신세 집집마다 똑같으니
늙은 몸을 팔자 해도 얘기라도 누가 하랴.
우러러서 달 별 보며 부질없이 눈물 닦네.
어떡하면 임금께서 이 원통함 들으실까.

(전략)

催糶縣吏怒目張	操鞭唐突夜到門
應答稍遲吏愈罵	翁婦匍匐前致言
去春阻飢走大倉	血肉孰非官家恩
今秋償之春復糶	較來盡是吾饔飧
苟有所穫胡忍斬	忍令虫蛆生背臀
天亦兩眼尙可眠	豈有糠粃充盎盆
今年蕩析196)家家同	老身自售誰擬論
仰指月星空雪泣	九重安得聞此冤

흉년이 들어 還子를 갚지 못하는 백성의 딱한 실정을 읊은 시이다.
還穀 제도는 가난한 백성들의 구제를 위해서 생긴 것이지만, 흉년이나
홍수 등 재해로 인한 절대 빈곤 앞에서는 크게 도움이 되지 못했다. 춘
궁기 때 곡식을 꾸어다 먹으면 가을에 갚아야 되는데, 얼마 많지 않은
소출을 환자로 갚고 나면 다음해 봄에는 또 官倉의 신세를 져야 하는
악순환이 되풀이된다. 그러다가 이 시에서처럼 흉년이라도 들면 당장 가
을에 갚을 곡식마저 없어 결국은 유랑민의 신세로 전락하게 되는 것이
다.

---

196) 원문은 '柝'으로 되어 있으나 바로 잡음.

젊은 사람들 같으면 자신의 몸을 팔아서라도 해결하겠지만, 다 늙은 사람의 경우는 그럴려고 해도 누가 말도 붙이지 않는다. 어디다 하소연할 데도 없어 하늘만 바라보고 눈물을 흘리지만 도리가 없는 것이다. 구중 궁궐의 임금이라도 이런 실정을 알아준다면 구휼을 바랄 수 있을 것이라는 간절한 소망을 대신하고 있다.

이러한 애민 의식은 儒者로서 당연히 간직하여야 할 기본적인 태도이다. 김종직이 이런 정신을 시로 얼마나 절실하게 나타냈느냐 하는 것이 시인으로서의 한 특질이 될 수는 있는 것이지만, 이를 토대로 "고려 후기 이래의 신흥사대부들이 농민을 동반자로 하여 大莊園主인 權門世族에 대항했던 것처럼 15세기 후반에 당시의 재지적 중소지주 출신으로 역시 학문과 操行을 굳게 닦고 결속한 신진 사림이 金宗直을 필두로 농민층을 옹호하며 대토지 소유자인 훈·척 세력에 대항하고 있는 유사한 현상을 볼 수 있다"197)고까지 해석하는 것은 실상을 크게 벗어난 견해이다. 이런 일련의 해석들은 김종직을 사림파의 영수로 보는 시각에서 훈구 관료와 대립적인 인물로만 파악하려는 데서 오는 오류이다.

유학의 기본 정신 중의 하나가 민본 사상이고 애민 의식이기 때문에, 시에서 그러한 정신이 반영되는 것은 훈구 관료라고 해서 예외가 아니다. 농업이 국가 경제의 대본이었던 우리나라에서는 君主를 비롯해서 治者 계층은, 농업에 대해서는 물론이고 실질적으로 국민의 거의 대부분이었던 농민들을 국가의 근본으로 생각하지 않을 수 없었던 것이다.198) 김종직은 전혀 훈척 세력과 대항 의식을 가지지 않았으며, 더구나 시에서도 그러한 의식을 찾을 수 없다. 〈可興站〉에서 南人과 北人의 대립 구도가 일부 드러나기는 하지만, 주 비판 대상은 조정 고관들이 아니라 아

---

197) 金成圭, <15世紀 後半 士大夫文學의 몇가지 傾向>(성균관대학교 박사 논문, 1990), 78면.

198) 宋寯鎬, 『柳得恭의 詩文學 硏究』(太學社, 1985), 49면.

전 등 중간 계층들이다.199) 전반적으로 보았을 때 그의 애민 의식의 바탕은 계급간 대립적인 것이 아니라 당시의 사회 구조적 상황이나 자연 조건 속에서 고통받는 백성들의 삶에 대한 보편적인 연민이 우선이었다. 그것은 어려서부터 유가 경전을 공부해온 전형적 儒者로서의 유가적 민본 사상의 발로라고 보아야 할 것이다.

(7) 儒家 德目의 실천 의지

김종직이 유학연원에 놓일 만큼의 도학자이거나 이렇다 할 성리 이론을 추구한 성리학자는 아니라고 할지라도 기본적으로 유학자임을 부인할 수는 없는 것이며 유학적 가르침의 실천 의지를 가지고 있었다는 것도 틀림없는 사실이다. 즉 성리학자 또는 도학자라는 기존의 평가가 과장되었을지언정, 그 과장을 지적하는 것이 그의 유학자적 성격을 부정하는 것은 결코 아니다. 그 점에 대해서는 앞에서도 누차 언급한 바 있기도 하지만, 그는 보편적인 유학적 가치를 현실 생활에서 성실하게 體現하고자 한 사람이었다. 따라서 '修己治人'이라는 유학의 기본적 덕목의 추구가 시에서 流露되는 것은 당연한 일이다. 앞에서 살펴본 '愛民意識'은 '治人'의 측면을 반영하는 것이며 그의 시에서 자주 볼 수 있는 요소이다. 여기에 대응되는 '修己'의 측면은 상대적으로 드물게 나타나기는 하지만 역시 무시할 수는 없는 요소이다. 이는 과거의 문인들이 작품 활동의 비중을 어디에 두었든지간에 기본적으로는 유학적 세계관에서 벗어나지 않았다는 사실을 분명하게 보여주는 것이기도 하다.

---

199) <可興站>에 나오는 "江干夜枕藉, 吏胥何娿娿", "民苦剜心肉, 吏姿喧醉談", "斗斛又討贏, 漕司宜發慚" 등이 그것이다.

〈得嚴君書有感〉(嚴親께서 보낸 편지를 받고 느낌이 있어)200)

사람 마음 겨우 해야 사방 한 치라
온갖 外物 서로 마구 공격해대니
娛樂은 그 신체를 나태시키고
聲色이 그 마음을 방탕케 하네.
혹시라도 굳게 잡아 간직 못하면
마소가 바람난 꼴 뿐이겠는가.
공자께선 네가지를 하지 말래서
안회는 실천하기 안 게을렀고201)
맹자께선 놓친 본심 찾으라 해서
별과 해가 갠 하늘에 드리워지네.
글 읽음에 반드시 깊이 나아가
마땅히 백 배 정도 공을 들이면
그만 두려 하여도 그칠 수 없어
성현과 같은 경지 귀결되리라.
가정의 가르침이 여기 있으니
이로써 어리석음 꼭 깨우치리.
못난 이 몸 스스로 훌륭치 못해
애쓰지만 게으를까 그게 두렵네.
봉투 열고 두 번 세 번 거듭 읽으니
감격스런 눈물이 어찌 안나랴.
앞 날 일은 그래도 따를 수 있어
이 생을 마치도록 맘에 새기리.

人心只方寸　百物相交攻
游嬉惰其體　聲色蕩其衷
苟或不操存　奚啻馬牛風

---

200) 『悔堂稿』, 760면.

201) 悾悾은 뜻이 일정하지 않으나 여기서는 『論語』 <泰伯>편에 “子曰, 狂而不
直, 侗而不愿, 悾悾而不信, 吾不知之矣.”라는 구절의 朱子 註인 ‘無能貌’로 보
아서 의역하였다.

夫子戒四勿　回也非悾悾
孟氏求放心　星日垂晴空
讀書必深造　當輪百倍功
欲罷不能已　聖賢其歸同
家庭訓在是　必以養童蒙
小子自不類　從事恐或慵
披緘再三誦　感淚豈無從
來者庶可追　佩服以長終

　이 시는 젊었을 때 지은 것으로 『悔堂稿』에 실려 있다. 시의 내용으로 보아 부친이 보낸 편지는 올바른 本性을 기르는 학문〔爲己之學〕을 권면하는 것으로 생각된다. 대표적인 유가의 경전들에서 用事를 하여 성현의 가르침을 따르는 공부에 열중할 것을 다짐하고 있다.

　제5구의 '苟或不操存'은 『맹자』에 나오는 '孔子曰 操則存 舍則亡 出入無時 莫知其鄕 惟心之謂與(공자께서 말씀하시기를 '잡으면 보존되고 놓으면 잃어버려서 나가고 들어옴에 정한 때가 없으며 그 방향을 알 수 없는 것은 오직 사람의 마음을 두고 말한 것이로다'고 하셨다)'202)라는 구질을 활용하였다.

　제6구의 '馬牛風'은 『서경』의 '馬牛其風 臣妾逋逃 勿敢越逐 秪復之 我商賚汝(말과 소가 바람 나 달아나고 하인과 하녀가 도망치더라도 감히 제자리를 넘어 쫓지 말며 공경히 제자리에 되돌리면 내가 너희에게 상을 주리라)'203)에서 나온 말이다. 말이나 소가 바람이 나서 도망간다는 뜻이다.

　제7, 8구는 널리 알려진 것으로서 『논어』에 나오는 내용이다. 공자가 '非禮勿視 非禮勿聽 非禮勿言 非禮勿動(예가 아니면 보지를 말고 예가

---

202) 『孟子』, <告子章句 上>.
203) 『書經』, 「周書」, <費書>.

아니면 듣지를 말고 예가 아니면 말하지 말고 예가 아니면 움직이지 말라)'고 경계하는 말을 해주니 안연은 '回雖不敏 請事斯語矣(제가 비록 불민하오나 청컨대 이 말씀을 일삼겠습니다)'라고 응답하였다.204) 안연이 스스로 不敏하다고 한 것은 겸손에서 나온 말이고 실제로는 공자의 말씀을 훌륭하게 지켰을 것이므로 제8구에서 '안회는 무능하지(게으르지) 않았었다'고 한 것이다.

제9구의 '孟氏求放心'은 『맹자』에 나오는 말이다. 이 장에서 맹자는 '仁은 사람의 마음이요 義는 사람의 길이다'고 전제하고, 사람들이 닭이나 개가 도망가면 찾을 줄을 알면서도 그 선한 본심을 잃고서는 찾을 줄을 모른다고 풍자하였다. 그리고 나서 '學問之道無他 求其放心而已矣(학문의 길은 다른 것이 아니다. 그 놓쳐버린 착한 본성을 찾는 것 뿐이다)'205)라고 학문의 본질을 말하였다.

제12구 '當輸百倍功'은 『中庸』에서 끌어 온 표현이다. 『중용』에서는 '人一能之 己百之 人十能之 己千之(남이 한 번에 능히 해내거든 나는 백번을 하며, 남이 열 번에 능히 해내거든 나는 천 번을 하여야 한다)'206)라고 하여, 설령 나의 타고난 역량이 남보다 못하더라도 대신 몇 배의 노력을 하면 된다는 것을 강조하였다.

제13구의 '欲罷不能已'는 『논어』에 나오는 안연의 말을 인용한 것이다. 안연은 공자의 학덕을 우러러보며 '欲罷不能 旣竭吾才(공부를 그만두고자 해도 그만 둘 수 없어 이미 나의 재주를 다하게 한다)'207)라고 탄식하였다.

제14구 '聖賢其歸同'은 경전은 아니나 程子(程頤)의 〈四勿箴〉에 나오

---

204) 『論語』, <顔淵>.

205) 『孟子』, <告子章句 上>.

206) 『中庸』, 20장.

207) 『論語』, <子罕>.

는 말을 인용하였다. 程子는 〈四勿箴〉 중 〈動箴〉에서 '習與性成 聖賢同歸(습관이 천성과 더불어 이루어지면 성현과 같은 경지에 돌아가게 된다)'[208]라고 하여 부지런히 올바른 습관을 들여서 타고난 착한 본성과 일치가 되게 하면 성현의 경지에 들어갈 수 있다고 하였다. 이는 『맹자』에서 말한 '人皆可以爲堯舜(사람은 누구나 다 요순과 같은 성인이 될 수 있다)'[209]이라는 말을 다르게 표현한 것이다.

제21구의 '來者庶可追'는 『논어』에서 따왔다. 초나라의 狂人 接輿가 '往者不可諫 來者猶可追(지나간 것은 諫할 수 없거니와 앞으로 오는 것은 그래도 따를 수 있다)'[210]라고 한 말이다.

또 제15구 '家庭訓在是'는 『論語』의 '趨而過庭'을,[211] 제16구 '必以養童蒙'은 『周易』의 〈蒙卦〉에 나오는 '匪我求童蒙 童蒙求我 志應也……蒙以養正 聖功也(내가 몽매한 사람에게 가르침을 구하는 것이 아니요, 몽매한 사람이 나에게 가르침을 구하는 것은 뜻이 응하기 때문이다.……가르침으로써 바르게 양성하는 것은 성인의 공이다.)'[212]를 바탕으로 한 표현으로 보인다.

이 시는 부친의 勸勉에 의거하여 心性 修養을 다짐하는 의지를 밝히고 있는데, 한참 공부에 열중할 때인 젊은 시절의 시인지라 자신의 의도가 질박하면서도 직설적으로 流露되어 있다.

---

208) 程頤, 〈動箴〉, 『古文眞寶大全』(後集) 권10. 이 글은 『論語』의 〈顔淵〉 편 해당 항에 朱子의 集註로도 실려 있다.

209) 『孟子』〈告子章句 下〉.

210) 『論語』, 〈微子〉.

211) 『論語』, 〈季氏〉, "……嘗獨立, 鯉趨而過庭, 曰學詩乎, 對曰未也, 不學詩, 無以言, 鯉退而學詩, 他日, 又獨立, 鯉趨而過庭, 曰學禮乎, 對曰未也, 不學禮, 無以立, 鯉退而學禮, 聞斯二者."

212) 『周易』, 〈蒙卦〉 彖辭.

〈答金郭二秀才 宏弼・承華〉(金・郭 두 수재에게 답하다. 굉필과 승화이
다.)213) (제2수)

　그대의 詩語 보니 옥에서 연기 나듯,
　陳蕃 걸상 이제부턴 걸어 둘 필요 없네.
　商書 盤庚 가지고서 詰屈聱牙 궁구 말고
　이 마음을 天淵처럼 맑게 할 줄 알아야지

　看君詩語玉生煙　陳榻從今不要懸
　莫把殷盤窮詰屈　須知方寸淡天淵

　　제자에게 지어준 시이지만 결국은 修身에 대한 자신의 가치관을 드러
내 보인 것이다. 옥은 溫和한 기운을 품고 있기 때문에 은은한 광채가
연기처럼 보인다. 제자의 시를 보니 옥에서 연기가 피어오르듯 훌륭하다
는 것이다. 後漢의 陳蕃은 집에다 걸상을 하나 걸어 놓고 오직 徐穉가
오면 내려서 앉게 하였다. 지금 두 제자도 서치처럼 훌륭한 인물로서 자
신의 곁에서 항상 배우게 되었으니 이제는 걸상을 걸어둘 필요 없이 내
려서 그들을 앉게 해야겠다는 것이다. 轉・結句에서 공부하는 자세를 강
조하고 있다. 『書經』의 「商書」〈盤庚〉편은 까다롭기로 이름난 글이다.
이런 어려운 글의 章句 풀이에만 골몰하지 말고 사방 한치의 작은 내
마음을 '天淵'처럼 맑게 유지하는 것을 배우라는 것이다. 앞 장에서 살펴
본 대로 '道主文從' 또는 '道本文末'의 문학관을 시로 표현한 것이다.
　　이 시를 지은 배경은 연보에 설명이 되어 있는데214) 김종직이 44세
되던 해 늦은 봄에 金宏弼과 郭承華 두 사람에게 지어준 것이다. 연보에
의하면 처음에 김굉필이 문하에 들어와 배우기를 청할 때 김종직은 『小

____

213) 『佔畢齋集』 권9, 장10. 年譜에 인용되기는 '詰屈'이 '佶屈'로, '淡'이 '湛'으로
　　되어 있으나 의미 차이는 없음.
214) 成化 10년 甲午(성종 5년, 1474년) 條.

學』을 주면서 말하기를 "참으로 학문에 뜻을 두었다면 마땅히 이것으로부터 시작해야 하니, 光風霽月도 여기에서 벗어나지 않는다(苟志於學 宜從此始 光風霽月 亦不外此)"고 하면서 이 시를 지어 주었다. 김굉필이 이후 小學書를 평생의 지침으로 삼아 '小學童子'로 자처했다는 것은 널리 알려진 일이다. 이때 김굉필은 다음과 같은 화답시를 지어 올렸다.215)

> 나의 학문 아직도 천기를 모르는데
> 소학 책 한 권에서 지난 잘못 깨달았네.
> 이제부턴 저절로 名敎의 樂 있으리니
> 구구하게 어찌 꼭 부귀를 선망하랴.216)

> 學問猶未識天機　小學書中悟昨非
> 從此自有名敎樂　區區何用羨輕肥

'天機'는 문학적 용어로 쓰이게 되면서 그 의미가 약간 변용되기도 하지만 여기서는 天賦의 '靈性', '靈機'를 가리킨다. 자신의 학문은 아직 天機를 알지도 못하는 수준이었는데, 소학 책 속에서 지난날의 잘못을 깨달았다는 것이다. 이는 소학 책이 비록 기초적인 수신 교양서이기는 하지만 인륜, 도덕의 가르침은 여기에 다 담겨 있기 때문에 충분히 수양의 지침서가 된다는 말이다. '名敎'는 인륜, 도덕에 대한 가르침이며 이것의 공부에 참다운 즐거움이 있는 것이니 구차하게 가벼운 가죽옷을 입고 살찐 말을 타는 등의 세속적인 부귀는 필요치 않다는 것이다.

김종직은 이 시를 보고서 "이 말은 곧 聖人이 되는 根基이니 許魯齋(元나라 때 小學을 독실하게 準信했던 학자 許衡) 이후에 어찌 또 그만

---

215) 김종직 연보, 위와 같은 곳.

216) 輕肥는 '輕裘肥馬'의 준말로 부귀영화를 말한다. 『論語』 <雍也>, "子曰, 赤之適齊也, 乘肥馬, 衣輕裘, 吾聞之也, 君子周急, 不繼富."

한 사람이 없겠는가(此言乃作聖根基 許魯齋後豈無其人乎)"217) 하고 크게
기대를 하였다. '儒學淵源'이라는 것이 김종직까지는 비록 명분론에 의해
작위적으로 이루어진 것이라고 할지라도, 그 이후 김굉필-조광조에 의해
이어지는 조선 성리학의 맥은 부인할 수 없는 사실임을 볼 때 이때의
김종직과 김굉필의 만남은 역사적인 의의가 있다고 할 것이다.

〈洛東津 在善山境上〉(낙동강. 나루 선산의 경계에 있다)218)

나루터의 관리는 瀧吏219) 아니나
官長 나는 바로 이곳 사람이라서
세번이나 글 올리고 임금 떠나와
태수 되어 어머님을 위로하려니
흰 물새는 내가 탄 배 맞는 것 같고
푸른 산은 손님 전송 익숙해 있네.
맑은 강은 점 하나 안찍혔으니
그것으로 내 몸을 다스리리라.

津吏非瀧吏　官人卽邑人
三章辭聖主　五馬慰慈親

---

217) 김종직 연보, 위와 같은 곳.

218) 『佔畢齋集』 권12, 장7.

219) 瀧吏(낭리)는 급류 가에 거주하면서 배의 안전을 지키는 하급 관리. 韓愈가
元和 9년 潮州로 좌천되어 가는 길에 지은 시에 〈瀧吏〉가 있는데, "남쪽으
로 길 떠난 지 60일도 넘어서 비로소 창락랑(昌樂瀧:시내 이름＝韓昌黎全集
原註)에 도달하였네. 여울의 험악함을 형용할 수 없으니 배와 돌이 서로들 짓
찧어대네. 여울 가의 아전에게 가서 묻기를 '潮州는 아직 몇 리나 남아 있나.
지금 가면 어느 때나 도착할 것이며 그곳의 풍토는 또 어떠한가.' 여울 아전
손 늘어뜨린채 웃으며 말하길 '官長께선 어찌 그리 어리석은 질문하오. 비유
컨대 관장께서 서울에 사셨으니 어떻게 東吳를 알수 있나요.……'(南行逾六旬,
始下昌樂瀧, 險惡不可狀, 船石相舂撞, 往問瀧頭吏, 潮州尙幾里, 行當何時到, 土
風復何似, 瀧吏垂手笑, 官何問之愚, 譬官居京邑, 何由知東吳……)" 이렇게 시
작된다. 본 시의 1, 2구는 한유의 이 시를 응용한 것이다.

白鳥如迎棹 靑山慣送賓
澄江無點綴 持以律吾身

　김종직이 善山 부사를 제수받아 부임하면서 낙동강을 건널 때 지은 시이다. 이 때 김종직은 연로하신 어머니를 모시기 위하여 고향으로 外職을 자청하였다.

　한유는 낯선 타향에 좌천되어 가면서 여울목 아전에게 길을 묻다가 우스개로 면박을 당하였는데 작자 자신은 좌천되어 가는 것도 아니고 자청해서 모친을 봉양하기 위해 외직으로 나온 것이다. 그러니 여기 나루의 아전은 한유가 만났던 여울목의 아전과 같을 수가 없다. 또 자신은 이 고을 사람이니 나루터 관리에게 길을 묻다가 면박을 당할 이유도 없다. 여유있고 즐거운 마음을 한유의 고사를 응용하여 표현하였다.

　이번 행차는 세 번이나 사직하는 글을 올려 겨우 허락 받아 임금님을 떠나온 길이며 고향의 태수가 되어 어머님을 위로하려는 것이다. 강 위를 나는 흰 물새들은 마치 내가 탄 배를 마중하는 것 같고 말없이 제자리를 지키고 있는 푸른 산은 이 나루를 오고 간 수많은 사람들을 전송했기에 그런 일에 익숙해 있는 듯하다.

　마지막 尾聯에서 자신의 修養을 다짐하는 儒者의 기본 자세가 드러나 있다. 저 맑은 강은 점 하나 찍히지 않고 깨끗하니 그 맑은 강물을 가지고 나의 몸을 다스리는데 쓰고 싶다는 것이다. 허균은 『국조시산』에서 이 구절에 대해 '사대부가 뜻을 격려하는 것은 마땅히 이와 같아야 한다(士夫勵志當若是耳)'고 하였고 홍만종은 『소화시평』에서 '말이 극히 전아하다(詞極典雅)'고 하였는데, 典雅하다는 것은 유가적인 정신이 배어 있기 때문에 한 평이다.

　뜻한 바대로 고향에 돌아와 어머님을 모시게 된 안도감과 번잡한 서울을 벗어나서 깨끗한 자연 속에서 자신의 수양을 할 수 있게 된 기대감 등이 잘 어우러져 있는 시이다.

　이상에서 김종직의 시에 나타나는 주요한 제재들을 살펴보았다. 물론 수많은 시들 중에는 여기서 다루지 못한 제재들이 여러 가지가 있지만, 그의 시의식을 살피는데 있어서 우선적으로 고려되어야 할 사항이라고 생각되는 점들을 중심으로 살펴본 것이다.

　김종직이 훈구 관료들을 포함하여 폭넓은 친교 활동을 펼치고 그러한 내용을 수많은 시로 남긴 것은 일차적으로는 '可以群'이라는 시의 효용적 측면에 부합되는 것이다. 그러나 그처럼 시로써 '可以群'을 지향한 배경에는 가문 중흥에 대한 남다른 의지가 작용했다고 할 수 있다. 즉 한미한 土姓吏族 출신으로 고려 말에야 士族으로 부상한 집안에 대해 강한 가문 의식을 가진 그로서는 중앙의 훈구 관료들과 두터운 교분을 유지하는 것이 절대적으로 필요했던 것이다. 그러한 의식이 시 작품에서 여실히 드러나고 있으며, 따라서 일부 연구자들이 주장하는 것처럼 신진 사림으로서 훈구 관료들과 대항 의식이 있었다는 것은 전혀 실상과 맞지 않는 것이다.

　김종직은 고향인 선산과 외가인 밀양을 성장의 배경으로 하였으며 이 지역은 조선 초기부터 인재들이 많이 배출되는 곳으로 명성이 높았었기 때문에 그는 자연히 향리에 대한 자부심과 애착이 강했고 이를 시로 자주 표현하였다. 이러한 애향 의식은 이 지역에 자리했던 과거의 왕조인 신라에 대한 관심의 확대로까지 이어져 신라 역사에서 취재한 제재를 자주 시로 나타냈는데, 이는 『삼국사기』나 『삼국유사』 등 우리 역사책에서 읽은 정확한 지식을 기반으로 한 것이어서 그가 조선시대 대부분의 문인·학자들과는 달리 우리 역사의 구체적인 부분에까지 상당히 밝았다는 것을 알게 해준다.

　그는 평생을 관인으로 일관했기 때문에 당연히 관인으로서의 태도가 시에서도 곳곳에 보이며, 이 점 역시 과거의 연구자들이 피상적으로 '처사적 성격'을 云謂한 것과는 거리가 먼 사실이다. 일부 작품에서 강호 동경이나 자연 친화적인 내용이 없는 것은 아니나 이러한 내용은 과거의 문인들 누구나 자신의 성향에 관계없이 즐겨 노래했던 것이므로 한 작가의 내면 세계를 분석하는데 섣불리 적용시킬 수는 없는 제재이다.

사상적인 측면에서 그는 배불론자임을 분명히 표방하고 있는데, 시에서 그러한 배불적인 입장을 드러내면서도 승려들과의 친교는 활발한 편이고 작품에도 이를 적극 반영하고 있다. 이는 사상 체계로서의 불교와 수행자로서의 개인 승려를 별개로 인식하고 학문을 갖춘 승려들과의 교유를 전혀 거리끼지 않은 그의 태도를 잘 보여준다.

그는 비록 철저한 도학자나 성리학자라고는 할 수 없지만 성실하게 儒者의 태도를 견지하고 유학의 가르침을 체현하기에 힘쓴 사람이었으므로 시에서도 그러한 점이 드러나는데, 유학에서 지향하는 행동의 축을 '修己治人'이라고 보았을 때 그의 애민의식은 '治人'의 측면으로, 심성 수양의 의지는 '修己'의 측면으로 나누어 볼 수 있다. 그는 지방관으로 외직에 나간 경험이 많기 때문에 백성들의 생활고를 직접 목도할 기회가 많았다. 그만큼 백성들의 어려움을 직접 느끼고 그러한 경험과 생각을 자주 시로 나타내었다. 그러나 이러한 애민 의식은 그가 벼슬하기 전인 초기 시에서부터 나타나고 있음으로 보아 관직 생활의 체험에서 나온 것이라기보다는 기본적인 유가적 애민 의식의 발로에서 나왔다고 보는 것이 더 타당할 것이다.

또 유학적 질서 아래 살았던 대부분의 문인들이 그렇듯이 학문을 토대로 심성 내면을 수양하려는 의지를 시에서 드러내고 있는 점도 간과할 수 없는 요소이다.

한편 김종직 시에서 비교적 드물게 나타나는 제재는 나그네의 시름〔旅愁〕, 여성 화자의 시, 이별의 정한 등이다. 또 많은 시인들이 관념적으로 흔히 지었던 邊塞詩는 한편도 보이지 않으며, 宮詞 등도 극히 드물어 제재의 현실성을 드러낸다. 이는 실천유학자로서의 그의 현실적인 성격을 반영하는 듯하다.

3. 표현상의 특질

여기서는 김종직 시의 표현적인 측면에서의 특성과 그 성과 및 한계를 알아보기로 한다. 앞서 살펴 본 풍격도 넓은 의미에서 표현적 측면이라고 하겠으나 '風格'이라는 한정된 범위로만 살펴본 것이었기 때문에 그 밖에 수사적 특질이라든가 意境의 특질 같은 것은 함께 논의할 계제가 못되었다.

김종직 시의 외형적인 수사적 특질은 가장 먼저 다양한 用事의 활용을 들 수 있다. 이는 일찍이 김종직 문학 연구의 물꼬를 튼 이원주의 논문에서도 지적되었던 사실이다.[220] 이 점은 김종직의 시를 通覽하다보면 다른 어느 시인들의 시보다 절실하게 느껴지는 점이다. 시에서의 용사 활용에 대해서는 여러 사람들이 그 好不好를 논했지만 사실상 많은 문인들이 긍정적 측면을 더 강조하였고,[221] 현실적으로도 博學多識이 하나의 미덕으로 여겨지는 문학적 풍토에서 이처럼 다양한 용사의 활용은 그의 詩名을 떨치게 하는데도 상당한 기여를 했다고 보인다. 지금까지 앞에서 살펴 본 작품들에서도 느낄 수 있듯이 그의 대부분의 시에서 용사가 많이 구사되고 있지만, 특히 그 비중이 높은 몇 작품들을 예로 들어보기로 한다.

---

220) 李源周, <佔畢齋 硏究>, 『韓國學 論集』 제6집(계명대 한국학연구소, 1979).
221) 鄭堯一, 『漢文學批評論』(仁荷大學校出版部, 1990), 261~262면.

〈知禮鄭護軍席上贈張居士 居士年八十三 善風水學 自言少時赴開城漢陽試
連不利 遂隱居於此 因酒酣起舞 走筆贈之〉(知禮縣 鄭호군의 잔치 자리에서 張
거사에게 드림. 거사는 나이가 여든 셋인데 풍수학에 밝았다. 스스로 말하기
를 젊어서 개성과 한양의 과거에 응시했지만 계속 합격하지 못하여 드디어
이곳에 은거하였다고 한다. 술이 얼큰하게 취하여 일어나 춤을 추기에 즉석
에서 시를 지어 주었다.)222)

        좌중에서 머리 하얀 노인 만나니
        朱陳村 어느 집에 사시나 보오.
        漢陰丈人 물대는 일 오래 애쓰고
        卞和의 억울함은 진작 잊었네.
        술 기운에 긴 눈썹은 윤기가 나고
        바람은 춤 소매를 펄럭거리네.
        風水의 전래 비법 알고 계시니
        나를 위해 桃花源 좀 찾아 주구려.

        座値皤皤叟   朱陳第幾村
        長勞漢陰灌   久忘卞和寃
        酒借厖眉渥   風敎舞袖翻
        靑烏遺術在   爲我覓桃源

  '朱陳村'은 주씨와 진씨가 대대로 한 마을에 살면서 서로간에 혼인을
하여 사이가 좋았다는 마을이다. 그 마을은 평화스러움 속에 장수하는
사람이 많으므로223) 나이 많은 이 노인을 朱陳村 쯤에 사는 사람이라고
한 것이다.
  '漢陰灌'은 『莊子』에 나오는 고사를 인용한 말로 '漢水 남쪽에 사는 노
인〔漢陰丈人〕이 밭에 물 댄 일'을 말한다. 子貢이 한수 남쪽〔漢陰〕에서

---

222)『悔堂稿』, 804면.

223) 白居易, <朱陳村>.『全唐詩』 권433. "徐州古豐縣, 有村曰朱陳, 去縣百餘里,
     桑麻靑氛氳, ……, 一村唯兩姓, 世世爲婚姻, 親疏居有族, 少長游有羣, ……, 旣
     安生與死, 不苦形與神, 所以多壽考, 往往見玄孫, ……."

한 노인을 만났는데, 항아리에 물을 담아다 밭에 물을 대느라 애쓰고 있
었다. 자공이 두레박이라는 機械를 쓰면 손쉽고 빠르게 물을 댈 수가 있
다고 하자 노인은 機械를 쓴다는 것은 결국 機心이 마음 속에 생기게
되어 순진 결백한 마음이 갖추어지지 않는다고 웃어 넘겼다. 자공은 부
끄러워 고개를 숙이고 말았다.224) 따라서 여기서는 張居士가 생활하는
데 약간 수고스럽더라도 便法을 쓰지 않고 자신의 순진 결백한 마음을
지킨다는 뜻으로 쓰였다.

　'卞和寃'은 '和氏璧'에 얽힌 고사이다. 초나라 사람 卞和가 귀한 옥돌을
얻어서 厲王에게 바쳤으나 감정사가 돌이라고 잘못 감정하여 왕을 속였
다는 죄로 왼쪽 발을 잘렸다. 그 다음 武王이 즉위하자 다시 바치니 마
찬가지로 이젠 오른쪽 발을 잘렸다.225) 나중에 文王 때에야 비로소 그
가치를 인정받았지만, 여기서의 '卞和寃'은 귀한 옥처럼 훌륭한 자질을
간직하고서도 세상에서 알아주지 않는데 대한 원망이다. 시의 주인공 노
인이 科擧에 몇 번씩 떨어졌으므로 그 능력을 세상에서 알아주지 못한
셈인데, 노인은 그런 억울함조차 오래 전에 잊었다는 말이다.

　'靑鳥'는 古代의 堪輿家(風水家)를 말하고,226) 靑鳥術은 풍수의 술법
이다. '桃源'은 잘 알려진대로 陶潛의 〈桃花源記〉에 나오는 理想鄕을 말
한다. 8구의 율시 중에 5구나 고사를 활용하였다.

---

224) 『莊子』, 〈天地〉, "子貢南遊於楚, 反於晉, 過漢陰, 見一丈人方將爲圃畦, 鑿隧
　　而入井, 抱甕而出灌, 搰搰然用力甚多, 而見功寡, 子貢曰, 有械於此, 一日浸百
　　畦, 用力甚寡, 而見功多, 夫子不欲乎, 爲圃者卬而視之曰, 奈何, 曰, 鑿木爲機,
　　後重前輕, 挈水若抽, 數如泆湯, 其名爲槹, 爲圃者忿然作色而笑曰, 吾聞之吾師,
　　有機械者, 必有機事, 有機事者, 必有機心, 機心存於胸中, 則純白不備, 純白不
　　備, 則神生不定, 神生不定者, 道之所不載也, 吾非不知, 羞而不爲也, 子貢瞞然
　　慙, 俯而不對."

225) 『韓非子』, 〈和氏〉.

226) 葛洪, 『抱朴子』 권13, 〈極言〉, 『諸子集成』(上海書店, 1994), "相地理則書靑鳥
　　(藝文類聚御覽引作鳥=原註)之說."

다음의 시들은 用事의 정도가 더욱 심하다.

　　　〈監司尹壕歌謠二首〉(감사 윤호를 읊은 노래 두 수)227) (제2수)

　　　大賢께서 이룬 사업 어찌 남의 흉내이랴,
　　　三輔의 좋은 명성 임금께서 들으셨네.
　　　卿月은 홀연히 金掌 위에 오르고
　　　使星은 다시금 남쪽 지방 비추도다.
　　　강산에는 자욱하게 黃梅雨가 내릴 적에
　　　행차 깃발 흔들 흔들 苦棟風에 나부끼리.
　　　모름지기 諸生 위해 木鐸 교화 베풀어서
　　　歷史 속의 文翁만 훌륭하게 하지 마오.

　　　大賢事業豈雷同　三輔佳聲達四聰
　　　卿月忽陞金掌上　使星還照火維中
　　　江山靄靄黃梅雨　旌節搖搖苦棟228)風
　　　須爲諸生揚木鐸　莫敎前史美文翁

　　三輔는 한나라 때 서울인 長安의 以東을 京兆尹, 長陵 以北을 左馮翊,
渭城 以西를 右扶風이라고 하여 이를 총칭한 말인데, 후에는 서울의 인
접지를 일컫는다. 여기서는 尹壕가 서울 부근에서 지방 장관을 지냈던
일을 가리킨다. 達四聰은 『書經』〈舜典〉에 나오는 말로 임금이 사방의
소리를 잘 듣는 것을 말한다.229) 제2구의 뜻은 지방 장관으로 있던 윤
호의 훌륭한 소문이 임금에게 들렸다는 말이다.
　　卿月은 『書經』〈洪範〉에서 유래한 말로, 高官의 지위에 오른 것을 말

____

227)『점필재집』권10, 장14. 이 시에는 원래 引이 붙어 있으나 내용이 너무 길어
　　서 인용을 생략한다.

228) 문집 원문에는 ‘棟’으로 되어 있으나 바로잡음.

229)『書經』,「虞書」, 〈舜典〉, “月正元日, 舜格于文祖, 詢于四岳, 闢四門, 明四目,
　　達四聰.”

한다.230) 金掌은 한나라 무제가 궁궐 안에 설치한 구리로 만든 신선의 손바닥인데, 承露盤이라고도 한다. 이 말은 임금이 벼슬에 발탁한다는 의미로 쓰이게 되었다.231)

使星은 『後漢書』〈李郃傳〉에서 유래한 말로 임금이 지방에 파견한 使臣을 이르는 말이다.232) 南方이 五行으로 '火'에 속하기 때문에 '火維'는 남방을 가리킨다. 따라서 이 구는 윤호가 지방의 관리가 되어서 남쪽으로 가게 되었다는 말을 은유적으로 표현한 것이다.

黃梅雨는 매화가 누렇게 익을 무렵에 내리는 비를 말한다. 苦楝은 楝樹를 가리키며, 苦楝風은 二十四番花信風233) 중의 楝花風을 말한다. 이 頸聯은 윤호가 남쪽 지방의 監司가 되어 지방으로 부임하게 될 광경을 읊은 것이다.

木鐸은 옛날 文事에 관한 政敎를 베풀어 행할 때 이를 흔들어 알렸던 도구로서 敎化의 수단을 상징한다. 文翁은 漢나라 때 사람으로 蜀郡의 태수가 되어 그 지방에 맨 처음으로 학교의 교육을 일으켜 교화를 크게 떨쳐서 훌륭하게 칭송되는 인물이다. 이 구절의 뜻은 文翁만이 역사 속에서 훌륭한 교화를 펼친 사람으로 남아 있게 하지 말고, 윤호 그대도 역시 그에 못지 않게 역사에 남을 훌륭한 업적을 이루라는 勉勵의 말이다.

---

230) 『書經』, 「周書」, 〈洪範〉, "曰, 王省惟歲, 卿士惟月, 師尹惟日."

231) 杜甫의 〈暮春江陵送馬大卿公恩命追赴闕下〉 시에 "卿月昇金掌, 王春度玉墀" 라는 구절이 있는데 김종직의 이 詩句는 여기서 點化한 것으로 보인다.

232) 『後漢書』, 〈李郃傳〉, "和帝卽位, 分遣使者, 皆微服單行, 各至州縣觀采風謠, 使者二人當到益部, 投郃候舍, 時夏夕露坐……郃指星示云, 有二使星, 向益州分野."

233) 二十四番花信風은 小寒에서 穀雨까지 부는 바람을 가리킨다. 닷새만큼씩 새로운 바람이 부는데, 그에 응해서 절기의 꽃이 차례로 핀다고 한다. 楝花風은 二十四番花信風 중 맨 마지막에 부는 바람이다.

〈密陽林府使壽昌詩卷和四佳齋韻二首 府使曾爲興德縣監〉(밀양 부사 임수창
의 시권에 四佳齋의 시를 화운하여 짓다. 2수이다. 부사가 일찍이 흥덕 현감
을 지냈다.)234) (제1수)

지난날엔 海西에서 어진 현감 지냈었고
이제는 또 要地 맡아 인망이 더욱 높네.
謝靈運 신 버렸음은 의당히 알겠지만
庾公樓의 맑은 시야 읊조리기 무방하리.
奢侈하게 羊羔利야 어찌 즐겨 빌리랴만,
부로들의 桑麥歌는 흔쾌히 듣겠지요.
나야 그저 섬계 땅에 세 이랑의 집 있으니
이 頌詩를 名士분께 삼가 기탁 원합니다.

昔年製錦海西頭　今日雄藩望更優
也識長抛靈運屐　不妨淸嘯庾公樓
羊羔肯借豪華利　桑麥欣聞父老謳
我有剡溪三畝宅　頌詩端欲托名流

'製錦'은 어진 사람이 지방 관리가 되는 것을 가리키는데 『左傳』에서
나온 말이다. 鄭나라 子皮가 尹何로 하여금 자기가 소유하고 있는 어느
읍을 다스리게 하려고 하니, 신하인 子産이 尹何는 나이가 어리고 경험
이 없으므로 불가하다고 하면서, '그대가 아름다운 비단이 있다면 그것
으로 다른 사람에게 옷 만들기를 배우게 하지는 않을 것(子有美錦 不使
人學製焉)'235)이라고 비유한 말에서 나왔다. 여기서는 林壽昌이 흥덕
현감을 지낸 일을 가리킨다.

'靈運屐'은 '謝公屐', '謝氏屐'과 같은 말로, 등산의 도구를 가리킨다.
南朝 宋나라의 謝靈運이 산수 유람을 좋아하였다. 등산을 할 때는 큰 나

---

234) 『佔畢齋集』 권10, 장10.
235) 『春秋左傳』, ＜襄公 31년＞.

막신을 신고 갔는데, 산을 올라갈 때는 신의 앞 축을 빼내고 내려올 때
는 뒤축을 빼냈다는 고사이다.236) 사령운의 나막신을 오랫동안 버려두
었다는 것은 고을을 열심히 다스리느라 한가하게 등산이나 다니지는 않
을 것이라는 말이다.

'庾公樓'는 晉의 庾亮이 江州를 다스릴 때 지었다고 속설로 전해지는
누각인데, 일반적으로 경치 좋은 곳의 누각을 이른다.237) 등산은 못다
니지만 망중한을 이용하여 누각에서의 흥취는 즐길 수 있을 것이라는
뜻을 나타내고자 했다.

'羊羔'는 句의 맨 끝자인 '利'와 붙은 말로, '羊羔利'는 元나라 때 성행
했던 일종의 高利貸를 말한다. 양이 새끼를 낳을 때 본자와 이자를 받으
므로 붙은 이름이다.238) 재물 늘리는데 욕심을 부리지 않을 것이라는
말을 비유적으로 표현했다.

'桑麥'은 '謳'와 연결되는 말로, 後漢의 張堪이 선정을 베풀고 農桑을
장려하여 살기가 풍족해지자 그 백성들이 부른 노래에 '뽕나무에는 붙은
가지가 없고, 보리 이삭은 두 갈래가 졌도다(桑無附枝 麥穗兩歧)'라고
칭송한데서 유래했다.239) 그가 고을을 잘 다스려 백성들이 은덕을 謳歌
할 것이라는 말이다.

'剡溪'는 王徽之가 雪夜에 흥이 나서 戴逵를 찾아갔다가 흥이 다해서
그냥 돌아오고 말았다는, '乘興而行 興盡而返'의 고사에 나오는 處士 戴
逵의 집이 있던 곳이다.240) 자기의 집이 '섬계'에 있다고 표현함으로써

---

236)『宋書』, <謝靈運傳>.

237)『漢語大詞典』, '庾樓' 조.

238)『漢語大詞典』, '羊羔利'.

239)『中國典故大辭典』, '桑無附枝 麥穗兩歧' 조.

240) 劉義慶,『世說新語』, <任誕>, "王子猷居山陰, 夜大雪, 眠覺, 開室命酌酒, 四
望皎然, 因起仿偟, 詠左思招隱詩, 忽憶戴安道, 時戴在剡, 即便夜乘小船就之, 經
宿方至, 造門不前而返, 人問其故, 王曰, 吾本乘興而行, 興盡而返, 何必見戴."

자신의 삶을 처사인 戴逵의 삶에 비겨보고자 하였다.

'三畝宅'은 『淮南子』에 나오는 말로, 몸 하나를 의탁해 살만한 곳을 가리킨다.241) 자신은 몸 하나 부쳐 살 곳은 있으므로 다른 욕심은 없고, 다만 이렇게 그대를 칭찬하는 시를 지어 보내드리고 싶은 마음 뿐이라는 것이다. 거의 每句에 용사를 활용하여, 고사를 알아보지 않고서는 시의 이해에 난감함을 느끼게 하는 작품이다.

용사를 잘 활용하려면 우선 經史나 여타 典故에 대한 해박한 지식을 갖추어야 함이 필수적인 조건이다. 김종직의 시에서 이처럼 용사가 큰 특질로 지적되는 것은 그의 博學을 증명해주는 하나의 傍證이 되며, 이러한 박학을 바탕으로 『청구풍아』의 주석 작업이 가능했다고 보인다. 이러한 용사의 적극적인 활용은 조선조 후기 四家들의 시에서도 특징적으로 드러나는 현상이다. 후기 四家 역시 폭넓은 독서를 토대로 한 용사의 능란한 구사가 다른 시인들에 비해 두드러지게 나타난다.

용사의 활용이라는 것은 현재 시인이 나타내고자 하는 대상물(원관념)을 먼 과거의 일(보조관념)에서 끌어다 표현한다는 점에서 필연적으로 수사법 중 비유법을 활용할 수밖에 없다고 보았을 때, 김종직이 용사에 능했다는 것은 그가 시의 수사에 큰 관심을 가지고 있었다는 것을 말해준다. 또 시에 있어서 수사에 힘썼다는 것은 시어의 조직에도 남다른 노력을 기울였다는 것을 말해주고, 이것은 그의 시가 단순히 唐風에만 머물지 않고 宋詩的 특질도 상당히 포함하고 있다는 점을 시사한다.

실제로 그의 시에서 치밀한 조직성을 찾아 볼 수 있으며 이러한 점에 대해서는 江西詩派的 요소로 볼 수도 있는 점이다.242) 바로 앞의 시에

---

241) 『淮南子』, <原道訓>, "任一人之能, 不足以治三畝之宅也."

242) 李鍾默이 『海東江西詩派 硏究』(太學社, 1995)에서 "그(金宗直＝필자 註)의 시에서 江西詩派의 시풍이 감지되는 작품이 발견된다"(26면, 주 63)고 한 것은 타당한 견해이다. 그러나 단순히 '그의 시가 오로지 蘇軾과 黃山谷에서 나왔다'는 허균의 지적이나 吳體를 구사한 시를 그 근거로 든 것은 강서시파의

서 頸聯의 '羊羔肯借豪華利 桑麥欣聞父老謳'에서도 그런 면모를 볼 수 있
다. '羊羔利', '桑麥謳'라고 붙어서 쓰여야 할 시어를 분할하여 그 사이에
다른 말을 삽입하였는데, 결과적으로 '利'의 수식어는 '羊羔'와 '豪華', '謳'
의 수식어는 '桑麥'과 '父老'의 두 가지가 동시에 역할을 하고 있다. 이런
표현은 보통의 시에서는 보기 힘든 노련한 措句라고 할 수 있다.

〈佛國寺與世蕃話〉(불국사에서 世蕃과 이야기하며)243)

산 속 절의 경내를 찾아들자니
솔 숲 사이 짙푸른 빛 우거졌구나.
푸른 산 반쪽에는 비가 내리고
저물녘 上方에선 종이 울린다.
스님과의 이야기는 정겨움 돌고
옛 정 따라 술잔은 무르익다가
평상 위에 내킨대로 쓰러져 누워
마주보니 귀밑 털만 헝클어졌네.

특질을 지적하기에 충분하지 않다고 본다. 소동파·황산곡이야 고려 시인들
이 더 많이 숭상했었고, 한편의 吳體를 가지고 강서시파에 끌어대기에도 논
거가 미약하다. 또 "江西詩派의 시풍으로 남긴 작품은 佳作으로 인정되지 못
했다는 것을 의미하는 것"이라는 견해도 타당하지 않다. 저자 자신도 지적했
듯이 강서시파가 典範으로 삼는 것은 역시 唐詩였으며 특히 杜甫를 추앙했음
을 볼 때, 江西詩風과 唐風을 이분법으로 나누는 것은 옳지 않기 때문이다.
 金聖基의 〈金宗直論〉(『韓國漢詩作家研究』, 태학사, 1998)에서 〈仙槎寺〉의
'孤雲書帶草 獵獵滿池頭'를 놓고 鄭玄의 書帶草 고사를 인용했다고 '강서시파
의 기풍'이라고 한 것은(110면) 더욱 초점을 벗어난 것이다. 단순히 고사를 인
용했다고 강서시파의 시풍인 것은 아니다. 고사 인용 방법이야 강서시파가
존재하기 전부터 시에서 중요한 표현법으로 활용되어 온 것이다. 고사 인용
그 자체보다도 시구의 짜임을 얼마나 치밀하게 조직하기에 애쓰느냐가 보다
더 중요한 요소이다. 고사를 활용하는 것은 그처럼 시구를 조직적으로 표현
하기에 유리하니까 한 방편으로 사용한 것이다.

243) 『佔畢齋集』 권3, 장11.

爲訪招提境　松間紫翠重
靑山半邊雨　落日上方鐘
語與居僧軟　杯隨古意濃
頹然一榻上　相對鬢鬐鬆

풍격미를 검토할 때 살펴보았던 시이다. 이 시는 頷聯도 제법 잘 되었지만 특히 頸聯이 표현면에서 대단히 뛰어나다. '語'와 '杯'라는 無情物을 과감하게 주어로 내세우고 그 형식적 주어에 따른 서술어로 '軟'과 '濃'을 배치하였다. 즉 '語'와 '杯'는 '軟'과 '濃'의 형식적 주어일 뿐이고, 실제적으로는 스님과의 정이 '軟'한 것이고 친구와의 古意가 '濃'한 것이다. '軟'과 '濃'은 또 그 상황에 的確하게 맞는 시어의 의미를 효과적으로 잘 살려 쓴 '詩眼字'이다.

　　〈病後將赴善山 舟過驪州 步屨登淸心樓 不與主人遇 徑還舟中 忽忽次稼亭韻〉
(앓고 난 다음에 장차 善山으로 부임하다가 배로 驪州에 들러 걸어서 청심루에 올라갔는데, 주인과는 만나지 못하고 곧바로 배로 돌아와 총총히 稼亭의 詩에 次韻하다)244)

초가집 가시 울에 타고 온 배 잡아 매니
물고기 새 어찌 일찍 내 얼굴을 알겠냐만,
앓은 뒤나 그래도 지팡이와 신발 갖춰
外地에 와 이제 겨우 강산 구경 하게 됐네.
십년간의 세상 일은 홀로이 시 읊는 속,
팔월 맞은 가을 모습 어지러운 숲 사인데,
잠시 동안 난간 기대 북쪽 향해 보려 하니
사공이 어서 타라 한가한 틈 안주누나.

維舟茅舍棘籬端　魚鳥何曾識我顔
病後猶能撰杖屨　謫來纔得賞江山

---

244) 『佔畢齋集』 권12, 장6.

十年世事孤吟裏　八月秋容亂樹間
一霎倚欄仍北望　篙師催載不教閒

　　이 시의 頸聯은 주로 풍격적인 측면에서 높이 평가 받아 왔지만, 그에 못지 않게 시구의 조직미도 뛰어난 구절이다. 曺伸은『謏聞鎖錄』에서 任元濬이 頸聯에 대해 ‘이런 말들은 지금 사람으로서는 결코 능히 말할 수 없는 것이다(任西河見之曰此等語決非今人所能道).’고 한 말을 소개하고 있는데, 이는 풍격적인 측면 뿐만 아니라 措句의 측면도 함께 말했다고 생각된다. 이 시구의 미적 요소는 직접적인 서술어를 생략한 채 명사 또는 명사구로만 배치하여 함축적인 맛을 유도하는데 있다고 하겠다. ‘孤吟裏’의 ‘吟’과 ‘亂樹間’의 ‘亂’이 각각 서술어이기는 하지만 이는 해당 명사구 안에 포함되어 직접적인 서술어의 기능은 하지 않고 있다.

　　曺伸은『謏聞鎖錄』에서 ‘공교롭고 치밀한〔工緻〕’詩句들로 다음과 같은 구절들을 들고 있다.

　　‘野牛浮鼻橫官渡　巢鷺將雛割暝煙’〈嶺南樓次韻〉245)
　　‘村家皆燕疊　野水已苗針’〈宿雙樹驛〉246)
　　‘牛羊唧宿荻　鵝鸛聚浮槎’〈梨萬灘〉247)

　　그밖에도,

　　‘客來凌嵂砢　塔立抱陰涼’〈文殊寺〉248)

---

245) 같은 책, 권5, 장10. 이하의 詩句들이『謏聞鎖錄』에는 제목이 없이 한 聯씩만 제시되어 있으나 필자가『佔畢齋集』과『悔堂稿』에서 原詩를 찾아 제목을 붙이고 출전도 해당 詩集으로 밝힌다.
246)『悔堂稿』, 799면.
247) 같은 책, 800면. ‘鵝鸛’이『悔堂稿』에는 ‘鵝鶴’으로 되어 있음.
248) 같은 책, 799면.

'百折幽谿轉 千般怪鳥鳴'〈登巴岑〉249)
'水碓春殘雨 香槃裊細烟'〈題能如寺壁〉250)
'磧暖羊嚙草 灘膠馬蹴氷'〈徑星州羊場向冶爐〉251)
'波閑燕燕飛飛盡 沙暖鸂鶒點點看'〈鄭敎導孝本携童冠遊甘川僕亦從焉〉252)
'巖回古徑轉脩蟒 風定寒潭潛毒龍'〈題能如寺與金文叔兄弟崔子濬同賦〉253)
'臥雲客枕通霄冷 隱月僧鍾出洞迷'〈直旨寺夜坐贈玉上人〉254)
'丰茸樹杪爭抽葉 嗚咽溪流易蹙鱗'〈阻雨留燕岐示林使君秀卿〉255)
'暖泥新燕快 澁雨小桃開'〈寓興〉256)
'曾叨翰墨唯君共 肯恨屠沽不我過'〈次崔正字淑精〉257)
'荷鍤藥畦泉響落 移罇鼂渚樹陰侵'〈次李靈山紬詩軸李時在茂溪別業〉258)
'燕尋舊壘泥初暖 魚觸新荷露未圓'〈孫鳳山用前韻作演雅以寄復和〉259)
'虎嘯一林雪 僧鳴半夜鍾'〈陪晋山君宿花長寺〉260)
'村家竹盡頭搶地 野樹禽多翅綴條'〈雪後發高阜向興德〉261)

등 시구의 조직면에서, 또는 묘사의 참신성에서 뛰어난 표현들이 많이
발견된다.

　이러한 시어의 치밀한 조직과 묘사의 공교함은 江西詩派的 요소로 볼

---

249) 같은 책, 806면.

250) 같은 책, 807면.

251) 같은 책, 808면.

252) 같은 책, 826면.

253) 같은 책, 832면.

254) 같은 책, 833면.

255) 『佔畢齋集』 권1, 장4.

256) 같은 책, 권1, 장7.

257) 같은 책, 권1, 장13. '淑精'이 문집에는 '叔精'으로 되어 있으나 바로잡음.

258) 같은 책, 권2, 장10.

259) 같은 책, 권6, 장4.

260) 같은 책, 권10, 장10.

261) 같은 책, 권21, 장10.

수가 있으며, 실제로 그 자신이 한때 강서시파의 시풍을 상당히 의식했
던 흔적이 다음 시에서 보인다.

〈晋山君再用前韻見寄復和〉262)

일찍이 金襄蹄의 금마문을 찾았는데,
고향 태수 오늘에는 굶어 울지 않는다오.
大雅를 노래하신 새 시를 얻고 보니
이전에 江西宗派 따랐던 것 후회되네.

曾叩金門金襄蹄　會稽今日不能啼
忽得新詩歌大雅　悔前宗派覓江西

　이 시는 함양 군수를 할 때 강희맹과 주고 받은 화운시 중의 하나이
다. 일찍이 서울에 있을 때 금마문을 출입하면서 상공을 뵈었었는데 지
금은 한무제 때 朱買臣처럼 고향의 태수가 되어서 생활의 곤궁함은 면
하게 되었다는 것을 말하고, 이어 상공이 보내준 시를 보니 大雅의 풍모
가 있어서, 자신이 이전에 강서시파에 가치를 두고 그 시풍을 추구했던
것이 부끄럽다는 것이다. 물론 이 말은 강희맹의 시를 추켜세우기 위해
자신과의 비교를 말한 것이지 강서시파를 전적으로 貶下하는 것은 아닐
것이다.
　김종직 시의 또 하나의 특질은 意境의 巨視的 묘사를 들 수 있다. 이
런 시들은 주로 산수 등 자연 경물을 묘사하는 시에서 많이 나타나는데,
묘사하고자 하는 대상물을 넓은 범위에서 취택하여 구도를 크게 잡아
그린다는 것이다. 이것은 그의 웅혼한 시풍과도 밀접한 관련을 갖는 점
이라고 보는데, 조선 후기의 시인들 중에 사물을 가까이서 관찰하여 세

---

262) 같은 책, 권10, 장4.

밀한 묘사에 치중하는 작가들이 많은 것과는 대조적인 것이라고 할 수 있다.

그의 웅혼한 시풍에서 살펴본 시들은 거의 예외 없이 거시적 의경 구도가 드러난다. 구체적인 예를 들면,

'鶴翻羅代盖 龍蹴佛天毬'〈仙槎寺〉
'要傾滄海崇金罇 太白諸山爲飣飯'〈西泣嶺〉
'上方鍾動驪龍舞 萬竅風生鐵鳳翔'〈夜泊報恩寺下 贈住持牛師……〉
'鼇背樓臺可俯憑 鯨波萬里鏡光澄' '鮫鱷暗驚千弩響 鷺鵜閑立五牙層'〈次李節度使赴鎭韻〉

등의 시구에서 그러한 점을 발견할 수 있고, 앞에서 살펴본 바 있는 〈登金剛看日出〉 시도 전편이 마찬가지다. 다른 작품들을 들어보자.

〈伏龍途中〉(복룡 가는 도중에)263)

대 가마로 삐걱 삐걱 맑은 시내 건너면서
멀리 보니 길 앞잡이 지갈 밭을 지나가네.
마을 개 짖어대니 울엔 구멍 있나 본데
마을 무당 귀신 맞나 종이 돈을 만들었네.
조각 구름 추운 해를 삼켰다가 토해내고
작은 산엔 언덕들로 멀리까지 이어갔네.
남쪽으로 금성 길을 삼십리나 가야 하니
轎軍 어깨 벌개질까 문득 그게 걱정일세.

筍輿呷軋渡晴川　遙見前驅過坂田
邑犬吠人籬有寶　野巫迎鬼紙爲錢
斷雲寒日工吞吐　小巘平岡遠接連
南去錦城三十里　却愁楨盡擔夫肩

---

263) 같은 책, 권21, 장12.

이 시는 전라도 일대를 순찰하는 도중에 羅州를 앞두고 지은 紀行詩이다. 도중에 접한 풍광들을 소박하게 읊고 있다.

巡行 중에 보이는 경물들을 풍경화를 그리듯이 사실적으로 노래하면서 거기에 한가하고 여유로운 자신의 심정을 투영하고, 마지막에 고생하는 인부들에 대한 同情心을 한자락 내보임으로써 人情을 잃지 않고 있다.

하늘에는 조각 구름이 군데군데 떠 있어서 차가운 해를 금방 가렸다가 또 내어놓고 하는 모습이 마치 재주 좋게 삼켰다가 토해내는 것 같다. 또 작은 산봉우리들은 평평한 언덕들과 멀리서 연이어 잇닿아 있다. 호남 평야의 너른 벌판과 구릉들을 遠景으로 포착하여 사실적으로 묘사한 구절이다.

〈登買浦樓次雙梅堂韻〉(매포루에 올라 쌍매당의 시에 차운하다)264)

무명 버선 검은 두건 누구와 비슷할까.
맑게 갠 창 기대어서 끄덕이며 시를 읊네.
풀 가득한 들판에는 멀리 소·양 방목되고
바람 치는 누각에는 거위·황새 놀라 난다.
돛배 멀리 바라보니 마을에는 날 저문데
굴레 소리 불현듯이 대궐 가을 생각나네.
은근히 갈매기를 향하여서 말하노니
맹세 잊고 못 머묾을 괴이하게 생각 마라.

布韈烏巾孰比類　晴窓徙倚掉吟頭
牛羊遠牧草鋪野　鵝鸛驚飛風打樓
帆影遙看鄕井暮　珂聲忽憶禁門秋
殷勤爲向沙鷗道　莫怪孟寒不少留

---

264) 같은 책, 권1, 장2.

시야를 멀리 들판과 강물에까지 전개하여 의경의 스케일을 크게 잡고 있다. 구체적으로 '遠'자와 '遙'자를 사용하여 그 점을 직접적으로 드러낸다.

그림이나 사진 작품을 보더라도, 대상물을 넓은 범위에서 조망하여 전체적인 조화나 구도의 아름다움을 중시하는 것들이 있고, 반면에 어느 한 가지 사물을 택하여 가까이에서 관찰되는 세부적인 아름다움을 클로즈업시키는 작품이 있다. 김종직의 작품은 전자의 경우에 해당하는데, 조선 후기의 실학파 시인들에게서는 후자의 경향이 많이 드러나는 것을 볼 수 있다.

김종직의 이러한 시적 경향은 정서적 내밀도에서는 약간 떨어지는 감이 있다. 따라서 그의 시에서는 전체적으로 보았을 때 내면적으로 침잠하는 세밀한 감정의 표현이 많이 부족한 편이다. 이 점은 이달이나 백광훈 등의 시적 경향과 좋은 대조가 된다. 三唐 시인들의 경우는 섬세한 내면 심리의 묘사가 뛰어남에 비해 김종직에게서는 그러한 면이 엷은 것이다.

사람이 자기를 가장 내면적으로 성찰하고 침잠할 때는 병들었을 때라고 할 수 있는데, 김종직은 병중의 시마저 그런 요소를 찾기가 어렵고 오히려 외향적인 기상이 느껴진다.

〈病中二首〉(병중에 짓다. 두수)265) (제1수)

마른 내가 어찌 일찍 비만한 몸 쪄〔蒸〕 봤던가.
타는 구름 공연하게 갓 쓴 나를 괴롭히네.
멀리서도 알겠구나, 운문 폭포 울려댐을.
層氷에다 맨발 대면 뼛속까지 차가우리.

---

265) 『佔畢齋集』 권12, 장2.

纖瘦何曾蒸肉山　火雲閑事燒儒冠
遙知雷吼雲門瀑　赤脚層氷徹骨寒

起·承句는, 자신은 마른 몸이니 비만한 사람들이 느끼는 찌는 듯한 더위를 예전에 전혀 몰랐었는데, 지금 병이 들어 열이 난데다 뜨거운 여름날의 구름마저 괴롭힌다는 것이다. 轉·結句는 멀리서 폭포가 울리는 것을 알겠는데 그 시원스럽게 쏟아질 모습을 상상하면서 맨발로 두꺼운 얼음이라도 밟으면 정말 시원하겠다는 생각이다. 제목이 아니라면 도무지 병자의 시라고 생각되지 않을 정도로 豪氣가 엿보이며 外向的이다.

이 점과도 연관이 되겠지만, 그의 시에서는 삶의 절실한 문제나 생활의 실질적인 측면에 대해서는 소홀히 다룬 감이 있다. 대부분의 작품이 누정에서의 和·次韻詩라는 점도 그런 요소 중의 하나이다. 역대로 인구에 회자되면서 칭찬을 받아 온 '鶴翻羅代盖　龍蹴佛天毬'〈仙槎寺〉나 '上方鍾動驪龍舞　萬竅風生鐵鳳翔'〈夜泊報恩寺下　贈住持牛師…〉 등이 문예미적 성취도에서는 훌륭한 표현이지만, 실체가 없는 하나의 허상을 읊은 것이라는 측면에서 본다면 다분히 吟風詠月에 머무르고 말았다는 아쉬움이 남는다.

V. 詩史的 위치

우리 나라의 한시 문학을 史的으로 거론할 때는 箕子의 〈麥秀歌〉나 琉璃王의 〈黃鳥歌〉 등이 그 서두를 장식하지만, 이들은 문헌상에 존재하는 한시 문학의 시기를 앞당겼다는 의의를 부여할 수 있는 정도이고 그 본격적인 시작은 신라 말의 崔致遠부터라고 해야 할 것이다. 成俔의 다음과 같은 말에서도 그러한 사정을 알 수 있다.

> 우리나라의 문장이 최치원에게서 비로소 발휘되었는데, 비록 詩句에는 능했지만 뜻이 정밀하지는 못하고 비록 사륙문에는 공교했지만 말이 정제되지는 못하였다.(我國文章 始發揮於崔致遠 雖能詩句 意不精 雖工四六 而語不整)'.1)

즉 崔致遠을 비롯해서 崔承祐·朴仁範·崔匡裕 등 一群의 입당 유학생들에 의해 시문학의 역사가 본격적으로 시작된 셈인데, 이때는 晚唐 시기에 해당되기 때문에 이들도 자연히 만당풍의 영향을 짙게 받을 수밖에 없었다.2)

고려 시대에 들어와서는 초기에는 신라 말의 시풍이 그대로 이어져서

---

1) 成俔, 『慵齋叢話』.

2) 李奎報, 『白雲小說』, “崔致遠孤雲, 有破天荒之大功, 故東方學者, 皆以爲宗, …… 然其詩不甚高, 豈其入中國, 在於晚唐後故歟.”

晚唐 시풍이 한동안 유지되었다. 특히 光宗 때 과거 제도가 시행되면서 今體詩가 성해졌는데 崔滋는 『補閑集』 서문에서 '漢의 文과 唐詩가 이에서 성하게 되었다(漢文唐詩 於斯爲盛)'3)라고 증언하고 있다. 이러한 경향은 중기까지 이어지다가 宋詩가 수입되면서 비로소 시풍이 크게 변화하였다. 이처럼 시풍이 변화하는 시기에 저명한 시인인 金富軾과 鄭知常은 그 當時를 대표하는 작가들인데, 정지상은 晚唐의 시풍에 가까웠다면 김부식은 宋詩風을 추구하였다고 할 수 있다. 송시풍의 추구는 이후 고려 말까지 계속되는데, 송나라 시인들 중에서도 蘇東坡·黃山谷의 영향이 컸고 특히 소동파의 영향은 절대적이었다. 이때의 사정을 알려주는 것으로는 이규보의 다음과 같은 글이 잘 알려져 있다.

> 또 세상의 학자들이 처음에는 科擧에 소용되는 글만 익혀서 風月을 일삼을 겨를이 없다가 과거에 합격한 다음에야 바야흐로 시 짓기를 배우는데, 더욱 소동파의 시를 좋아합니다. 그래서 매년 과거 급제의 방이 나붙은 후 사람들이 '올해도 삼십 명의 동파가 나오게 되었다'고 말합니다.(且世之學者 初習場屋科擧之文 不暇事風月 及得科第 然後方學爲詩 則又嗜讀東坡詩 故每歲牓出之後 人人以爲今年又三十東坡出矣)4)

물론 이러한 송시풍 일변도의 풍조 속에서도 개인적으로 唐風을 추구하는 작가들이 없었던 것은 아니다. 李崇仁 같은 작가에게서는 당풍적 요소가 다분히 드러나기 때문이다.

조선조에 들어 와서는 고려말까지 이어지던 송시풍이 한동안 그대로 계승되었다. 왕조는 바뀌었어도 문학적인 사조는 전왕조의 흐름이 계속적으로 이어졌는데, 이는 신라 말의 당풍이 고려 전반기까지 그대로 계

---

3) 崔滋, 『破閑集·補閑集』(合集), <補閑集序>, 朝鮮古書刊行會本(아세아문화사 영인, 1983), 57면.
4) 李奎報, 『東國李相國集』 권26, 장5, <答全履之論文書>.

속 이어진 것과 마찬가지로 정치적인 변혁이 문학의 변화에까지 그 영
향을 미치지는 않은 것이다. 그러다가 宣祖 시기를 전후하여서 다시 당
풍으로 뚜렷한 변화를 가져와서 조선 말 실학파들의 사실적인 시풍이
등장하기까지 계속되었다.

明宗 시대의 인물인 權應仁은 『松溪漫錄』에서 자신의 當代 시풍에 대
해 "지금의 詩學은 오로지 晚唐을 숭상하여 소동파의 시를 방치해 두고
있다(今世詩學 專尙晚唐 閣束蘇詩)"[5]고 하여 宣祖 이전에 이미 唐風으
로 전환하고 있음을 알려주고 있다. 선조 때 인물인 李睟光의 다음과 같
은 기록을 보아도 그 점을 확실하게 알 수 있다.

우리 동국의 시인들은 대부분 소동파·황산곡을 숭상하여 2백년간 모두
한가지 투식만 이어받았는데, 근세에 이르러 최경창·백광훈이 비로소 唐風
을 배워 淸苦한 말을 하기에 힘써서 崔白이라고 불리니 일시에 파다하게 본
을 받아서 이제까지의 습관이 거의 변화하였다. (我東詩人 多尙蘇黃 二百年
間 皆襲一套 至近世 崔慶昌白光勳 始學唐務爲淸苦之詞 號爲崔白 一時頗效之
殆變向來之習)[6]

선조 때 당풍으로 크게 시명을 떨친 시인들이 이른바 三唐派라고 하
는 崔慶昌·白光勳·李達 등이다. 金萬重의 다음과 같은 기록은 조선조
시풍의 변화 양상을 보다 구체적으로 보여준다.

本朝의 詩體는 너댓번만 변한 것이 아니다. 國初에는 前王朝의 실마리를
이어받아서 순전히 소동파를 배우다가 成宗·中宗에 이르러서는 오직 容齋
(李荇)가 大成했다고 일컬어지고, 중간에 豫章(黃山谷)을 참작한 사람으로는
挹翠軒(朴誾)의 재주가 실로 3백년 이래 한 사람이다. 또 변하여 黃庭堅·陳
師道를 전공하였으니 湖陰(鄭士龍)·蘇齋(盧守愼)·芝川(黃廷彧)이 솥발처럼

---

5) 權應仁, 『松溪漫錄』下, 『대동야승』 소재.

6) 李睟光, 『芝峯類說』 권9.

웅거하였으며 또 변하여 唐詩의 正道로 돌아갔으니 최경창·백광훈·이달이
우수한 사람이다. (本朝詩體不啻四五變 國初承勝國之緒 純學東坡 以迄於宣靖
惟容齋稱大成焉 中間參以豫章 則翠軒之才 實三百年一人 又變而專攻黃陳 則湖
蘇芝鼎足雄峙 又變而反正於唐 則崔白李 其粹然者也)7)

김종직이 활동한 시기는 이러한 변화 과정 중에 송시풍에서 당시풍으
로 넘어가기 전에 해당한다. 따라서 전체적인 시풍의 흐름 속에서 보자
면 김종직의 시는 송시풍에 가깝다고 할 수 있다. 그러면서도 그의 시에
서는 이미 당풍적 요소가 강하게 나타나며 후대의 평자들에게 높은 평
가를 받는 시들도 그 당풍적 요소를 대상으로 한 것들이 많다.

허균은 김종직의 시가 전적으로 蘇東坡·黃山谷에게서 나왔다고 하였
지만8) 구체적인 시작품에 대해서는 여러 곳에서 뛰어난 唐風을 칭찬하
고 있으며 申緯도 〈東人論詩絶句〉에서 '又見駸駸入盛唐'이라고 하였으니,
그가 唐風의 경지에 상당한 정도로 다가갔음을 알 수 있다. 결국 그는
당풍이나 송풍의 어느 한가지에만 경도되지 않고 두 가지 경향을 모두
구사하였다고 할 수 있다. 이와 관련하여 앞에서도 언급하였지만 그의
江西詩派에 대한 관심과 수용 여부가 주목되고, 나아가서는 그의 바로
다음 시대에 등장하는 이른바 '海東江西詩派'에 대한 영향 관계도 따져볼
필요가 있다.

선조 시대에 본격적인 당풍이 盛하기 전에 강서시파를 추종하는 '海東
江西詩派'가 일정한 경지를 이루어 우리 漢詩史에서 뚜렷한 위치를 점하
고 있는 것은 잘 알려진 사실이다. 海東江西詩派에 속하는 시인들의 범
주를 명확히 정하는 데는 어려움이 있으나 李鍾默은 朴誾·李荇·朴
祥·鄭士龍·盧守愼·黃廷彧 등을 대표적인 사람으로 선정하였다.9) 이

---

7) 金萬重,『西浦漫筆』.

8) 許筠,『惺所覆瓿藁』권25, <惺叟詩話>, "佔畢齋……其詩專出蘇黃……."

9) 李鍾默,『海東江西詩派 硏究』(태학사, 1995).

들을 선정한 기준은 오로지 蘇軾·黃庭堅, 또는 黃庭堅·陳師道를 배웠다는 기록만을 토대로 하여서 문제점이 없는 것이 아니다. 단순히 중국의 강서시파에 속하는 시인들을 배웠다고 모두 해동의 강서시파라고 부르기는 곤란하다. 고려 중기 이후 조선 중기까지는 '해동강서시파'라고 규정된 사람들 말고도 무수한 시인들이 蘇東坡·黃庭堅·陳師道를 배웠기 때문이다.

朴誾처럼 先代 문인들의 높은 眼目에 의해 단정적인 평가가 내려진 작가는 별다른 무리 없이 포함시켜도 되겠지만 그밖의 작가들은 그들의 작품에 드러나는 강서시파적 특질을 작품에서 구체적으로 검증해야 하는데, 연구된 결과를 보면 극히 지엽적인 사항이나 연구자의 편향된 시각을 거증 자료로 삼고 있어 명확한 검증이 되지 못하고 있다는 점이 아쉽다. 따라서 그들 작가들에 대한 재검증이 여전히 과제로 남아 있다고 하겠다. 그러나 이들 중 정사룡의 경우는 다음과 같은 權應仁의 구체적인 평이 있어 이에 의거하여 해동강서시파에 포함시키는 것이 무리가 없다고 본다.

> 湖陰(鄭士龍＝필자 註) 상공의 시는 江西派를 祖宗으로 하여서 경박하고 華靡한 습성을 털어버렸기 때문에 당시 사람들에게는 가볍게 여겨졌다. 마침 盧蘇齋(盧守愼＝필자 註) 정승이 유배지에서 조정에 돌아오자 홍문관의 여러 인사들이 當代의 시는 누가 제일인가 물어보았는데 盧蘇齋는 '호음이다'고 대답하였다. 이로부터 湖陰은 세상에 重望을 얻었다.(湖陰相公之詩 祖於江西派 而擺落浮靡之習 故爲時所輕 適有盧蘇齋政丞 自謫所還朝 玉堂諸賢問當代之詩 誰爲第一 曰湖陰也 自此取重於世)[10]

그런데 이처럼 강서시파를 따른 정사룡의 경우 다음의 기록이 말해주듯 김종직의 시를 하나의 모형으로 생각하여 열심히 배웠음을 볼 때

---

10) 權應仁, 『松溪漫錄 下』, 『大東野乘』 소재.

그의 영향이 적지 않았을 것이다.

> 이익지(李達＝필자 註)가 젊었을 때 호음(鄭士龍)에게 杜詩를 배웠는데,
> 하루는 이익지에게 書架 위에서 여러 책들을 가져오라고 하여 보다가『春亭
> 集』에 이르러서는 땅에다 던져버리고『梅溪集』은 펼쳐 보다가 웃으며 덮어버
> 리니 대개 하찮게 여긴 것이었다. 오직『佔畢齋集』만은 익히 보기를 마지 않
> 았다. 이익지가 엿보니 모두 스스로 표시하고 고치고 해 놓았으니, 대개 그
> 시들을 좋아하여 자기 시의 재료로 취하려는 것이었다.(李益之 少時 學杜詩
> 於湖陰 一日命取架上諸書看之 到春亭集擲之地 梅溪集則展看笑掩之 盖輕之也
> 唯取佔畢集 熟看不已 覘之則悉自批抹 盖好之而取材爲料也)[11]

위의 기록을 보면 정사룡은『佔畢齋集』을 단순히 좋아한 정도가 아니
고 자신의 시에 참고하기 위하여 구체적으로 批點까지 표시해가며 읽었
다는 것을 알 수 있다. 김종직 스스로 강서시파에 경도했었다는 것을 밝
히고 있음을 볼 때[12] 정사룡이 강서시파를 따른 것 또한 김종직의 영향
이 크게 작용하였다는 것을 미루어 짐작할 수 있게 한다. 이 점은 우리
한시사에 있어 해동강서시파의 존재 양상과 관련하여 김종직이 그 선구
적인 위치에 놓인다는 점을 시사하는 것으로서 새롭게 조명되어야 할
부분이다.

그밖에 김종직을 우리 한시사에 있어서 大家로 추앙하는 평들은 일일
이 예를 들기 어려울 정도이다.

동시대 문인인 成俔은 〈潘谿詩集序〉에서 "(유호인이 점필재 선생에게
시를 배웠는데) 선생은 시로써 세상에 이름을 울렸으며 조정의 신하들
이 의지하고 붙좇아서 그의 넘치는 덕에 힘입은 자들이 한이 없었다(先
生以詩鳴於世 縉紳之士 攀附而席餘光者 無限)"고 하였다.

---

11) 許筠,『惺所覆瓿藁』권25, 〈惺叟詩話〉.
12) 본 책 'Ⅳ. 3. 표현상의 특질'(214면) 참조.

李肯翊은 『燃藜室記述』에서 "仁祖와 孝宗이 매번 김종직이 文衡을 맡지 못한 것을 나라의 결함으로 여겼다(仁祖 孝宗 每以金宗直之不典文衡 爲國朝缺事)"는 일화를 소개하고 있다.

洪萬宗은 『旬五志』에서 "대가를 말하자면 앞에는 서거정과 김종직이 있고 뒤에는 朴誾과 李荇이 있다(言大家則前有四佳佔畢 後有挹翠容齋)"고 하였고 申欽은 〈晴窓軟談〉에서 "점필재의 시를 으뜸이라고 칭하는 것은 실로 과장이 아니다(佔畢齋之詩 稱爲冠冕者 實非誇也)"고 하였다. 홍만종은 또 『小華詩評』에서 몇 수의 좋은 시구를 인용하여 평한 후 "이른바 우리 조선의 으뜸이라는 말이 어찌 헛말이겠는가?(所謂冠冕國朝者 豈虛言哉)"라고 하였다.

특히 장유와 허균은 앞의 '생애와 인물'에서 살펴본 대로 인물평에서는 김종직에 대해 〈弔義帝文〉을 짓고서도 세조조에 벼슬한데 대해 심한 비판을 가하였지만, 그의 문학에 대해서는 높은 평가를 아끼지 않고 있어 상대적으로 문학적 평가의 객관성과 함께 그 위상을 더욱 돋보이게 한다. 허균은 특히 다음과 같은 7언 절구를 남겨 김종직의 詩史的 위상을 가늠하게 한다.

〈絶句〉 제6수[13]

점필재 김공께선 두소릉에 가깝건만
백년동안 丘壑에서 찬 덩굴만 뻗어났네.
남긴 시편 그 향기를 지금 와서 얻으려도
주옥같은 그 솜씨를 계승하지 못하겠네.

佔畢金公逼杜陵　百年丘壑蔓寒藤
遺篇縢馥今追丐　玉佩瓊琚嗣未能

---

13) 許筠, 『惺所覆瓿藁』, 「蛟山臆記詩」.

작가들끼리의 비교 우위를 논한다는 것은 각 작가들의 개성이 다르고 작품을 보는 사람들의 기준도 같지 않기 때문에 섣불리 말할 수 없는 문제이다. 그러나 여러 시대를 거치면서 많은 사람들에게 평가된 내용들을 종합하면 어느 정도 객관적인 기준은 마련될 수가 있다. 그런 점에서 일반적으로 김종직은 조선 초기의 시인들 중에서는 가장 높이 평가되고 있다고 할 수 있다. 어쩌다 서거정을 더 높이 평가하는 경우도 없지 않지만 각종 시선집에 실린 시의 편수를 하나의 기준으로 삼는다면 역대의 시선집에 김종직의 시가 서거정보다 훨씬 더 많이 실린 것을 보아도 일반적인 평가는 김종직이 더 우위에 있음을 확인할 수 있다.14)

따라서 우리는 김종직에 대해 여태까지 관행처럼 굳어져 온 성리학자라는 인식을 더 이상 墨守하지 말고 조선 초기의 대표적인 전문 詩人 내지 문인으로서 그를 평가하고 이해해야 할 것이다.

---

14) 『續東文選』에는 김종직 143수·서거정 75수, 『國朝詩刪』에는 김종직 33수·서거정 20수, 『箕雅』에는 김종직 34수·서거정 20수, 『大東詩選』에는 김종직 22수·서거정 14수이다. 『국조시산』에는 서거정의 시가 18首 실린 것으로 되어 있으나 鄭希良의 작품이라고 된 5언 율시 두수(<秋風>, <三田渡>)가 서거정의 작품으로 인정되므로(崔祐榮, <許筠의 詩觀과 批評樣相 硏究>, 연세대 국문과 박사논문, 1997, 114면) 이를 추가한 것이다. 이중 <三田渡>는 『續東文選』과 서거정 문집인 『四佳集』 <補遺> 편에서 확인이 되고 <秋風>은 어느 문집에서도 확인이 안되나 『箕雅』와 『大東詩選』에 서거정의 작으로 실려 있으며, 申緯의 <東人論詩絶句>에서도 '四佳繁富孰窺藩 閑鴨遊蜂寫景渾'이라고 하여 <秋風>에 나오는 '遊蜂飛不定 閑鴨睡相依' 구절을 인용하여 서거정의 작품으로 보았다.

Ⅵ. 결 론

　지금까지 논의한 김종직의 삶과 시문학에 대해서 정리하여 결론을 내리기로 한다.

　김종직은 그동안 인물의 평가에 있어서 성리학자이며 사림파의 영수로서 유학연원에까지 드는 인물로 알려져 왔다. 그러나 김종직이 성리학자로 인정되고 儒學淵源에 든 것은 어디까지나 後代 제자들에 의해 名分上으로 규정된 것이라는 점이 여러 자료를 통해 검토한 결과 밝혀진다. 우리 나라 성리학의 대표적인 학자라고 할 수 있는 退溪·栗谷·尤庵이 한결같이 김종직의 성리학적·도학적 성격에 대해 부정적인 견해를 보인 것도 그러한 사실을 증명한다.

　김종직은 세조를 비판했다고 알려진 〈弔義帝文〉 때문에 결정적으로 節義의 인물로 추앙되었지만, 그가 세조를 전혀 불의의 인물로 여기지 않았음이 세조 당대의 그의 행적에서 나타나고, 세조 사후에도 그러한 생각은 변함이 없었으며, 그의 여러 작품에서도 그 점은 검증이 되었다. 따라서 〈弔義帝文〉은 그가 세조의 불의를 풍자하기 위해 지었다기보다는 보편적인 儒家의 節義觀에 입각해서 과거 역사의 사실을 작품화했다고 보는 것이 타당할 것이다.

　김종직 자신은 나름대로 실천유학자로서 자신의 삶을 충실하게 산 사람이다. 그는 세조에 대해 절의를 지켜야 하느냐 말아야 하느냐의 와중에 놓일 필요가 없는 입장이었기 때문에 그 문제에 대해서 전혀 부담을 갖지 않아도 되었다. 科擧를 통하여 관직에 진출한 사람으로서 나름대로의 문학적 역량으로 조정에서 주어진 역할에 충실하며, 때로는 지방관으로서 善治를 행하며 한 시대를 살다 간 것이다. 그에 대한 여러 가지 평가는 후인들에 의해 과장되거나 잘못 오해되어 인식된 측면이 크다. 그에 대한 과장된 尊崇이나 그 과장된 尊崇을 바탕으로 한 장유나 허균의 혹평은 모두 실상과는 거리가 먼 것이다.

그의 문학관에 대해서 많은 사람들이 동시대의 문인인 서거정과 성현을 들어 서로 비교하면서, '김종직은 道學派로서 道를 중시하고 문학을 말단적인 것으로 하찮게 생각했으며 徐居正과 成俔 등은 소위 詞章派로서 문학의 가치를 적극적으로 옹호했다'고 주장한다. 그러나 그 당시의 문인들은 물론이고 그 후대의 문인들도 거의 대부분이 문학관에 있어서 근본적인 차이가 나는 것이 아니다. 즉 道主文從(道本文末)과 함께 經文一致의 문학관은 조선조 儒學者들의 한결같은 문학관이었던 것이다. 실제로 서거정·성현의 문학관과 김종직의 문학관을 살펴본 결과 그들간에 큰 차이가 없다는 것이 밝혀진다. 지금까지 피상적으로 김종직을 道學派 문인이라고 규정해 온 것은, 그의 생애와 문학을 살펴볼 때 실상과 맞지 않으므로 마땅히 시정되어야 한다.

김종직이 편찬한 시선집『靑丘風雅』의 경우 지금까지 이를 직접 간접으로 연구한 사람들이 역시 그의 '道學的 성격'에 사로잡혀 유가적인 관점이 선시의 기준이 되었다고 하였으나, 이는 직접 수록 작품을 살펴보면 그렇지 않다는 점이 드러난다. 실제로 작품들을 검증한 결과 결코 유가적 관점으로만 시를 선발한 것은 아니고, 나름대로의 문예미적 관점에 충족되는 작품들을 선발했음을 확인할 수 있다.『청구풍아』의 評語들을 중심으로 살펴보면 그 자신의 시에서 드러나는 특징들과 상당 부분 일치하는 점을 발견할 수 있다. 웅혼하고 밝은 시풍과 詩句의 치밀한 조직을 높이 평가한 부분이 그것이다. 그러나 역시 儒者로서 시의 敎化的 기능도 소홀히 하지는 않았다.

시 세계에 있어서 그의 시가 높이 평가되는 이유는 무엇보다도 풍격적 특성에 있다. 그의 詩風은 작품 수가 많은 만큼 다양하게 나타나지만 가장 특징적인 것을 몇 가지로 정리할 수 있는데, 본 논문에서는 기존의 평가들을 근거로 크게 범주화하여 세 가지로 나누어 보았다.

우선 放遠하다거나 洪亮嚴重하다는 평을 들은 雄渾美가 가장 두드러진다. 이는 역동적이면서 호방한 기풍이 드러나는 시풍인데, 후대의 평자들에게 자주 평가받는 요소이기도 하다. 또한 이 점은 그의 시가 소동파, 황산곡에게서 나왔다는 평을 뒷받침해 주는 것이다. 이러한 시풍은 남용익이 『호곡시화』에서 김종직의 전체 시풍에 대해 '勁傑'이라고 지적한 것과 밀접한 연관성이 있는 것이다.

다음으로는 웅혼미보다 무게는 많이 가벼워지고, 대신 활달하면서도 흥이 살아 있는 爽快美를 주는 시풍을 들 수 있다. 이는 爽朗·淸亮 등의 평을 듣는 시풍이다. 김석주가 평한 '明月撥雲 芙蓉出水'라는 말에 부합되는 측면이다. '芙蓉出水'라는 말이 원래 신수 시인으로 일저진 謝靈運의 시를 평한 말에서 나왔듯이, 김종직에게 있어서도 이러한 시풍은 주로 산수 자연의 흥취를 읊은 시에서 많이 나타난다.

이상 두 가지 시풍은 김종직의 선천적으로 타고난 성격적 기질을 그대로 반영한 것으로 보인다. 즉 외향적이고 활달하면서, 내면적으로 흥을 간직한 성격에서 유발된 시풍이라고 할 수 있다.

세 번째로 들 수 있는 것은 한적하고 여유가 넘치는 安穩美의 시풍이다. 이것은 앞의 두 시풍에 비해 훨씬 고요한 분위기이며 차분하게 가라앉은 느낌이다. 그러나 역시 밝은 기조는 잃지 않는다. 이 점은 그가 근본적으로 자기 수양을 전제로 하는 儒學者인데다 일생을 파란이나 굴곡이 없는 순탄한 관직 생활을 한 외부적 요인 때문에 생긴 후천적 기질인 것으로 보인다.

이상의 시풍을 종합하면 앞의 두 가지가 훨씬 특징적이고 두드러지게 나타나는데, 이 풍격적 요소는 이른바 도학파들의 시라고 하기보다는 文人적인 요소가 훨씬 강한 것이다. 도학파들의 시에서 가치있게 여기는 점은 平淡淵雅하고 溫柔敦厚한 기풍인데, 앞에서 살펴본 김종직의 시풍은 이와는 거리가 있는 것이다. 이런 점에서도 그를 순수 문인이라고 규정하는 것이 옳다고 본다.

그의 시풍을 요약하면 밝고 남성적인 '陽剛美'가 돋보이며, '恨'보다는 '興'을 주조로 하고 '沈鬱'보다는 '明朗'을 추구하는 속성이 있다고 할 수 있다.

다음으로 김종직의 시의식을 알아보기 위해 제재적 측면을 탐구하였다. 대략 2천수나 되는 많은 작품을 남겼기 때문에 제재를 일일이 다 살필 수는 없지만 그 중에서 가장 특징적으로 드러나는 요소들을 중심으로, 기존의 논의에 대해 문제점을 제기할 수 있는 것들을 포함하여 몇 가지를 정리하면 다음과 같다.

우선 그는 지금까지 많은 연구자들이 주장한 것과는 달리, 사림파로서 훈구 관료들과 대립적인 위치에 있었던 것이 아니고 그들과 거리낌 없는 친교를 나누었으며, 이를 詩化함으로써 '可以群'이라는 시의 효용적 측면을 잘 활용하였다. 그 밖에도 知人들과의 친교를 구현하는 수많은 시들이 문집에 전한다. 이는 그가 적극적인 관직 진출 의사가 있었으며, 관직에 진출해서도 현실 생활에 잘 적응하여 원만한 관료 생활을 했음을 보여주는 자료라고 할 수 있다.

그는 당시부터 인재의 府庫로 알려진 영남에 대해 지역적 자부심이 강했으며, 특히 자신의 고향인 선산에 대해서 더욱 애착심을 가지고 이를 시로 표현하였다. 이는 지방의 중소 지주 출신으로서 가문의 경제적 기반이 鄕村이었기 때문이기도 한데다, 함양 군수와 선산 부사를 오래

지내면서 고향에 대한 애착이 더욱 컸기 때문이기도 하다.

그의 향리에 대한 애착은 과거 그 지역에 기반했던 신라에까지 관심의 확대를 가져와 자신의 생활 반경에 남아 있는 수많은 역사 유적·유물들에 대해 관심을 가지고 시로 나타내었다. 그 대상에는 유형적인 것뿐만 아니라 무형의 요소들도 포함되었는데, 그 결정체가 바로 〈東都樂府〉라고 할 수 있다. 그의 史蹟에 대한 관심의 詩化에는 『三國史記』 등 우리 나라 역사서에 바탕한 정확한 역사 지식이 활용되었다.

김종직을 사림파로 인식하는 많은 연구들에서 그가 관직 생활을 달가워하지 않고 遁世 의식이 강했다고 주장하는데, 사실 그는 어렸을 때부터 과거를 통하여 관직에 진출하려는 적극적인 의지를 가지고 있었음이 詩文에 여실히 나타난다. 나중에 관직에 진출해서도 관인으로서의 의식을 자주 시로 보여준다. 이는 그의 가문 중흥 의식이 강했던 점과도 연관된다.

김종직은 당시의 사회적 분위기와 부친 김숙자의 영향을 받아서 사상적으로 排佛論을 견지하였다. 따라서 젊은 시절의 시에서는 불교를 배격하는 작품들이 보인다. 그러나 개인으로서의 사귐에 있어서는 승려들이라고 하여 전혀 거리끼지 않고 친교를 유지하였으며, 그 결과를 많은 시로 남겼다.

유학자로서 기본적으로 민본사상을 지녔던 그는 젊어서부터 백성들의 어려움을 보면 마음 아파하고 시로 표현하였다. 그와 같은 태도는 당시가 농본 사회이고 백성이 국가의 기본이므로 유학자로서는 당연히 견지해야 할 태도이기도 하였다. 따라서 이런 애민의식을 반드시 중앙의 훈구 관료들과의 대립적인 관점으로만 해석해서는 안될 것이다.

그의 시에서 상대적으로 드물게 나타나는 제재는 나그네의 시름, 이별의 정한, 여성 화자의 시 등이며 邊塞詩나 宮詞 등 관념적인 작품들도 거의 나타나지 않거나 매우 드물게 보인다. 이는 제재가 비교적 현실적인 문제들을 위주로 선택되었다는 것을 반증한다.

그의 시에 있어서 외형적인 수사적 특질은 用事의 다양성을 들 수 있다. 그의 博學에 기반한 것으로 보이는 이 용사의 특질은 수사적 표현에서는 긍정적인 측면이 있으나 전고에 해박하지 않고서는 그의 시를 이해하는 것을 아주 어렵게 만드는 요소이다.

그가 용사에 관심이 많고 이를 적극적으로 활용하였다는 것은 그만큼 詩句의 조직에도 관심을 많이 기울였다는 것으로 이해될 수 있다. 따라서 그의 작품에서는 시구를 치밀하게 조직하려고 애쓴 흔적들이 보이며, 표현면에서도 참신하고 공교한 묘사가 돋보이는 작품들이 많이 나타난다. 이러한 표현적인 측면의 특질은 그가 江西詩風에 상당한 관심을 기울였다는 증거가 될 수 있으며, 실제로 자신이 江西宗派에 경도되었음을 밝힌 바 있다.

시의 意境에 있어서의 특질은 巨視的 관점의 묘사가 많다는 것을 들 수 있다. 주로 산수 경물을 읊은 시에서 나타나는 이런 경향은 그의 웅혼한 시풍과도 밀접한 관련을 갖는다. 이러한 시풍은 필연적으로 정서적 내밀도에서는 집약적인 성격이 다소 떨어지는 것이 사실이다. 따라서 그의 시는 전체적으로 보았을 때 내면으로 사색하고 침잠하는 미세한 감정의 표현에 있어서는 소홀히 한 감이 있다. 이 점에서는 三唐派 시인으로 알려진 李達이나 白光勳 등에게서 나타나는 성향과 대조적이다. 그의 시에서 뛰어난 표현이라고 일컬어져 온 名句들이 문예적 측면에서는 훌륭하지만, 다분히 吟風詠月적인 측면에 기울고 있는 점에서 그러한 평가를 내릴 수 있다.

김종직은 조선 전기 시문학의 흐름에 있어서 누구보다도 중요한 위치를 차지하는 시인이다. '海東江西詩派'가 바로 뒤이어 출현하였는데, 김종직 자신이 강서시파에 경도했었다는 것을 밝히고 있고 해동강서시파의 한 사람인 鄭士龍이 김종직의 시를 높이 평가하고 그 詩句에 표시를 해가며 배우기에 힘썼다는 사실로 미루어 이미 김종직이 그 문을 열어 주었다고 평가할 만하다.

김종직은 시에서 뿐만 아니라 文章(散文)에 있어서도 높은 평가를 받아 왔다. 따라서 그의 전체적인 문학의 모습을 알기 위해서는 문장에 대한 연구도 병행이 되어야 할 것이다. 본 논문에서는 우선적으로 詩만을 연구 대상으로 하였기 때문에 문장에 대해서는 따로 살피지 않았다. 앞으로 문장을 대상으로 한 연구도 진행하여 그 특성이나 시에서 드러난 문예 의식과의 상관 관계 등을 밝히는 작업이 남아 있다. 그의 문장은 한편으로는 높이 평가되면서도 소위 '俗下文字'를 썼다고 하여 비판을 받기도 하였는데, 이런 문제에 대한 구체적인 검증 등이 필요하다.

〈參考文獻〉

1. 資料

姜斅錫. 典故大方.

姜希孟. 私淑齋集. 韓國文集叢刊 12. 民族文化推進會 영인.

高麗名賢集二. 成均館大學校 大東文化硏究院 영인.

歐陽修. 歐陽文忠公全集. 臺灣 中華書局. 1986.

權鼈. 海東雜錄. 국역 대동야승 소재. 민족문화추진회.

權應仁. 松溪漫錄. 국역 대동야승 소재. 민족문화추진회.

奇大升. 高峯集. 韓國文集叢刊 40. 民族文化推進會 영인.

吉再. 冶隱集. 韓國文集叢刊 7. 民族文化推進會 영인.

金富軾. 三國史記. 民族文化推進會 校勘 영인. 1982.

金時讓. 涪溪記聞. 국역 대동야승 소재. 민족문화추진회.

金馹孫. 濯纓集. 韓國文集叢刊 17. 民族文化推進會 영인.

金宗直. 佔畢齋集. 韓國文集叢刊 12. 民族文化推進會 영인.

―――. 佔畢齋先生全書. 啓明漢文學硏究會 편. 大田 學民文化社. 1996.

―――. 悔堂稿. 栖碧外史海外蒐佚本 73. 眞逸遺稿 合編. 亞細亞文化社. 1995.

金宗直 편. 靑丘風雅. 亞細亞文化社 영인. 1983.

―――. 靑丘風雅. 延世大學校 도서관 소장본.

金昌協. 農巖集. 韓國文集叢刊 161·162. 民族文化推進會 영인.

金烋. 海東文獻總錄.

南龍翼. 箕雅. 亞細亞文化社 영인. 1977.

南孝溫. 秋江集. 韓國文集叢刊 16. 民族文化推進會 영인.

論語.

東文選. 朝鮮古書刊行會 편. 民族文化刊行會 영인. 1994.

孟子.

민족문화추진회. 국역 동문선. 1989.

──────────. 국역 성소부부고. 1989.

──────────. 국역 신증동국여지승람. 1985.

──────────. 국역 연려실기술. 1988.

──────────. 국역 청장관전서. 1989.

──────────. 국역 퇴계집. 1978.

朴午陽 편. 金笠詩集. 文苑社. 1978.

朴趾源. 燕巖集. 啓明文化社 영인. 1986.

司馬遷. 史記. 臺北 宏業書局. 1987.

徐居正. 東人詩話. 二友出版社 영인. 1980.

───. 四佳集. 韓國文集叢刊 10 · 11. 民族文化推進會 영인.

書經.

成宗實錄. 國史編纂委員會 영인.

成俔. 慵齋叢話. 국역 대동야승 소재. 민족문화추진회.

───. 虛白堂集. 韓國文集叢刊 14. 民族文化推進會 영인.

續東文選. 慶熙出版社 영인. 1970.

宋書.

肅宗實錄. 國史編纂委員會 영인.

詩經.

申叔舟. 保閑齋集. 韓國文集叢刊 10. 民族文化推進會 영인.

申欽. 象村稿. 韓國文集叢刊 71 · 72. 民族文化推進會 영인.

안동림 역주. 莊子. 현암사. 1993.

禮記.

耘虛 龍夏. 佛敎辭典. 東國譯經院. 1989.

魏慶之. 詩人玉屑. 臺灣 商務印書館. 1980.

柳成龍. 西厓集. 韓國文集叢刊 52. 民族文化推進會 영인.

劉義慶. 世說新語. 諸子集成 소재. 上海書店. 1994.

劉勰. 文心雕龍. 四部叢刊 集部.

──────. 崔信浩 역. 1985.

兪好仁, 㵢谿集. 韓國文集叢刊 15. 民族文化推進會 영인.

李圭景. 五洲衍文長箋散稿. 古典刊行會 영인. 以文社. 1993.

李達. 蓀谷詩集. 韓國文集叢刊 61. 民族文化推進會 영인.

李白. 李太白全集. 王琦 輯注. 臺北 華正書局. 1991

李晬光. 芝峯類說. 南晚星 역. 乙酉文化社. 1994.

李珥. 栗谷全書. 韓國文集叢刊 44・45. 民族文化推進會 영인.

李鍾殷・鄭珉 共編. 韓國歷代詩話類編. 亞細亞文化社. 1988.

李重煥. 擇里志.

李滉. 退溪集. 韓國文集叢刊 29~31. 民族文化推進會 영인.

仁宗實錄. 國史編纂委員會 영인.

一然. 三國遺事. 民族文化推進會 校勘 영인. 1982.

任廉. 暘葩談苑. 亞細亞文化社 영인. 1981.

임정기 역. 국역 점필재집. 민족문화추진회. 1996~1997.

張維. 谿谷集. 韓國文集叢刊 92. 民族文化推進會 영인.

張志淵 外 編. 大東詩選. 亞細亞文化社 영인. 1980.

全唐詩. 北京 中華書局. 1992.

鄭道傳. 三峯集. 韓國文集叢刊 5. 民族文化推進會 영인.

正祖. 弘齋全書.

丁仲祜 編訂. 續歷代詩話. 臺北 藝文印書館. 1983.

趙光祖. 靜菴集. 韓國文集叢刊 22. 民族文化推進會 영인.

曺偉. 梅溪集. 韓國文集叢刊 16. 民族文化推進會 영인.

中國典故大辭典. 北京 燕山出版社. 1991.

中文大辭典. 中華學術院. 1985.

中庸.

中宗實錄. 國史編纂委員會 영인.

增補文獻備考. 韓國學振興院 영인. 1986.

春秋左傳.

崔瀣. 三韓詩龜鑑. 二友出版社 영인. 1980.

抱朴子. 諸子集成 소재. 上海書局. 1994.

何文煥 編訂. 歷代詩話. 臺北 藝文印書館. 1991.

韓非子. 諸子集成 소재. 上海書局. 1994.

漢語大詞典. 上海 漢語大詞典 出版社. 1993.

寒暄堂先生記念事業會. 景賢錄. 1970.

許筠. 惺所覆瓿藁. 韓國文集叢刊 74. 民族文化推進會 영인.

──. 許筠全集. 成均館大學校 大東文化研究院 영인. 1981.

洪萬宗. 小華詩評. 安大會 譯注. 國學資料院. 1993.

──. 詩話叢林. 亞細亞文化社 영인. 1991.

──. 洪贊裕 譯註. 通文館. 1993.

華嚴經. 法頂 옮김. 東國大學校 譯經院. 1988.

淮南子. 諸子集成 소재. 上海書局. 1994.

2. 單行本

金都鍊. 朱註今釋 論語. 玄音社. 1990.

金台俊. 朝鮮漢文學史. 民族文化社 영인. 1991.

김홍경. 조선 초기 관학파의 유학사상. 한길사. 1996.

閔丙秀. 韓國漢詩史. 태학사. 1996.

朴善楨. 佔畢齋 金宗直 文學 研究. 이우출판사. 1988.

宋寯鎬. 柳得恭의 詩文學 研究. 태학사. 1985.

申鶴祥. 金宗直 道學思想. 도서출판 영. 1990.

王夢鷗. 李章佑 역. 中國文學의 綜合的 理解. 태양문화사. 1978.

李家源. 朝鮮文學史 上. 太學社. 1995.

李炳漢. 增補 漢詩批評의 體例 研究. 통문관. 1985.

李樹健. 嶺南 士林派의 形成. 영남대학교 출판부. 1984.

李鍾默. 海東江西詩派 研究. 太學社. 1995.

李鍾燦. 韓國佛家詩文學史論. 불광출판부. 1993.

전형대 외. 韓國古典詩學史. 기린원. 1988.

鄭景柱. 成宗朝 新進士類의 文學 世界. 법인문화사. 1993.

鄭堯一. 漢文學批評論. 인하대학교 출판부. 1990.

──── 외. 고전비평 용어 연구. 태학사. 1998.

최철. 향가의 문학적 해석. 연세대학교 출판부. 1990.

한국사상사연구회. 조선유학의 학파들. 예문서원. 1996.

洪順錫. 成俔 文學 研究. 한국문화사. 1992.

黃永武. 中國詩學. 臺北 巨流圖書公司. 1980.

3. 論文

金成圭. 15세기 후반 士大夫 文學의 몇가지 경향. 성균관대학교 박사학
　　위논문. 1990.

────. 佔畢齋 金宗直의 文學觀과 文風改革. 성대문학 제26집. 1988.

────. 佔畢齋의 歷史·風俗詩에 대하여. 성대문학 제27집 1990.

金聖基. 金宗直論. 한국한시작가연구 제3집. 태학사. 1998.

金永峯. 金宗直 詩 研究. 연세대학교 석사학위 논문. 1989.

金容珏. 佔畢齋 金宗直의 詩文學考. 동국대학교 교육대학원 석사학위 논
　　문. 1988.

徐敬洙. 佔畢齋 漢詩文學 研究. 伏賢漢文學 제2집. 경북대 복현한문학연
　　구회. 1983.

宋寯鎬. 崔孤雲 詩의 位相. 東方學志 제36·37 합집. 연세대학교 국학

연구원. 1983.

———. 蓀谷 李達詩 硏究(1). 東方學志 제64집. 연세대학교 국학연구원. 1989.

———. 麗末 三隱의 詩文 性格 -冶隱을 中心으로-. 吉冶隱 硏究論叢. 서문문화사. 1996.

申承勳. 金宗直 詩의 儒家的 性格 硏究. 정신문화연구원 석사학위 논문. 1997.

尹榮玉. 東都樂府의 硏究. 新羅伽倻文化 제12집. 영남대 신라가야문화연구소. 1981.

李源周. 佔畢齋 硏究. 韓國學論集 제6집. 계명대 한국학연구소. 1979.

李鍾建. 金宗直 詩文學 考. 기전어문학 제3집. 수원대 국문학회. 1989.

李鍾默. 成俔의 擬古詩 硏究. 서울대학교 석사학위 논문. 1989.

이종태. 도학적 실천 정신의 착근. 조선유학의 학파들. 예문서원. 1996.

鄭景柱. 佔畢齋 紀俗詩의 文明意識에 대하여. 석당논총 제16집. 동아대학교. 1990.

鄭錫龍. 金宗直의 漢詩 硏究. 단국대학교 석사학위 논문. 1986.

崔祐榮. 許筠의 詩觀과 批評樣相 硏究. 연세대학교 박사학위 논문. 1997.

洪性旭. 金宗直의 賦 및 散文의 硏究. 고려대학교 석사학위 논문. 1992.

黃渭周. 朝鮮 前期의 漢詩 選集. 정신문화연구 통권 68호. 한국정신문화연구원. 1997.

■ Abstract

A Study on the Kim, Jong Jik's Poetry

Kim, Young-Bong

The purpose of this thesis is to achieve the correct understanding and appreciation of the life and literary works of Kim, Jong Jik(金宗直) whose pen name is Jumpiljae(佔畢齋).

Kim, Jong Jik has been known as a metaphysical Confucian and he was held in respect as the leader of so called 'Confucian School(士林派)' who succeeded to the orthodox genealogy of confucians. But it has been shown that this estimation of him was originated from the superficial estimation by his disciples in the next generation. That is, he was also a government official and literary man like Seo, Geo Jeong(徐居正) and Sung Hyun(成俔).

Kim, Jong Jik was held in respect as a man of fidelity due to the writing of ´Jowoijemoon(弔義帝文)´ which is known to be written to judge the King Sejo(世祖). But considering the trace of his life and the literary works that he left, we may know that he did not think of King Sejo as a man of immorality at all and that he fulfilled his faithful duty to King Sejo as a subject of his. Therefore, it is natural that the ´Jowoijemoon´ should be considered a literary work which was written on the ground of general confucian view of fidelity.

His view point of literature is based on the principle that morality is the basic and literature is the end. And he insisted that Confucianism and literature have the same principle. This was the common view point on literature of the literary men in the period of Chosun Dynasty. Therefore, the result of the study that Seo, Geo Jeong and Sung Hyun were classified into the school which emphasizes literature and Kim, Jong Jik into the school which emphasizes Confucianism is thought to be incorrect.

The reason his poems are praised highly is based on the feature of his personality and the most prominent feature of his poems rests on the beauty of grandeur. This is a kind of poetical style which is energetic and open hearted and this is an important element of his poems that has been praised highly by the critics in the next generation. Next, the beauty of refreshment which is a little lighter than the beauty of grandeur is shown in his poems. The estimation that ′bright moon plows through clouds and lotus flowers appear on the water(明月撥雲 芙蓉出水)′ is so applicable to his poems. These two kinds of poetical styles are thought to be originated from his innate nature which consists of the outward activity and inward pleasant.

The third poetical style to be counted will be the beauty of comfort. Comparing with the two poetical styles stated above, this style has an atmosphere much more calm and quiet than those two styles. But this also contains a bright tone basically. This may be thought to be resulted from his Confucian feature seeking the aim of his principle throughout his life and his posterior characteristic acquired from his outward cause of his smooth official life without disturbance and trials.

By synthesizing and analyzing the above stated poetical styles, we would rather say that he was a pure literary man who sought pure literature rather than a literary man of Confucianism. Unlike the opinion that so many scholars have maintained so far, Kim, Jong Jik had not an opposite position against the traditional powerful government officials and subjects in those days but he maintained wide friendship with them, which are left in many poems of his.

As he had a strong affection for his home town, he used to express it in his poems. His affection of home town was extended to the interest of Shilla Dynasty which was based on the area of his home town and so many historical relics and remains are expressed in his poems. The correct knowledge of the contents of the Korean history was based on the poems. Many scholars insisted that as Kim, Jong Jik was a Confucian literary man, he disliked the official life and had a consciousness to a retired life. But this is thought to be different from the real fact and he had a strong intention to advance into a government official, which was shown in his poems. And this also shows that he had a strong intention to revive his family.

He rejected Buddhism ideologically but he paradoxically maintained friendly relationship with monks. He left so many poems which show his friendship with them. As a Confucian scholar, he felt suffering and expressed it in his poems whenever he saw the difficulties of the people because he had a tolerable mind with the consideration of the people basically. This kind of behavior should be thought to be the natural manner as a Confucian scholar at that time because those days were a society of physiocracy. So this fact should not be interpreted as the view point confronting against the traditional powerful government officials in those days.

The expressive feature of his poems will be the various quotations from the classics and the elaborate constitution. In his poetical works, the traces to compose the poems with elaboration were shown and so many poems with novel and elaborate expression have been left so far. This expressive feature in his poems can be the witness that he had a considerable interests in ʹKangseosipa(江西詩派)ʹ.

Considering the expressions based on the macroscopic view point in his poems, we can assume that it is related with his grandeur poetical styles.

Kim, Jong Jik is a poet who occupied more important position than any other poets in the current of poetical literature in the early period of Chosun Dynasty. ʹHaedong-kangseosipa (海東江西詩派)ʹ appeared just after him, and Kim, Jong Jik, himself showed that he had devoted himself to the ʹKangseosipaʹ. Considering that Jeong, Sa Ryong(鄭士龍), a scholar of the School of ʹHaedongkangseosipaʹ evaluated highly the poems of Kim, Jong Jik and that he made efforts to learn Kim, Jong Jikʹs poems with special marks on them, we can judge that Kim, Jong Jik opened the door of the school of ʹHaedongkangseosipaʹ.

■ 부록

『靑丘風雅』 硏究

1. 머리말

佔畢齋 金宗直(1431~1492)은 『靑丘風雅』라고 하는 주목할 만한 詩
選集을 편찬했는데, 이는 그 자신이 서문에서 밝힌 바와 같이 고려 시대
에 이미 金台鉉, 崔瀣, 趙云仡 등이 시선집을 편찬한 경험을 이어 받은
것이다.1) 점필재가 참고한 詩選集은 김태현의 『東國文鑑』, 최해의 『東
人之文』, 조운흘의 『三韓詩龜鑑』을 가리킨다.2)

---

1) ‘近世金快軒・崔猊山・趙石澗三老 各有選集 石澗略 快軒雜 猊山之編最爲得體
然而合乎己之權度者 然後收之 故多遺焉……於是姑就三老所撰而拔其尤者……’.
金宗直, <靑丘風雅序>.

2) 이 중 『東國文鑑』은 현재 전하지 않는다. 『東人之文』의 경우 詩選集은 <五七>,
文選集은 <千百>, 騈儷文은 <四六>이라고 나누어 편찬되었는데, 현재 『東人
之文四六』은 전15권이 전하고 『東人之文五七』은 최근에 殘卷(7, 8, 9권)으로만
전하는 것이 공개되었으며(『季刊 書誌學報』 16호, 1995.9.) 『東人之文千百』은 전
하지 않는다. 『三韓詩龜鑑』은 일찍부터 영인되었고 번역본까지 나왔다. 『三韓
詩龜鑑』에는 최해가 비점을 찍은 것으로 되어 있는데, 李丙疇는 『東人之文五
七』이 공개되기 전에 일찍이 “『三韓詩龜鑑』은 『東人之文五七』에서 名品을 정
선해서 그(최해=필자 註)의 비점을 보태서 완벽을 기한 시선집”이라고 추단하

『靑丘風雅』는 각 권의 卷首題가 〈佔畢齋精選靑丘風雅〉라고 되어 있을 만큼 '精選'에 각별히 유의하였음을 알 수 있으며, 후대 문인들도 예전부터 우리나라 시선집 중 許筠의 『國朝詩刪』과 함께 가장 정선된 것으로 평가하고 있다. 또 역대 문인들의 詩話나 여타 문헌에서도 자주 언급되는 것으로 보아 상당히 널리 읽혀졌던 것으로 생각된다. 肅宗 때는 외국 사신이 우리나라의 시를 요구하자 『동문선』과 『청구풍아』에서 선발하여 준 적도 있을 정도로 국가적으로도 인정받고 있었음을 알 수 있다.3)

그러나 지금까지 알려진 시 선발의 기준에는 큰 의문이 제기된다. 즉 『청구풍아』는 점필재의 성리학자적인 관점이 시 선발의 기준이 된 것으로 알려져 왔으며 이러한 견해는 최근까지도 이어져 "시선집인 『청구풍아』는 규범을 중시하여 그 美意識이 繁華보다 醞藉쪽이었으며" "이 점은 적어도 그 당시로서는 성리학적 이데올로기에 가장 철저했던 그의 문학관, 특히 〈尹先生祥詩集序〉 등에 나타나는 道本文末的 문학관과도 그 궤도를 같이하는 것"4)이라든가 "유가적 刪詩精神이 이 시선집의 편찬에 깊숙히 작용했다고 해야 할 것"5)이라는 평을 듣고 있다. 이러한 평가는 김종직이 조선 초기 士林派의 領袖로서 대표적인 성리학자인 것처럼 인

였다(<崔瀣 批點 趙云仡 編『三韓詩龜鑑』>, 『동악어문논집』 15집, 동악어문학회, 1981. 이 논문은 李丙疇가 엮은 『한국의 漢文學』 1권에도 轉載되었고 金甲起 譯註『三韓詩龜鑑』에도 해제로 실렸다). 이는 책이 공개되고 나서 辛承云의 수록 작품 비교에 의하여 사실로 확인이 되었다.(<『東人之文五七』 해제>, 『季刊書誌學報』 第16號, 146~147면)

3) '虜使求見東國詩文及筆法 抄謄東文選·靑丘風雅所載者 與之 亦擇善寫人 寫字示之'. 『肅宗實錄』 二十一年 正月 甲戌.

4) <佔畢齋先生全書 解題>, 啓明漢文學研究會 編, 『佔畢齋先生全書』 1권(대전: 學民文化社, 1996), 11~12면.

5) 黃渭周, <朝鮮 前期의 漢詩選集>, 『정신문화연구』 통권 68호(한국정신문화연구원, 1997), 56면.

식된데다가, 崔淑精이『청구풍아』跋文에서 그와 같은 내용을 언급한데서 비롯된 것이기도 하다. 최숙정은『청구풍아』를 "동방의 훌륭한 분들의 시를 채집하였으니 가히 '風雅'와 더불어 함께 전할 만한 것이다"[6]고 하였으며, "성정의 바름에서 나오지 않는 것, 善을 느껴 발휘시키고 惡을 징계하게 하는 바가 없는 모든 것들은 또한 취하지 않았다"[7]고 하였다. 심지어 이 시선집을 공자의『詩經』刪詩에 비유하기도 하였다.[8]

또 많은 사람들이 점필재의 이러한 시선집 편찬은 경쟁 관계에 있던 徐居正이 편찬한『東文選』에 대한 불만에서 비롯되었다고 알고 있고 최근의 논자들까지도 이러한 견해를 수용하고 있는데,[9] 이는 일찍이 松溪 權應仁이『松溪漫錄』에서 "점필재 선생은『東文選』이 사사로움을 따라서 공정하지 못하고 채택한 것이 정밀하지 못하다고 여겨, 모래를 일어 금을 가려내고 다시 그 중에 더 나은 것을 뽑아 산문은『東文粹』라고 하고 시는『靑丘風雅』라고 하였으니 지극히 정밀하다고 말할 수 있다."[10]라고 한 말에 그 근거를 두고 있다.

그러나 점필재 자신이 성리학자라는 평가를 받기에는 많은 문제점을 안고 있고,[11] 아울러 이『청구풍아』의 서시 기준도 기존의 인식과는 상

---

6) '……吾友季昷(季昷은 金宗直의 字=필자 주) 結髮好詩 得三昧之手 而具金剛之眼 嘗採東賢之詩 可與風雅並傳者 名之曰靑丘風雅……'. 崔淑精, <靑丘風雅跋>.

7) '……諸不出性情之正 無所感發而懲創者 亦無取焉……'. 같은 글.

8) '是編傳於世 而使今之人若後之人 知風雅之後復有風雅 而有所興起焉 則季昷之用心 亦亞於刪定之功也歟'. 같은 글.

9) 洪性旭, <金宗直의 賦 및 散文의 硏究>(고려대학교 석사논문, 1993), 1면.
   閔丙秀,『韓國漢詩史』(태학사, 1996), 13면, 225면.
   黃渭周, 앞의 글 중 註 39), 앞의 책, 50면.

10) '佔畢齋先生 以東文選循私不公 擇焉而不精 淘沙揀金 更拔其尤 文曰東文粹 詩曰靑丘風雅 可謂極精矣'. 權應仁,『松溪漫錄』下.

11) 김종직을 성리학자라고 하는 평가는 실상과는 다른 것이다. 몇차례 士禍를 겪으면서 희생되었던 신진 사림들이 伸寃되는 과정에서 자신들의 정치적 입지를 강화하기 위하여 그를 과도하게 追崇한 것이다. 拙稿, <金宗直 詩 硏究>

당히 다른 측면이 있어 올바른 이해를 필요로 한다. 특히『松溪漫錄』에 있는 권응인의 말은 객관적 사실에서 오류가 있는 것이어서12) 그 말의 내용에 있어서도 자신의 선입관이나 주관적인 생각이 크게 반영되었다고 볼 수밖에 없으며, 이는『靑丘風雅』의 선시 관점을 오해하게 하는데 많은 영향을 끼치고 있다. 따라서『청구풍아』에 대한 선시 관점은, 김종직을 '성리학자'로 보는 誤認된 관점에서 벗어나 '관료 문인'라는 객관적 실체를 인식하는 바탕 위에서 選集에 실린 작품 자체의 면면을 살펴봄으로써 새롭게 확인해야 할 필요성이 제기된다.

한편, 일찍이 영인·반포되어 지금까지 연구 대상으로 주로 이용되었던 필사본은 글자에 더러 缺落이 있는데다 중간과 마지막에 落張까지 있고, 최근에『佔畢齋先生全書』중에 영인된 또 다른 판본은 워낙 낡아 판독이 어려운 부분이 많은데다 역시 落張이 있는데도 기존 연구자들이 이 사실을 간과한 채 所載된 詩의 篇數 등을 계산하여 발표하는 바람에 많은 착오가 있었다. 이는 지금까지 공개된 자료가 완전한 것이 없었기 때문인데, 이제 연세대학교 도서관에 상태가 양호한 목판본이 있는 것이 확인되어 완전한 면모를 밝히기로 한다.13)

(연세대 국문과 석사논문, 1990), 20~29면(『洌上古典研究』제3집, 156~165면), <佔畢齋 金宗直의 詩文學 研究>(연세대 국문과 박사논문, 1998) 참조.

12) 구체적인 내용은 '5. 선시의 기준'에서 밝혔음.

13) 아세아문화사에서 규장각 소장 영인본을 낼 때 민병수의 해제에 의하면 '完全하게 保存된 것을 얻어 볼 수가 없어 不得已 이 筆寫本을 擇했다'고 해서 연세대본을 확인하지 못한 것으로 보이며(이러한 상황은 1996년에 나온 그의 저서『韓國漢詩史』에까지 변함이 없다), 이후로 몇몇 연구자들이 직·간접적으로 청구풍아에 대한 연구를 하면서 이 연세대본은 연구 대상에 오르지 못했다. 이 本은 上冊(1~3권)은 일반 고서 서고에 있고 下冊(4~7권)은 전혀 다른 책인 『續靑丘風雅』上冊과 잘못 묶여서 귀중본 서고에 따로 소장되어 있다(재분류하기로 하였음). 이 책은 상·하책 모두 每半葉 11行 20字로 체제는 똑같으나, 글자의 모양은 서로 달라 동일 판본은 아니다. 上冊은 글자가 매끄럽게 정제되어 있어 활자본의 覆刻本으로 보이며, 下冊은 별도로 板刻한 목판본으로 보

이 글에서는 먼저 텍스트의 검토를 통하여 기존 자료의 缺落 부분을 보완하고, 다음으로 본격적인 내용 검토에 들어가 이 시선집의 선시 관점 및 가치 등을 알아보기로 한다.

2. 판본 대조를 통한 텍스트의 검토

『청구풍아』는 서문에 의거하면 김종직이 35~36세(세조 11~12년, 1465~1466년) 사이에 外職 武官職인 영남병마평사로 울산의 병영에 머무르는 동안 편찬이 시작되었다.14) 편찬을 마치고 서문을 쓴 것이 成化 9년(성종 4년, 1473년) 8월이므로 약 7~8년이 걸린 셈이다. 그러나 실제로 간행된 것은 편찬을 마치고도 여러 해가 지난 뒤였다. 최초의 판본인 甲辰字本의 간행 시기는 점필재 연보를 통해 성종 19년(1488년)임이 확인된다.15)

현재 유통되어 연구자들이 이용할 수 있는 판본은 두 가지로서, 아세아문화사에서 영인한 규장각 소장의 필사본과 계명한문학연구회에서 편찬한『佔畢齋先生全書』에 영인 수록된 李源周本이다.16) 李仁榮의『淸芬

인다.(이 논문을 제출하고 나서 劉永奉의『靑丘風雅』번역본이 나왔는데, 역자의 서문에 의하면 연세대본 下冊은 참고하였으나 上冊은 참고하지 못했다.)

14) '往在鶴城戎幕 轅門寂寥 可以談風月 於是姑就三老所撰 而拔其尤者 又採忠宣 以下 至于今日遺藁可攷者 合古律詩三百餘篇……'. 金宗直, <靑丘風雅序>.
　　여기서 말한 鶴城은 蔚山이고 戎幕은 경상좌도 兵營이 울산에 있었기 때문에 자신의 거처를 일컬은 말이다.

15) <佔畢齋先生年譜>, 弘治 元年(성종19년: 1488년) 條: …… '先生所纂 靑丘風雅·東文粹·興地勝覽 行於世'라고 하였는데,『東文粹』는 申從濩의 跋文에도 '弘治 元年 九月'이 명기되어 있어 이 해에 간행된 것이 확실하다. 문집의 '行於世'가 字句上으로는 단순히 '세상에 유포되었다'는 의미인데, 연보의 특정 연도에 기록한 것으로 보아 여기서는 그 해에 '간행되어 유포되었다'는 의미로 보고자 한다.

室書目』에 의하면 中·宣間의 刻本과 孝宗 2년의 公州 각본이 있다고 되어 있으며,『점필재선생전서』해제에 의하면 甲辰字本과 갑진자 覆刻本, 기타 몇 종의 필사본이 있었다고 한다. 갑진자본은 半葉 12행 19자로 국립중앙도서관에 소장되어 있는데 1~3권까지만 있고 4~7권은 缺本이다. 영인된 필사본은 半葉 11행 21자로 李源周本과 체제가 똑같은 것으로 보아 필사의 底本이 이원주본과 동일한 판본이었음을 알 수 있다. 또 이원주본은 李仁榮이 밝힌 中·宣間 각본과 체제가 같아 동일 판본으로 보인다. 그러나 현재 영인되어 나온 李源周本은 매우 낡았고 책의 앞 뒤에 여러 장 落張이 있는데다 글자를 알아볼 수 없는 경우도 많아 직접 연구서로 이용하기에는 무리가 있고, 전7권의『점필재선생전서』중에 편입되어 있어 대중화되지도 않았다. 연세대본은 半葉 11행 20자로 李仁榮이 밝힌 효종 2년 공주 각본과 체제가 같은데 그중 下册은 匡郭의 크기까지 일치하여 같은 판본으로 추정된다.17)

영인 필사본은 正字로 정서되었고 상태가 양호하나 필사의 저본이 된 판본이 많이 낡았었는지 군데군데 글자를 비워 놓은 곳이 있고 필사 과정에서 약간의 실수를 한 곳도 있어 아쉬운 점이 있다. 더구나 서문과 발문이 누락된 데다 본문의 중간 한 장과 마지막 한 장이 떨어져 나간 것이 결정적인 흠이다. 일반 연구자들에게는 영인 필사본이 거의 유일본으로 유통되고 있으므로 자료의 補完을 위해서 그 필사본의 底本과 동일 판본이 확실한 이원주본을 대조하면서 兩本의 불충분한 부분은 善本

---

16)『점필재선생전서』의 영인본은 해제에서 영인 底本에 대한 언급이 없어 편찬 기관인 계명한문학연구회에 문의한 결과 故 李源周 교수 소장의 금속활자본이라는 대답을 들었으나, 글자의 상태로 보아 활자본이 아니고 판각본으로 추정된다. 보다 정확한 확인이 이루어질 때까지 결론을 유보하고, 이 글에서는 일단 故人을 기리는 의미에서 소장자의 이름을 따서 '李源周本'이라고 命名하기로 한다.

17) 四周單邊 有界 每半葉 十一行 二十字 注雙行 匡郭長208糎乃至228糎 廣16.0糎 白口或黑口. 李仁榮,『淸芬室書目』(寶庫社, 1993), 540면.

인 연세대본을 참조하여 눈에 띄는 대로 外形 및 내용상의 문제점을 조사해 보기로 한다.18)(面數는 아세아문화사 영인 필사본을 기준으로 함)

① 글자의 缺落과 필사의 오류 등의 문제

• 〈諸賢姓氏事略〉 중 柳淑 항: '句賤'은 '句踐'의 잘못. 이원주본, 연세대본 모

---

18) 이것은 필자가 책을 通覽하면서 발견되는 대로 조사한 것이고 본격적으로 逐字的인 교감을 한 것은 아니므로 더러 빠진 것도 있을 것이다. 본 논문의 원고를 제출한 후에 연세대본을 참조한 劉永奉의 『青丘風雅』 번역본이 나왔다는 소식을 접하고 교감이 중복될 것 같아 이 부분을 삭제하려고 하였다. 그러나 번역본을 구해 본 결과 현재 上卷만 나왔고 下卷은 언제 나올지 모르며 오류가 많고 제대로 교감이 되지 않은 부분도 있어서, 중복되는 부분이 있더라도 보완하는 의미로 그냥 살려두기로 하였다. 번역상의 오류야 누구나 흔히 저지르는 일이지만, 교감은 그것이 텍스트의 잘못을 바로잡는 일이므로 신중을 기해야 할 것이다. 남의 勞作을 근거없이 탓할 수는 없으므로 우선 전반부에서만 눈에 띄는 몇 가지 오류를 지적하면 다음과 같다.
　崔致遠의 〈江南女〉 주석 중 '夭冶'는 '妖冶'가 정확한 표현이라고 하였으나(〃24면) '夭冶'도 맞다. 崔惟清의 〈雜興〉 첫째 수에서 '誰肯死前足'의 아래 原註에 '名音'로 加筆이 되어 있다고 하고 교감하였으나(〃25면) '名言'으로 제대로 加筆되어 있는데 譯者가 잘못 본 것이다. 또 이 시의 마지막 수를 필사본에 따라 〈漢陽〉으로 제목을 삼은 것은(〃28·29면) 잘못이다(본 논문의 교감 참조). 金克己의 〈有感〉 두 번째 시 말미의 주석 '此庚癸亂後之作 □不令重房見之'에서 빠진 '幸'자를 교감하지 못하였다(〃45면). 李齊賢의 〈望思臺〉에서 '戾園'의 原註중 '衛太子'의 '衛'는 '漢'의 誤記로 여겨진다고 하였으나(〃52면), 漢武帝의 태자 劉據가 衛황후의 아들이었으므로 衛태자라고 한 것이다. 이 고사는 漢나라 역사에서 유명한 것이고 시의 본문에도 漢나라임이 밝혀져 있는데 김종직이 이것을 모르고 誤記했을 리는 없다. 李崇仁의 〈感興〉 주석 중 '燕將見書 泣三日 遂自殺'에서 '殺'을 '決'로 하였다(〃75면: 의미 차이는 없으나 여타 판본들에 '殺'로 됨). 李仁復의 〈己酉五月十二日入試院作〉 주석 중 '詩曰 王司頭腦大冬烘'에서 '王司'는 '主司(科擧 시험관)'의 잘못이나 교감하지 못하였고 '王司'로 본채로 번역하였다(〃145면). 李仁老의 〈漫興〉 마지막 구 '豈是世人諳'이 모든 판본에 맞게 실렸는데 '諳'자가 '識'자의 잘못이라고 하면서 오히려 틀리게 고쳐놓았다(〃186면). 이 시는 '酣·南·三·諳'이 韻字(覃韻)로 쓰인 것이다.

　　두 잘못.

- 　　　　〃　　　　　權擥 항: '推戴'는 이원주본, 연세대본에 모두 '後佐'로 됨.
  연세대본은 가장 善本이지만 이곳 권람의 설명 부분에서만 '(少落魄)
  好遊', '後佐(世祖受禪)'라고 괄호안의 7자가 비워져 있다.

- 〈諸賢姓氏事略〉 중 辛碩祖 항: 필사본의 '世宗'은 이원주본, 연세대본에 모
  두 '文宗'으로 됨.

- 　　　　〃　　　　　權遇 항: 필사본은 '吾不(如)弟'에서 '如'자가 비워져 있다.

- 22면: 필사본의 시 제목 〈漢陽〉은 잘못 들어갔다. 이 시는 바로 앞에 여러
  수 나열된 崔惟淸의 〈雜興〉 중 한 수일 뿐이다. 원래 없는 제목이 추
  가로 들어가며 한 행을 차지했으므로 여기서부터 1권이 끝날 때까지
  李源周本에 비해 한 행씩 밀려 있다.

- 24면: 李仁老의 〈贈四友倣樂天〉 마지막 수(空門友宗聆); 필사본의 註釋에
  愓惲은 楊惲의 잘못이다.

- 28면: 金克己의 〈有感〉 두 번째 시; 마지막 주석 '此庚癸亂後之作(幸)不令
  重房見之'에 필사본은 幸자를 비워 놓았다.

- 32면: 李齊賢의 〈古風四首〉 중 제2수; 주석 '(嵇)康詩, 手揮五絃, 目送飛
  鴻'에서 필사본은 嵇자를 비워 놓았고 李源周本은 稽자로 잘못되어 있
  다.

- 33면: 李穀의 〈己巳六月舟發禮成江……〉; 시의 본문 제3구 '人生少安(處)'
  에서 필사본은 處자를 비워 놓았다.

- 38면: 李崇仁의 〈感興〉 중 두 번째 시; 주석 '燕將見書泣三日, 遂自(殺),
  單克聊城……'에서 필사본은 殺자를 비워 놓았다.

- 49면: 李仁老의 〈扈從放牓〉; 주석 '……請畫地爲蛇先成者飮……'에서 필사
  본은 畫자가 盡자로 잘못되어 있다.

- 51면: 陳澕의 〈蕁茱崔山人寄書請賦〉; 시의 본문 중 필사본 '石鼎微煎看徐
  攪'에서 '攪'자는 '攪'자의 잘못이다.

- 53면: 陳澕의 〈使金通州九日〉; 맨 끝의 주석에 필사본은 '暗用孟嘉事孟'이
  라고 했는데 마지막 글자 孟자는 衍文이다.

- 64면: 李仁復의 〈己酉五月十二日入試院作〉; 주석 중 '詩曰, 主司頭腦大冬
  烘'에서 필사본은 主자가 王자로 되어 있다. 大자는 원래 典故에서는
  太자인데 通用字로 쓰인 것으로 본다.

- 64면: 〈短歌行〉 이하 〈胡馬吟新買生馬作〉까지는 李穡의 작품인데 필사본에
  는 작자명이 누락되어 앞의 李仁復의 작품처럼 잘못되었다.

- 101면: 柳方善의 〈卽事〉; 주석 중 '歐公云 思索文字 多在三上.……'에서 필
  사본은 在자가 正자로 잘못되어 있다.
- 108면: 李穀의 〈禮成江口阻風〉; 주석 중 '利涉想(蟠)(桃)之意'에서 필사본
  은 ( )안의 두 자를 비워 놓았다.
- 121면: 李奎報의 〈辛酉五月端居無事……〉; 마지막 구 '吾將問道一摳衣'에서
  필사본은 摳자가 樞자로 잘못되어 있다.
- 130면: 李齊賢의 〈多景樓雪後〉; '淸透(詩)腸草木風'에서 필사본은 詩자를
  비워 놓았다.
- 134면: 方曙의 〈挽雞林郡公王政丞煦〉; 필사본과 이원주본은 원래 각 행
  21자씩인데 李源周本은 이 시의 마지막 행이 22자로 되어 있다. 필사
  본은 다른 행처럼 21자로 맞추다 보니 마지막에 한 자가 남아 다음
  행으로 넘어가서 한 행을 차지하게 되어 제4권이 끝날 때까지 李源周
  本에 비해 한 행씩 밀렸다.
- 142면: 金九容의 〈次李浩然〉; 주석 '(樂)廣嘗有親客……'에서 필사본은 樂
  자를 비워 놓았다.
- 175면: 郭興의 〈隨駕長源亭應制……〉; 맨 끝의 주석 '卽景如畫'에서 필사본
  은 畫자가 畵자로 잘못되어 있다.
- 181면: 金仁鏡의 〈內直〉; 주석 '麗制 當直承旨 (至)(五)更 詣紫門……'에서
  필사본은 至五 두 자를 비워 놓았다.
- 204면: 鄭誧의 〈普濟寺鍾〉; 필사본은 본문 제3구 '誰道令人發深(省)'에서
  省자를 비워 놓았다.
- 204면: 鄭誧의 〈題仙女着碁圖〉; 제3구 '奕碁欲睹長生術'에서 필사본은 睹
  자가 賭자로 잘못되었다.
- 215면: 〈寄無說師〉는 金齊顏의 작인데 필사본에는 이름이 누락되어 鄭樞
  의 작처럼 잘못되었다.
- 216면: 李崇仁의 〈觀人圍棊〉; 주석 '非深於九(局)圖者 不能躉此'에서 필사
  본은 局자를 비워 놓았다.
- 220~221면: 두 면 사이에 필사본은 한 장이 缺落이다. 필사본의 영인 저
  본은 소장자가 각 권의 앞머리에 그 권에 실린 시 편수를 헤아려 적
  어 놓았는데, 낙장 부분은 계산되지 않은 것으로 보아 영인 과정의 실
  수가 아니고 영인 底本 자체가 낙장임을 알 수 있다.
  　자료의 보완을 위해 빠진 부분을 제시한다.(〈訪金益之〉 시의 본문이
  바로 시작되며 원전의 雙行으로 된 주석은 괄호 속에 제시함.〔 〕속

은 필자가 바로잡은 글자.)

墟烟暗淡樹高低草沒人蹤路欲迷行近君家猶未識田翁背指小橋西
　　　寄燈明師　　　　　　　　　　　　　　　　　　　　　　　　　姜淮伯
人情蟬翼隨時變世事牛毛逐日新想得吾師禪榻上坐看東海碧鱗鱗(此言東海之
水萬古如一而人情世事逐日以變多少感慨)
　　　鄭政堂惚〔摠〕夫人挽(惚〔摠〕以使事被留于金陵未還而夫人卒)　成石磷〔璘〕
半生情恨寄孤燈(秋胡婦詩十年誰識守孤燈)夫壻官高未足憑獨向庭除看玉樹
(仿佛如見君子)幾回魂夢到金陵(夫婦生而乖隔其情恨有甚於死此詩所以不道其死
之悲而追敍其念夫之情)
　　　次張祭酒
蹇蹇何曾賦獨勞(易王臣蹇蹇詩我從事獨勞)欲從松子亦良圖(赤松子神農時仙
人張良欲從松子遊)一生功業看明鏡贏得星星兩鬢毛
　　　司馬光擊甕圖用中慮韻　　　　　　　　　　　　　　　　　　　權近
玉斗碎時虧霸業(漢王獻玉斗范增怒撞碎之)珊瑚擊處有驕心(王愷珊瑚樹高二
尺許示石崇崇以鐵如意擊碎愷惋惜崇曰還卿命取高三四尺者六七株如愷比者甚衆)
爭如幼日多奇氣倉卒全人慮已深
　　　蓬萊驛懷古
祖龍鞭石竟無功(三齊畧記始皇作石橋欲過海看日出處有神人驅石下海石不速
去神輒鞭之流血)誰見神山不死翁三十七年眞一瞥終敎鮑臭滿車中(三十七年七月
始皇崩於沙丘趙高秘不發喪載鮑魚於輼涼車以亂其臭)
　　　別李正言存吾貶長沙監務　　　　　　　　　　　　　　　　　尹紹宗
大庭白日雷霆後(漢賈山上書云雷霆之所擊無不摧挫以喩君上之震怒)南北三
(이하 다음 면의 '年幾夢思……'로 이어짐)

- 223면: 康好文의 〈次尹應敎韻〉; 필사본은 주석 중 '坤六三含章可(貞), 程
　　　傳爲臣之道當含晦其章美'에서 貞자를 비워 놓았는데, 李源周本은 이
　　　이하가 낙장이라 영인본을 내면서 거꾸로 필사본을 보고 補筆하였기
　　　때문에 마찬가지로 비워져 있다.
- 224면: 鄭摠의 〈除夜〉; 제3구 '挑盡寒燈題帖字'에서 필사본은 挑자를 桃자
　　　로 잘못 썼다. 李源周本 영인본도 補筆하면서 따라서 잘못 썼다.
- 230면: 成侃의 〈偶書二首〉; 두 번째 시 제2구가 필사본에 '祥麟( )( )
　　　(@)( )時'로 세 글자가 비워 있고 한 글자(@)는 판독하기 어렵게 흐

리다. 李源周本 영인본은 補筆하면서 @를 兵자로 하였으나 共이 맞다. 연세대본과 성간의 문집(『眞逸遺稿』)을 참고하여 빈 곳을 채우면 이 구는 '祥麟威鳳共乘時'가 된다. 또 필사본에서 제3구의 '村墟靜'은 '村墟黑'을 잘못 補筆한 것이다. 참고로 이 시는 제목이 문집에 〈絶句五首〉로 실려 있다.

- 230면 다음의 落張 부분: 필사본은 이 이하가 落張이어서 성현의 시 4수를 마지막으로 끝이 났으나 그 뒤에 성현의 시 2수와 변중량의 시 한 수가 더 있어 총 3수가 누락되었다.19) 다음에 누락 부분을 제시한다.

  道中
籬落依依半掩扃斜陽立馬問前程脩然細雨蒼烟外時有田翁叱犢行
  漁父
數疊靑山數谷烟紅塵不到白鷗邊漁翁不是無心者管領西江月一船(與有心於利名者不同)
  辛判書故居   卞仲良
早向田園作地仙故居寥落碧山前別來幾費相思夢躑躅花開又一年

이상으로 『청구풍아』는 비로소 우리 앞에 그 全貌를 드러낸 셈이다.

② 편자(編者)의 착오 또는 부주의로 인한 문제점.

- 21면: 崔惟淸의 〈雜興〉; 제1수 중 '聊傾北海酒' 아래 주석에 '孔融爲北海相, 常嘆曰, 坐上客常滿, 尊中酒不空, 吾無憂矣(공융이 북해의 군수가 되었는데 항상 탄식하기를 '자리 위에는 손님들이 항상 가득하고 술통 속에는 술이 떨어지지 않으니 나는 근심이 없도다'라고 하였다)'라고

---

19) 마지막 작품 <辛判書故居>가 卞仲良의 작품으로 되어 있는 것은 작자에 의문의 소지가 있다. 『청구풍아』는 시 형식별로 작자들을 한 차례씩만 싣고 있는데 이 '7언절구' 편에서 卞仲良은 이미 앞에 한번 나왔기 때문이다. 단순한 編次의 실수일 수도 있지만 작자를 잘못 기록했을 가능성도 배제하지 못한다. 현존하는 변중량의 문집 『春堂集』에서는 이 시를 발견하지 못하였다. 의문을 남겨 놓은 채로 우선 변중량의 작품으로 보기로 한다.

하여 공융이 북해의 군수로 있을 때 이 말을 한 것처럼 되었는데, 이
는『後漢書』〈孔融傳〉을 축약하면서 '及退閑職'이라는 말을 빠뜨렸기
때문에 생긴 착오이다. 공융은 북해의 군수가 되었었는데 성품이 너그
럽고 선비들을 좋아했다는 것이며, '閑職으로 물러난 다음' 손님들이
날마다 그 집에 가득해서 탄식을 하며 이와같은 말을 했다는 것이
『후한서』의 내용이다.

- 32면: 이제현의 〈古風四首〉; 제2수의 '揮琴送飛鴻' 아래 주석에 '嵆康詩,
  手揮五絃, 目送飛鴻(혜강의 시에 '손으로 五絃琴을 연주하고 눈으로
  날아가는 기러기를 전송하노라'라고 하였다)'이라고 하였는데, 인용한
  시의 앞 뒤 구가 서로 바뀌었고 '飛鴻'은 여러 시선집에 모두 '歸鴻'으
  로 되어 있다.20) 즉 혜강의 原詩에는 '目送歸鴻, 手揮五絃'이라고 되
  어 있는데 이제현의 詩句 '揮琴送飛鴻' 때문에 순서에 약간의 착오를
  일으킨 것 같다. 혜강의 시에서는 絃자가 韻字(先韻)로 놓였기 때문에
  구의 순서가 뒤바뀌면 안된다.
- 64면: 李仁復의 〈己酉五月十二日入試院作〉 중 '問誰冬烘一禿翁'아래의 주석
  에 '唐鄭薰主文, 誤以顔標爲魯公後, 取之非是, 遂爲擧子賦, 詩曰, 主司
  頭腦太冬烘, 錯認顔標作魯公'이라고 하여 鄭薰 자신이 '擧子賦'라는 시
  를 지은 것처럼 하였는데, 여타 모든 기록에는 다른 사람이 정훈을 기
  롱하여 지은 것으로 되어 있다. '當時有人作詩嘲笑……'〈辭源〉, '當時有
  無名氏作詩嘲諷云……'〈漢語大詞典〉, '擧子嘲曰……'〈中文大辭典〉
- 105면: 〈御苑種仙桃〉의 작자를 崔惟淸이라고 하였으나 崔惟善이 맞다. 제
  목 바로 아래에 '顯宗 二十二年 公赴簾前試 賦君猶舟 纔畢 又放此題
  公卽應題 直書于紙 御手批爲壯元'이라고 주석을 달았는데, 이것은 崔
  滋의『補閑集』중에 있는 말을 인용한 것이고『보한집』에서는 이 시
  를 최유선의 시로 소개하였다. 고려 현종은 재위 기간이 1010~1031
  년이고『청구풍아』에 작자로 표시된 최유청은 생몰년이 1095~1174
  년이므로, 최유청은 현종때 살지 않았다. 최유선은 출생년이 미상이고
  1075년에 卒하였는데, 1030년(현종 21년)에 문과에 급제하고 한림원
  에 들어갔으므로 현종 22년에 簾前試에 나아간 것은 최유선이 확실하
  다.『箕雅』와『大東詩選』에도 최유청의 작으로 잘못되어 있는데『청구

---

20) 이 시의 제목은 〈贈秀才入軍〉이고『文選』,『古詩源』,『文體明辯』,『詩體明辯』
   등에 실려 있다.

풍아』의 실수를 답습한 듯하다.
- 142면: 金九容의 〈次李浩然〉 제6구 '杜簿猶疑盞底蛇' 아래의 주석은 같은 내용이 주인공을 달리하여 두 가지로 전해지는 이야기인데, 주인공을 잘못 택하여 주를 달고 '杜簿'를 미상으로 처리하였다.[21] 주석의 내용은 『晋書』의 〈樂廣傳〉에 있는 것인데 〈악광전〉에는 이야기 속에 악광의 상대역, 즉 고사의 실제 주인공이 '친한 손님(親客)'이라고만 되어 있다. 그러나 같은 내용이 漢의 應劭가 쓴 『風俗通』〈怪神〉 편에는 '침(郴)'이라는 사람이 겪은 이야기로 실려 있고, 그 상대 인물이자 고사의 주인공은 主簿 벼슬의 杜宣으로 밝혀져 있다.[22] 따라서 杜簿는 『풍속통』에 소개된 고사 중의 인물로 主簿인 杜宣을 略稱한 것임을 알 수 있다.
- 187면: 白文節의 〈方山寺〉; 시 제목이 〈訪山寺(산사를 방문하여)〉의 잘못으로 보인다. 『삼한시귀감』, 『동문선』에 訪으로 되어 있고 『기아』에는 方으로 되어 있는데, '方山寺'라는 절 이름은 확인되지 않는다.

③ 다른 詩話에서 문제 삼은 점

李仁復의 〈送柳思庵淑〉에 대해 沈守慶은 〈遣閑雜錄〉에서 "서거정이 지은 동인시화에 前 王朝(고려) 때의 정승인 思菴 柳淑이 〈친구가 고향으로 돌아감을 전송하는 시(送友人歸田詩)〉에 이르기를……"라고 『동인시화』의 내용을 소개하고 이어서 "김종직이 지은 『청구풍아』에도 이 시를 뽑아 넣었는데 '이인복이 유숙을 보내며 지은 것'이라 하고 말단의 註에

---

21) 原註는 다음과 같다. '樂廣嘗有親客曰 前蒙賜酒 方欲飲 見盂中有蛇 旣飲而疾 于時河南廳壁有角弓 畫作蛇 廣復置酒曰 復有所見否 曰 如初 廣乃告之 沈病頓愈 杜簿未詳'.

22) '予之祖父郴爲汲令, 以夏至日請見主簿杜宣, 賜酒, 時北壁上有懸赤弩, 照於盂中, 其形如蛇, 宣畏惡之, 然不敢不飲, 其日便得胸腹痛切, 妨損飲食, 大用羸露, 攻治萬端, 不爲愈, 後郴因事過至宣家, 闚視, 問其變故, 云畏此蛇, 蛇入腹中, 郴還, 聽事, 思惟良久, 顧見懸弩, 必是也, 則使門下史將鈴下侍, 徐扶輦, 載宣, 於故處設酒, 盂中故復有蛇, 因謂宣, 此壁上弩影耳, 非有他怪, 宣意遂解, 甚夷懌, 由是瘳平'. 『漢語大詞典』 〈盂弓影蛇〉 條에서 재인용.

이르기를, 끝의 구는 처음에 '西風塵土意茫然(서풍에 먼지 날려 생각만 아득하네)'이라고 했다가 신돈이 볼까봐 두려워서 고치기를 '邇來雙鬢雪飄然(요즘 와선 양쪽 살쩍 눈처럼 휘날리네)'이라고 했다"면서, 서거정과 김종직이 모두 문장을 널리 본 사람이고 그 활동 시기도 비슷한데 작가에 대한 기록이 이렇게 서로 상이함을 이상하게 여겼다. 그리고 신돈이 이 시를 가지고 왕에게 (유숙을) 참소하였다고 하였으니 이 시는 유숙의 작이 분명한 것이라고 단정하였다.[23] 그러나 이는 심수경이 착오를 일으킨 것이다. 우선 심수경의 말과는 달리 현행 『동인시화』에도 이 시는 이인복이 유숙을 전송하면서 지은 것이라고 되어 있고[24] 서거정이 주관이 되어 편찬한 『東文選』과 南龍翼의 『箕雅』에도 이인복의 작으로 되어 있다. 그리고 신돈이 유숙을 참소한 시는 이 시가 아니고 유숙이 辭職하면서 지은 '不是忠衰誠意薄 大名之下久居難(충성심이 시들거나 성의가 엷어져서가 아니요, 훌륭한 이름 아래 오래 머물기 어려워서라오)'이다. 유숙을 참소하는 자가 신돈이 유숙을 싫어하는 것을 알고 이 시를 가지고 모함하여 "盛名久居(유숙의 시구 중 '大名之下久居難'의 표현을 가리킴=필자 주)는 본래 范蠡가 越王(句踐)을 떠나면서 한 말이다. 유숙이 범려로 자신을 비유하고 구천으로 왕을 비유했다."고 헐뜯으니 신돈이 왕에게 아뢰어 그를 해치도록 하였다.[25] 이 내용은 『동인시화』에 앞에 말한 이인복의 시에 대한 記事 바로 다음 則에 나온다. 두 가지 記

---

23) '徐居正所撰東人詩話 前朝恭愍王時 政丞柳思菴淑 送友人歸田詩曰……金宗直 所撰靑丘風雅 亦選此詩 以爲李仁復 送柳淑之作 末端註曰 末句 初曰 西風塵土 意茫然 恐辛旽見之 改曰 邇來雙鬢雪飄然 徐與金 皆文章博覽之人 時之先後亦不 相遠 而記載如此之異 何其怪也 旽以詩譖王 則詩爲柳作明矣'. 沈守慶, <遣閑雜 錄>, 洪萬宗『詩話叢林』및 任廉『暘葩談苑』所載.

24) '柳思庵淑 乞骸歸老瑞城 樵隱李侍中仁復送詩云……'. 徐居正, 『東人詩話』上.

25) '思菴忤逆旽 乞退有句云 不是忠衰誠意薄 大名之下久居難 讒者伺旽意搆曰 盛 名久居 本范蠡辭越王語也 淑以范自比 句踐比王 且瑞州近海 必效范蠡所爲 不如 早除 愬于旽 旽白王害之'. 『동인시화』상, 제35칙.

事가 모두 柳淑과 연관된 이야기이므로 심수경은 앞 뒤의 내용을 뒤섞어서 혼동한 것으로 보인다.

심수경은 〈견한잡록〉에서 또 이인복의 다른 작품에 대한 김종직의 평가에 이의를 제기하고 있다. 문제의 시는 〈寄元朝同年馬彦翬承旨兼柬傅子通學士(원나라 과거 급제 동기인 馬彦翬[26] 承旨에게 부치며 겸하여 傅子通 學士에게 편지를 부침)〉이고 내용은 다음과 같다.

每向瓊林憶醉歸	瓊林苑 쪽 늘 보면서 술 취하던 생각하니
賜花春暖影離離	어사화는 봄날 속에 휘늘어져 처졌었지.
別來更覺交情厚	사귄 정이 깊었음을 이별 뒤에 깨달으나
老去安知世事非	세상 일이 글렀음을 늙어가며 어찌 알리.
駑鈍尙慚懷棧豆	둔한 말은 콩 생각에 오히려 창피하나
鵬飛誰復顧藩籬	나는 붕새 어찌 다시 울타리를 돌아보리.
請君莫笑東夷陋	東夷가 누추하다 그대는 웃지 마오.
海上三峯聳翠微	바다 위에 세 봉우리 푸르게 솟았다오.

이 시에 대해 심수경은 "점필재는 이 시를『청구풍아』에 기재하고 註에 말하기를 '이 때에 원나라가 한창 혼란하여 末句는 그 두 사람에게 그 곳을 피해서 우리 나라로 오라고 부른 것이다.'라고 했다. 승지와 학사는 황제를 가까이 모시는 신하이고, 계급이 높은 관원이다. 비록 과거 급제 동기로 친분이 두텁다 할지라도 외국 사람으로서 어떻게 감히 불러 올 수 있겠는가? 더구나 말구에 특별히 불러 오는 뜻이 없는데 점필재는 무엇에 근거하여 이러한 주를 붙였는지 모르겠다."[27]라고 하였다.

---

26)『詩話叢林』本에는 翬자가 彙로 되어 있으나『청구풍아』와『暘葩談苑』본을 따른다.

27) '佔畢齋 載此詩於靑丘風雅 註曰 是時元朝方亂 末句 招二人避地東來也云 承旨 學士 乃皇帝近臣秩高之官 仁復雖曰同年親厚 以外國之人 安敢招來乎 況末句 別無招來之意 未知佔畢何據而爲是註耶'. 沈守慶, 〈遣閑雜錄〉, 洪萬宗『詩話叢林』및 任廉『暘葩談苑』所載.

이는 시의 해석상의 문제이다. 점필재는 尾聯의 '請君莫笑東夷陋 海上三峯聳翠微'를 "우리나라가 비록 東夷라고 하지만 바다에는 신선들이 사는 세 봉우리(道家에서 말하는 蓬萊·方丈·瀛洲의 三神山)가 있으니 충분히 살만한 곳이다. 그러니 누추하다고 비웃지 말고 혼란한 원나라를 떠나 여기로 와서 과거 급제 동기인 나와 말년을 보내는 것이 어떠냐?"고 청하는 뜻으로 본 것이다. 이는 다분히 그 당시 원나라의 정세를 염두에 두고 연관시켜서 해석한 것이다. 그러나 심수경은 그렇지 않다는 것이다.

말구에 우리나라로 오라고 부른 뜻이 없다면 이 시는 다음과 같이 해석되어야 한다.

首聯(1, 2구)은 옛날에 같이 과거에 급제했을 때 御賜花를 받고 잔치를 하던 일을 그리고 있다. 작자는 늘 원나라의 경림원 쪽을 바라보며 그 옛날 궁중 잔치에서 함께 술에 취하여 돌아오던 때를 그리워한다. 경림원은 殿試에서 과거 합격자를 발표한 뒤 여러 진사들에게 잔치를 차려 주던 곳이다. 그때는 마침 봄이라 날도 따뜻한데 임금에게 받은 御賜花는 기다랗게 굽어 휘늘어졌었다. 頷聯(3, 4구)은 현재의 상황을 나타낸다. 자신은 지금 고려로 돌아와 있는데, 이렇게 헤어지고 보니 서로 사귀었던 정이 두터웠다는 것을 다시금 깨닫게 된다. 그러나 늙어갈수록 세상 일은 점점 뜻대로 되지 않는다. 젊은 시절 과거에 급제했을 때는 청운의 뜻을 품고 포부도 컸었는데 세상 일이 이처럼 뜻대로 되지 않을 줄은 미처 몰랐다는 것이다. 頸聯(5, 6구)은 자신과 원나라 친구(과거 급제 동기)의 처지를 비유적으로 나타내고 있다. 자신은 부끄럽게도 노둔한 말이 구유통의 콩이나 생각하는 것처럼 아직도 용렬하게 생계 걱정이나 하고 있다. 그러나 구만리 長天을 나는 붕새와 같은 同年 친구는 鷦鷯가 사는 저 아래 하찮은 울타리 쯤이야 어찌 돌아보기나 할 것인가. 그럴 겨를도 없을 것이다. '藩籬'는 鷦鷯라는 조그만 새가 사는 하찮은 울타리를 가리키면서28) 동시에 작자가 사는 藩邦國인 고려를 지칭하는 謙辭의 표현이다. 자신의 신세에 대한 自嘲와 친구에 대한 추앙이 담겨 있다. 마지막 尾聯은 頸聯과 연결지어 해석된다. 그대는 높이 나는 붕새와 같은 존재이지만 예로부터 누추하다고 알려진 우리나라를 비웃지는 말라는 것이다. 바로 바다에는 신선들이 노니는 삼신산이 푸르고 높게 솟아 있기 때문이다. 즉 자신은 그래도 노년에 삼신산에 은거하며 신선 같은 삶을 살 수 있는 자연적 조건이 갖추어져 있다는 것이다. 頸聯에서 있었던 自嘲를 반전시키는 抑揚法을 사용하고 있다. 이렇게 해석했을 때 이 시는 점필재의 생각이 지나쳤고 심수경의 평가가 옳다고 보아야 할 것이다. 친구들은 원나라에서 나름대로 훌륭한 인물로 제 몫을 하고 있는 것으로 간주하고 있다. 외국의 벼슬하는 친구에게 부치는 시이므로 으레 그렇게 표현하는 것이 상례이기도 하다. 또 원나라가 당시 혼란했더라도, 그렇다면 혼란한 나라를 바로잡기 위해서 붕새의 경륜으로 충성을 다 바치라고 권해야 詩가 되는 것이지, 일신의 안일을 위해 조국을 버리고 삼신산이 있는 고려로 일종의 도피를 권한다는 것은 당시의 세계관에서 있기 어려운 일이다. 李睟光은『芝峯類說』에서 김종직의 견해에 동조했으나29) 이는 조선 시대에 원나라를 오랑캐로 보는 관점이 시 해석에 개입된 결과이지, 이인복이 살았던 당대적 관점에서 본다면(당시에는 원나라가 엄연히 上國이었음) 동의하기 어려우며 역시 심수경의 견해가 타당해 보인다.

---

28) ‘鷦鷯小鳥也 生於蒿萊之間 長於藩籬之下’. 張茂先(張華), <鷦鷯賦>,『文選』권 13(臺北 華正書局, 1986), 201면.

29) ‘佔畢齋以爲 是時元朝方亂 末句招二人避地東來云 今審詩意 則此說似然’. 李睟光,『芝峯類說』권13, 문장부 6.

3. 체제와 작자·작품의 현황

『청구풍아』는 신라 崔致遠부터 시작하여 김종직 자신과 거의 동시대 시인들까지 모두 126명의 시 517수를 모아놓은 시선집이다. 시기적으로 가장 뒤늦은 작자는 生年 기준으로는 成侃(1427~1456)이고 沒年 기준으로는 權擥(1416~1465)이다. 『청구풍아』가 1465년 이후로 편찬되었기 때문에 당시의 시점으로 이미 세상을 떠난 문인들만 선정 대상이 되었음을 알 수 있다. 성간의 경우 김종직과 불과 4살 차이밖에 안 나지만 30세로 요절했기 때문에 편입될 수 있었고, 〈諸賢姓氏事略〉의 작자 소개에서 성간의 이름 아래에 '형 성임과 동생 성현이 모두 문장으로 세상에 유명했다(兄任弟俔 皆以文章名世)'고 언급한 그의 형제들은 한 사람도 실리지 않았는데, 그들은 당시에 생존 중이었기 때문에 제외된 것으로 보인다. 그밖에도 성간보다 더 선배이면서 그 당시에 이미 대가로서 명성이 뛰어났던 서거정(1420~1488)이나 김수온(1409~1481) 신숙주(1417~1475) 등 생존자들은 한 명도 실리지 않은 것을 보아도 생몰이 하나의 기준이 되었음이 분명하다.[30]

그 체제는 7권 1책으로 엮어 시의 형식별로 각 권에 안배하여 권1은

____

30) 李鍾建은 <徐居正의 文學思想>(『韓國文學思想史』, 啓明文化社, 1991)에서 『東文選』과 『靑丘風雅』『國朝詩刪』에 뽑힌 신숙주·최항·권홍·성간·성석린·유방선 등의 시의 편수를 비교하여 서거정이 시를 뽑는 기준과 金宗直과 허균이 시를 고르는 안목이 서로 차이가 있음을 확인할 수 있다고 하고서, "신숙주·최항 등의 詩文이 『東文選』에는 많이 뽑혀 있으나 『국조시산』과 『청구풍아』에는 그렇지 않다"고 강조하였다. 그러나 신숙주와 마찬가지로 최항(1409~1474)도 『청구풍아』 편찬시 생존해 있었기 때문에 선발에서 제외된 것이지 그 시의 성격 때문에 뽑히지 않은 것은 아니다. 또 나머지 비교 대상이 된 사람들도 마찬가지로 단순히 시의 편수만 가지고 시를 고르는 안목의 차이를 알 수 있는 것은 아니다. 『동문선』은 양이 방대하고 『청구풍아』와 『국조시산』은 그에 비하면 훨씬 적은 분량이기 때문에, 선집에 실린 시 편수의 많고 적은 것을 기준으로 편자의 詩選 기준을 판단하는 것은 무리이다.

5언 고시, 권2는 7언 고시, 권3은 5언 율시와 5언 배율, 권4는 7언 율시, 권5는 7언 율시와 7언 배율, 권6은 5언 절구와 7언 절구, 권7은 7언 절구의 순으로 하였다. 같은 시 형식 내에서는 작자의 시대순으로 배열하였다. 작품 수 별로는 7언 절구(195수), 7언 율시(107수), 5언 율시(76수), 5언 고시(52수), 7언 고시(41수), 5언 절구(35수), 5언 배율(8수), 7언 배율(3수)의 순이다. 이 순서는『삼한시귀감』(7언 절구 89수, 7언 율시 43수, 5언 율시 41수, 5언 고시 32수, 7언 고시 24수, 5언 절구 18수)31)과도 일치하고 허균의『국조시산』과는 7언 고시·5언 절구의 순서만 다를 뿐 일치하고 있다.『국조시산』의 시 형식별 篇數의 순서는 7언 절구(287수), 7언 율시(210수), 5언 율시(153수), 5언 고시(53수), 5언 절구(47수), 7언 고시(33수), 5언 배율(6수), 7언 배율(3수)이다.32) 이것은 시인들에 의해서 주로 많이 지어지는 시 형식의 순서가 이렇다는 것을 보여주는 것이며 선시자의 취향과 관련시켜서는 안될 것이다. 배율이야 원래 극히 드물게 지었으므로 적은 것이 당연하고, 5언 절구에 한해서는 다른 근체시보다 특별히 잘 짓기가 어려웠기 때문에 7언 절구나 율시에 비해 상대적으로 훨씬 적게 지어졌으며 때로는 고시보다도 적은 양을 보이는 것이다.

앞에서도 언급한대로 그동안 연구 자료로 이용된 판본이 불완전했던 관계로 지금까지 연구자들이 밝힌 작품 수와 작자의 수에는 약간의 착

---

31) 李丙疇, <崔瀣 批點 趙云仡 編『三韓詩龜鑑』>,『한국의 漢文學』(민음사, 1992), 391면의 기록을 따름.

32) 이것은 朴守川의 <國朝詩刪의 選詩觀 硏究>(서울대학교 국문과 석사학위논문) 92면을 참고한 것이고, 박수천이 편의상 따로 분류한 <衲子·羽士·其他>의 시(92~93면)를 합산한 것이다.『국조시산』의 '6언 절구'와 '잡체' 시는『청구풍아』에는 없으므로 비교 대상에서 제외하였고, <許門世藁>는 허균 자신이 뽑은 것이 아니기 때문에 역시 논외로 하였다. 박수천이 조사한 숫자는 제목의 수만을 계산한 것이므로 실제 작품 수와는 차이가 있다. 그러나 대강의 규모를 파악할 수는 있으므로 비교해 본 것이다.

오가 있다. 김종직 자신은 『청구풍아』 서문에서 '통산 517편'이라고 명시하였고, 閔丙秀는 이에 의거해서 『청구풍아』 해제(해제 작성은 1980년, 영인본의 발행 연도는 1983년)에서 126家 517首라고 소개했으나 『민족문화대백과사전』(1991년)에서는 〈청구풍아〉 조항을 집필하면서 126가 503수라고 정정하였다. 시의 편수를 503수로 정정한 것은 아세아문화사 영인본에 영인 底本의 소장자가 편수를 별도로 기록해 놓은 것을 그대로 따른 것이다. 그러나 영인 저본 소장자의 기록은 계산이 정밀하지 못하여 착오가 있는데, 五古 50수는 52수, 七古 40수는 41수, 七律 106수는 107수, 七絶 185수는 195수의 잘못이다. 계산에 착오가 없는 五律 76수, 五排 8수, 七排 3수, 五絶 35수를 합하면 총 편수는 517수가 맞다. 편수를 헤아리다 보면 1~2편 정도는 흔히 잘못 계산되는 경우가 있지만 七絶에서 유독 차이가 많이 나는 것은 필사본의 낙장 부분을 빼놓고 편수를 계산했기 때문이다. 점필재 자신이 서문에서 517편이라고 밝힌 것이 정확한 것이다.

黃渭周의 논문에서는 각 권에 따른 詩體별 작품 수를 표로 제시하면서 합계 514수라고 하였다.[33] 이는 제7권의 중간에 낙장된 부분을 보충하여 계산한 것으로, 현행 유통본만을 대상으로 했을 때는 정확한 계산이다. 그러나 마지막 面(같은 7권)에도 낙장이 있으므로 여기에 낙장 부분의 3수를 더한다면 권7의 7絶 106수라고 밝힌 것은 109수가 되고 전체 합계는 517수가 된다. 작가별 종다수(10수 이상) 작품 수에서는 더 많은 오류가 보인다. 즉 이숭인(30수) 이제현(27수) 이규보(22수) 정도전(21수) 이색(19수) 김극기(19수) 이곡(18수) 이인로(17수) 정몽주(14수) 정보〔포〕(13수) 최치원(10수) 진화(10수) 김구용(10수) 류방선(10수)라고 하였는데,[34] 이 중 이숭인(31수) 이색(20수) 이인로

---

33) 黃渭周, 〈朝鮮 前期의 漢詩選集〉, 『정신문화연구』 통권 68호(한국정신문화연구원, 1997), [표 9].

(18수) 정몽주(13수)로 숫자를 바로잡아야 하고, 설손도 10수가 실렸으므로 명단에 추가해야 한다.

작자의 수에도 약간의 착오가 있다.『청구풍아』앞머리에 제시해 놓은 작가 略傳인 〈諸賢姓氏事略〉에는 신라 5명, 고려 88명, 조선 32명으로 총 125명의 작가가 소개되어 있고 黃渭周도 앞의 논문에서 이를 따르고 있다. 본문에 실린대로만 작가를 따져보아도 이 숫자는 일치한다. (『점필재선생전서』의 해제에서는 106명이라고 하였으나 따로 시대별 분포는 신라 5명, 고려 88명, 조선 32명이라고 밝혔으므로 106이라는 숫자는 단순한 실수로 보인다.) 그런데 민병수는 계산상 착오였는지 모르나 특별한 언급이 없이 126가라고 하였는데, 결과적으로는 126가가 맞는다. 앞에서도 말한 것처럼 권3의 후반부에 있는 5언 배율 중 崔惟淸의 작품으로 실려 있는 〈御苑種仙桃〉가 사실은 崔惟善의 작이기 때문이다. 최유선은 이 시를 제외하고는 다른 작품이 하나도 실리지 않아서 〈제현성씨사략〉에도 빠져 있다. 따라서 고려의 작자는 최유선을 추가하면 89명이 되고 전체 작자 수는 126명이 된다.

체제와 작자, 작품수 현황을 논문의 끝에 표로 제시하였다.

4. 주석의 면모와 가치

김종직은『청구풍아』의 서문에서 "用事가 어렵고 까다로운 것은 그 아래에 원래의 사실을 간략하게 註疏를 달고, 간혹 의심나고 알기 어려운 곳이 있으면 주관적 생각으로 평석을 하였다"고 밝혔다.[35] 그의 말대로

---

34) 黃渭周, 앞의 논문, [표 10].

35) '用事之險僻者, 略疏本實于下, 間有疑難, 竊以臆見評釋之', <청구풍아서>『점필재선생전서』5권, 296면.

시의 제목을 비롯해서 본문 중 어느 곳이라도 필요하다고 생각되는 부분에는 주석을 달았는데, 간략하게 했다는 자신의 말과는 달리 매우 구체적이고 자세한 것이 많아 그 점은 이 책의 가치를 높여주는 부분이며, 후대에 시를 배우는 사람들에게도 친절한 길잡이가 되고 있다.

이렇게 자세한 주석을 달아서 시의 이해에 도움을 주고 있는 것은, 조선 전기에 입수 간행된 중국 시선집의 전반적 주석화 경향을 일정하게 참고한 결과일 것으로 볼 수도 있겠지만,[36] 그의 다음과 같은 서문의 말을 통해 볼 때 이 시선집의 일차 독자로 자신의 아들과 조카들을 염두에 두어 學詩의 길잡이 구실을 하게 하려고 한 의도도 크게 작용한 것으로 보인다.

> 엮어서 일곱 권으로 만들고 제목을 『청구풍아』라고 하였으니, 이것을 가지고 아들이나 조카들에게 보이려는 것이지 감히 스스로 選詩의 끝자리에 붙이려는 것이 아니다.(釐爲七卷, 目之曰靑丘風雅, 用以示子姪輩, 非敢自附於選詩之末也)[37]

『청구풍아』에서 주석의 형태는 매우 다양하다. 시의 이해에 도움이 된다고 생각하는 것이면 내용이나 형식에 구애되지 않고 雙行으로 夾註를 달았다. 그래서 주석의 글자 수가 한 자에 불과한 것이 있는가 하면 수백 자에 이르는 것도 있다.

한 자 짜리의 예를 보면 이규보의 〈辛酉五月, 端居無事, 和子美成都草堂詩韻〉 중 '禦寇南華如可作, 吾將問道一摳衣'라는 시구에서 '禦寇' 아래에 '列'자, '南華' 아래에 '莊'자의 주를 달아 각각 列子(列禦寇)와 莊子(南華眞人)를 가리킨다는 것을 설명하는 것이 있고, 진화의 7언율시 〈中秋雨後〉 중,

---

36) 황위주, 앞의 논문, 58면.
37) 金宗直, <靑丘風雅序>, 『佔畢齋先生全書』 5권, 296～297면.

仰看濃墨久舍情　먹장 구름 바라보며 오랫동안 수심터니
忽喜凉風四面生　선들 바람 온통 불어 홀연히 기뻐지네.
銀竹已隨雲脚捲　은빛 대는 구름 따라 진작에 걷혀갔고
玉盤還共露華淸　옥쟁반은 이슬 함께 다시금 맑아졌네.
……

에서 '銀竹' 아래에 '雨'라고 주석을 달고 '玉盤' 아래에 '月'이라고 주석을
달아 비유법으로 쓰인 원관념을 확실하게 밝혀주는 것이 있다.

　글자가 많은 것은 백여자에 이르는 것들도 있는데, 그 중 가장 긴 것
은 이숭인의 5언 고시 〈感興〉중 두 번 째 시에서 魯仲連의 고사를 주석
한 것으로 224자에 이른다.

　주석의 성격을 살펴보면 作詩의 배경 설명에서부터 글자·단어의 뜻
풀이, 反切音이나 同音異字를 이용한 漢字音 설명, 四聲 표시로 글자의
의미 설명, 시어의 비유나 상징 설명, 詩語나 詩句의 출처 제시, 시 전
체의 의미 부연 설명, 지명·인명 설명, 교감과 자신의 견해 제시, 글자
에 대한 의문 제기, 시구에 대한 자신의 평, 작자 辨析, 原詩의 自注 轉
載, 시의 풍격에 대한 평 등 실로 다양하다.

　『청구풍아』는 시의 선발이 잘되었다는 사실 말고도 이처럼 자세하게
주석을 달았다는 점에서 그 가치가 돋보이는 책이다. 당시에 중국 시선
집들에 대한 우리나라에서의 주석 작업은 더러 있었고 그 후에도 자주
간행이 되었지만, 우리나라 시인들의 시선집에 대한 본격적인 주석서는
『청구풍아』가 초유의 일이며 후대에도 『箋註四家詩』 외에는 이렇다 할
예를 찾아보기 어렵다. 이는 우리나라 한시 문학사에서 특기할 만한 의
의를 가진다고 평가할 만하다. 바로 앞 시대에 편찬되고 김종직이 『청구
풍아』를 엮으면서 참조하기도 한 『三韓詩龜鑑』에서도 극히 소략하게 崔
瀣의 評註가 있기는 하지만 그 수가 너무 미미하여 주석서로서의 고려
대상이 되지 못한다. 김태현의 『동국문감』에 註가 있었던 것으로 전하지

만 이는 시 자체에 대한 주석이 아니고 해당 시에 대한 일화 등을 소개한 품평의 성격으로 보이는데, 전하지 않아 실정을 알 수는 없다. 또 『국조시산』에서 간략한 형식으로 批와 評을 달았지만 이는 주석과는 성격이 다른 것이다. 한시에 관한 한 중국이 宗主로서의 권위를 가지기 때문에 선인들이 우리나라의 시에 대한 비중을 가볍게 생각해서 소홀히 여겼다는 반성과 함께, 그러한 문화적 배경하에서 우리 시에 대한 애정을 가지고 상세한 주석 작업을 했다는 것은 김종직 자신이 의식했건 의식하지 않았건 간에 주체적 문화를 형성하는데 일조를 했다고 평가되는 점이다.

5. 選詩의 기준

다른 사람의 시를 알기 어려운 것 이상으로 다른 사람이 편찬한 詩選集의 選詩 관점을 논하기는 쉽지 않다. 역대의 시선집들이 대부분 서로 엇갈린 평가를 받고 있다는 사실에서도 그 점은 확인된다. 또 아무리 잘 되었다는 시선집이라도 전적으로 호평만 받은 선집은 없으며 반드시 후인들에 의하여 그 결점이 들추어졌다. 특히 시선집을 엮은 사람들은 거의 대부분 전 시대의 시선집에 대한 비판을 가하고 자신의 시선집은 그러한 결점을 극복한 것처럼 표방하고 있으나, 그 역시 뒷사람의 선집자에 의해 비판을 받는 양상이 반복되었다.

역대 시선집 중 가장 뛰어나다는 평가를 받고 있는 허균의 『국조시산』만 해도 그 자신이 밝힌 선시 기준과 서문을 쓴 박태순의 평은 상당히 엇갈린다. 허균은 자신이 시의 刪削을 맡은 사람이지 選拔한 사람은 아니라고 전제하고,38) "여러 선집을 합하여 그 장단점과 넉넉하고 부족한 점을 비교하며 그 화려한 빛깔은 따지지 않고 반드시 순수하여 道에

합치되게 한 다음에야 책에 올리는 것은 산삭하는 사람의 수고로움이
다.(合諸選而校其長短厚薄 不問其華色 必令粹然合乎道 然後乃登諸策者
刪者之勞也)"39)라고 하여 자신이 시를 선택한 기준은 '화려한 빛깔은 따
지지 않았으며', '道에 합치된 것'만을 올렸다는 점을 분명히 밝히고 있
다. 여기서 '화려한 빛깔은 따지지 않았다'는 말은 '화려한 빛깔이 있는
시라고 해서 더 좋게 보지는 않았다'는 뜻이다. 그리고 자신의 이러한
기준 때문에 "비록 그렇지만 (법도에) 합당하지 않아서 바다에 버린 것
이 있으니 혹시라도 구슬을 빠뜨렸다고 한탄할 것이나, 법도에 합치하지
않고서도 올려놓은 것은 없으니 물고기 눈알이 (구슬과) 서로 섞였다는
꾸지람은 거의 면할 것이다.(雖然有不合而棄之滄海 或歎其遺珠也 至於不
合度而進之者 則無有焉 庶免魚目相混之誚也)"고 자신하고 있다. 그러나
그가 이처럼 표방한 선시 관점은 바로『국조시산』의 서문을 쓴 朴泰淳
에 의해 정면으로 부정되고 만다. 박태순은『국조시산』이 우수하다는 것
과 허균의 감식안이 뛰어나다는 것을 인정하고 나서, 이어 다음과 같은
지적도 아끼지 않고 있다.

  다만, 그 取擇한 것이 대부분 聲律의 맑음과 色澤의 아름다움을 위주로 했
  기 때문에 가볍고 쓰러지며 무르고 약한 작품들이 간혹 꼴사납게 끼여 있으
  며, 침착하고 깊으며 平遠한 시들이 버려진 구슬 꼴이 됨을 면하지 못하였
  다. 그 비평의 용어에 있어서는 더욱이 들뜨고 과장되며 실정에 지나치는 것

─────────────────────

38) 허균은 <題詩刪後>에서 시를 선하는 것과 시를 刪削하는 것을 애써 구분하
  며 자신은 시를 選한 사람이 아니고 刪削한 사람이라는 것을 강조하였으나,
  결국은『국조시산』도 詩選集임에는 마찬가지이다. 후대 사람들도『국조시산』
  을 시선집의 하나로 간주하였지 특별히 구분하여 刪詩書로 취급하지는 않았
  다. 단적인 예로 박태순의 다음과 같은『국조시산』 서문을 들 수 있다. '許筠
  取國朝詩 斷自鄭三峯道傳 下至權石洲韠 選各體 自加批評 名之曰國朝詩刪 選東
  詩有數家而論者咸稱是集爲最優'
39) 許筠, <題詩刪後>, 『惺所覆瓿藁』 권13, 題跋.

이 많아 독자들이 간혹 이를 가지고 병통으로 여긴다.(第其所取者 多主於聲律之淸 色澤之絢 故輕靡脆弱之作 或有濫竽 沈深平遠之什 不免遺珠 至其批評之語 尤多浮誇過實 讀者或以是病焉)40)

허균은 애써 스스로 '화려한 빛깔은 따지지 않았다'고 하고 또 '법도에 합치하지 않고서도 올려놓은 것은 없다'고 하였는데, 박태순은 허균이 '聲律의 맑음〔聲律之淸〕'과 '色澤의 아름다움〔色澤之絢〕'을 위주로 시를 선택했기 때문에 보잘 것 없는 시들이 끼여 있고 '沈深平遠'한 시들이 버려지기도 했다고 비판하고 있는 것이다.41)

이처럼 詩選의 당사자와 그것을 평하는 사람 사이에는 거의 정반대라고 할 정도의 시각차도 나타나는 것을 볼 수 있다. 따라서 『청구풍아』의 선시관에 대한 기존의 평가도 그것이 절대적인 것이 될 수 없으며, 혹시라도 어떤 선입관에 의해서 고착된 평가가 내려졌다면 이는 마땅히 수정되어야 한다.

앞에서도 언급했듯이 『청구풍아』는 점필재의 유가적 정신이 선시 기준이 되었다고 알려져 있다. 또 그러한 견해가 나오게 된 것은 최숙정의 발문과 권응인의 기록이 상당한 작용을 했다는 것도 밝혔다. 그러나 기

---

40) 朴泰淳, <國朝詩刪叙>.

41) 朴守川의 논문(<國朝詩刪의 選詩觀 硏究>, 서울대학교 국문과 석사논문, 1986)에서 허균이 『국조시산』의 작품 선정 척도로써 '聲律之淸'과 '色澤之絢'을 사용하였다고 하고, 이같은 관점을 바탕으로 『국조시산』의 선시가 잘되었다고 논증한 것은 박태순의 서문을 잘못 읽고 오해한 것이다. '聲律之淸'과 '色澤之絢'을 선시 기준으로 하였다는 것은 박태순의 생각일 뿐이고 허균은 오히려 '그 화려한 빛깔은 따지지 않았다(不問其華色)'고 하여 '色澤之絢'을 고려하지 않았음을 강조하였다. 그러나 박태순은 허균이 '聲律之淸'과 '色澤之絢'을 선시의 주요 기준으로 하였기 때문에 『국조시산』에 나약하고 볼품없는 시들이 끼여들었다고 하였으므로, 우선 '色澤之絢'이 과연 허균의 말대로 고려되지 않았는가, 아니면 박태순의 말대로 주요 선시 기준이 되었는가가 논란거리이고, 또 누구의 말을 따르든 그들은 모두 '色'을 '至善'의 가치로는 보지 않았으므로 '色澤之絢(및 聲律之淸)'이 『국조시산』의 장점은 될 수가 없다.

록을 면밀히 검토해 보면 섣부르게 그러한 사실을 인정할 수 없게 만든다. 최숙정은 김종직과 비슷한 연배로(두살 아래) 매우 친분이 두터운 사이였고 그 자신이 『청구풍아』의 選詩 과정에 상당한 도움을 주었다. 그러나 발문에서는 자신의 역할을 전혀 언급하지 않고 전적으로 김종직의 공으로만 이야기하면서 刪詩 정신에 투철한 것같이 일방적인 찬사를 늘어놓았다. 이런 유의 의례적 표현은 여타의 序跋에서 흔히 볼 수 있는 것이므로 절대적인 판단의 근거로 삼기에는 신중을 기해야 한다. 오히려 김종직 자신의 서문이 저간의 사정을 상세하게 전하고 있다.

서문을 보면 그는 자신의 前代에 金台鉉, 崔瀣, 趙云仡이 각각 시선집을 남겼는데 이들은 모두 미흡한 점이 있는데다 충렬왕(고려 25대) 이전의 작품들만 모았기 때문에, 자신이 직접 시선집을 편찬할 생각을 가지게 되었다고 했다. 그래서 울산에 있을 때(35~36세) 앞의 세사람이 편찬한 시선집에서 그 중 나은 것을 고르고 또 충선왕(고려 26대) 이후 자신의 당대까지 남아 있는 원고에서 3백편을 뽑았다. 그 뒤 庚寅年(1470년, 40세)에 史局에 補任되면서 최숙정과 함께 館 안에 있던 옛 상자를 뒤져서 변계량 등이 모아놓기만 하고 완성을 못한 책에서 또 백여 편을 얻었다. 그는 곧바로 함양으로 군수가 되어 내려갔는데, 최숙정이 또 약간 편을 골라 보냈다. 그래서 함양 군수를 하는 여가에 책의 편찬을 완성하게 된 것이다.42) 이 과정에서 그 자신은 선시의 기준을 전혀 언급하지 않고 있다. 다만 '우선 세 분(김태현, 최해, 조운흘)이 편찬

---

42) '石澗略 快軒雜 猊山之編最爲得體 然而合乎己之權度者 然後收之 故多遺焉 且三老所選 皆忠烈以前之詩 厥後諸作無有繼而蒐輯者 宗直輒不自揆 欲叢萃一編以便覽閱久矣 然文稿之傳世者少 雖有之 身糜偏方 得而觀之爲難 第恐平日所得者亦隨而忘失 往在鶴城(蔚山=필자 주)戎幕 轅門寂寥 可以談風月 於是姑就三老所撰而拔其尤者 又探忠宣以下 至于今日 遺藁可攷者 合古律詩三百餘篇 庚寅歲承乏史局 與國華(崔淑精=필자 주)檢館中舊篋 得春亭諸公裒集未成之書 又錄百餘篇 及來天嶺(咸陽=필자 주) 國華續採若干篇以寄焉 荒僻之地 民事多暇 因取前後所得而彙編之 通算五百十七篇'. 金宗直, <靑丘風雅序>.

한 것을 대상으로 하여 나은 것을 뽑았다(姑就三老所撰而拔其尤者)'고
한 것이 유일하게 밝혀진 것이다. 편찬 과정을 볼 때도 그가 의도적으로
유가적 선시 기준을 가지고 작업을 했다는 흔적은 전혀 보이지 않는다.

權應仁은 『청구풍아』의 성격에 대해 "점필재 선생은 『동문선』이 사사
로움을 따라서 공정하지 못하고 채택한 것이 정밀하지 못하다고 여겨,
모래를 일어 금을 가려내고 다시 그 중에 더 나은 것을 뽑아 산문은
『東文粹』라고 하고 시는 『靑丘風雅』라고 하였으니 지극히 정밀하다고
말할 수 있다."고 하였는데 이 말은 중요한 오류를 범하고 있으며 『청구
풍아』의 성격을 誤導하는데 크게 작용하였다. 『동문선』은 성종 9년
(1478년)에 완성이 되었는데 『청구풍아』는 5년이나 먼저 성종 4년
(1473년)에 완성이 되었다.43) 단지 간행 시기가 나중으로 미루어졌을
뿐이다. 『청구풍아』는 『동문선』을 전혀 의식하지 않았음이 분명하다. 그
런데 권응인의 이러한 평이 과거부터 상당한 영향을 끼쳐서 金烋의 『海
東文獻總錄』에도 『청구풍아』의 소개 뒤에 그대로 註釋으로 실려 있을
정도이다.44)

서거정이 김종직과 경쟁 의식을 가지고 있어서 文衡을 내놓지 않고
오랫동안 독점했다고 하는 속설이 오래 전부터 전해지고 있고45) 이런

---

43) 황위주의 앞의 논문에서도 『청구풍아』가 『동문선』보다 앞서 편찬되었다는 것
   을 지적하였다. 그러면서도 권응인의 기록을 완전히 배제하지 않고 있는데(동
   논문 주39)와 주45) 이는 여전히 선시 기준을 유가적 입장으로 보려는 의도 때
   문으로 보인다.

44) 金烋, 『海東文獻總錄』, <東國詩文撰述>.

45) 이 속설은 문헌상으로 李睟光(1563~1628)의 『芝峯類說』에서 처음으로 확인된
   다. 권4 <官職部, 學士>조에서 '徐四佳居正 秉文衡至二十六年之久 故如金佔畢
   宗直 姜晉山希孟 李三灘承召 皆不得爲之 當時言者 以公不宜久專文柄 公聞之曰
   我遞則誰當爲此任 或言公與金佔畢姜晉山不相悅 恐衣鉢歸於二公 故不遞云 未知
   信否'라고 하였다. 여기서 보면 당시에 떠도는 이야기를 기록한 것이며 이수광
   자신은 이것을 전적으로 믿지도 않았음을 알 수 있다. 그런데 이런 속설이 점
   점 퍼져서 이긍익의 『연려실기술』에서는 김시양의 『부계기문』을 인용하여 실

속설을 기정사실화하여 서거정과 김종직이 문학적으로도 대립했다는 논
거로 사용하는데 이도 아무런 근거가 없는 것이어서 액면 그대로 믿기
는 곤란하다. 또 일부 야담에 전하기로는 이 이야기 끝에, 그래서 문형
이 서거정에게서 洪貴達에게로 넘어갔다고 하는데,46) 서거정 다음에 문
형을 맡은 사람은 홍귀달이 아니고 魚世謙이다.47) 따라서 위의 이야기
는 순전히 호사가들이 지어낸 말일 가능성이 높다. 이 이야기가 나온 배
경에는 서거정의 시기심 많은 성격에 대한 평소의 평판이 작용하였을
수도 있다.『성종실록』에 서거정의 卒記를 보면 그러한 서거정의 성격을
비판한 부분이 있다.48) 이러한 인식이 과장되어 서거정와 김종직의 사
이가 나빴던 것으로 전해지고, 김종직의 시문집 편찬이 서거정의『동문

───────────────

제의 일인양 기술하였다. 그러나 현전하는 부계기문에는 이러한 기록이 보이
지 않는다. 서거정이 문형을 맡은 기간을 26년이라고 한 것도 사실과 다르다.
해동잡록에는 문형 26년, 해동잡록에 인용된 本集에는 대제학 22년, 연려실기
술에 인용된 동각잡기에는 문형 22년, 연려실기술에 인용된 부계기문에는 문
형 26년으로 기록마다 그 기간이 여러 가지로 나타나지만, 예종 원년(1469년)에
문형이 되었고 성종 19년(1488년)에 卒하였으므로 햇수로 20년간 역임한 것이
된다. 正祖는 <日得錄>에서 20년 동안 무형을 맡았다고 했는데 이 말이 정확
하다(『弘齋全書』 권161, <일득록> 장34).

46) 『燃藜室記述』에서는 金時讓의 『涪溪記聞』을 인용해서 서거정이 김종직을 시
기해서 대제학이 갈릴 때 홍귀달을 천거했다고 하였다. 李肯翊, 『燃藜室記述』
권6, <戊午黨籍>.

47) 姜斅錫, 『典故大方』 권2, 장34, <文衡錄>에 역대 문형을 나열하였다. 그 차례
를 보면 '權近-卞季良-尹淮-權踶-鄭麟趾-安止-申叔舟-崔恒-徐居正-魚世謙-洪貴達-
成俔……' 순이다. 文衡의 자격 기준을 어떻게 보느냐에 따라 權近을 제외하고
卞季良부터 문형이 시작되는 것으로 보기도 한다.『增補文獻備考』(권221, 職官
考 8, 館閣 2, 弘文館)에서는 '太宗十七年 藝文大提學卞季良 始典文衡 國朝文衡
始此'라고 하였고,『芝峯類說』(권4, 官職部, 學士)에 인용된 忍齋 洪暹의 시(『忍
齋集』에는 미수록)에도 역대 문형을 나열하면서 '季淮踶趾舟恒正 魚達成勘漑袞
容……'이라고 하여 권근을 제외하고, 마찬가지로 安止도 제외하였다. 서거정
다음에 어세겸이 문형을 맡았다는 것은 변함이 없다.

48) '居正器狹 無容人之量 又未嘗獎進後生 世以此少之'.『성종실록』19년 十二月
癸丑.

선』에 대한 불만 때문이었던 것처럼 엉뚱한 방향으로 흐르고 말았다고
보인다.

　기존의 연구에서는 서거정과 김종직을 대립되는 관계로 파악하다보니
김종직의 제자 혹은 再傳弟子들이 편찬자로 많이 참여한『속동문선』의
경우, 김종직의 시가 20여년간 대제학을 역임한 서거정의 시보다 2배나
많이 수록되었다는 점과 강희맹, 박은, 유호인 등 10수 이상 수록된 인
물들이 대부분 김종직의 제자이거나 김종직과 친밀한 교분이 있는 사람
이라는 점을 들어 서거정이 주도해서 편찬한『동문선』과의 작품 선정
기준의 차별성을 강조하였다.49) 그러나 허균의『국조시산』에서도 김종
직의 시는 33수나 실린 반면 서거정의 시는 20수 뿐이고50) 남용익의
『기아』는 김종직 34수, 서거정 20수로 역시 현저한 차이가 난다. 이는
객관적인 평가에서 김종직의 시가 서거정의 시보다 뛰어나기 때문에 더
많이 실렸다는 것을 의미한다. 이로 본다면『속동문선』은 편찬자들 나름
대로 평가하는 시의 작품성을 위주로 하여 선정했다고 봐야 하며, 특별
히 김종직과 그 문인들 위주로 수록했다고 보기는 어렵다.

　『청구풍아』의 선시 기준 내지 선시 경향을 알기 위해서는 기존의 선
입관에 의한 평가보다는 선집에 실린 실제 시 작품의 성격을 놓고 논의

---

49) 黃渭周, <朝鮮 前期의 漢詩選集>,『정신문화연구』통권68호(한국정신문화연
　　구원, 1997), 53~54면.

50) 이는 제목의 수만 계산한 것이 아니고 실제 작품 수를 계산한 것이다. 서거
　　정의 경우 18수가 실린 것으로 되어 있으나 鄭希良의 작품이라고 된 5언 율시
　　두수(<秋風>, <三田渡>)가 서거정의 작품으로 인정되므로(崔祐榮, <許筠의
　　詩觀과 批評樣相 硏究>, 연세대 국문과 박사논문, 1997, 114면) 이를 추가한 것
　　이다. 이중 <三田渡>는 서거정의 문집인『四佳集』<補遺> 편에서 확인이 되
　　고 <秋風>은 어느 문집에서도 확인이 안되나『箕雅』와『大東詩選』에 서거정
　　의 작으로 실려 있으며 申緯의 <東人論詩絶句>에서도 '四佳繁富孰窺藩 閑鴨
　　遊蜂寫景渾'이라고 하여 <秋風>에 나오는 '遊蜂飛不定 閑鴨睡相依'라는 구절
　　을 인용하여 서거정의 작품으로 보았다.

해야 한다.

　우선 다음과 같은 작품만 보아도『청구풍아』가 꼭 유가적인 선시 기준을 가졌다고 보기는 어렵게 한다.

　　　　〈題仙女着碁圖〉(선녀가 바둑 두는 그림을 보고 짓다)　　鄭誧
　　　　仙女千年兩臉紅　　저 선녀는 천년토록 두 볼이 붉건마는
　　　　人間俯仰鬢如蓬　　우리 인간 순식간에 귀밑 털만 엉성하네.
　　　　奕碁欲賭長生術　　바둑 두어 장생 술법 내기하려 하였더니
　　　　惆悵相看是畵中　　슬프도다, 다시 보니 그림 속에 있는 것을.

　그림 속에 바둑 두는 선녀들이 있는데 두 볼이 복숭아 빛으로 발그레 곱기만 하다. 그러나 인간인 내 모습을 보니 짧은 인생 잠시 사이에 어느덧 귀밑 머리가 허옇게 세서 헝클어졌다. 바둑이라면 나도 웬만큼 자신이 있기 때문에 장생술을 알고 있는 저기 선녀들과 내기 바둑을 두어 그 술법을 좀 얻어보자는 것이다. 그러나 문득 감상에 젖은 마음을 다잡고 보니 저들은 그림 속의 존재일 뿐이다. 허망한 마음에 슬프게 그림만 바라본다. 이런 시는 재치있기는 하지만 시의 소재에서부터 느낄 수 있듯이 문장가의 시이지 유가적인 관점의 시라고는 할 수 없다. 이런 유의 시들은『청구풍아』에서 많이 찾아 볼 수 있다.

　오히려『동문선』에도 실린 吉再의 〈卽事〉, 〈金鼇山大穴寺廣寒樓〉, 〈閑居〉[51]같은 시들이 유가적 본령을 지키는 것들인데 이런 시들은 뽑히지 않았다. 〈卽事〉와 〈閑居〉는 김종직과 동시대인인 성현의『용재총화』에도 실릴 만큼 당시에 이미 알려진 시였으므로 점필재도 이 시를 모르지는

---

51)『東文選』에 <卽事>로 된 시(盥水淸泉冷 臨身茂樹高 冠童來問字 聊可與逍遙)
　는『冶隱集』에 <閑居>로 되어 있으며,『동문선』에 <閑居>로 된 시(臨溪茅屋
　獨閑居 月白風淸興有餘 外客不來山鳥語 移床竹塢臥看書)는『야은집』에는 <述
　志>로 되어 있다.『용재총화』에는 두 시 모두 '閑居詩'라고 소개하였다.

않았을 것이다. 특히 이들 시는 '작자 자신의 자득적 정신수양의 경지를 읊어내고 있다는 점에서 성리학자들의 모형적인 시체인 濂洛體의 표본이라 할 수 있는'52) 작품이다. 이러한 시가 『청구풍아』에 선정되지 않았다는 것은 기존에 김종직에 대해 피상적으로 이루어져 온 평가에 대해 두 가지의 중대한 의문점을 제기하게 한다. 하나는 '『청구풍아』의 편찬에는 유가적 의리 정신이 중요한 선시 기준으로 작용하였다'는 것에 대한 의문이고, 또 하나는 주로 김종직의 학통을 이은 신진 사림들에 의해서 성립된 유교 연원이 설득력이 없다는 것이다. 길재가 金叔滋에게 도를 전했고 그것이 김종직 자신에게 전해졌다면 이미 다른 사람들의 저술에서 평가하고 있는 길재의 시를 점필재 자신의 『청구풍아』에 싣지 않았을 리가 없다. 더구나 김종직은 자신의 선친인 김숙자의 시 한 편을 『청구풍아』에 실음으로써 후대에 권응인에게 사사로운 감정이 개입되었다고 비판받기까지 하였다. 자신이 스스로 길재의 학통을 이었다는 자각이 있었다면, 또 『청구풍아』가 철저한 유가적 의리정신을 기준으로 시를 선발했다면 길재의 시를 절대로 빠뜨렸을 리가 없다는 것이 필자의 생각이다.

그밖에도 시의 선발에 있어 문예미를 염두에 둔 흔적들이 발견된다. 蔡璉의 〈簾〉 '半捲書窓曉 新秋霽景澄 風來一陣雨 月暎萬條氷 麗日篩紅暈 遙岑漏碧層 香閨凉夜永 幾處隔銀燈'도 함련과 경련에 대해 '四句極巧'라는 평을 달고 있듯이 대단히 참신하고 뛰어난 표현으로 예술적 성취도가 높으나 유가적 분위기와는 거리가 멀다. 이숭인의 〈方同年生女戱呈〉 '門閥多餘慶 郎君篤孝思 居然生女日 錯賦弄璋詩 富貴傳家有 貞嘉不卜知 風塵荷戈戟 何用重男爲'는 비록 유학자의 시이지만 시 자체는 장난기가 넘치는 해학의 시이다.

---

52) 宋寯鎬, <麗末 三隱의 詩文 性格 -冶隱을 中心으로->, 『吉冶隱 研究論叢』(瑞文文化社, 1996), 93면.

　　정지상의 〈長源亭〉'岧嶢雙闕枕江濱　淸夜都無一點塵　風送客帆雲片片　露凝宮瓦玉鱗鱗　綠楊閉戶八九屋　明月捲簾三四人　縹緲蓬萊在何許　夢闌黃鳥囀靑春'은 경련의 뒤에 '語壯麗'라는 평을 달고 있는데, 서거정이 『동인시화』에서 김부식의 〈結綺宮〉 및 〈燈夕〉 시와 대비적으로 평한 구절이기도 하다. 서거정은 "김부식의 시는 말의 뜻이 엄정하고 전아, 진실하여 참으로 덕이 있는 자의 말이다"고 한 반면 "정지상의 시는 어운이 맑고 화려하며 시구의 풍격이 豪逸하여 晚唐의 시법을 깊이 터득하였다"고 하면서 "두사람의 기상이 같지 않다"고 言明하였다.53) 김부식은 바로 유가적인 기준으로 보았을 때 더 높이 평가받는 시풍이고, 정지상은 순수 문예미의 관점에서 보았을 때 높이 평가되는 시풍임을 말한 것이다. 그런데 『청구풍아』에서는 정지상의 시는 실으면서도 김부식의 〈結綺宮〉은 싣지 않았다.

　　『청구풍아』의 주석은 시어나 어구의 의미를 밝히는 것들이 대부분을 차지하지만 가끔씩 풍격에 대한 것들도 섞여 있는데, 그 풍격 비평들은 대부분 문예미를 드러내고 있는 점을 거론한 것이고 유가적 관점에서 높이 평가할 만한 점을 평한 경우는 찾아보기 어렵다. 몇 가지 예를 보면 다음과 같다. 偰長壽의 7언 율시 〈早春書懷〉 중 頷聯 '平湖春暖烟千里　古岸秋高月一航'에는 '狀春秋景淸麗'라는 평을 달았다. 김인경의 7언 절구 〈內直〉 중 起, 承句 '銀臺承制五更來　月在西南玉漏催'에는 '句淸而麗'라는 평을 달았다. 이규보의 〈江上月夜望客舟〉'官人閑捻笛橫吹　蒲席凌風去似飛　天上月輪天下共　自疑私載一船歸'에는 '豪壯'이라는 평을 달았다. 康好文의 7언절구 〈偶題〉의 첫 구 '風尖月細春猶淺'에는 '纖麗'라고

---

53) '金文烈富軾　鄭諫議知常　以詩齊名一時　文烈結綺宮詩(……)　燈夕詩(……)　詞意嚴正典實　眞有德者之言也　鄭詩語韻淸華　句格豪逸　深得晚唐法　尤長於拗體　如(……)等句　出口驚人　膾炙當世　可以一洗空羣矣　二家氣象不侔'. 서거정, 『동인시화』上.

평을 달았다. 정지상의 〈醉後〉 '桃花紅雨鳥喃喃 繞屋靑山間翠嵐 一頂烏紗慵不整 醉眠花塢夢江南'에는 '艷麗太甚'이라고 평을 달았다.

이처럼 실제 작품을 놓고 검증해보면 『청구풍아』의 선시 기준이 지금까지 피상적으로 반복되어온 주장인 유가적 관점이 아니고 문예미를 우선시하였다는 것을 알게 해 준다. 따라서 많은 사람들이 '精選'되었다고 평가한 것은 유가적 요소를 기준으로 한 것이 아니고 김종직 나름대로 평가하는 시의 문예미나 예술성을 기준으로 한 것이라고 봐야 한다.

성현이 『청구풍아』를 비판하면서 "시가 조금이라도 豪放스러움에 관계되면 버리고서 수록하지 않았으니 이 어찌 변통을 모르고 편벽되었는가(詩之稍涉豪放者 棄而不錄 是何膠柱之偏)"라고 하였지만, 실제로 수록 작품을 보면 호방스러운 작품들도 여럿 있으며54) 바로 위에서 이규보의 시를 예로 들었듯이 김종직 스스로 그런 작품에 평〔豪壯〕을 가하기까지 하였다. 또 시화 비평서 등에서 누차 평가된 대로 김종직 시의 미학적 특질 가운데 두드러진 것 중의 하나가 호방한 시풍이다.55) 성현의 평가

---

54) 다음과 같은 작품들을 예로 들 수 있다.

'釣必連海上之六鰲 射必落日中之九烏 六鰲動兮魚龍震蕩 九烏出兮草木焦枯 男兒要自立奇節 弱羽纖鱗安足誅 紫纓雲孫始墮地 自謂壯大陳雄圖 鍊石欲補東南缺 鑿空將通西北迂……'. 金克己, 〈醉時歌〉.(서거정은 이 시의 앞 부분을 『동인시화』에 인용하고 '말이 매우 豪壯挺傑하다'고 평하였다.)

'起餐傳舍曉渡江 江水渺漫天蒼茫 黑風四起立白浪 舟與黃山爭低昂 津人似我履平地 一曲漁歌聲短長 十生九死到前岸 槐柳陰中村逕荒'. 金克己, 〈黃山江〉.

'我欲飇車叩閶闔 請挽天河洗六合 狂謀謬筭一不試 蹄涔幾歲藏鱗甲 峨洋未入子期聽 熊虎難逢周后獵 行路難 歌正悲 匣中雙劍蛟龍泣'. 李仁老, 〈續行路難〉.

'君不見賈傅投書湘水流 翰林醉賦黃鶴樓 生前轗軻無足憂 逸氣(三峯集作意)凜凜橫千秋 又不見病夫三年滯炎州 歸來又到錦江頭(國朝詩刪作樓) 但見江水去悠悠 那知歲月亦不留 此身已與秋雲浮 功名富貴復何求 感今思古一長吁 歌聲激烈風颼颼 忽有飛來雙白鷗'. 鄭道傳, 〈公州錦江樓〉.(허균은 이 시를 『국조시산』에 싣고 '滾滾如翻三峽波濤', '浩蕩可喜', '豪逸○肆 足爲壓卷' 등의 批를 달았다.)

55) 南龍翼은 『壺谷謾筆』에서 전체 시풍을 '勁傑(굳세고 뛰어나다)'이라는 한마디로 요약했으며(洪萬宗, 『詩話叢林』, 아세아문화사 영인본, 1991, 388면), 曺伸은

역시 정론이라고는 보기 어렵다.

6. 맺는말

『청구풍아』는『국조시산』과 더불어 대표적인 우리나라의 시선집이다. 아직 시선집에 대한 연구가 日淺한 형편이어서『국조시산』에 대해서는 허균의 시론과 관련하여 약간의 관심이 기울여졌지만『청구풍아』에 대해서는 해제 수준을 넘어서는 연구가 이루어지지 못했다. 그것도 기존의 자료가 완전한 것이 못되어 많은 오류가 있었다. 또 선시의 관점에 대해서도 김종직에 대해 성리학자라는 피상적인 평가 때문에 상당한 오해가 있었다. 그러한 오해에는 권응인의『송계만록』에서 사실과 다른 주장을 한 것도 크게 작용하였다. 이 글에서는 기존의 선입관에 의한 평가를 구체적인 자료를 바탕으로 비판하고 재평가를 시도해 보았다.

『청구풍아』는 김종직이 35～36세(1465～1466년) 때부터 편찬을 시작하여 43세(1473년) 때 편찬을 완성한 선시집으로 學詩書로서 큰 가치를 지니고 있는 책이다. 실제의 간행은 편찬이 완료된 후 한참의 기간이 지난 1488년(58세)으로 문집의 연보를 통하여 추정할 수 있다.

수록 시 편수와 작가에 대해서 여러 가지 다른 주장들이 있었는데, 새로 찾아낸 연세대본을 바탕으로 조사한 결과 신라 5명, 고려 89명, 조선 32명, 총 126명의 작품 517수가 실려 있음을 확인하였다. 이는 편자가 스스로 서문에서 밝힌 편수와 일치한다. 책에는 125명의 작자가

『諛聞鎖錄』에서 '豪壯'에 해당하는 詩句들을 뽑아서 예로 들었고(『諛聞鎖錄』, 洪萬宗, 앞의 책 소재, 99면), 申欽은『晴窓軟談』에서 '放遠'한 시에 대해 탄복을 금할 수 없다고 하였으며(『晴窓軟談』, 洪萬宗, 앞의 책 소재. 231면), 許筠은 <惺叟詩話>에서 '洪亮嚴重', '冗高'한 시풍을 들었는데(許筠, <惺叟詩話>, 『惺所覆瓿藁』권25), 이들 특성은 '豪放'과 불가분의 관계가 있다.

등재되어 있는데, 최유청의 작으로 실린 5언배율 한 수가 최유선의 작이므로 실제로는 한 명이 추가되어 126명이 된다.

『청구풍아』의 가장 가치 있는 부분은 상세한 주석이라고 할 수 있다. 주석은 형식과 내용을 넘어 시의 이해에 필요한 것을 적절하게 실어서 후학자들에게 많은 도움이 되고 있다. 특히『전주사가시』를 제외하고는 우리나라의 시에 대해 거의 유일한 본격적인 주석서라는 점에서 詩文學史에 있어 귀중하게 평가되어야 할 점이다.

선시의 관점은 지금까지 알려진 것과는 달리 유가적 관점이 철두철미하게 적용된 것은 아니다. 특히『청구풍아』의 선시관을 말할 때마다 인용된 권응인의『송계만록』의 기록은 사실과 전혀 다르기 때문에 논의의 자료로 삼아서는 안된다. 실제로『청구풍아』에 실린 시들의 성격을 분석해보고 김종직의 評語들을 종합해 보면 유가적인 관점보다는, 김종직 나름대로 생각하는 시 자체의 완성도나 예술성이 가장 큰 기준이 된 것으로 보인다.

본 논문에서는『청구풍아』의 선시 관점에 대해 기존의 잘못된 견해를 바로잡았으나 다른 시선집과의 비교 분석에까지는 손길이 미치지 못하였다. 특히 김종직이 직접 선시에 참고한『東人之文五七』이나『三韓詩龜鑑』은 물론이고, 그 후에 나온 주요한 選詩集과의 수록 작품 비교를 해보면 김종직이 견지한 시의 선택 기준이 보다 명확히 밝혀지고 시 비평사에 있어서의 위상도 구체화될 것으로 생각하지만, 앞서 許筠과 朴泰淳의『國朝詩刪』에 대한 견해 차이에서도 보았듯이 다른 사람의 選詩集을 놓고 구체적인 선시 관점을 말하기는 매우 어려운 문제인데다 여기서 다루기도 벅차므로 아쉬운대로 훗날의 연구 과제로 남기기로 한다.

■ 參考文獻

姜斅錫. 典故大方.

季刊書誌學報 제16호. 韓國書誌學會. 1995.

權鼈. 海東雜錄. 大東野乘 소재.

權應仁. 松溪漫錄. 大東野乘 소재.

吉再. 冶隱集. 민족문화추진회. 韓國文集叢刊 7.

金時讓. 涪溪記聞. 大東野乘 소재.

金永峯. 〈金宗直 詩 硏究〉. 연세대학교 국문과 석사논문. 1990.

金宗直. 靑丘風雅. 아세아문화사영인본. 1983.

───. 〃 . 佔畢齋先生全書 제5권 편입본(李源周本). 대전 학민문화사.
　　　 1996.

───. 〃 . 연세대학교 도서관 소장본.

金 烋. 海東文獻總錄.

南龍翼. 箕雅. 아세아문화사 영인본. 1977.

閔丙秀. 韓國漢詩史. 太學社. 1996.

朴守川. 〈國朝詩刪의 選詩觀 硏究〉. 서울대 국문과 석사논문. 1986.

徐居正. 東人詩話.

徐居正 外 編. 東文選.

成宗實錄. 國史編纂委員會.

蕭統 編. 文選. 臺北 華正書局. 1986.

續東文選. 慶熙出版社 영인. 1970.

宋寯鎬. 〈麗末 三隱의 詩文 性格-冶隱을 中心으로-〉. 吉冶隱硏究論叢. 瑞文文化社.
　　　 1996.

肅宗實錄. 國史編纂委員會.

沈守慶. 遣閑雜錄. 洪萬宗의 詩話叢林 및 任廉의 暘葩談苑 소재.

魚叔權. 稗官雜記. 大東野乘 소재.

劉永奉 역. 靑丘風雅. 이회문화사. 1998.

李圭景. 五洲衍文長箋散稿. 古典刊行會 영인. 以文社. 1993

李肯翊. 燃藜室記述. 민족문화추진회 국역본. 1988.

李丙疇. 〈崔瀣 批點 趙云仡 編 『三韓詩龜鑑』〉. 한국의 한문학. 민음사. 1992.

李睟光. 芝峯類說. 南晩星 譯. 을유문화사. 1994.

李仁榮. 淸芬室書目. 寶庫社. 1993.

李鍾建. 〈徐居正의 文學思想〉. 韓國文學思想史. 啓明文化社. 1991.

張志淵 外 編. 大東詩選. 아세아문화사 영인본. 1980.

佔畢齋先生全書 제1권, 제5권. 대전 學民文化社. 1996.

正　祖. 弘齋全書.

增補文獻備考. 한국학진흥원 영인. 1986.

崔　滋. 補閑集. 아세아문화사 영인. 1983.

崔　瀣. 三韓詩龜鑑. 金甲起 譯註. 이화출판사. 1998.

漢語大詞典. 上海 漢語大詞典出版社.

許　筠. 國朝詩刪. 아세아문화사 영인본.

────. 惺所覆瓿藁. 許筠全集. 성균관대학교 대동문화연구원 영인. 1981.

洪萬宗. 詩話叢林. 아세아문화사 영인. 1991.

洪性旭. 〈金宗直의 賦 및 散文의 硏究〉. 고려대학교 석사논문. 1993.

黃渭周. 〈朝鮮 前期의 漢詩選集〉. 정신문화연구 통권68호. 한국정신문화연구원.
　　　　1997.

〈靑丘風雅의 체제 및 작가·작품 수 현황〉

번호	작자명*	卷1 5古	卷2 7古	卷3 5律	卷3 5排	卷4 7律	卷5 7律	卷5 7排	卷6 5絶	卷6 7絶	卷7 7絶	합계
1	崔致遠	1		2		3			1	3		10
2	崔承祐					1						1
3	朴仁範					2						2
4	崔匡裕					2						2
5	東京老人									1		1
6	崔承老									1		1
7	郭興									2		2
8	金富軾			1		2				1		4
9	鄭知常					2				2		4
10	高兆基			1					1	1		3
11	鄭襲明			1						1		2
12	林椿			2		2				2		6
13	金克己	7	2	1		1				8		19
14	李仁老	4	3	1	1	2			2	5		18
15	金仁鏡									2		2
16	李奎報	3	2	3		4		1	3	6		22
17	安淳之									1		1
18	陳澕	1	4			3				2		10
19	陳溫									2		2
20	李資玄								1			1
21	柳葆									1		1
22	僧宗聆*									1		1
23	朴寅亮									1		1
24	崔滋									1		1
25	吳世才			1								1
26	任奎								1			1.
27	崔惟善*				1							1
28	崔惟清*	5										5
29	俞升旦			3								3
30	金之岱					1						1
31	趙冲							1				1
32	僧惠文					1						1
33	林宗庇								1			1
34	白文節										2	2
35	李混										2	2

〈靑丘風雅의 체제 및 작가·작품 수 현황〉

번호	작자명	5古	7古	5律	5排	7律	7排	5絶	7絶	합계
36	郭 預		1	1					4	6
37	朴 恒					1				1
38	洪 侃		4						2	6
39	張 鎰								1	1
40	鄭允宜								1	1
41	白元恒		1			1			1	3
42	僧 圓鑑								1	1
43	金 坵		2							2
44	李藏用					1			1	2
45	鄭 瑎								1	1
46	李 瑱								1	1
47	李齊賢	6	2	2		9		1	7	27
48	曹繼芳								1	1
49	崔 瀣				1			1	2	4
50	李 穀	2	3	4	1	5		1	2	18
51	安 軸		1	1			1		4	7
52	權漢功								3	3
53	閔思平					1			3	4
54	王 伯								1	1
55	辛 蕆								1	1
56	尹 澤								1	1
57	韓宗愈								2	2
58	吳 珣								2	2
59	尹汝衡								1	1
60	崔元祐								1	1
61	吳 詗*					1				1
62	鄭 誧	3		1		2		1	6	13
63	尹 珤								1	1
64	李 湛								1	1
65	鄭公權*	1		2		3		1	2	9
66	崔斯立								1	1
67	李堅幹								1	1
68	許 錦				1	1			1	3
69	朴孝修					1			1	2
70	韓 脩			1		1				2
71	李邦直								1	1
72	權思復								3	3
73	郭 珚	1								1

번호	작자명	5古	7古	5律	5排	7律	7排	5絶	7絶	합계
74	偰 遜		1	2		3		2	2	10
75	僧 眞靜			1						1
76	咸承慶							1		1
77	高惇謙					1				1
78	金九容			3		3			4	10
79	金齊顏*								1	1
80	鄭夢周		1	2	1	1			8	13
81	李元紘			1						1
82	蔡 璉			1						1
83	李 穡*	3	4	2		4		2	5	20
84	李崇仁	3	3	6	1	5		2	11	31
85	李 集			3					2	5
86	李達衷	2	1			1			2	6
87	柳 淑					1		1		2
88	李仁復		1	1	1	2				5
89	方 曙					1				1
90	僧 宏演					3			1	4
91	李存吾					1				1
92	鄭思道					2				2
93	康好文					1			3	4
94	元松壽								3	3
95	鄭道傳	5	2	3		4		3	4	21
96	權 近					3			2	5
97	成石璘			1		3		1	2	7
98	曹 庶								2	2
99	趙云仡								1	1
100	偰長壽			2		2		2	1	7
101	鄭摠			1					1	2
102	姜淮伯			1		2			1	4
103	朴宜中			2		1			1	4
104	尹紹宗		1	1					1	3
105	李 詹		1	2		1		1	4	9
106	李 原			1						1
107	鄭以吾					2			3	5
108	卞仲良*			1		1			4	6
109	卞季良	2		2		1		1		6
110	李 稷	2		1					1	4
111	柳 寬*			1						1

번호	작자명	5古	7古	5律	5排	7律	7排	5絶	7絶	합계
112	李 蕙			1						1
113	柳方善			4		1		1	4	10
114	鄭 悛								1	1
115	尹 淮					1				1
116	魚變甲								1	1
117	姜碩德								1	1
118	金叔滋*								1	1
119	成 侃	1	1						6	8
120	姜希顔							1		1
121	成三問							1		1
122	朴致安					1				1
123	權 擥							1		1
124	辛碩祖					1				1
125	權 遇			1		1			1	3
126	趙 須*			1						1
총 계		52	41	76	8	107	3	35	195	517

〈참고 사항〉

- 작가명은 책머리의 〈諸賢姓氏事略〉에 기록된 이름을 기준으로 하였다.
- 승 종령(宗聆)은 족암(足庵)으로도 불려서 본문에는 足庵으로 되어 있다.
- 최유선(崔惟善)의 5언 배율 〈御苑種仙桃〉는 최유청(崔惟淸)의 작으로 잘못되어 있다.
- 오형(吳詗)은 처음 이름이 한경(漢卿)이며 본문에는 吳漢卿으로 되어 있다.
- 정공권(鄭公權)은 초명이 추(樞)이고 공권은 자(字)인데 나중에 자를 이름으로 썼다. 본문에는 鄭樞로 되어 있다.
- 김제안(金齊顔)은 필사본에 이름이 누락되어 그의 7언 절구가 바로 앞의 鄭樞의 시처럼 되어 있다.
- 이색(李穡)은 필사본 7언 고시 편에 이름이 누락되어서 바로 앞의 이인복(李仁復)의 시처럼 되었다.
- 유관(柳寬)은 李源周本에 이름이 누락되어 바로 앞에 나온 변계량(卞季良)의 시처럼 되어 있다.
- 김숙자(金叔滋)는 편자(編者) 자신의 선친이므로 휘(諱)하여 선대부(先大夫)라

고 되어 있다.

- 조수(趙須)는 李源周本에 앞의 유관과 함께 이름이 누락되어 변계량의 시처럼 되어 있다.
- 마지막 작품 〈辛判書故居〉가 변중량(卞仲良) 작으로 되어 있으나, 변중량은 같은 7언 절구 항에 앞에 한번 나와 있어 다른 사람의 작품이 아닌가 의심된다. 아직 확인이 안되고 단순한 편차의 실수일 수도 있어 우선 그대로 따른다.

☞ 후기

본 논문이 발표되고 얼마 안되어 崔植에 의해 〈「青丘風雅」에 對한 硏究〉라는 제목으로 후속 논문이 발표되었다. 그 논문은 주로 異本들을 비교하는데 치중하였는데, 이본에 따라서 작자와 수록 작품에 차이가 나는 점을 밝혔다. 즉 갑진자본과 연세대본 下에는 李壇의 〈朴淵瀑布圖〉가 실려 있으므로 작자는 127家 517首라고 하였다. 이는 본 필자가 미처 대조하지 못하고 간과한 점이다. 따라서 앞의 표는 규장각 소장 필사본(아세아문화사 영인)과 이원주본(계명한문학회 영인) 및 동일계통의 이본에 한해서 유효하다.

다만, 최식의 논문에서는 필자의 논문에 대해서 왜곡시킨 점이 있어서 이 자리에서 바로잡기로 한다. 이원주본에 대해서 최식은 필자가 "목판본을 의심하면서도 확실한 증거가 없어 활자본으로 보았다"고 하였는데 이는 글을 잘못 읽은 것이다 필자는 "글자의 상태로 보아 활자본이 아니고 판각본으로 추정된다."고 하였다.(본 논문 주 16을 참조) 다만 편찬기관에 문의했을 때 '금속활자본'이라고 들었기 때문에 만에 하나 착오가 있을까 봐 정확한 확인이 이루어질 때까지 결론을 유보했을 뿐이다. 또 그는 권응인의 청구풍아에 대한 평을 그대로 신빙하면서 "권응인이『동문선』과『청구풍아』의 편찬 과정을 목격하고 그 성격을 기술한 것"이라고 하였는데, 권응인은 김종직, 서거정과는 같은 시대에 살지 않은 훨씬 후대의 인물이다.

찾아보기

ㄱ

가야산 150
可以群 204, 234
加岾 162
可興站 188, 194
監司尹壕歌謠二首 209
堪輿家 208
甲辰字本 255, 256
綱常論 9
江上月夜望客舟 71, 72, 283
강서시파(江西詩派) 213, 217, 218, 226, 227, 228
江西詩風 236
江西宗派 236
康成書帶草 113
江州 212
康好文 71, 283
康孝文 130
姜斅錫 67
강희맹(姜希孟) 133, 134, 135, 139, 176, 218, 280
開國功臣 59
改諡 41, 42, 43, 44
견한잡록(遣閑雜錄) 263, 265
結綺宮 70, 283
兼善 163, 164, 166
勁傑 19
警句 59

경림원 266
經文一致 47, 50, 51, 52, 232
經文一致觀 15
慶尙道先輩黨 149
卿月 209
京兆尹 209
경주 151
谿谷 58
계명성 91
계백 장군 162
癸酉靖難 127
고개지 103
고려사 157
苦棟風 210
高山炭峴有懷成忠 161
孤雲 113
孤雲書帶草 113
古風 15, 36
拱辰樓 173
공자(孔子) 28, 61, 64, 105, 169, 174, 179, 198, 253
과보 92
過玉門谷 160
郭承華 200
관료 문인 60, 254
觀魚臺賦 107
官倉 193
觀風察俗 150

光宗 224
光風霽月 201
皎然 80
歐陽修 55
具茨山 33
句踐 264
국조시산(國朝詩刪) 60, 72, 76, 86, 98, 203, 252, 269, 274, 275, 280, 285, 286
宮詞 206, 235
宮城縣立圖書館 20
권근(權近) 18, 27, 28, 29, 67, 92
權擥 130, 268
권응인(權應仁) 19, 62, 64, 65, 69, 225, 227, 253, 254, 276, 278, 282, 285, 286
歸去來 120
極寒 96, 104
금강산(金剛山) 90, 91, 92, 186
金山 135
금오산 28, 145
金鼇山大穴寺廣寒樓 68, 281
金掌 210
及門 24
夔 171
기대승(奇大升) 23, 25
氣滿志得 58
己卯名賢 24
己卯士禍 24, 29
綺靡 77
伎伐浦 161
기아(箕雅) 72, 264, 280
寄元朝同年馬彦翬承旨 265
記意(시니피에) 103

箕子 223
記標(시니피앙) 103
寄咸陽守金宗直 131
길재(吉再) 12, 23, 24, 25, 27, 28, 29, 30, 68, 69, 145, 146, 281, 282
김굉필(金宏弼) 12, 24, 25, 27, 38, 39, 47, 141, 200, 201, 202
金國光 44
金克己 58
金笠 96
金萬重 225
김맹성(金孟性) 136, 139, 140, 141
김부식(金富軾) 58, 70, 157, 175, 224, 283
김석주(金錫冑) 19, 82, 98, 122, 233
金善源挽詞 140
金世蕃 111
김수온(金守溫) 9, 40, 268
김숙자(金叔滋) 24, 25, 28, 29, 30, 35, 69, 168, 177, 235, 282
김시습 31
金時讓 66, 67
金庾信 158
김인경(金仁鏡) 71, 283
金馹孫 10
金淨 83
金宗瑞 130
金宗碩 136
金春秋 158
金台俊 67
김태현(金台鉉) 60, 63, 74, 251, 273, 277
金休 65, 278
金歆運 154

ㄴ

羅州 220
낙동강 203
洛東謠 188
洛東津 202
남북조 79
남용익(南龍翼) 19, 82, 84, 233, 264,
　　　280
南威 78
南朝 211
男尊女卑 157
南風樓 173
남한강 95
臘日 上奉世祖神主 祔于太廟 171
奈勿王 154
內直 71, 283
內眞村 165
盧守愼 225, 226, 227
노자 181
魯仲連 273
鹿門山 165
논어(論語) 13, 105, 131, 197, 198, 199
눌지왕 155
능성현 116
능여사(能如寺) 139, 180, 181

ㄷ

端宗 36, 130
怛忉歌 14, 151, 153
達四聰 209
答李剛而 39
唐宋 64
唐詩 76, 224, 226
당시풍 226

당태종 34
당풍(唐風) 76, 213, 224, 225, 226
戴逵 212, 213
代書寄李起郞 71
碓樂 14, 156
大猷 39
대제학 66, 67, 280
岱宗 91
德雲 104
도덕경 181
道德博文 42
桃李寺 145
道本文末 47, 48, 50, 61, 232, 252
塗山 33
도연명(陶淵明) 15, 120, 186
陶潛 208
道主文從 47, 50, 232
도통(道統) 17, 23, 27, 42
도통론 27
도학(道學) 9, 28, 43, 47
도학가 16
도학자(道學者) 9, 54, 195, 205
도학파(道學派) 18, 44, 47, 48, 53,
　　　124, 141, 232, 234
桃花源記 208
讀書 177
獨善 163, 164, 166
東閣雜記 66
동국문감(東國文鑑) 60, 251, 273
東國의 文宗 113
동도악부(東都樂府) 14, 151, 153, 155,
　　　156, 235
동문선(東文選) 19, 61, 62, 64, 65, 66,
　　　67, 68, 72, 252, 253, 264, 278,

279, 280, 281
동문수(東文粹)　62, 65, 66, 253, 278
동방 성리학의 鼻祖　25
東夷　266
東人論詩絶句　76, 226
東人文寶　65
동인시화　55, 70, 263, 264, 283
東人之文　60, 75, 251
東人之文五七　72, 286
動箴　199
董仲舒　138, 140
두류산　110, 132
두보(杜甫)　54, 55, 91, 92, 95, 119
杜詩　228
得嚴君書有感　196
登金剛看日出　88, 219
登綾城鳳棲樓　115
登買浦樓次雙梅堂韻　220
燈夕　70, 283
登潤州慈和寺上房　100

ㅁ

滿江紅　15
晩唐　70, 223, 225, 283
晩唐 시풍　224
만당풍　223
望京樓　173
望嶽　91, 92
亡友金善源甫哀辭　139
梅溪　158
梅溪集　228
梅聖兪詩集序　55
麥秀歌　223
맹자(孟子)　28, 197, 198, 199

명분론　17, 18, 45
明宗　225
毛穎傳　138
蒙卦　199
巫山一段雲　15
武城　131
武烈王　154
무오사화(戊午史禍)　10, 24, 29, 31, 32, 42, 149
武王　208
묵호자　179
文簡　41, 43
文鑑　40
聞密陽等處水災　189
文變　49
문순공　122
文心雕龍　79, 80
문예미　64, 69, 70, 71, 72, 74, 77, 123, 222, 232, 282, 283, 284
文翁　210
文王　208
門人錄　139, 148
文章憎命達　55, 59
文貞　43
文忠　41, 42
문충공　31
문형(文衡)　40, 66, 67, 229, 278, 279
文衡錄　67
文孝　43
物外閑人　121
미타불　183
晏公　95
民族文化推進會　20
밀양(密陽)　117, 161, 190, 204

密陽林府使壽昌詩卷　211

ㅂ

朴謹　25

박분(朴賁)　27, 28

朴祥　226

朴善楨　14

박은(朴誾)　225, 226, 227, 229, 280

朴仁範　223

박제상　155

박지원　104

박지원(朴趾源)　90, 96, 104

박태순　274, 276

박태순(朴泰淳)　274, 275, 276, 286

박태준　72

박팽년　31

盤庚　200

發憤著書　57

訪金善源　139

龐德公　165, 166

方同年生女戲呈　70, 282

訪孫克謙林園　75

放遠　84, 85

方丈　266

排佛論　235

백결선생　156

백광훈(白光勳)　123, 221, 225, 226, 236

白龍賦　40, 41

白紙張　59

白毫　183

繁華　61

范蠡　264

法泉寺　130

변계량　63, 277

邊塞詩　206, 235

卞和　208

卞和寃　208

病中二首　221

病後將赴善山　215

普林寺　184

寶用那　154

보은사(報恩寺)　94, 95

보조관념　213

寶泉灘　145

補閑集　122, 224

伏龍途中　219

復謚　41, 42, 44

鳳溪　147

봉계동　145

蓬萊　266

鳳尾山　95

봉상시(奉常寺)　42, 43, 44

봉서루　116

奉次晋山君京洛所寄　134

奉和高靈申相公　132

涪溪記聞　66, 67

부관참시(剖棺斬屍)　10, 24, 30

富麗　74

鳧鶩　171

北斗　132

불국사　111

佛國寺與世蕃話　110, 214

不立文字　185

秘閣　65, 171

批點　228

ㅅ

詞　15

司空圖　80, 81, 123
史官　39
射琴匣　152
斯道　43
사령운(謝靈運)　98, 211, 212, 233
사림파(士林派)　12, 16, 17, 18, 124,
　　162, 163, 234, 235
士林派의 領袖　9, 61, 194, 231, 252
司馬相如　166
사마천　57
斯文　43
四勿箴　198, 199
四部 대중　178
私淑　24
四十八大願　183
士諤新自義州來　136
사육신　30
사장(詞章)　52, 53
詞章家　125
사장파(詞章派)　18, 47, 48, 50, 53, 141,
　　232
史草　10
四學　132
사헌부　43
사화(士禍)　42, 45
산수화　121
刪詩　61, 63, 252, 253, 277
삼국사기(三國史記)　151, 157, 160, 162,
　　204, 235
삼국유사(三國遺事)　152, 160, 204
三唐 시인　221
三唐派　225, 236
三輔　209
三不幸　57

삼신산(三神山)　97, 266, 267
三隱　11
三壯士　11
삼한시귀감(三韓詩龜鑑)　60, 70, 72,
　　251, 269, 273, 286
上黨府院君詩卷　129
狀得　154
商書　200
象村　82
爽快美　83, 98, 233
色澤之絢　276
서거정(徐居正)　9, 18, 50, 52, 53, 55,
　　62, 66, 67, 70, 125, 130, 176,
　　229, 230, 232, 253, 263, 264, 268,
　　278, 279, 280, 283
서경(書經)　197, 200, 209
徐敬洙　14
書能如寺門扉　180
序跋　63
栖碧外史 海外蒐佚本　20
西施　78
西厓　37
西泣嶺　87, 88, 90
書義禁府會飲圖　173
西天　183
徐穉　200
書黃著作璘榮親詩卷　142
석간　74
夕講　23
宣姜　153
宣公　153
先公紀年　29
先公事業　29
璿璣玉衡　157

선덕여왕(善德女王) 156, 158, 160
선덕왕 157
仙槎寺 85, 112, 222
선산(善山) 49, 142, 151, 161, 204
선산(善山) 부사 94, 99, 144, 148, 149,
    203, 234
善山地理圖 144
善財童子 104
宣祖 225
禪宗 185
善知識 104
선천석(宣川石) 137, 138
偰長壽 71, 283
雪後發高阜向興德 75
剡溪 212
纖麗 71, 74
成侃 268
成均司藝 168
盛唐 76
成都 166
聲律之淸 276
性理學 9
성리학자(性理學者) 11, 12, 15, 16,
    47, 62, 124, 195, 205, 230, 231,
    254, 282
性命 9
성삼문 31, 65
惺所覆瓿藁 112
성수시화(惺叟詩話) 82, 86, 95
성임 268
性情之正 64
성종(成宗) 32, 42, 43, 44, 47, 64, 66,
    148, 171, 225
성종실록 67, 149, 279

성주교수관(星州敎授官) 35, 168
성충(成忠) 161, 162
성현(成俔) 9, 18, 49, 50, 51, 52, 53,
    65, 69, 71, 72, 125, 223, 228,
    232, 268, 281, 284
世敎 76
世道 76
世子侍講院設書 138
세조 15, 30, 31, 32, 33, 34, 35, 36,
    37, 45, 127, 130, 131, 172, 229,
    231
少年登科 57
소동파(蘇東坡) 121, 224, 225, 226, 227,
    233
諛聞鎖錄 75, 82, 83, 100, 110, 114, 216
蘇軾 227
蘇齋 225
소지왕(炤知王) 152, 153
蕭滌非 103
小學 28, 200
小學童了 201
소화시평(小華詩評) 75, 83, 95, 111,
    119, 203, 229
속동문선 280
俗下文字 237
속함 134
蓀谷集序 82, 84
孫鳳山 117
孫鳳山用前韻作演雅以寄復和 116
松溪 62, 253
송계만록(松溪漫錄) 62, 225, 253, 254,
    285, 286
宋詩 224
宋時烈 27

송시풍(宋詩風) 224, 226
送梁都事 143
送柳思庵淑 263
送專上人遊金剛山 186
송풍 226
灑掃應對 28
修己 164, 195, 205
修己治人 164, 195, 205
潘谿詩集序 228
水調歌頭 15
宿踏溪驛 75
숙종(肅宗) 41, 42, 44, 61, 252
旬五志 229
舜임금 157, 171
舜典 209
述異記 90
述酒詩 32
崇善子 49
習氣 181
承露盤 210
昇仙橋 166
승정원 171
시경(詩經) 13, 61, 64, 101, 152, 153,
     171, 253
詩窮而後工 56, 58, 59
詩能窮人 55, 56, 58, 59
詩能窮人辯 58
詩式 80
詩眼字 111, 116, 215
尸位素餐 32
詩人主客圖 80
詩中有畫 75
詩讖 41
시호(諡號) 41, 42, 44

詩禍 55
式年試 143
息庵 82
神道碑銘 137
신돈 264
神勒寺 94
辛百齡 24
신숙주(申叔舟) 35, 131, 132, 133, 268
神禹 33
신원(伸寃) 24, 25, 29, 45
申緯 76, 226
申從濩 65
신진 사류 44
신진 사림 69, 194, 282
信清 184
신흠(申欽) 82, 83, 86, 229
실학파 시인 221
심수경(沈守慶) 263, 264, 265, 266, 267
十絶歌 145, 181

ㅇ

安貧樂道 156
安水寺觀齋佛 178
안연 198
安穩美 83, 112, 122, 233
狎鷗亭 127, 129, 130
狎鷗亭上黨府院君請賦 127
哀辭 140
夜郎 54
夜泊報恩寺下 93, 99, 102, 222
야은 145
冶隱集 27
㼈川竹枝曲 141
藥加 147

梁 79
陽剛美 123, 234
羊羔利 212
暘谷 91
양산(陽山) 114, 154
陽山歌 153
梁山澄心軒 114
양순경 144
陽韻 88, 96, 108
魚龍 91
御賜花 266
魚世謙 67, 279
御苑種仙桃 271
憶秦娥 15
엄자산 92
驪江 95
女根谷 160
餘技 52, 53
驪龍 95
여묘살이 35
藜牀 184
厲王 208
여주(驪州) 94, 99
燃藜室記述 66, 67, 229
연산군 42, 149
演雅 98
演雅體 14, 97, 117
燕巖 92
棟花風 210
簾 69, 282
濂洛體 69, 282
濂洛風 126
炎凉世態 183
艶麗 74

嶺南樓詩 144
영남병마평사 255
영돈녕 38
詠物 124
迎鳳里 146
詠史 124
靈山 향교 184
영암 150
瀛洲 266
영해도호부 88
禮記 96
예산 74
예술성 64, 284, 286
豫章 225
예종 34, 66, 94
穢破 154
吳敎授 117
烏忌日 152
五斗米 120
吳世才 58
五慾七情 185
溫柔敦厚 54, 234
醞藉 61
婉壯 77
왕위 찬탈 30, 31, 33
王徽之 212
巍巍曲 34
龍 171
用大虛韻呈士孝 174
用事 12, 13, 14, 236
容齋 225
용재총화(慵齋叢話) 51, 65, 69, 281
우담발화 184
우발화 184

右扶風　209
牛師　95
憂息曲　155
尤庵　27, 37, 231
우임금　157
偶題　71, 283
우좨주　26
又次望京樓　172
運命論　55, 56
雲水衲子　185
韻統　103
울림소리　96
울산　255
雄渾　77
雄渾美　83, 84, 233
원관념　213
願往生歌　183
月令　96
月沙集序　58
월산대군　38
越王　264
월출산　150
爲己之學　197
渭城　209
爲親乞郡　35, 131, 172
유교 연원　69, 282
柳得恭　153
庚亮　212
琉璃王　223
柳方善　130
劉師培　103
유성룡　37
유성음(有聲音)　96, 102, 110, 111
유숙(柳淑)　263, 264, 265

유자광(柳子光)　33, 36
遊鄭通贊池亭　105
유학연원(儒學淵源)　10, 13, 16, 19, 23,
　　　27, 37, 44, 45, 202, 231
유협(劉勰)　79, 80, 81, 123
유호인(兪好仁)　141, 159, 228, 280
六經　51, 52, 53
陸機　79
陸修靜　186
六朝　77
允了作善山地理圖題十絶其上　145
尹祥　29
尹先生祥詩集序　48, 50, 61, 252
尹榮玉　14
윤은로　38
尹何　211
윤호(尹壕)　209, 210
栗谷　27, 92, 231
陰柔美　123
吟風詠月　222, 236
抱翠軒　225
凝川　117
凝川竹枝曲　141
意境　206
義理論　9
의자왕　161, 162
의정부　42, 43, 44
의주　137
二開七闥　120
李穀　58
李圭景　65
이규보(李奎報)　58, 71, 122, 224, 272,
　　　283, 284
李肯翊　66, 229

理氣 9
이달(李達)   78, 100, 123, 221, 225, 226, 228, 236
李東歡 21
梨嶺 162
이백(李白) 54, 103
李穡 58, 177
李樹健 11
李睟光 66, 142, 225, 267
이숭원 38
이숭인(李崇仁) 70, 224, 273, 282
以心傳心 185
二十四番花信風 210
二十四詩品 81
二十一都懷古詩 153
李安訥 123
李佑成 20
이원(李黿) 42, 43
이원주(李源周) 13, 14
李源周本 255, 256
二月三十日入京 163, 169
李膺 134
李珥 27
이익지 228
李仁老 58
이인복(李仁復) 263, 264, 267
李仁榮 255, 256
李楨 26
李齊賢 58
이종태 17
이준록(彝尊錄) 28, 30, 135, 136, 167, 177
李重煥 142
李稷 59

李部傳 210
李荇 225, 226, 229
李滉 25
人傑地靈 146
인상비평(印象批評) 77, 80
忍齋 67
仁祖 229
仁宗 24
日觀峯 90
日得錄 66
一簞金 15
一善 142
일연 160
一韻到底 108
任璟 19, 82
林壽昌 211
任元濬 100
林椿 58
입당 유학생 223
入法界品 104

ㅈ

자공(子貢) 207, 208
子産 211
子游 131
子皮 211
作俑 179
잡체시 14
張堪 212
長江 59
張居士 208
長陵 209
장생술(長生術) 68, 281
長安 209

장원골 146
長源亭 70, 283
張爲 80
장유(張維) 31, 45, 58, 229, 232
莊子 94, 207
長坐不臥 184
長峴村家 75
載道論 50, 53
田可植 146
典故大方 67
典校署 34
塡詞 15
傳神 41
典雅 70
전주사가시(箋註四家詩) 273, 286
絶句 229
절의(節義) 9, 31, 36, 37, 44, 45, 231
절의파 17
점필재선생전서(佔畢齋先生全書) 20,
    21, 254, 255, 256, 271
점필재집(佔畢齋集) 167, 181, 182,
    185, 188, 228
점화(點化) 13, 14
接輿 199
鄭康成 113
정길 26
靖難功臣 129
정도전 18
정몽주(鄭夢周) 10, 11, 23, 24, 25, 27,
    28, 29
정사룡(鄭士龍) 225, 226, 227, 228, 236
正상인 185
鄭汝昌 12, 47, 141
程頤 198

程伊川 57
程子 42, 198, 199
正祖 66
鄭之澹 146
정지상(鄭知常) 70, 71, 224, 283, 284
鄭通贊 107
鄭誧 68, 281
鄭瑎 71
鄭玄 113, 146
정희왕후 38
齊己 80
齊物論 94
帝範 34
題仙女着碁圖 68, 281
齊雲樓 109
齊雲樓快晴 75, 108
제재(題材) 123, 124, 126
제재의 현실성 206
濟川亭 40
題夏景山水屛二疊 120
諸賢姓氏事略 257, 268, 271
醍醐 180
題畫詩 120
조광조(趙光祖) 12, 23, 24, 25, 27, 47,
    202
嘲僧儒 96
조신(曺伸) 75, 82, 83, 84, 100, 110,
    114, 216
조운흘(趙云仡) 60, 63, 74, 251, 277
조위(曺偉) 141, 158, 159
弔義帝江中文 37
조의제문(弔義帝文) 9, 10, 13, 15, 30,
    31, 32, 36, 37, 45, 130, 131, 229,
    231

早春書懷 71, 283
卒記 67
종묘 172
佐命功臣 59
佐翼功臣 129
左傳 13, 211
左馮翊 209
朱買臣 218
周易 199
朱子 42
朱陳村 207
竹杖寺 145
中國詩學 103
中庸 154, 198
중종(中宗) 23, 24, 225
중종실록 39
卽景如畫 75
卽事 68, 69, 281
增補文獻備考 14, 67
贈信淸上人 183
贈入定僧炯根 182
贈正上人 上人不識經 184
知幾三事 160
知禮鄭護軍席上贈張居士 207
芝峯類說 66, 67, 142, 267
芝川 225
진남루 175
陳蕃 200
陳師道 140, 225, 227
진산군 134
晋山君挽詞五章 133
晋山君再用前韻見寄復和 218
眞實 70
陳·蔡間 169

進退格 14, 117
眞平王 157
진화 272
跌宕 74
집현전 학사 65
징심헌 114

ㅊ
次李節度使赴鎭韻 96
滄浪亭 107
蔡璉 69, 282
天機 201
天嶺郡 113
天末懷李白 54
天命曲 34
天稟 56
천품론(天稟論) 54, 57, 58, 59
첨성대(瞻星臺) 156, 157, 158, 159
청구풍아(靑丘風雅) 19, 60, 61, 62,
    64, 65, 67, 68, 69, 70, 71, 72, 73,
    74, 75, 76, 172, 177, 213, 232
淸麗 74
靑龍寺 105
淸芬室書目 255
청창연담(晴窓軟談) 82, 86, 229
청풍정 101, 102, 103
體性 79
椒房 38
初五日 鹿巖山獲猪 104
蜀郡 210
叢石亭觀日出 90, 92
최경창 225, 226
崔匡裕 223
최숙정(崔淑精) 35, 61, 62, 63, 172,

253, 276, 277
崔承祐 223
최유선(崔惟善) 271, 286
최유청(崔惟淸) 271, 286
崔滋 122, 224
催糴吏 192
최치원(崔致遠) 100, 113, 119, 223, 268
최해(崔瀣) 60, 63, 74, 251, 273, 277
趨而過庭 199
築城行 188
春夜宴桃李園序 103
春亭集 228
춘추필법 31
春早 191
충렬왕 63, 277
충선왕 63, 277
冲庵 83
충주 173
醉後 71, 284
鵄述嶺 155
鵄述嶺曲 14
治人 164, 195, 205
七月賜承政院酒連三日 169
沈深平遠 276
沈雄磊落 74

ㅋ

쾌헌 74

ㅌ

濯纓 10
탄현(炭峴) 161, 162
湯惠休 98
泰山 91

태인 175
太宗 154
太學 35, 148
擇里志 142
土姓吏族 204
퇴계(退溪) 25, 27, 39, 231

ㅍ

八月初一日早發靈岩過月出山 150
平淡淵雅 54, 234
평해군(平海郡) 88
圃隱 10, 27
表沿沫 141
風格 77
風格美 77
풍기 군수 26
風騷軌範 50
風騷旨格 80
風水家 208
風濕 35
風雅 61

ㅎ

夏安居 185
河緯地 146
학통 18, 25, 45, 69
閑居 68, 69, 281
韓國文集叢刊 20
한명회(韓明澮) 35, 127, 129
한무제 218
寒碧樓 83
寒食村家 118
漢魏 77
한유(韓愈) 138, 203

漢陰灌 207
漢陰丈人 207
閑適 74
함양(咸陽) 113, 131, 134, 135, 277
함양 군수 35, 63, 172, 234
해동강서시파(海東江西詩派) 226, 227, 228, 236
海東文獻總錄 65, 278
해동악부체 155
海東雜錄 66
海上記所見 166
향교 28, 29
鄕先生 28, 29
허균(許筠) 31, 36, 45, 60, 76, 78, 82, 83, 84, 86, 95, 98, 112, 113, 121, 203, 226, 229, 232, 252, 269, 274, 275, 276, 280, 285, 286
許魯齋 201
許篈 82, 86, 112
許士諤 137
許衡 201
현실 순응 37, 40, 41
玄湖瑣談 19, 82
脅(=脇)不沾席 184
烱根 183
亨齋 59
亨齋先生詩集序 58, 59
慧遠法師 186
虎溪 186
虎溪三笑 186
壺谷謾筆 19, 82, 84
호곡시화 233
湖南客中 100
호방(豪放) 71, 72

호사가 67
호음(湖陰) 225, 227, 228
豪逸 70
豪壯 71, 74
홍귀달(洪貴達) 67, 136, 137, 138, 139, 279
洪亮嚴重 84, 85
홍만종(洪萬宗) 75, 82, 83, 95, 111, 119, 203, 229
홍문관 38
洪範 209
洪暹 67
洪性旭 16
弘演 15, 36
홍유손(洪裕孫) 38, 39
和陶集飮酒二十首 25
華山 168
和順 116
和氏璧 208
華嚴經 104
花長山 134
和·次韻詩 222
環境論 55, 57
還穀 193
黃澗 29
황린 143
黃梅雨 210
黃山江 114
황산곡(黃山谷) 121, 224, 225, 226, 233
황산벌 162
黃嶽 180
黃永武 103
黃庭堅 225, 227
黃廷彧 225, 226

黃帝　33
黃鳥歌　223
黃昌郎　156
淮南子　213
회당고(悔堂稿)　20, 139, 149, 165, 177,
　　　181, 182, 197
回文詩　14
會蘇曲　155
繪畫的 측면　75
효용론　64, 76
孝宗　229
후기 四家　213
後漢書　210
훈구 관료　44, 194, 204, 234, 235
훈구 세력　43
訓辭　34
諱　29

■ 저자 / 金永峯

全南 康津 出生
조선대학교 부속고등학교 졸업
연세대학교 국어국문학과 졸업
육군사관학교 강사
민족문화추진회 국역연수원 졸업
경향신문 기자
연세대학교 국문과 석사·박사과정 졸업(문학박사)
현재 연세대, 경기대, 홍익대 강사
저서 : 고등학교 漢文 Ⅰ, Ⅱ(공저) (교육부 검정)
논문 : 〈駕洛國記의 분석과 龜旨歌의 해석〉 외 다수

金宗直 詩文學 研究

2000년 5월 30일 제1판 1쇄 발행

저자 · 김영봉 / 발행인 · 박영희
발행처 · 이회문화사 / 서울 광진구 광장동 102 현대골든텔Ⅱ 501호
전화 · 02-457-7912 / 팩스 · 02-454-1961
E-mail · ih7912@chollian.net   http://www.ihoe.co.kr
등록 · 제1-1342(1999. 5. 2)
ISBN · 89-8107-134-9 93810
Printed in Korea ⓒ 2000, 김영봉.

정가 13,000원